Hot Like Clay

Yvonne Westphal

Hot Like Clay

SAGA Egmont

Originalausgabe

im Vertrieb bei Egmont Verlagsgesellschaften mbH

Dieses Buch wurde vermittelt von der Literaturagentur
erzähl:perspektive, München (www.erzaehlperspektive.de).

Covergestaltung: Paulina Ochnio
Coverabbildungen: Shutterstock
Satz aus der Minion Pro: Karol Kinal
Druck und Bindung Mazowieckie Centrum Poligrafii, Marki

ISBN 978-3987500312

SAGA Egmont www.saga-books.com

Dieser Titel erscheint auch als E-Book und Hörbuch.

Für Thomas,
weil du von der ersten Sekunde an
nicht lockergelassen hast.

Playlist

KENTUCKY LOVE – TEIL 1: CLAY

Pull It Off – Kane Brown
No Excuses – Meghan Trainor
BFE – Kane Brown
Something's Got a Hold On Me – Christina Aguilera
Like I Love Country Music – Kane Brown
God's Country – Blake Shelton
My Girl – Dylan Scott

Kapitel 1

Schamlos

EVELYN

Dieser nackte Männerkörper war einfach perfekt.

Ich hielt den Atem an, während meine Finger die makellos modellierten Muskeln nachfuhren. Die Bauchmuskelstränge, die Schultern und den Bizeps. Hart wie Stein und glatt wie Marmor.

Er war ein Meisterwerk.

Mein Meisterwerk.

Aus Ton.

Behutsam stellte ich die Figur auf den Sockel und schloss den Brennofen. Adam war fertig, und er war mit Abstand die beste Skulptur, die mir jemals gelungen war. Ich konnte mich gar nicht sattsehen an der makellosen Patina und den harmonischen Proportionen, auf die selbst Leonardo da Vinci stolz gewesen wäre – zumindest an dem Teil, den ich von ihm zeigen durfte, denn auf das obligatorische Feigenblatt hatte die Leiterin der Kunstausstellung bestanden. *Salonfähigkeit* und so.

Die zur Assemblage gehörende Eva, um deren Nacktheit sich die Schlange winden würde wie eine sinnliche Vertraute, wartete unter ihrer Plastikfolie brav wie eine verschleierte Braut darauf, dass ich auch sie vollendete. Aber nicht mehr heute. Denn in spätestens zwei Minuten würde mein Wecker … zu spät!

Obwohl ich damit gerechnet hatte, zuckte ich zusammen, bevor ich mich streckte, um mit dem am wenigsten tonverschmierten Finger den Alarm auf meinem Handy stummzuschalten. Und obwohl ich wusste, dass es halb sieben Uhr morgens war, warf ich einen kurzen Blick auf die antike Uhr unter dem Dachbalken meines winzigen Ateliers. Eigentlich konnte ich mir die zusätzliche Miete nicht leisten. Aber ich liebte diese stickigen neunundzwanzig Quadratmeter – zweiundzwanzig, wenn man die Schrägen abzog. Jeden Morgen empfing mich der Duft von altem Staub, unbehandeltem Holz und lehmigem Ton. Der Ausblick auf die trostlosen Hausfassaden von West Chicago war zwar kein Highlight, aber wenn die Sonne im richtigen Winkel stand, tanzten Staubpartikel in der Luft wie winzige Glitzerfeen.

Bonus: Das Atelier lag direkt über meiner Wohnung, weswegen ich zu jeder Tages- und Nachtzeit herkommen und arbeiten konnte. Was ich auch musste, wenn ich jemals einen Fuß in die Tür der großen Kunstgalerien und Skulptur-Vernissagen dieser Welt kriegen wollte. Vorher nicht pleite zu gehen, wäre auch nicht schlecht.

Ich verdrängte den Gedanken an das wachsende Minuszeichen auf meinem Darlehenskonto, bevor mir der Morgenkaffee hochkommen konnte. Auf der Abendschule hatten sie mir empfohlen, einen Starterkredit aufzunehmen, als ich verkündet hatte, ich wolle mich als Kunsthandwerkerin mit meinen Tonskulpturen selbstständig machen.

Sagen wir, seitdem war meine Begeisterung für feuchten Ton nicht mehr das Einzige, das mich jeden Morgen noch vor fünf Uhr aus dem Bett trieb. Schulden waren scheiße. Mein Bankberater hatte mir versichert, dass das Überziehen eines Starterkredits völlig normal war, bevor das Geschäft richtig in Gang kam. Gerade im Handwerk und ganz besonders im Kreativhandwerk – was wohl durch die Blume so viel bedeutete wie: „Sie waren von Anfang an ein hoffnungsloser Fall, Miss Tate. Aber hey, ich verdiene an Ihren Zinsen, also ist mir völlig egal, ob Sie nachts ruhig schlafen. Sie können selbstverständlich weiterhin Ihr Konto überziehen, solange Sie jeden Monat brav die Tilgung leisten."

Bänker waren auch nur Sadisten in Anzügen, oder?

Und weil ich leider nicht nur die Sadisten bezahlen, sondern auch meinen Kühlschrank füllen wollte, brauchte ich neben meiner Selbstständigkeit einen Job – einen richtigen Job mit festem Gehaltscheck, der mich über Wasser hielt, bis ich von meinen Kunstwerken leben konnte. Was mir natürlich weniger Zeit für die Skulpturen ließ, womit sich die Katze irgendwie in den Schwanz biss.

Vielleicht hättest du noch einen Kurs in BWL und Finanzen belegen sollen, bevor du dich kopfüber in diese Schnapsidee vom Kunsthandwerk gestürzt hast.

Ich hasste diese Pessimistin in meinem Kopf, und ich hasste noch mehr, dass sie klang wie die Stimme meiner Mutter. Beeindruckend, wie genau man sich an eine Stimme erinnerte, die man zuletzt an Weihnachten übers Telefon gehört hatte.

Nein. Das hier würde ich durchziehen.

Ich würde es meiner Mutter beweisen, mir selbst und ganz Chicago bei der Ausstellung im Herbst.

Bis dahin: Brotjob! Zu dem ich zu spät kommen würde, wenn ich mich nicht langsam von Adams nacktem Oberkörper losriss.

Mit einem letzten verstohlenen Blick wusch ich mir die Hände am Waschbecken, dann konnte ich nicht widerstehen und machte noch ein paar Fotos für meine Lieblingskollegin.

Knapp drei Stunden später klappte Josie der Mund auf.

„Aber hallo, diese Muskelstränge! Drei Fragen: Wer stand dafür Modell? Ist er noch Single? Und wann kann ich ihn kennenlernen?“

Ich kicherte, als sie an das Foto heranzoomte. Josie war mit ihren siebenundzwanzig Jahren genauso alt wie ich, machte als Assistentin des Juniorpartners unserer Anwaltskanzlei genau denselben Job wie ich und hatte denselben Humor.

Sister from another Mister.

„Soll ich dich vielleicht mal kurz mit dem Handy allein lassen?“, fragte ich, um darüber hinwegzutäuschen, dass dieser Torso allein meiner Fantasie entsprungen war. Einen so perfekten Körper hatte ich noch nie in Natura gesehen, und ich bezweifelte, dass es ihn außerhalb von Modelmagazinen gab. Aber man durfte ja noch träumen.

Josie stieß mir in die Seite, gab mir schnell das Handy zurück und nahm Haltung an, als Caroline Clarke am Ende des Flurs erschien, der Hausdrache der Anwaltskanzlei McKenzie & Partner.

Die Worte unserer Klienten, nicht unsere.

Okay, vielleicht ein bisschen unsere.

Was sollten wir auch machen? Diese Frau war unter den drei Tonnen Make-up genauso ledrig wie Smaug, hatte eine nicht minder rauchige Stimme – leider nicht halb so sexy wie die von Benedict Cumberbatch –, und wenn sie aus der Raucherpause kam, qualmten sogar ihre Nasenflügel.

„Haben Sie beide nichts zu tun?"

Josie deutete auf den To-go-Kaffeebecher, den sie auf drei Aktenordnern und zwei Mappen gestapelt balancierte. Jeder wusste, dass der Juniorpartner Bürokaffee verabscheute, weswegen der Großteil von Josies Tag darin bestand, zum nächsten Coffeeshop und wieder zurück zu pendeln.

Caroline Clarke wandte sich mir zu. „Und welche Ausrede haben Sie, Miss Tate? Mr McKenzies Kaffeemaschine steht in seinem eigenen Büro."

Das stimmte. Und sie hatte mehr gekostet, als ich in drei Monaten verdiente. Absurd teuer, aber unbestreitbar praktisch. Immerhin musste ich meine Zeit nicht mit Coffee-Roadtrips verbringen, sondern konnte tatsächlich die Assistenzaufgaben übernehmen, für die ich bezahlt wurde. Zugegeben, ich hatte nichts von alledem gelernt. Aber ich war hartnäckig, anpassungsfähig, organisiert und höflich – meistens jedenfalls.

Nur hundertdreiundfünfzigjährige Chefsekretärinnen mit totem Marder über den Schultern brachten mich manchmal an meine Grenzen. Bevor ich also etwas sagen konnte, das ich bereuen könnte, zog ich bloß lächelnd den frischen Papierstapel aus dem Drucker und verschwand in Richtung des größten Eckbüros der Stadt.

Manchmal wunderte ich mich selbst darüber, wie ich es hierher geschafft hatte. Ich hatte kein kaufmännisches Studium, keine Ausbildung, nicht mal ein Praktikum vorzuweisen gehabt. Ich war nur zufällig am richtigen Abend in der richtigen Bar gewesen und hatte mit dem richtigen Kerl in Anzug geflirtet. Ich schwöre, ich hatte nicht gewusst, dass der Anzug maßgeschneidert war.

Aber wenn ich eine Gelegenheit sah, packte ich sie beim Schopf. Und als er nach fünf Tequila die überraschende Kündigung seiner persönlichen Assistentin beklagt hatte, die zu ihrem Lover nach Kuba gezogen war, hatte ich angeboten, schon am nächsten Morgen bei ihm im Büro aufzutauchen.

Das hatte ich seitdem jeden Morgen getan.

Memo an mich selbst: keinen Lover auf Kuba suchen. Dann verlierst du diesen Job nie. Easy!

Gegen-Memo: Wenn du nur halb so viel Zeit in deine Skulpturen investieren würdest wie in diesen Job, wäre die „Sündenfall"-Assemblage längst fertig.

Ich brachte die ewig kritische Stimme zum Schweigen, setzte ein Lächeln auf und betrat das Büro. Mein Chef saß genauso da wie vor zehn Minuten, als ich den Raum verlassen hatte. Mit dem exklusiven Haarschnitt und kantigen Gesicht eines Starmodels und der finsteren Miene eines Profiboxers.

Natürlich war er nichts von beidem. Gabe McKenzie war der beste Anwalt der Stadt – was er wohl genau dem Anblick verdankte, der sich mir gerade bot: unverschämte Attraktivität gepaart mit einem gnadenlosen Blick.

„Welche schamlosen Forderungen stellt die Staatsanwältin diesmal?", fragte ich gut gelaunt, um die Stimmung zu heben.

Ich kannte meinen Chef mittlerweile gut genug, um seinen Blick zu deuten.

„Schamlos." Er schnaubte, regte sich zum ersten Mal und zielte mit dem zusammengeknüllten Papier auf den Papierkorb. Gut, dass er keine NBA-Karriere anstrebte. Ich ging in die Hocke, um das Papier vom Boden aufzusammeln. Gar nicht so leicht auf Stilettos. „Schamlos: ja. Staatsanwältin: nein."

Gabe stand auf, schob die Hände in die Hosentaschen und sah aus dem Fenster auf die geschäftigen Straßen Chicagos.

Ich verharrte einen Moment in dem faszinierenden Anblick, balancierte auf den High Heels und kramte in meinem Gedächtnis, welcher aktuelle Fall ihm solche Kopfschmerzen bereiten mochte.

„Kniest du immer noch auf dem Boden?", fragte er, ohne sich umzudrehen. Schnell stand ich auf und strich meinen Rock glatt.

„Kann ich irgendwas tun?" Ich legte den ausgedruckten Papierstapel auf seinen Besprechungstisch und lehnte mich vorsichtig gegen die polierte Tischplatte. Stille, während es in seinem Verstand arbeitete. Dann:

„Weißt du, Evelyn, vielleicht könntest du in der Tat etwas tun." Ein verschlagenes Lächeln huschte über seine Züge. „Dafür müsstest du allerdings fünf Stunden ins Hinterland von Kentucky fahren."

Ich zuckte mit den Schultern. Im Vergleich zu Josies täglichem Kaffee-Pendelmarathon kaum der Rede wert. „Und weiter?"

Er ließ den Blick über mein tadelloses Business-Kostüm wandern, während er aufstand und näher kam. „Und dich vielleicht vorher umziehen."

Ich bewegte mich keinen Zentimeter. „Weil …?“

Er kam noch näher. „Weil man sich nicht mit Bleistiftrock im Staub wälzt.“

Jetzt verlor ich doch den Faden. „Wovon sprechen wir genau?“

Er griff an mir vorbei nach dem Stapel, den ich gerade aus dem Drucker gezogen hatte, und hielt mir das letzte Blatt vors Gesicht.

Ich lehnte den Oberkörper zurück, um das Schreiben entziffern zu können. Die gestrichelte Linie war vorgezeichnet für *Clay Davis*.

Mein erster Gedanke war, dass dieser Typ ernsthaft so hieß wie mein bevorzugter Werkstoff: Ton. Wie in *Laguna Clay EM100 wasserbasierter Ton*.

Das musste ich Josie erzählen!

Meine Mundwinkel zuckten, aber ich bemühte mich um einen professionellen Gesichtsausdruck. Immerhin stand mein Chef direkt vor mir, und er wirkte nicht im Geringsten amüsiert über diesen Ton-Typen.

„Kannst du mir diese Unterschrift besorgen?“

Ich konnte nicht mehr anders. Ich prustete los. „Wie bitte? Eine Unterschrift? Was ist daran so schwer?“

Zugegeben, was war andererseits an Kaffee holen, Termine machen und Ausdrucke bringen so schwer?

Doch Gabe verzog keine Miene. Stattdessen nahm er meine Hand, in der ich immer noch das zerknüllte Papier hielt, öffnete meine Finger und entfaltete die Seite.

Ich sah, worauf er hinauswollte.

Weil es nicht zu übersehen war.

FUCK YOU!

Die Worte prangten in fettem schwarzen Edding quer über dem Dokument – das übrigens identisch mit dem war, das ich druckfrisch und unversehrt in der Hand hielt. Darunter war eine verblüffend gelungene Edding-Zeichnung eines Mittelfingers zu sehen.

„Er hat eindeutig Talent", kommentierte ich.

Gabe schnaubte wieder. „Apropos Talent. Hast du übernächsten Samstag schon was vor? Octavia Brown hat mich zu einem Bankett eingeladen, um dieses neue Wundertalent ihrer Herbstausstellung kennenzulernen."

Ich glitt beinahe an der geschliffenen Tischkante ab. Octavia Brown war die Kuratorin der Kunstausstellung. Die im Herbst *meine* Skulpturen ausstellen wollte. Jeder wusste, dass die Herbstausstellung am Art Institute of Chicago einem künstlerischen Ritterschlag gleichkam. Kein Wunder, schließlich trat man damit in die Fußstapfen von Pablo Picasso, Andy Warhol und Francis Bacon. Paris hatte den Louvre, Chicago das Art Institute. Wenn meine Figuren erst einmal dort standen, würde ich den Kredit im Nullkommanichts zurückzahlen können.

„Es gibt ein Bankett?"

Sie nennt mich Wundertalent!

Stolz und Angst fluteten mich gleichermaßen, prickelten wie Champagner in meinem Bauch. Was sollte ich anziehen? Musste die komplette Assemblage bis dahin fertig sein? Wieso hatte sie nichts gesagt?

Gabe war längst wieder in sein Smartphone vertieft, schüttelte den Kopf über irgendeine E-Mail oder Schlagzeile auf dem Bildschirm und sagte geistesabwesend: „Ich schätze, wenn der Sohn eines echten englischen Lords und einer

Hollywood-Schauspielerin Farbe auf Leinwände schmiert, ist ein Bankett eine lohnende Investition. Gib den Leuten, was sie wollen."

Der Champagner verwandelte sich in brodelnde Lava.

Leinwände? Sohn?!

Warte mal …

Sie hat den Platz jemand anderem gegeben?

Frust explodierte in meiner Brust und raubte mir kurzzeitig den Atem. „Nein!"

Gabe sah auf. „Du kannst nicht?"

„Nein!", rief ich erneut. „Nein, das war *mein* Platz! Ich habe ihn mir verdient, ich arbeite seit Monaten an diesen Skulpturen, und jetzt kommt dieses Muttersöhnchen daher und –"

Ich musste die Luft anhalten, um im Büro meines Chefs nicht zu Josies vierjähriger Nichte in der Spielzeugabteilung zu mutieren. Stattdessen verschränkte ich die Arme fest vor der Brust, um meine zitternden Hände zu verstecken.

Gabe brauchte eine Sekunde – also in seiner Zeitrechnung eine Ewigkeit –, um sich daran zu erinnern, dass sein menschlicher Siri-Ersatz ebenfalls ihre Zeit mit Kunstkram verschwendete.

„Stimmt", sagte er schließlich.

Stimmt??

Ich war kurz davor, meinen Absatz in seinen Hoden zu bohren, als er das Handy wegsteckte und den Kopf schieflegte. Wieso mochte ich das verschlagene Wolfslächeln nicht, das jetzt auf seinen Zügen erschien?

„Wie du weißt, kenne ich Octavia seit Jahren. Da lässt sich sicherlich etwas für dich arrangieren, wenn ich sie darum bitte. Wie wäre es mit einem Deal? Du gibst mir, was ich will, und ich gebe dir, was du willst.“

Jetzt war ich diejenige, die eine Sekunde brauchte, bis ich begriff, dass er auf den Blankovertrag blickte, der auf die Unterschrift von Clay Davis aka Mr Fuck you wartete.

„Du willst mir nicht im Ernst erklären, dass du die Leiterin des Art Institute dazu bringen kannst, eine arme Tonkünstlerin einem reichen Muttersöhnchen vorzuziehen, aber nicht Mr Fuck you dazu, diesen Wisch zu unterschreiben.“

Gabe grinste. „Jeder hat seine Stärken, nicht wahr?“

Entschlossen griff ich nach dem Papier. „Ich bin morgen früh zurück.“

Kapitel 2

Fuck you

CLAY

Tess stöhnte.

Ich ließ den Blick über ihren halbnackten Oberkörper wandern, der sich unter mir langstreckte. Ihre Bauchmuskeln zitterten. Ihre gebräunte Haut glänzte vor Öl und Schweiß. Ihr Atem ging in Stößen.

Aber ich betrachtete sie ohne jegliche Erregung. Nicht, weil ich keine ausgeprägte Libido besaß oder sie nicht attraktiv wäre.

Sondern, weil sie meine Schwester war.

Und, weil sie unter einem Auto lag.

Seufzend ging ich neben ihr in die Hocke und stellte meinen Kaffeebecher auf den Radkasten des klapprigen Pickups. Die Tasse begann sofort zu vibrieren, der Löffel darin klirrte gegen das Porzellan.

Die Vibration kam nicht etwa davon, dass der Motor des Pick-ups lief. Sie kam aus dem Boden.

Fuck you.

„Rutsch mal." Ich griff in den Bund ihrer Arbeitshose und zog Tess mitsamt dem Rollbrett unter dem Wagen hervor. „Pass auf die Tasse auf."

Kaum ausgesprochen, musste ich auch schon die freie Hand ausstrecken, um die Tasse in der Luft aufzufangen.

Tess griff danach und nahm einen Schluck, bevor sie mir Platz machte und ich unter der Karosserie verschwand. Der Wagen hatte seine besten Tage längst hinter sich. Aber er lief noch.

„Ich verstehe nicht, wieso du diese Tasse immer noch nicht weggeschmissen hast. Man kann das Motiv doch nicht mal mehr erkennen", hörte ich Tess sagen.

Ich knurrte, während ich die verklemmte Schraube löste und den Lappen dagegendrückte. „Schätze, aus demselben Grund, aus dem du noch diese Schrottmühle fährst."

„Du kannst dir keine neue Tasse leisten?", kicherte sie.

Ich warf den Lappen nach ihr. „Nicht alles ist schlecht, nur weil es alt ist."

„Ja, ja. Ich weiß schon, früher war alles besser."

Nein. Nicht alles. Aber das meiste.

Mit einem letzten Ruck zog ich die Schraube fest und mich unter dem Wagen hervor. „Probier's nochmal."

Sie saß schon am Steuer. Ich hörte die Kupplung, die Zündung, dann das satte Gluckern des Motors.

Tess jubelte. „Ich dachte wirklich, diesmal ist er hinüber."

Ich wischte mir die Hände ab und schlug im Vorbeigehen die Motorhaube zu. „Trau ihm ein bisschen mehr zu. Und fahr nicht mehr so hochtourig, das ist kein Sportwagen."

Sie salutierte. „Aye, aye, großer Bruder. Kommst du heute Abend zur Turnierauswahl? Ach *fuck*, heute ist diese Versammlung, oder?“ Sie ließ die Schultern hängen, woraufhin ich ihr Kinn anstupste. „Du kümmerst dich um deine Pferde. Ich kümmere mich um die Stadt.“

Das Feuer unserer Mutter flackerte in ihren Augen auf, als sie grimmig nickte. „Zeig es diesen Scheißkerlen.“

„Du sollst nicht so viel fluchen, Tess.“

Sie lachte. „Tja, was soll ich sagen? Liegt wohl in der Familie.“

Ich trat kopfschüttelnd ans Waschbecken, um mir Hände und Unterarme zu waschen. Tess sprang zurück hinters Lenkrad, legte den Rückwärtsgang ein und fuhr mit einem solchen Affenzahn rückwärts aus der Einfahrt, dass von draußen ein lautes Hupen tönte.

Gut, das Hupen wäre auch so ertönt. Denn offenbar war gerade Ash angekommen. Grinsender Nichtsnutz. Draufgängerischer Bastard. Und mein bester Freund seit Kindertagen.

Als ich in die staubige Hitze der Straße trat, streckte er gerade den blonden Schopf aus dem Fahrerfenster.

„Sorry für die Verspätung. Graham hat sich ewig Zeit mit der Endabnahme gelassen. Ich bin ziemlich sicher, er hasst mich.“

„Ich glaube, er wollte nur sichergehen, dass du nichts mitgehen lassen hast.“

Mit dem theatralischsten Stöhnen seit Shakespeare legte er den Kopf in den Nacken. „Bei solchen Freunden braucht man keine Feinde. Bist du bereit?“

Ich schaltete das Licht aus, griff nach meinem Autoschlüssel und zog das Rolltor hinter mir herunter, während Tess' Truck in einer Staubwolke verschwand.

Noch bevor sich der Staub gelegt hatte, wurde ein Motorgluckern laut und verursachte mir fast körperliche Schmerzen. Fingernägel auf Schiefertafeln waren ein Scheiß gegen massakrierte Motoren.

Ich hielt lauschend inne, das Rolltor halb zugezogen in der Hand. War Tess' Pick-up doch hinüber?

Und wieso wurde das Geräusch nicht leiser?

„Erwartest du noch jemanden?", übertönte Ashs Stimme den sterbenden Motor.

Ein silberner Prius kämpfte sich um die Kurve, dem Kennzeichen nach ein Mietwagen aus … Illinois?

Was zur Hölle …?

Mit schief gelegtem Kopf sahen wir beide dabei zu, wie der Kleinwagen auf uns zuröchelte.

„Das ist Vergewaltigung", kommentierte Ash, als der Motor abgewürgt wurde.

Ich schüttelte den Kopf. „Das ist –"

Heilige …!

„Scheiße, die Braut ist heiß", keuchte Ash.

Ich hätte ihm gerne einen warnenden Blick zugeworfen.

Aber gemeinsam mit meiner Stimme hatte wohl auch ein Teil meines Körpers den Geist aufgegeben: Ich konnte meine Augen verdammt nochmal nicht abwenden, als sich lange Beine aus dem Wagen schälten, umhüllt von einem höllisch heißen Businesskostüm, das locker doppelt so viel gekostet hatte wie der schäbige Prius.

Den langen Beinen folgten Kurven, die Marilyn Monroe neidisch gemacht hätten, und ein Gesicht wie aus einem französischen Film Noir, umrahmt von dunklen Strähnen, die sich aus dem viel zu strengen Knoten gelöst hatten.

Fuck.

Sie war nicht nur heiß. Sie war atemberaubend.

Und sie wusste es.

Denn kaum, dass sie aufrecht stand – beeindruckende Leistung auf den Mörderabsätzen –, stemmte sie eine Hand in die Seite und fragte: „Nachdem ihr damit fertig seid, fremde Frauen anzugaffen, könnt ihr mir sagen, wer von euch Clay Davis ist?"

Ich blinzelte. Woher kannte diese Wahnsinnsbraut meinen Namen? Dann fiel mir ein, dass er in großen, abblätternden Lettern über dem Rolltor hinter mir prangte.

Und da begriff ich: Sie war echt. Und sie hatte verdammt nochmal Eier in der Hose.

Ich hob einen Mundwinkel.

„Das wäre dann wohl ich."

EVELYN

Natürlich.

Der Heißere von beiden.

Ich meine, sie waren beide heiß, und die *Vikings*-Vibes, die von dem Blonden ausgingen, ließen mich sogar meine Abneigung gegenüber Manbuns über Bord werfen.

Aber der Rechte machte seinem Namen alle Ehre und schien geradewegs aus dem Brennofen gestiegen zu sein mit dem dunklen Haar und noch dunkleren Bartschatten über kantigen Gesichtszügen. Seine schweißglänzenden Muskeln waren perfekt modelliert, und sein finsterer Blick verbrannte mich förmlich.

Das oder die staubige Hitze dieser Straße. Wie viel Grad hatte es hier, siebzig?

Ich zwang meinen Blick von seinen volltätowierten Armen und dem schmutzigen Unterhemd weg und verfluchte mich innerlich.

Was hatte ich mir nur gedacht? Männer, die nicht ein extremes Maß an übersteigertem Selbstbewusstsein hatten, schmierten keine vollseitigen Beleidigungen auf Dokumente eines der einflussreichsten Anwälte des Landes. Und dieses übersteigerte Selbstbewusstsein kam entweder von extrem viel Geld – was angesichts dieses windschiefen Schuppens mitten im Nirgendwo wohl kaum der Fall war – oder: von extrem viel Attraktivität.

Ich atmete tief durch und tat einfach so, als würde mein Körper gerade nicht versuchen, den Niagarafällen Konkurrenz zu machen.

„Mein Wagen hat ein Problem", sagte ich also wahrheitsgemäß.

Während der Blonde etwas witzelte, das klang wie: „Tja, gut, dass du eine Autowerkstatt hast", blieb die Miene von Mr Fuck you ausdruckslos. Beeindruckende Körperbeherrschung.

„Das sehe ich. Haben Sie getankt?"

„Überraschung: Im einundzwanzigsten Jahrhundert wissen Frauen, wie man ein Auto betankt."

Am liebsten hätte ich ihm auch auf die Nase gebunden, dass ich immerhin so viel von Autos verstand, um das Kunststück zu vollbringen, einen Leihwagen von Chicago bis ins Hinterland von Kentucky zu fahren und genau vor seiner Werkstatt zum Krepieren zu bringen. Aber weil das meinen ausgefeilten Plan durchkreuzen würde, steckte ich mein Ego fürs Erste zurück.

Er zuckte mit den Schultern. „Acht von zehn Motorproblemen sind auf zu wenig Sprit zurückzuführen, das war keine Beleidigung. Kein Grund, die Krallen auszufahren." Und während ich erneut meinen Stolz herunterschlucken musste, kam er näher. Gefährlich nahe. Er streckte die Hand aus und trug einen Hauch zitrus-würzigen Aftershaves in meine Nase. „Schlüssel."

Ich gab sie ihm und trat vorsorglich einen Schritt zurück, um dem unsichtbaren Magnetfeld zu entkommen, das ihn zu umgeben schien. Trotzdem konnte ich nicht anders, als verstohlen seinen Körperbau zu betrachten, während er sich hinters Steuer des Prius setzte, den Schlüssel ins Zündschloss steckte und die Anzeigen kontrollierte.

Als er wenig später die Motorhaube entriegelte und sich darüberbeugte, saugte sich mein Blick an seinen bunten Tattoos fest. An dem Spiel seiner schweißglänzenden Muskeln. An der festen Kontur seiner Jeans.

Vielleicht sollte ich Adams Statur noch einmal überarbeiten. Adam war nach dem Vorbild antiker Statuen schlank, geradezu filigran. Aber dieser breite Rücken und große Körper von Clay Davis gefielen mir weitaus besser. Modelliert von echter, körperlicher Arbeit, nicht von Fitnessstudios.

Plötzlich fetzte ein Oldie-Rocksong über die staubige Straße und riss mich aus den feuchten Tonfantasien. *Clay*-Fantasien.

Oh Gott … Je schneller ich hier wegkam, desto besser.

Der Blonde hatte das Radio seines Oldtimer-Sportwagens aufgedreht und klopfte mit der flachen Hand im Takt gegen den Kotflügel, immer noch halb aus dem offenen Fahrerfenster hängend. Offenbar waren die beiden kurz vor dem Aufbruch gewesen.

Ich warf ihm ein entschuldigendes Lächeln zu. Das breite Grinsen, das er prompt erwiderte, konnte jeden australischen Surfer vor Neid erblassen lassen. Die lässige Art, wie er die Hand hob, ebenfalls.

„Ich bin Ash."

Mein Lächeln verrutschte leicht. Nicht, weil sein Name genauso doppeldeutig war wie der von Clay und allerhand schmutzige Assoziationen hervorrief. Sondern weil mein Anstand mich förmlich anschrie, mich ebenfalls vorzustellen. Dabei wollte ich hier eigentlich so wenig Spuren wie möglich hinterlassen.

Glücklicherweise nahm mir sein heißer Mechaniker-Kumpel die Entscheidung ab: „Fahr schon mal, Ash. Aber sag diesen Typen, es wird auf keinen Fall ohne mich verhandelt! Ich komme gleich nach." Und während der Blondschopf namens Ash mit einer lässigen Geste salutierte, den Motor startete und mitsamt des Oldie-Rocksongs in einer Staubwolke verschwand, schlug Clay Davis die Motorhaube zu und trat zu mir.

„Kürzlich Öl nachgefüllt?"

Ich blinzelte. Woher wusste er das?

Dämliche Frage, er hat eine verdammte Autowerkstatt!

„Ja …?", versuchte ich es also mit der Wahrheit und stellte mich dumm.

Er hob einen Mundwinkel, was ich als Punkt für mich verbuchte – während ich energisch versuchte, die Reaktion meines Körpers auf seine zuckenden Lippen zu unterbinden.

Er machte es mir nicht gerade leichter, als er den Blick erneut über meinen Körper wandern ließ, als würde er mich in Gedanken bereits über die Motorhaube beugen.

„Dann seien Sie beim nächsten Mal nicht ganz so großzügig mit dem Gleitmittel. Sie brauchen nicht so viel davon."

Ich musste ein Stöhnen unterdrücken. Wie heiß konnten Gebrauchsanweisungen fürs Autofahren sein?

Sein schwelender Blick kehrte zurück zu meinem Gesicht, und mein Mund war plötzlich wie ausgedörrt. Weil alle Feuchtigkeit meines Körpers anderswo war, wie um seine Worte bestätigen zu wollen.

Ich trat einen Schritt zurück und brachte ein – hoffentlich professionelles – Lächeln zustande. „Gut zu wissen. Danke."

Er drehte sich wieder zu dem Prius, den ich heute Morgen in Chicago geliehen hatte, und schob ihn mit einer Hand am Lenkrad in seine Werkstatt, als wäre es eine Seifenkiste anstatt ein eineinhalb Tonnen schweres Auto.

„Können Sie das Tor öffnen? Einfach hochschieben."

Ich tat wie geheißen, dann folgte ich ihm ins schummrige Innere.

Es roch nach Gummi, Öl und Benzin, durchsetzt mit einer warmen Karamell-Note, die ich nicht zuordnen konnte – und jenem herben Orangenduft, den ich vorhin schon an ihm bemerkt hatte.

„Wohin wollten Sie?", fragte er.

Ich wandte den Blick von den uralten Fotografien an der Wand ab und sah ihm zu, wie er den Wagen aufbockte, um die Ölwanne besser erreichen zu können.

Genau hierher, dachte ich. Aber das teilte ich ihm genauso wenig mit wie die Tatsache, dass ich absichtlich zu viel Öl eingefüllt hatte in der Hoffnung, dass der Wagen auf den fünfhundert Meilen Probleme bekommen würde. Tatvorgänge herleiten konnte ich. Vielleicht sollte ich nicht in einer Anwaltskanzlei arbeiten, sondern auf der anderen Seite des Gesetzes.

„In die Stadt", sagte ich bloß unverbindlich. Ich hatte sogar eine kleine Reisetasche gepackt und eine Nacht in einem kleinen Hotel in der Nähe gebucht.

Er sah mich an, ließ abermals den Blick über meinen Körper wandern – noch ein inszeniertes Kostüm als Teil meines Plans. Gabe hatte mir geraten, etwas Praktisches anzuziehen. Aber Gabe war eben keine Frau, die wusste, wie sie ihre Reize in Szene setzen musste, um von Männern das zu bekommen, was sie wollte.

Was heute bloß diese Unterschrift war. Sonst nichts.

Ja, na klar!

Ich ignorierte meinen Körper, der anderer Meinung zu sein schien.

„Wozu?", fragte der nicht mehr ganz so harte Ton-Mann weiter.

„Geschäft."

Verdammt, ich war richtig gut darin! Nicht mal ein Lügendetektor konnte mich entlarven, weil ich ja überhaupt nicht log. Ich sollte wirklich Spionin werden oder sowas.

Du solltest erst mal deine Assemblage fertigstellen, Mädchen!

Er kam wieder unter dem Wagen hervor und ließ die Hebebühne per Knopfdruck herab. Ich versuchte zu ignorieren, wie sich sein Bizeps spannte, als er sich die Hände an einem alten Lappen abwischte.

„Läuft er wieder?" Meine Stimme klang dünner als beabsichtigt.

Zur Antwort startete er den Motor. Dann sah ich dabei zu, wie er den Wagen rückwärts aus der Werkstatt fuhr. Mit geöffneter Fahrertür. Weil das Tor ja nicht schon schmal genug war.

„Ja. Laufen sollte er wieder. Lassen Sie es langsam angehen, damit sich das überflüssige Öl im Motor verteilen kann."

Schon hatte ich meinen Geldbeutel in der Hand. „Das ist wirklich nett, vielen Dank. Könnten Sie mir eine Quittung geben? Dann kann ich das bei meinem Arbeitgeber einreichen." Um ihn zu locken, zog ich zwei Hundert-Dollar-Scheine halb heraus.

Er betrachtete die Scheine und gluckste. „Was soll das denn für ein Arbeitgeber sein?"

Kurz geriet ich ins Wanken. Darauf hatte ich mir keine Antwort zurechtgelegt. Und den wahren Namen zu nennen wäre wohl ziemlich dumm angesichts der Tatsache, dass er genau diesem Absender einen Stinkefinger auf den Briefkopf gekritzelt hatte.

Er streckte die Hand aus. Anstatt jedoch einen der angebotenen Scheine zu nehmen, griff er ungeniert zwischen meinen Fingern hindurch in meinen Geldbeutel und zog einen Fünfzig-Dollar-Schein heraus.

Ich erstarrte. Die Sekunde, in der sich unsere Finger berührten, schien alle Luft aus dem Raum zu saugen. Zumindest alle Luft aus meinen Lungen. Mir wurde so heiß, als stünde ich ohne Schutzausrüstung neben dem geöffneten Brennofen. Und es würde nicht besser werden, wenn er mich weiterhin so anstarrte!

Ich räusperte mich und setzte ein unverfängliches Lächeln auf, um zu überspielen, dass ich mir gerade vorstellte, wie er ohne dieses ölverschmierte Unterhemd aussah.

Ein Muskel zuckte in seinem Gesicht, dann trat er endlich einen Schritt zurück. Während ich noch versuchte, die Berührung seiner rauen Finger zu verdrängen, durchquerte er den Raum in großen Schritten, langte über die alte Theke hinweg und zog einen Quittungsblock hervor, der aussah, als hätte er schon zwei Weltkriege überlebt.

Mein Verstand schaltete sich wieder ein.

Schnell zog ich den Ausdruck hervor, den ich vorbereitet hatte, und schob ihn ihm unter die Nase, deutete auf die Linie, die sich praktischerweise an exakt derselben Stelle befand wie die auf Gabes Vertrag.

Seine dunklen Brauen zogen sich zusammen, während er das Blatt überflog. Schnell lenkte ich ihn mit der Summe ab, die ich ebenfalls blanko gelassen hatte, und zupfte erneut an den zwei Hundertern.

Ich hypnotisierte den Kugelschreiber in seiner Hand, bis er sich zögerlich der oberen Linie näherte. Beschwor die Spitze, bis sie die Ziffern schrieb.

5-0.

Kurz bewunderte ich seine Standfestigkeit. Er hätte die angebotenen zweihundert einfach nehmen können. Dann konzentrierte ich mich wieder auf meine Mission und zwang den Kugelschreiber mit schierer Gedankenkraft dazu, sich der unteren Linie zu nähern.

Mein Herz hämmerte so laut in meiner Brust, dass ich Angst hatte, er könnte es hören. Mein Magen war so verkrampft, dass ich mich übergeben würde, wenn er nicht bald dieses verdammte Papier unterschrieb.

Seine Hand hielt inne. Und er sah mich an.

Ich zwang mich, in seine Augen zu sehen. Sie waren hellbraun und von grünen Sprenkeln durchsetzt. Ob man das Muster seiner Iris mit Ton hinbekäme?

„Wie, sagten Sie, war Ihr Name?"

Ich schluckte. Räusperte mich, weil ich meiner Stimme nicht traute. Und setzte ein Lächeln auf. „Ich sagte ihn noch gar nicht."

Unvermittelt hielt er mir die Hand hin. „Clay."

Ton.

Ich starrte seine Hand an. Gebräunt und verschmiert, mit starken Fingern und kräftigen Sehnen.

Zögerlich ergriff ich sie. Wieder dieses Prickeln, das jetzt einer völlig neuen Begeisterung Platz machte. Denn seine Hand fühlte sich noch viel besser an, als sie aussah. Fest, fordernd und stark. Ein bisschen rau von der harten Arbeit, mit verhärteten Schwielen direkt unterhalb der Fingergelenke. Die Textur könnte ich durch Anpressen von Stoff auf den noch feuchten Ton erzeugen.

„Soll ich dir vielleicht zur Hand gehen?"

Ich glotzte ihn an. Er sah hinunter auf seine Handfläche, die ich umgedreht hatte, um mit den Fingerkuppen über die Verhärtungen zu tasten. Hastig zog ich meine Finger zurück und versuchte, nicht an meiner Scham zu ersticken.

„Evelyn", gab ich zu. „Ich habe nicht … ich meine, ich wollte nicht, ich …" Ich schloss den Mund, bevor ich noch mehr sinnloses Zeug stottern konnte. „Wie sieht es nun mit dieser Quittung aus? Ich will Sie … *dich* nicht aufhalten, Clay. – Mr Davis! Ich meine …"

Ich verzog das Gesicht. Es war seltsam, jemanden anzureden wie Modelliermasse. Vor allem, wenn man sich währenddessen vorstellte, wie man buchstäblich seine Muskeln modellierte. Er grinste, als stünden mir meine Gedanken auf die Stirn geschrieben.

„Evelyn", wiederholte er zur Begrüßung. Und verdammt, er sollte Geld dafür nehmen, mit dieser Stimme den Namen von Frauen auszusprechen. „Heute Abend schon was vor?"

Ich knebelte meinen begeisterten Körper, bevor er etwas Dummes tun konnte, und wich mit einem unverbindlichen Lächeln aus. „Ich bin schon verabredet."

„Schade." Ein Ausdruck von Bedauern huschte über sein Gesicht. Nichts Großes, aber ich wollte diesen Gesichtsausdruck für immer in Tonmasse bannen.

Dann sah ich dabei zu, wie er – Ja, ja, und nochmals ja! – eine energische Unterschrift auf das Papier setzte.

Und dann machte ich mich schleunigst aus dem Staub, bevor mich das schlechte Gewissen übermannen konnte.

Wieder auf der anderen Seite des rostigen Rolltors, sicher auf dem Fahrersitz des wiederhergestellten Prius, verstaute ich das unterschriebene Dokument in meiner Aktentasche und achtete sorgfältig darauf, dass es das Kohlepapier nicht berührte. Damit würde ich die Unterschrift später auf den Vertrag durchpausen. Zugegeben, nicht besonders ehrenhaft, aber andererseits war auch nichts Ehrenhaftes daran, einen Ausstellungsplatz im Art Museum zu bekommen, nur weil man berühmte Eltern hatte. Außerdem hatte ich die Summe gesehen, die Clay „Fuck you" Davis mit dieser Unterschrift erhalten würde. Die knapp zwei Millionen würden ihn bestimmt darüber hinwegtrösten.

Eigentlich sollte er mir dankbar sein.

Wieso um alles in der Welt hatte er nicht längst unterschrieben? Er sah aus, als könnte er das Geld gebrauchen. Vielleicht war er nicht zurechnungsfähig und –

Der Rest meiner Gedanken ging in meinem Schrei unter, als die Tür aufgerissen und ich aus dem Fahrersitz gehoben wurde. Buchstäblich.

Kapitel 3

Heißes Staubgerangel

EVELYN

Bevor ich wusste, wie mir geschah, stand die Welt kopf. Papiere segelten an die staubige Decke, und ich starrte auf den Arsch – eines Arschs!

„Lass mich sofort runter!" Ich schrie und strampelte und schlug mit den Fäusten auf ihn ein, aber er trug mich unbeirrt zurück zur Werkstatt. „Was soll das?"

„Dasselbe könnte ich dich fragen. Woher hast du die Visitenkarte?"

„Welche Visitenkarte?"

Oh Gott.

Bitte nicht!

Mir wurde schlecht, und es lag nicht daran, dass seine große Schulter bei jedem Schritt in meine Magengrube drückte. Die einzigen Visitenkarten, die ich bei mir führte, waren die meines Chefs. Und zwar in meinem Geldbeutel. War eine davon vorhin herausgefallen?

„Ich kann das erklären!", rief ich im Affekt, auch wenn ich absolut keine Ahnung hatte, wie ich aus der Nummer rauskommen sollte.

„Kann's kaum erwarten." Eine Tür wurde aufgezogen. Nicht das Tor. Eine echte Tür. Aus Metall. „Ich wette, deine Story ist genauso fantastisch wie dein Lächeln. Leider habe ich jetzt einen Termin. Deine Erklärung muss also warten, bis ich zurück bin."

Schon wurde ich von der heißen Schulter auf kalten Boden gewuchtet. Ich zuckte zusammen, musste mich kurz orientieren. Und sobald ich wusste, wo oben und unten war, sprang ich vor – und prallte gegen die Stahltür.

Er hatte mich nicht ernsthaft hier eingesperrt!

Fassungslos starrte ich in die Schwärze, riss die Augen weiter auf, um etwas zu erkennen, aber der Raum blieb pechschwarz. Ich tastete vor mir nach der Türklinke.

Und erstarrte, als ich bloß einen Knauf fand, der sich nicht drehen ließ.

„Spinnst du?", schrie ich. Panik flutete meinen Körper, während ich wie wild an dem Knauf zerrte, als würde sich die Tür dadurch öffnen. „Lass mich sofort raus!"

Keine Antwort.

Stattdessen: ein Motor. Nicht mein Prius, irgendetwas Schwereres, Mächtigeres, das bis in mein Innerstes vibrierte.

Atemlos hörte ich zu, wie Reifen auf dem Kies kurz durchdrehten und sich dann entfernten. Dieser Mistkerl hatte mich hier wirklich eingesperrt!

Was, wenn er die Polizei holt?

Oder seine Schlägerkumpel?

Himmel, was, wenn er ein Gewehr holt? Gilt in Kentucky nicht noch das Selbstschutz-Gesetz?

Ich zwang meine innere Kommentatorin, für zwei Sekunden die Luft anzuhalten, damit ich nachdenken konnte. Er hatte gesagt, er hätte einen Termin und würde sich meine „*Story*" später anhören. Das hieß, er würde zurückkommen.

So lange würde ich auf keinen Fall hier drin warten. Entschlossen löste ich das Ohr von der Tür und streckte die Hände aus, tastete mich vor wie bei dem „Blinde Kuh"-Spiel.

Stahltür. Backsteinmauer. Stromleitung – Stromleitung! Eilig tastete ich an den Kabeln entlang, fand aber keinen Lichtschalter. Mist.

Weiter im Uhrzeigersinn: noch mehr Mauer, iiih, Spinnenweben!

Der Ekel währte nur kurz.

Denn dann … ertastete ich einen Spind. Und darin einen langen Stiel, der zu einer Eisenschaufel führte.

CLAY

„Hast du den beschissenen Verstand verloren?", fauchte Ash.

Ich fürchtete, ja.

„Was, wenn sie die Polizei ruft? Oder schlimmer noch –"

„Halt die Luft an", unterbrach ich ihn. „Ich habe ihr Handy. Und ihr Netzbetreiber hat hier keinen Empfang."

„Du hast auch noch ihr beschissenes Handy?" Er strich sich mit beiden Händen blonde Strähnen zurück, die sich aus seinem kurzen Zopf gelöst hatten. Sie fielen ihm sofort wieder ins Gesicht. „Du weißt schon, dass ich auf Bewährung bin? Wie soll ich das Devin erklären?“

Devin war sein Cousin – und zum Glück für ihn Deputy des hiesigen Sheriff's Office. Ash würde ihm gar nichts erklären müssen.

„Es ist aus ihrer Handtasche gefallen, okay? Entspann dich.“ Warum rechtfertigte ich mich ausgerechnet vor jemandem mit Ashs Historie dafür, dass ich tat, was wir beide seit mehr als einem Jahrzehnt mit Händen und Füßen taten? Schadensbegrenzung.

Natürlich rechtfertigte das keine Freiheitsberaubung. Aber in diesem Krieg hatten wir schon Schlimmeres getan, als heiße Frauen vorübergehend in unseren Geräteschuppen einzusperren. Vor allem, wenn sich diese Frauen als höllisch herausstellten, quasi vom Teufel persönlich geschickt.

Ja, sie war die atemberaubendste Frau, die ich jemals gesehen hatte, und der Anblick, als sie vorhin ihren Körper aus diesem Kleinwagen geschält hatte, hatte es aus dem Stand in die Top drei der besten Anblicke meines Lebens geschafft – und da war die Geburt von Pipers Sohn und Elles Gesicht bei ihrer Verlobung eingeschlossen.

Aber als sich unsere Hände berührt hatten … Ich hatte keine Erklärung dafür. Es war keine bloße statische Entladung, wie wenn einer von uns mit Gummisohlen über einen Teppich gelaufen wäre. Eher wie der elektrische Schlag der Pferdekoppeln, an die wir in unserer Kindheit als Mutprobe alle möglichen Körperteile gehalten hatten. Bloß … am ganzen Körper gleichzeitig. *Im* ganzen Körper.

Ich wusste, dass sie es auch gespürt hatte, denn die Art, wie sich ihre dunklen Augen geweitet und ihre geschwungenen

Lippen geteilt hatten, hatte es glatt auf Platz vier der besten Anblicke geschafft.

Was es tausendfach schlimmer machte, wenn sie wirklich auf der gegnerischen Seite stand.

„Ich meine, die Visitenkarte könnte auf hundert Arten in ihre Brieftasche gekommen sein. Vielleicht hat sie sie mitgehen lassen?“ Ich warf Ash einen ungläubigen Blick zu. Nicht jeder war so kleptomanisch veranlagt wie mein bester Freund.

Aber mit der ersten Aussage hatte er recht. Sie kam aus Chicago, und es gab hunderttausend Gründe, wie sie an die Visitenkarte der Anwaltskanzlei hätte gekommen sein können.

Auf bescheuertem Kraftpapier mit Reliefprägung. Geht's noch, Gabe?

Vielleicht hatte sie einen Anwalt gebraucht oder sich dort beworben. Oder ihre Tante hatte einen Anwalt gebraucht. Oder ihre Schwester arbeitete dort. Oder – ich spannte unwillkürlich den Kiefer an – ließ sie sich gerade scheiden? Hatte sie einen Ringabdruck gehabt? Ich erinnerte mich nicht. Höchstwahrscheinlich, weil meine Augen damit beschäftigt gewesen waren, ihr Gesicht anzustarren.

„Warum fragst du sie nicht einfach?“, las Ash Fucking Mindreader meine Gedanken.

Ich schnaubte. „Sie wird bestimmt gut auf mich zu sprechen sein, wenn ich die Tür wieder aufmache.“

Nach – *Verflucht!* – fast eineinhalb Stunden. Ich hatte gehofft, das Treffen würde schneller vorbei sein. Aber wenn Politiker einmal quatschten, dann quatschten sie. Das war im lokalen County Council nicht anders als im Parlament in Washington. Immerhin hatten sie dem Vorhaben noch nicht zugestimmt, sondern die Entscheidung abermals vertagt.

War echt schwer, die Entscheidung zu treffen, ob man den Ast absägen wollte, auf dem man saß.

„Na ja, nicht, wenn du lange genug wartest." Ashs schmutziges Grinsen verwandelte sich in eine Unschuldsmiene, als ich ihm einen scharfen Blick zuwarf. „Hey, es gibt Frauen, die drauf stehen."

„Verschon mich mit den Details."

Er hob ergeben die Hände, dann stieg er in seinen alten Ford Mustang und ich in meinen noch älteren Camaro 67.

„Ruf an, wenn du Hilfe brauchst", rief er noch.

Ich schüttelte bloß den Kopf, während ich den Motor startete. Mit ner Mieze in Minirock und High Heels würde ich schon alleine fertigwerden.

Zehn Meilen und knapp fünfzehn Minuten später wurde ich eines Besseren belehrt.

Der silberne Prius stand noch vor meiner Werkstatt, als ich den Motor abstellte. Fünf Sekunden lang lauschte ich über das Knistern der Motorhaube hinweg auf ein Geräusch aus dem Geräteschuppen. Auf wütendes Hämmern, hysterisches Kreischen. Kratzen, Fauchen, Beißen. *Fuck*, der Gedanke machte mich an.

Als es still blieb, zog ich den Schlüssel ab und stieg aus.

Stille.

Ich wappnete mich für lebensrettende Maßnahmen.

Stille.

Ich öffnete die Tür.

Bäääm!

Irgendetwas riss mich von den Füßen. Hart.

Mir klingelten die Ohren, während ich die Benommenheit abschüttelte und auf den Steinsand unter mir blinzelte. Etwas Warmes lief mir über die Stirn. Blut?

Erstaunt starrte ich auf den roten Tropfen, der auf den Boden platschte, hörte das Rauschen in meinen Ohren. Und dann hörte ich noch etwas anderes. Eilige Schritte. Sie rannte. Auf den Prius zu.

EVELYN

Ich rannte, als hätte ich einen Homerun geschlagen.

Was ich gewissermaßen auch getan hatte.

Mit einer Schaufel.

An den Holzstiel geklammert, war ich wohl irgendwann weggedämmert, doch der schwere Motor und die zuschlagende Wagentür hatten mich hochschrecken lassen. Vollgepumpt mit Adrenalin vom Aufwachen und von meinem Glückstreffer spurtete ich auf den Leihwagen zu. Hoffentlich steckte der Schlüssel noch!

Für dieses Manöver hatte ich meine High Heels ausgezogen. Spitze Steinchen bohrten sich in meine Fußsohlen, aber ich ertrug den Schmerz.

Gott sei Dank, der Prius war offen!

Eilig riss ich die Fahrertür auf und –

Wurde mitten in der Luft zurückgerissen. Starke Arme umfingen meine Mitte, ließen meine Finger vom Türgriff abrutschen. Ich bäumte mich auf und kickte nach vorne in die Luft, um mich aus Clays Bärengriff zu winden. Aber alles, was ich damit erreichte, war, dass ich uns beide rücklings zu Boden warf.

Ich landete weich – so weich, wie man auf einem muskelgestählten Männerkörper nun mal fallen kann –, aber Clay ächzte hörbar. Und doch löste er seinen Klammergriff nicht eine Sekunde lang.

„Lass mich los!"

„Fuck you."

Da war es also. Live und in Farbe. Wo *Fuck you* draufstand, war eben auch *Fuck you* drin.

Ich muss dringend aufhören, das Wort Fuck *in Zusammenhang mit ihm zu benutzen.*

Er knurrte. Und wenn ich nicht gerade wie eine Krabbe im Todeskampf auf dem Rücken liegen würde, hätte ich das absurderweise auch noch sexy gefunden.

Ich hatte mich gerade in eine vorteilhaftere Position gekämpft – über ihm kniend –, als ich vor Schreck einen kleinen Schrei ausstieß.

„Du blutest!"

Wieder knurrte er. „Was, glaubst du, passiert, wenn man jemandem einen Stahlspaten überzieht?"

Ja, da war was dran.

Aber bevor ich so etwas wie Reue entwickeln konnte, wuchtete er uns herum und nagelte meine Handgelenke unbarmherzig in den Staub.

Autsch, das war mein Hinterkopf!

Er lächelte grimmig.

Und offenbar ein paar verlorene Gehirnzellen. Anders war nicht zu erklären, dass ich das sexy fand.

„Schätze, damit sind wir quitt, *Sugar.*"

„Fuck you", echote ich im Affekt. Mehr wegen dem „*Sugar*" als dem Quittsein.

Er grinste.

Und erst jetzt wurde mir bewusst, wie nah sich unsere Gesichter waren. Wie heftig unser beider Atem ging. Wie schwer sein Gewicht auf meinem Körper lag. Und wie sich seine Jeans an meiner Leiste beulte.

„Jederzeit."

Zwischen Schock und Erregung wand ich mich unter ihm. Sein Gewicht verschwand von meinem Körper, kurz darauf streckte er die Hand aus und – wie bitte? Woher kam plötzlich diese Hilfsbereitschaft? – zog mich auf die Beine.

Hände legten sich um meine Taille.

Große Hände.

Die geradezu Löcher in Kleidung brennen konnten.

Okay, das reicht. Ich hätte dann jetzt gerne meine verlorenen Hirnzellen zurück.

Ich stieß ihn weg und strich mein Businesskostüm glatt. Das heißt das, was davon noch zu retten war.

„Danke. Wenn es dir nichts ausmacht, verschwinde ich jetzt von –"

„Doch."

„Wie bitte?"

„Es macht mir etwas aus."

„Entschuldige mal?" Als ich wieder aufsah, lehnte er mit verschränkten Armen an der Fahrertür meines Prius, als würde ihm der verdammte Wagen gehören.

„Erst, wenn du mir erklärt hast, was du hier willst und wie du an die hier kommst."

Er hielt eine zerknickte Visitenkarte hoch. *Meine* Visitenkarte!

Natürlich stand nicht mein Name drauf, weil ich ja nur die menschliche Siri für Gabe McKenzie war. Trotzdem: Er hatte sie wirklich. Meine Knie gaben kurz nach, und diesmal lag es nicht an seiner überwältigenden Nähe.

Hätte ich mal besser die Zeit im Schuppen genutzt, um mir eine glaubwürdige Geschichte auszudenken.

„Das ist nicht meine."

„Das ist offensichtlich. Der Name steht drauf", antwortete er trocken. Ich schnitt ihm eine Grimasse, weil ich nicht wusste, was ich sonst tun sollte. Sein Blick blieb eine Sekunde länger auf meinen Lippen haften. „Woher kennst du Gabe McKenzie?"

„Aus einer Bar." *Ha, keine Lüge!*

Ich wollte nach der Karte greifen, doch er zog sie weg. In seinen braungrünen Augen flackerte Interesse. „Privat oder geschäftlich?"

Ich unterdrückte das Ziehen in meinem Innersten. „Entschuldigung, aber das geht dich nichts an. Wenn du jetzt so freundlich wärst, mich weiterfahren zu lassen, bevor –"

„Bevor was?" Er legte den Kopf schief. Seine Schläfe blutete immer noch. Ich verdrängte das schlechte Gewissen.

„Bevor ich die Polizei rufe."

Jetzt gluckste er, blickte die verlassene Straße entlang und zog wie beiläufig ein Handy aus seiner Jeanstasche. *Mein* Handy! Was hatte er denn noch alles eingesteckt?

„Viel Glück, *Sugar*."

Er hielt es mir hin und ich schnappte es, bevor er es sich anders überlegen konnte. Dann sah ich auf das Display. Kein Netz!

Schock durchzuckte mich, da erinnerte ich mich, dass Notrufe immer möglich waren, solange es einen Sendemast in der Nähe gab. Ich wählte.

„Das würde ich an deiner Stelle nicht tun."

Es war weniger seine Warnung als die unwiderstehliche Selbstsicherheit seiner Stimme, die mich innehalten ließ.

„Oh ja? Weil?"

Wieder verschränkte er die Arme, lehnte an dem Wagen wie ein verfluchter Halbgott mit Tattoos. „Weil du vor meiner Haustür stehst und mein Eigentum bedrohst. Selbst wenn ich nicht mit dem halben Polizeirevier befreundet wäre, könnte ich einen Revolver ziehen, und sie würden trotzdem nichts für dich tun."

Ich starrte ihn an. Das würde er nicht tun! Oder?

In dem Versuch, meine Angst zu überspielen, hob ich eine Augenbraue. „Und ich soll dir jetzt dankbar sein, dass du mir nur eine Gehirnerschütterung verpasst hast?"

Er schüttelte amüsiert den Kopf und wischte sich mit dem Handrücken das halb getrocknete Blut aus der Stirn. „Hätte nichts dagegen. Nicht, dass ich etwas gegen heißes Staubgerangel in der Abenddämmerung hätte, aber da du heute Abend ohnehin keine vierhundert Meilen mehr nach Norden fährst, bringe ich dich vorerst an einen Ort mit einer heißen Dusche und Aspirin. Deal?"

Ich blinzelte. Eine heiße Dusche und Aspirin klangen göttlich, aber das würde ich ihm nicht unter die Nase reiben. „Einverstanden", sagte ich so würdevoll wie möglich.

Wieder umspielte dieses Zucken seine Mundwinkel. „Hast du 'nen Adelstitel oder sowas, *Sugar*?"

„Wie bitte?"

Aus dem Zucken wurde ein breites Lächeln, das irgendwas mit meinem Innersten anstellte. „Genau das. Selten ne Lady getroffen, die sich so höflich ausdrückt."

„Vielleicht bringt deine ruppige Art einfach das Schlechteste in den Menschen hervor?"

Okay, Eigentor. Denn verdammt nochmal, ja! Ich wollte alles Schlechte haben, das sein schwelender Blick versprach.

Vorsorglich löste ich meinen Ellenbogen aus seinem Griff, während wir auf ein kupferbraunes Oldtimer Muscle-Car mit glänzenden Felgen zusteuerten, das ich bisher nur in Filmen gesehen hatte. Mir klappte der Mund auf. Wie konnte es sein, dass alles in dieser Gegend abgerockt und schmutzig war – einschließlich des Typen neben mir –, dieser Wagen aber glänzte wie gerade vom Band gelaufen? Wann war das überhaupt gewesen?

„Von wann ist der, 1970?", verselbständigten sich meine Gedanken, während ich mich zur Seite lehnte, um die Marke erkennen zu können. Chevrolet. Ein Camaro!

„1967. Gutes Auge." Ich konnte nicht verbergen, dass mich sein Kompliment absurderweise freute.

„Ich bin Künstlerin", antwortete ich nicht ohne Stolz.

Ein weiteres amüsiertes Kopfschütteln, während er den Kofferraum öffnete und – was um alles in der Welt? – *mein* Handy zu *meiner* Handtasche warf. Er sah mich an.

„Muss ich dich auch dazupacken, weil du versuchen wirst, uns beide umzubringen, wenn ich dich auf den Beifahrersitz setze?"

Ich wollte lachen, aber sein Blick machte mehr als deutlich, dass er mich wirklich in diesen engen Kofferraum wuchten würde. Ich entschied mich für den Beifahrersitz.

„Nein, vorübergehender Waffenstillstand klingt super." Strahlend zog ich an dem verchromten Türgriff. „Wie weit ist es zum Hotel?"

„Wir fahren in kein Hotel."

Kapitel 4

Tontaubenschießen

CLAY

„Ich fahre ganz bestimmt nicht mit dir nach Hause!“

Offenbar hatte sie begriffen, dass ich keinen Witz gemacht hatte, als wir nicht Richtung Downtown fuhren, sondern aus der Stadt hinaus.

Mein Blick zuckte zur Seite. Aus Sorge, sie könnte tatsächlich bei siebzig Meilen pro Stunde die Tür aufreißen und aus dem Wagen springen. Vor allem aber, weil sie immer noch dieses verflucht enge Businesskleid trug, das jetzt wohl vollkommen ruiniert war – und ihr im Sitzen kaum bis zur Mitte der Oberschenkel reichte.

„Tja, zu spät.“ Ich riss das Lenkrad scharf herum, um auf die Abkürzung über den Feldweg einzubiegen. Je schneller ihr Körper nicht mehr in Armreichweite und ihr Duft nach Lavendel und Tonerde nicht mehr in meiner Nase waren, desto besser.

Ich war froh, dass ich den Weg im Schlaf kannte und kaum jemand diesen Weg befuhr. Trotzdem kam ich dem Graben mehrmals gefährlich nahe.

„Künstlerin also", nahm ich das Thema wieder auf, um uns beide abzulenken.

Die stolze Art, wie sie jetzt das Kinn hob, ließ meine Brust anschwellen und meinen Schwanz zucken. „Bildhauerin, um genau zu sein."

Ich zwang mich, weiter auf die Straße zu sehen. Ich konnte sie mir deutlich besser mit einem harten Meißel in der Hand vorstellen als mit einem feuchten Pinsel.

Verdammt ... Ich musste dringend auf andere Gedanken kommen.

Stille, in der ich den erbärmlichen Rest meines Hirns nach dem Begriff durchsuchte: „Marmor?"

Wieder richteten sich meine Nackenhärchen auf, als sie mich von der Seite ansah. Nicht irgendwie. Sondern mit einem Blick, der jeden schmutzigen Gedanken lesen konnte, der gerade durch meinen Kopf pulsierte. Und das waren eine Menge.

„Ton."

Ich trat ruckartig auf die Bremse. Sie sah mich immer noch an wie die Sünde in Person.

„Laguna Clay EM100 ist mein Favorit. Perfekte Steifigkeit und geschmeidig genug, um in meinen Händen zu schmelzen."

Ich starrte sie an. Das war ein beschissener Scherz, oder?

Ihre hinreißend kaffeebraunen Augen verhakten sich mit meinen.

Meint sie das ernst?

Ihre Mundwinkel hoben sich.

Fuck. Sie meint das ernst.

Brachte ich *sie* gerade in mein Haus wie ein paranoider Bastard – oder wickelte *sie mich* um den Finger wie eine Sirene? Ich riss mich von ihrem hypnotisierenden Anblick los und sah wieder auf die Straße, blendete in der voranschreitenden Dämmerung das Licht auf und zwang meine wachsende Erektion mit reiner Willenskraft zurück an ihren Platz.

Es gelang mir ganze zwölf Minuten lang, in denen ich den Camaro bis in meine Garage fuhr, ihren winzigen Koffer in eines der leerstehenden Zimmer trug, ihr das Gästebad und den Medikamentenvorrat darin zeigte und meine Platzwunde mit Hochprozentigem auswusch.

Und als ich zum zweiten Mal unter der Dusche masturbierte, traf ich eine Entscheidung.

Fuck it.

Selbst wenn sie eine Auftragskillerin wäre und Gabe sie geschickt hätte, um mich zu erledigen: dann würde ich meine letzte Nacht wenigstens sinnvoll nutzen.

Spoileralarm: Meine Überwachungskameras nach ihr abzusuchen gehörte nicht dazu.

EVELYN

Hieß es nicht, Männer seien simpel? Was war das dann bitte für ein Kerl voller Widersprüche?

Er arbeitete in einer Bruchbude, weigerte sich aber, ein Papier für zwei Millionen Dollar zu unterschreiben. Er brachte eine fremde Frau in sein Haus, ignorierte aber jede ihrer anzüglichen Bemerkungen.

Und warum wohnt er in einem verdammten Schloss?

Dieses Haus war riesig. Es thronte wie hingemalt auf einer kleinen Anhöhe, ringsum von sanft abfallenden, grünen Wiesen umsäumt. Wir waren drei Stufen hinauf zu einer überdachten Veranda getreten, die aussah, als würde sie einmal um das Haus herumführen. Das Holzgeländer, die weiß gestrichene Fassade und alles andere war in tadellosem Zustand. Hätte ich mir jemals das perfekte cozy Country Home ausgemalt, es sähe so aus. Ich konnte nicht glauben, dass er hier tatsächlich ganz allein wohnte. Dieses Haus gebührte einer Großfamilie mit drei Generationen.

Die Inneneinrichtung war modernisiert und katapultierte mich aus dem staubigen Camaro-Cowboy-Kentucky der Sechziger Jahre ins einundzwanzigste Jahrhundert. Es gab sogar elektrische Rollläden – an jedem einzelnen der gefühlten einhundert Fenster auf drei Etagen.

Was es nicht gab, waren Türschlösser.

Kein. Einziges.

Was dachte er sich eigentlich? Dass ich mich von seinem Badass-Wagen, ruppigen Charme und diesem Queensize-Bett einlullen lassen würde? Oder dass ich ihm einfach all meine – und Gabes – Geheimnisse erzählen würde, wenn er sich vor mir auszog?

Memo an mich selbst: Überlebensinstinkt über Wunschfantasien stellen.

Ich hatte – aus Gründen, die mit Privatsphäre und fehlenden Schlössern zu tun hatten – auf die herbeigesehnte Dusche verzichtet. Die einzige Sitzgelegenheit – das Bett –

mied ich ebenfalls, obwohl es unter den vielen Kissen und der Tagesdecke herrlich einladend aussah. Aber wenn ich mich auch nur auf die weiche Matratze setzte, würden mir vermutlich schneller die Augen zufallen, als ich „Gute Nacht" sagen konnte.

Schlafprobleme, zwei Jobs und knapp sechs Stunden Autofahrt waren selbst dann anstrengend, wenn man sich nicht auch noch mit einem heißen Kerl im Staub wälzte.

Also saß ich auf dem weichen Teppichboden und kaute auf einer Haarsträhne herum, während ich überlegte, was ich tun sollte.

Bleiben? Fliehen? Die Polizei rufen?

Zum hundertsten Mal sah ich auf mein Handy. Ich hatte kein Netz und fast keinen Akku mehr. Immerhin ich hatte noch den Reparaturbeleg mit der Unterschrift, auch wenn er jetzt reichlich zerknickt und das Kohlepapier wohl kaum noch zu gebrauchen war. Aber Kohlepapier gab es in jedem Schreibwarenladen.

Wie hoch waren die Chancen, dass es in dieser Stadt einen –?

Was ist das für ein Geräusch?

Wasser?!

Er duschte!

Fünf Sekunden lang lauschte ich fassungslos auf das entfernte Wasserrauschen.

Nach zehn Sekunden hatte ich eine Entscheidung getroffen.

Keine Ahnung, ob es die beste war, aber *etwas* tun war besser als gar nichts tun.

Ich stand lautlos auf, zog *fast* lautlos den Reißverschluss meines Koffers auf und tastete darin nach meinen Sneakers.

Kurz überlegte ich, mich komplett umzuziehen, aber das würde mich wertvolle Minuten kosten.

Es war ohnehin längst dunkel. Mich würde niemand sehen, und bevor es wieder hell war, würde ich längst in dem gemieteten Prius auf dem Weg zurück nach Chicago sitzen.

Kurz überlegte ich, ob ich meinen Koffer und die neuen High Heels mitnehmen konnte. Aber leichtes Gepäck war besser als ein Haufen überflüssiger Kleidungsstücke – von denen ich nicht einmal wusste, ob sie die Mühe wert sein würden. Ich hatte einfach wahllos in meinen Schrank gegriffen, um den Koffer zu füllen.

Eilig schob ich mein Handy, das sorgfältig geknickte Blatt mit Clay Davis' Unterschrift und ein paar Geldscheine in meinen BH, schlich auf leisen Sneakersohlen zur Tür und lauschte.

Immer noch Wasserrauschen.

Jetzt oder nie.

Ich riss die Tür auf, spurtete durch den ausladenden Flur nach links, direkt auf die zweiflügelige Eingangstür zu.

Draußen umfing mich frische Landluft, die noch die letzte Wärme des Tages herantrug, sich aber bereits kühl auf meine Haut legte. Unwillkürlich atmete ich tief ein und machte einen mentalen Schnappschuss.

Schon schön hier. Sogar die Sterne konnte man sehen.

Wogende Wiesen und singende Zikaden: check.

Sanfter Abendwind auf der Haut: check.

Licht im Fenster des ersten Stocks direkt über mir: *Mist!*

Ich ignorierte den Bewegungsmelder, der die Auffahrt in warmes Licht tauchte, sprang die Stufen der umlaufenden Veranda hinab und rannte los.

Ich kam nicht einmal eine Meile weit.

Dann begriff ich, warum er die Türen nicht abschloss und keine Angst hatte, dass ich fliehen könnte. Weil sein Haus mitten im verdammten Niemandsland stand!

Egal, wie weit ich ging – nachdem ich im Stockdunkeln auf dem unebenen Feldweg dreimal in Folge beinahe umgeknickt war, hatte ich aufgehört zu laufen –, ich sah nichts außer Schwärze. In welche Richtung ich mich auch drehte, ich erkannte nicht das kleinste Zeichen menschlicher Zivilisation am hügeligen Horizont. Keine Straßenlaternen. Keine Hauslichter. Nicht einmal einsame Autoscheinwerfer.

Ich saß fest. Am Arsch der Welt.

So idyllisch er sich auch präsentieren mochte in dieser lauen Sommernacht. Wäre ich unter anderen Umständen hier, hätte ich es als friedlich bezeichnet, mit den leise flüsternden Wiesen und den andächtig zirpenden Grillen. Fast fühlte es sich an, als würde der Boden selbst summen, aber vermutlich bildete ich mir das nur ein. Irgendwann musste ich doch auf eine Straße stoßen!

… Oder auf einen drei Meter hohen Industriezaun.

Fassungslos starrte ich auf den massiven Maschendraht direkt vor mir.

Weit und breit nichts zu sehen, das einen Zaun rechtfertigte. Und wie dämlich war es bitte, ein drölftausend Quadratmeter großes Grundstück an nur einer Seite einzuzäunen? Noch dazu mit so einem hässlichen Zaun, der eher in ein Industriegebiet passte als in diesen Country-Himmel –

Was ist das?

Alles in mir schaltete in den Panikmodus, als ich auf den roten Lichtpunkt starrte, der vor mir mitten in der Schwärze hing.

Aliens. Predators. Selbstmordattentäter mit Sprengstoffgürteln. SWAT-Kommandos. Der Terminator.

Dazu dieses unablässige Rumoren im Boden.

Aliens. Definitiv Aliens.

Nein, doch nicht. Als ich genauer hinsah, erkannte ich die Form – und schnappte nach Luft. Eine Kamera!

Wieso hing hier eine Kamera? An wie vielen war ich schon vorbeigelaufen? Hatte er mich auf einer davon schon entdeckt?

„Fündig geworden?"

Ich fuhr schreiend herum. Clay hob beschwichtigend die Arme, doch ich lief blind los. Er bekam mich um die Taille zu fassen, woraufhin mich mein eigener Schwung fast von den Füßen riss. Spritzig-herber Duft von Orange und Holznoten drang mir in die Nase und ließ meinen Bauch Purzelbäume schlagen.

Der Duft – oder die Angst in meinen Gliedern.

Oder vielleicht der besitzergreifende Arm um deine Taille?

„Lass mich los, oder ich schreie!"

Er blieb unbeeindruckt. „Tu dir keinen Zwang an."

Bitte, ich habe dich gewarnt.

Ich schrie. Laut.

Nach vier Sekunden dämmerte mir, dass das keine gute Idee war.

Nach sieben ging mir die Luft aus.

Nach zehn war meine Stimme heiser.

Also ließ ich es wieder bleiben und rieb mir unmerklich über den schmerzenden Hals. Mein Blick traf den von Clay. Ich konnte nicht viel von seinem Gesicht erkennen, aber das Funkeln in seinen Augen machte etwas mit mir.

„Fuck, es ist sexy, wenn deine Stimme heiser wird."

Okay, vergiss seinen Blick. Diese Worte!

Seine Stimme klang genauso rau, wie sich mein Hals anfühlte, und seine Tonlage konnte Knie in Modelliermasse verwandeln.

Apropos Knie. Meine würden bald den Geist aufgeben, und zwar nicht nur wegen seiner Nähe. Ich kratzte das letzte bisschen Würde zusammen und hob das Kinn.

„Ich hoffe, du bist gekommen, um mich den Rest der Strecke zurück zu meinem Wagen zu fahren?"

Keine Antwort. Das hieß wohl nein.

„Also schön." Ich seufzte. Wir waren schließlich erwachsen, wir konnten das ausdiskutieren wie zivilisierte Menschen. „Lass mich die Frage umformulieren. *Wann* bringst du mich zurück zu meinem Wagen?"

Er verschränkte die Arme vor der Brust. „Darüber können wir verhandeln, sobald du mir sagst, was du hier willst und was du mit McKenzie zu schaffen hast."

Gut, dass es dunkel war, denn so konnte er nicht sehen, wie ich frustriert die Wangen aufblies, während ich mir eine Antwort überlegte, die nicht kommen wollte.

Evelyn an Hirnzellen, jetzt wäre ein guter Moment, voll aufzudrehen!

Warte mal, war sein Oberkörper etwa nackt?

Ich starrte auf den Schemen seiner Brust vor mir. Entweder trug er ein hautenges Shirt, durch das sich seine gewölbten Muskeln und dunklen Tattoos mehr als deutlich hindurchdrückten – oder er trug *gar kein* Shirt.

Und er war … wow! Allmählich bekam ich das Gefühl, dass nichts an diesem Mann klein war.

Konzentrier dich, Mädchen, das ist doch gerade völlig egal!

Ich räusperte mich. „Wie ich sagte, ich bin geschäftlich hier."

„Was für ein Geschäft? Arbeitest du für Gabe?"

„Was?" Ich blinzelte. Starrte immer noch auf seine *vielleicht* nackte Brust. Hob den Blick zu dem, was vielleicht seine Augen waren, und verzog das Gesicht.

Das durfte doch nicht wahr sein, mein Gehirn war wie leergefegt! Warum stammelte ich wie eine Erstklässlerin, die ihre Hausaufgaben nicht gemacht hatte?

„Kunst!", war das Erste, das mir einfiel.

„Kunst." Er klang nicht überzeugt.

„Ja, Kunst. Ich habe einen Assistenzjob am Art Institute of Chicago und suche neue Talente für unsere kommenden Ausstellungen."

Yes, Girl! Das ist doch mal eine klare Ansage.

Und gar nicht so falsch, denn für den Job hatte ich mich tatsächlich beworben. Das heißt, bevor sie mich abgelehnt hatten und ich stattdessen nach zu vielen Tequilas mit Gabe McKenzie in einer Bar die einmalige Gelegenheit ergriffen und mir seinen Assistentinnenjob geschnappt hatte.

„Wie ich schon sagte: Die Visitenkarte habe ich von einem Kerl in einer Bar. Nicht der Rede wert. Du kannst sie behalten, falls du mal 'nen Anwalt brauchst oder so."

Lehn dich nicht zu weit aus dem Fenster, Mädchen!

Ich zügelte mich. Der Schemen, der Clay war, regte sich keinen Zentimeter.

„Künstler. In Kentucky." Seine Stimme verriet immer noch Skepsis, doch sein Misstrauen begann zu bröckeln.

„Auf jeden Fall!", bekräftigte ich, begeistert über den kleinen Fortschritt meiner Halblüge. „Verborgene Talente schlummern überall, nicht nur in den großen Städten. Und es wäre eine Schande, ihnen keine Chance zu geben, nur weil sie vom Arsch der Welt kommen, verzeih die Ausdrucksweise. Obwohl das hier zugegeben *sehr* weit ab vom Schuss ist."

Ich sah mich um, als könnte ich in der Dunkelheit irgendwas von der idyllischen Landschaft erkennen. „Kennst du niemanden mit einer künstlerischen Ader?"

Diese Frage ließ ihn innehalten. Vielleicht kannte er wirklich jemanden, oder vielleicht lag es an meiner diesmal nicht gespielten Überzeugung. Aber jetzt regte er sich endlich: Er hob den Arm und fuhr sich über das Gesicht. Unwillkürlich stellte ich mir vor, wie sich sein kurzer Bart unter meinen Fingern anfühlte. Ich holte tief Luft und streckte die Hand aus. Kein bisschen deshalb, um seine raue Haut noch einmal zu berühren.

Okay, vielleicht ein kleines bisschen.

„Frieden? Denn jetzt wäre es wirklich nett von dir, wenn du mich wieder zu meinem Wagen bringen könntest, damit ich die Nacht wie geplant in meinem Hotelzimmer verbringen kann."

Er ergriff meine Hand nicht. Offenbar war er klüger als ich, denn ich für meinen Teil konnte für nichts garantieren, wenn wir uns noch einmal berührten.

„Welches Hotel?"

„Äh …" Ich kramte in meinem Gedächtnis. „Irgendwas Süßes?"

Mir wurde heiß, als sein intensiver Blick mich traf. Ein tiefer Laut bildete sich in seiner Kehle, als er lächelte. Halb Stöhnen, halb Knurren. „Verdammt richtig, *Sugar*."

Ich schluckte heftig, um die Reaktion meines Körpers auf diesen Laut zu unterdrücken, und schob mit aller Kraft die

Fantasie beiseite, in der er mich an sich riss und küsste, bis wir beide außer Atem wären.

Stattdessen zog er wortlos sein Handy aus der Tasche, tippte eine Nummer ein und hielt es sich ans Ohr, ohne seinen sengenden Blick von mir zu nehmen. Heiße und kalte Schauer wechselten sich auf meiner Haut ab.

„Was genau tust du d–"

Sein rauer Zeigefinger landete auf meinen Lippen und schnitt mir das Wort ab. Nicht, dass ich hätte weitersprechen können, weil mein Körper plötzlich in Flammen stand.

Viel zu schnell nahm er den Finger wieder von meinem Gesicht. Dabei strich sein Daumen unmerklich über meine Unterlippe, und ich hätte um ein Haar aufgestöhnt.

„Hey *Sugar*. Heute zufällig eine Buchung aus Chicago?"

Jetzt entkam mir doch ein Laut – einer der Empörung! Ich wusste nicht, was schlimmer war: die Tatsache, dass er dreist jemanden anrief, um die Wahrheit meiner Worte zu überprüfen. Oder dass er offenbar jede Frau „*Sugar*" nannte.

„Evelyn Tate."

Okay, scheiß auf meine Würde. Ich melde mich gerne als „Sugar", die Soundsovielte plus eins.

Noch nie hatte jemand meinen Namen so sexy ausgesprochen. Dabei hatte er sich nicht einmal wirklich Mühe gegeben. Streng genommen war es eher ein Knurren gewesen.

Himmel, Mädchen, komm mal wieder runter. Kaum steht ein halbnackter Mann vor dir, der den Stoischen markiert und die Zähne beim Sprechen nicht auseinanderbekommt, kriegst du ein feuchtes Höschen. Schon mal was von Emanzipation gehört?

Ich trat vorsorglich einen Schritt zur Seite. Nur für den Fall, dass meine prähistorischen Triebe doch noch die Kontrolle übernehmen wollten.

Ich hatte mich kaum bewegt, als seine Hand vorschnellte und mich festhielt.

Okay, geknurrter Name plus besitzergreifende Gesten gleich Kurzschluss in meinen Synapsen.

Emanzi-Mazi-Marzipan? Kann man das essen?

„Danke, Piper."

„*Sugar*" hatte also einen Namen. Und plötzlich klang seine Stimme sehr viel wohlwollender. Hatte sie etwa meine Buchung bestätigt? Ich malte mir bereits aus, wie ich in der nächsten halben Stunde in der willkommenen Zivilisation ankommen und endlich eine sehr heiße – und sehr private – Dusche nehmen würde, als:

„Streich die Buchung. Sie wird heute Nacht nicht einchecken."

Kapitel 5

In dein Bett oder in meins?

EVELYN

Wie bitte?

„Falls du glaubst, dass ich die Nacht stattdessen mit dir verbringe, liegst du falsch“, behauptete ich, kaum, dass er aufgelegt hatte.

„*Bei* mir.“

Was?

„Nicht mit.“ Seine Finger, die meinen Arm immer noch festhielten, brannten sich geradezu in meine Haut. „Außer, du bittest darum.“

Ich öffnete den Mund, um zu widersprechen, aber der für mein Sprachzentrum zuständige Teil meines Hirns war gerade verhindert.

Das von Ihnen angewählte Gehirn ist vorübergehend nicht erreichbar.

Clay wartete noch zwei Sekunden auf eine Antwort. Ohne meinen Arm loszulassen. Oder endlich seinen *vielleicht nackten* Oberkörper auf eine Anstandslänge Abstand zu bringen.

Stattdessen: Grillenzirpen. Buchstäblich.

Endlich setzte er sich – das heißt uns – in Bewegung. Ich erwog, mich zu wehren, und spielte im Kopf durch, was passieren würde.

Im besten Fall endete das in einer erneuten Rangelei am Boden, bei der ich für nichts garantieren konnte. Im schlimmsten Fall brach ich mir ein Bein oder verlief mich doch in der Wildnis.

Nein, für den Augenblick war es wohl das Beste, einfach neben ihm herzustolpern.

„Machst du das mit allen Frauen so? Bedrohen, entführen und bestehlen?"

„Ich würde eine Frau niemals bedrohen." Sein Tonfall war so grimmig, dass ich instinktiv nickte. „Außerdem ist das keine Entführung. Eher eine vorübergehende Beobachtung. Damit besagte Frauen *mich* nicht bestehlen."

Zugegeben, da war was dran.

„Ich habe dir doch gesagt, dass ich nicht für Gabe McKenzie –"

„Ja", unterbrach er mich. „Aber ich glaube dir nicht."

„Das ist dein Problem." Die Stille, die daraufhin folgte, machte mehr als deutlich, dass es leider doch *mein* Problem war.

Ich brauchte einen Plan. Und zwar schnell. Vielleicht konnte ich seinen Wagen stehlen, wenn wir wieder am Haus ankamen.

Grillenzirpen.

„Okay", räumte ich ein, einfach, um die schneidende Stille zu überwinden. „Und jetzt?"

„Essen“, sagte er.

„Was?“

„Du hattest nichts zu essen.“

Ich konnte nicht glauben, dass ich ihm eine Viertelstunde später dabei zusah, wie er für mich kochte. Um halb zehn Uhr abends.

Nachdem er mich entführt hatte.

Was er natürlich nicht so nannte.

„Was gegen Eier und Speck?“

Mein Magen jubelte, aber die Genugtuung meiner Begeisterung würde ich ihm nicht verschaffen. Und da ich ohnehin nicht davon ausging, dass er eine Antwort erwartete, drückte ich bloß die eisgekühlte Bierdose gegen meine Schläfe, die er vorhin aus dem Kühlschrank geholt und mir überreicht hatte. Ich war erschöpft, ich war lädiert und ich war so müde, dass mein Kopf auf die Tischplatte knallen würde, wenn ich nicht aufpasste. Und ja, ich war verdammt scharf auf Eier und Speck.

Ich saß an dem massiven Holztisch in seiner Küche, die genauso riesig war wie der Rest des Hauses und den alten Landhaus-Charme von geselligen Familientreffen und selbstgemachten Marmeladen versprühte – gepaart mit den modernen Geräten einer Profiküche.

Wenn wir uns unter anderen Umständen kennengelernt hätten, könnte mir das richtig gefallen. Das gemütliche Haus, die ländliche Ruhe. Sogar der Mann, der sich dankenswerterweise ein sauberes T-Shirt übergezogen hatte – ja, er hatte vorhin tatsächlich keines getragen! – und jetzt für mich kochte, als sei es das Natürlichste der Welt nach einem heißen Date.

Das wir nicht gehabt hatten.

Weil das hier keine Romanze war.

Warum eigentlich nicht? Was hatten wir schon zu verlieren? Wir waren offensichtlich beide Single und eindeutig aneinander interessiert.

Und die Chancen stehen nicht schlecht, dass er dich mit diesen sexy Händen umbringt, wenn er herausfindet, dass du wirklich für Gabe arbeitest!

Ich schreckte aus meinen Gedanken, als Clay einen Teller aus glasiertem Steinzeug vor mir abstellte. Sofort war ich von der irisierend türkisen Patina fasziniert. Ob die Farbe erst durch den Brennprozess entstanden war oder schon davor?

Ich entschied, dass es nicht wichtig war, als er den Holzstuhl neben mir umdrehte und sich rittlings daraufsetzte. Himmel, dieser Mann sollte ein Kalenderblatt zieren. Wie konnte er so verdammt lässig aussehen und gleichzeitig so grimmig?

Um alles noch schlimmer zu machen, verschränkte er die tätowierten Arme über der Stuhllehne und sah mich mit der taktierenden Gewissheit eines Cowboys an, der ein Wildpferd in der Schlinge hat und abschätzt, wie lange es dauern wird, es zuzureiten.

Der Gedanke zog meine inneren Muskeln so sehr zusammen, dass ich dringend an etwas anderes denken musste.

Schnell wich ich seinem Blick aus – und versuchte *nicht* auf die Muskeln zu starren, die sich unter dem anliegenden Shirt abzeichneten. Nicht, dass ich seinen Oberkörper auf dem Weg hierher bereits ausgiebig angestarrt hätte. Bloß seine Tattoos. War ja nicht meine Schuld, dass sie auf diesen Muskelbergen prangten.

Bis heute war ich eigentlich kein Fan von Tattoos gewesen, gerade von großflächigen, weil sie oft die Körperformen ruinierten und die Proportionen aus dem Gleichgewicht brachten. Ganz anders seine, die geradezu für seine muskulösen Schultern und breite Brust gemacht schienen.

Auf seiner Brust hatte ich in der Dunkelheit nichts als einen Schriftzug auf Wellen, Schuppen und Flügeln in unterschiedlichsten Schattierungen erkannt. Das faszinierte mich am meisten daran: Sie waren nicht tiefschwarz und scharf gestochen. Sondern weich, wirkten fast durchscheinend, wie verblichene Kohlezeichnungen auf grobem Papier. Auf seinem linken Arm überlagerten enge Textzeilen wie von einem handgeschriebenen Brief eine amerikanische Flagge, auf dem anderen prangte eine riesige Rosenblüte und darüber der Ansatz eines Motivs auf seiner Schulter, von dem ich ziemlich sicher war, dass es ein Frauengesicht war.

Kurz: Diese Tattoos waren ein Kunstwerk, und sie übermalten seine Statur nicht, sie *definierten* sie. Jeden einzelnen Muskel. Und davon gab es eine Menge.

Ich spürte, wie mir das Wasser im Mund zusammenlief.

Das Omelett.

Vielleicht sollte ich endlich den primitiven Fortpflanzungsinstinkt abschalten und stattdessen meinen Überlebensinstinkt wieder aktivieren. Nahrungsaufnahme wäre ein guter Anfang.

Das heiße Fett in der Pfanne begann zu zischen, also ging Clay zurück zur Küchenzeile. Ich rang die Erregung nieder und konzentrierte mich stattdessen auf den Keramikteller, fuhr mit dem Finger die unebene Rundung entlang und kippte die Patina gegen das Licht.

„Töpfert jemand aus deiner Familie?"

Stille. Dann: „Meine Großmutter hat getöpfert."

Ich lächelte, als mein Finger eine kleine Unebenheit entdeckte, die nur handgemachte Dinge besaßen. „Ich mag deine Großmutter."

Er drehte sich zu mir um, und diesmal lag in seinen braungrünen Augen keine glühende Hitze, sondern eine Wärme, in die ich mich am liebsten einkuscheln wollte. „Ich mag sie auch."

Er war also nicht nur sexy wie die Hölle und lebte den feuchten Traum aller Country Girls, sondern war auch ein Familienmensch? Still seufzend ließ ich wieder den Finger über den Tellerrand kreisen. Erst da fiel mir auf, dass es nur einen gab. „Willst du nichts?"

„Ich esse später."

Wieso klang das, als ob ich das Dessert wäre? Und vor allem: Warum gefiel mir diese Vorstellung?

Während ich also mit zunehmend schweren Lidern seinen Bewegungen folgte, nutzte ich die letzten wachen Hirnzellen, um abzuwägen, wie dumm es wäre, erst mit ihm zu schlafen und dann abzuhauen.

Zumindest tat ich das, bis mir der überwältigende Duft nach gebratenen Eiern und Speck in die Nase stieg und auch den letzten Rest meines Verstands in den Feierabend schickte.

Mir entschlüpfte ein Stöhnen. „Wenn das nur halb so gut schmeckt, wie es riecht, will ich das Rezept haben."

CLAY

Fuck.

Wenn sie noch einmal so stöhnte, musste ich die Arbeitsplatte leerfegen, Evelyn daraufsetzen und alle Fantasien in die Tat umsetzen, die sich in den letzten Stunden angestaut hatten.

Piper hatte mir bestätigt, dass Evelyn ein Zimmer für heute Nacht gebucht hatte, und ihre Geschichte ergab auch einigermaßen Sinn.

Warum glaubte ich ihr dann nicht?

Ich wendete das Omelett, während ich immer abstrusere Szenarien möglicher Verstrickungen durchspielte.

Hatte Ash recht, war ich zu paranoid?

Wurde ich allmählich derselbe misstrauische Kauz wie mein Vater?

Oder suchte mein Verstand nur irgendeine Ausrede, um diese Wahnsinnsbraut mit der scharfen Zunge und dem herausfordernden Blick so lange wie möglich in meiner Nähe zu behalten?

Mein Schwanz bejahte Letzteres. Ich brachte ihn zum Schweigen. Wenn es auch nur die kleinste Möglichkeit gab, dass Gabe seine Finger im Spiel hatte, konnte ich nicht vorsichtig genug sein. Irgendetwas stimmte nicht. Ich kam nur noch nicht darauf, was.

Und ich hatte ehrlich gesagt auch keine Eile, es herauszufinden. Sie konnte kaum noch die Augen offen halten. Es sah nicht aus, als würde sie heute Abend noch irgendwo anders hingehen als in ein Bett.

Die Frage ist nur, in welches?

„Sicher, dass das heute Abend noch was wird?", fragte sie, als hätte sie meine verdammten Gedanken gelesen.

Natürlich meinte sie die Eier, nicht das Bett.

Verdammt, wenn da nicht dieser aufreizende Unterton in ihrer Stimme wäre. Alles an dieser Frau war aufregend.

Nicht, weil sie attraktiv war – obwohl sie das zweifelsfrei war. Sondern weil sie genau wusste, wie sie ihre Stimme, Augen und Körpersprache einsetzen musste. Von ihrem höllisch heißen Businesskostüm über ihre zerzauste Mähne bis zu dem stets herausfordernden Blick ihrer dunklen Augen. Vor allem, wenn sie anfing über Kunst und Bildhauerei zu sprechen. Plötzlich war die Vorstellung von ihr auf meiner Arbeitsplatte wieder übermächtig.

Ohne mich ganz zu ihr umzudrehen – aus offensichtlichen Gründen –, warf ich einen Blick über die Schulter.

„Klingt, als könntest du es kaum erwarten."

Evelyn erwiderte die Doppeldeutigkeit meiner Worte mit einem Blick unter halb geschlossenen Lidern hindurch, der den Papst vom Glauben abgebracht hätte. Ihre Stimme war so tief und rau vor Erschöpfung, dass sie geradezu vibrierte. „Ich will nur sichergehen, dass du auch beendest, was du anfängst."

Ich schloss die Augen. Wer auch immer den Frauen Selbstbewusstsein und Sinnlichkeit gegeben hatte, er hatte das Schicksal aller Männer besiegelt.

Genau das gefiel mir an ihr. Sie fackelte nicht lange. Sie wusste, was sie wollte, und sie war ziemlich mutig. Obwohl ich deutlich ihre Panik in Erinnerung hatte, mit der sie mich vorhin auf dem Feld fast über den Haufen gerannt hatte. Kein Wunder. Der Arsch der Welt konnte einem Angst einjagen. Erst recht nachts. Noch dazu mit diesem ewigen Rumoren im Boden, wie die beschissene Basskulisse eines Horrorfilms.

Und selbst dann war sie so verflucht höflich geblieben. Sie könnte als Türsteherin zum Himmel arbeiten oder in einer Agentur für Auftragskiller … Oder in einer beschissenen Anwaltskanzlei mit Wucherhonoraren.

Ich biss die Zähne zusammen. „Nochmal, zu deinem Arbeitgeber …"

Ich drehte mich zu ihr um – und fand ihren Kopf auf meinen Küchentisch gesunken. Ihr Arm lag ausgestreckt auf der Tischplatte, dunkle Strähnen fielen wie hingefächert über ihr Gesicht und betonten die rundliche Kurve ihres Kinns. Ihr Mund stand offen, ein leises Schnarchen erfüllte meine Küche.

Und schlagartig verpuffte alle Hitze zu einer überwältigenden Wärme, die mir fast den Atem raubte.

Nein, bis das hier geklärt war, würde ich sie ganz sicher nicht gehen lassen. Nicht heute und vermutlich auch nicht morgen.

Kapitel 6
Der frühe Vogel trägt Spitzenwäsche

EVELYN

Vogelgezwitscher drang an mein Ohr, unrealistisch laut wie aus einer dieser Entspannungs-Apps, auf die Josie schwor.

Es dauerte einen Moment, bis ich begriff, dass ich wach war. Und noch einen weiteren, bis ich etwas anderes bemerkte.

Ruhe.

Die Stadtgeräusche fehlten. Keine Straßenbahn, keine entfernten Sirenen, kein morgendliches Hupkonzert im Berufsverkehr. Nur idyllische Stille.

Dann fiel mir ein, wieso das so war: Weil ich nicht in meinem eigenen Bett lag. Schlagartig war ich hellwach. Ich lag nicht einmal im Bett eines Bekannten, sondern – oh Gott! – im Haus eines viel zu sturen, viel zu heißen Mistkerls, mit dem ich vermutlich den fantastischsten Sex meines Lebens gehabt hatte … An den ich mich nicht erinnerte.

Wieso um alles in der Welt kann ich mich nicht daran erinnern?

Ich hielt die Luft an, um zu lauschen: kein Atemgeräusch.

Ich tastete vorsichtig über das Laken: kein tätowierter Körper.

Ich öffnete ein Auge: Ich war allein! *Wieso bin ich allein?*

Irritiert richtete ich mich vollends auf und registrierte, dass ich die Unterwäsche von gestern trug: hautfarbenes Höschen und weißer BH, der jetzt einige Staubflecken aufwies. Mein ruiniertes Bodycon-Businesskleid hing gefaltet über einer Stuhllehne. Ich konnte mich nicht erinnern, wann ich zuletzt ein Kleidungsstück säuberlich über eine Stuhllehne gehängt hatte.

Okay, Beweislage: Ich hatte also keinen Sex gehabt. Aber ich lag in einem Bett, in das ich mich mit ziemlicher Sicherheit nicht selbst gelegt hatte.

Hatte er mich etwa … ins Bett gebracht?

Ungebeten wurden Erinnerungen an eine Zeit wach, in der mein Dad mich abends regelmäßig von der Couch gepflückt und ins Bett getragen hatte. Daran, wie er mir zum Einschlafen griechische Sagen und europäische Märchen vorgelesen hatte. Und an den Duft seiner Halsbeuge, wenn ich im Halbschlaf die Nase darin vergrub.

Ich holte tief Luft, um den alten Schmerz daran zu hindern, als Klagelaut aus meinem Mund zu brechen. Stattdessen lauschte ich in die Stille des Hauses. War Clay schon wach? Vor dem Fenster graute gerade erst der Morgen. Es war vielleicht fünf Uhr, dem hellen Streifen am Horizont und meinem Biorhythmus nach zu urteilen.

Diese ganz besondere Zeit zwischen Nacht und Tag war schon immer meine Me-Time gewesen, um an meinen

Träumen, meinen Ideen und später meinen Tonskulpturen zu arbeiten.

Meine Tonskulpturen!

Ich fuhr so ruckartig hoch, dass ich kurz Sternchen sah. Ich musste nach Hause, und zwar schnellstmöglich, wenn ich die Assemblage nicht in der Biotonne entsorgen wollte. Dabei hatte ich weniger Angst, dass der Ton austrocknen könnte – was zwar durchaus vorkam, aber mit ein wenig Wasser und Fingerspitzengefühl fast immer zu retten war. Nein, wirklich Sorgen machte ich mir darum, dass der feuchte Ton unter der Plastikfolie zu schimmeln begann. Gerade bei den hohen Temperaturen unterm Dach. Ich verarbeitete hauptsächlich wasserbasierten Ton mit rund elf Prozent Feuchtigkeit, und wenn ich vorhatte, meine Figuren länger als einen Tag stehen zu lassen, besprühte ich sie mit einer Mischung aus Wasser und Bleiche.

Gestern war ich so in meinen grandiosen – eher grandios gescheiterten – Plan mit dem vorgetäuschten Motorschaden vertieft gewesen, dass ich sie nicht besprüht hatte. Mein Magen machte einen Satz, als meine Nase den modrigen Geruch simulierte, der mich erwarten könnte.

Einen Tag würden sie bestimmt noch überstehen, aber ich wollte nichts riskieren. Meine Karriere, mein Leben, meine *Existenz* hing davon ab, dass ich sie vollendete und im Art Institute ausstellte. Was mich wieder zu dem Grund brachte, aus dem ich hier war: Clay Davis' Unterschrift.

Eilig stieg ich aus dem Bett, huschte unter die Dusche des Gästebads, um mir im Turbogang den Dreck von Körper und Haaren zu waschen, und schlüpfte zurück in mein Zimmer, bevor Clay um die Ecke biegen konnte. Wäre nicht das erste Mal, dass dieser Typ wie aus dem Nichts auftauchte, um mich an der Flucht mit seiner Unterschrift zu hindern. Gestern hatte er den Camaro-Schlüssel ans Schlüsselbrett neben der Haustür gehängt. Wenn er noch dort war, könnte ich damit zu seiner Werkstatt fahren.

Falls ich den Weg finde.

Ich brachte die innere Kritikerin zum Schweigen und breitete eilig den Inhalt meines Koffers aus, um nach einer für das staubige Hinterland geeigneten Kleidungskombination zu suchen.

Ich fand keine.

Das hatte man davon, wenn man sich mehr für antike Statuen als für Mode interessierte und die einzige Ordnung im Kleiderschrank in der Reihenfolge bestand, in der man die Kleidungsstücke von der Leine gezogen hatte.

Ich hatte zuletzt weiß gewaschen.

Feinwäsche.

In meinem Koffer befanden sich sieben Spitzenslips, zwei BHs, die ich von Hand gewaschen hatte, vier Paar Socken, zwei Seidenblusen, ein Wollpullover – war ich die einzige Frau auf der Welt, die noch im Mai Winterpullover in der Wäsche fand? – und zwei helle Businessshorts.

Verdammt. Mein Koffer sah aus, als hätte ich für karibische Flitterwochen in Reizwäsche gepackt. Gezwungenermaßen zog ich die etwas längeren Shorts und eine Bluse heraus, verstaute den Rest und die lederne Dokumentenmappe wieder im Koffer und band meine feuchten Haare zu einem raschen Dutt hoch. Nur zwei Minuten später stellte ich meinen gepackten Koffer neben der Haustür ab, um die Tür auf Zehenspitzen – wortwörtlich! – zu öffnen, als:

„Was wird das hier?“

Ich zuckte zusammen. Obwohl es mich eigentlich nicht hätte überraschen sollen, seine Stimme wie aus dem Nichts zu hören.

„*Gott!* Hat dir deine Mutter nicht beigebracht, dass man sich nicht von hinten anschleicht?"

„Nenn mich Clay, *Sugar*. Und hat dir dein Daddy nicht beigebracht, dass man sich am Morgen danach nicht klammheimlich aus dem Staub macht?"

„Das hier ist kein Morgen danach."

Ich drehte mich zu ihm um. Großer Fehler, denn jetzt fiel meinem Körper wieder ein, wieso ich mich heute Nacht so schlaflos umhergewälzt hatte. Seine Tattoos wirkten selbst im weichen Morgenlicht sexy.

Und die Art, wie er mich ansah, machte es nicht gerade besser. Ich sah, dass sein Blick ein paar Mal über meinen Körper glitt, als hätte er Schwierigkeiten, den Anblick zu verarbeiten. Offenbar fand er nicht jeden Morgen eine Frau in seinem Haus vor, deren perfektes Business-Outfit in so großem Widerspruch zu ihren noch feuchten Haaren und nackten Füßen stand. Meine Sneakers hatte ich ausgezogen, um möglichst wenig Aufmerksamkeit zu erregen. Was mir offenbar nicht gelungen war.

„Da wir das geklärt hätten", ich zog schwungvoll die Tür auf, „gehe ich jetzt. Und wenn du nicht willst, dass ich dich wegen Freiheitsberaubung verklage, hältst du mich besser nicht wieder auf."

Er schob die Tür wieder zu und lehnte sich dicht vor mir dagegen. Sehr dicht. „Dafür, dass du angeblich nicht in einer Anwaltskanzlei arbeitest, denkst du ziemlich schnell an Klagen."

Ich warf die Arme in die Luft. Mehr aus Wut auf mich selbst und meine unbedachte Wortwahl. „Und wenn es so wäre?"

„Dann würde ich dich erst gehen lassen, wenn du den Reparaturbeleg von gestern verbrannt und sämtliche Bilder auf deinem Handy gelöscht hast."

Ich funkelte ihn an wie ein bockiges Kind. Oder eine Frau, die in der Klemme steckte.

Er erwiderte meinen lodernden Blick zwei Sekunden lang. Drei Sekunden. Dann ging er ohne Vorwarnung zu meinem Koffer und leerte den Inhalt auf dem Boden aus.

Entschuldige mal?

Ich kam nicht dazu, die Verwünschung auszusprechen, die mir auf der Zunge lag. Denn ich stockte – als Clay stockte.

Sein Blick wanderte über die fünfzig Schattierungen von Spitzenunterwäsche, und man musste wirklich keine übersinnlichen Fähigkeiten haben, um seine Gedanken zu lesen.

„Das ist *privat!*", keuchte ich.

„In der Tat."

Er schaffte es, den Blick von der champagnerfarbenen Korsage abzuwenden, und ich sah, was er sah: meine Ledermappe. In der ich nicht nur den Reparaturbeleg aufbewahrte, sondern vor allem meine Skizzen.

Nein!

Bevor ich nach vorn stürzen konnte, hatte er die Mappe schon in der Hand und zog den Reißverschluss auf.

„Vorsicht!" Ich spürte fast körperliche Schmerzen bei dem Gedanken, dass die Zeichnungen Schaden nehmen könnten. Verdammt, warum hatte ich sie überhaupt mitgebracht? War es zu viel verlangt gewesen, die Mappe vorher auszuleeren? „Bitte …"

Clay hob argwöhnisch den Blick, aber seine Bewegungen wurden tatsächlich vorsichtiger, als er zunächst in die Mappe hineinspähte und dann den Papierstapel herauszog.

Ich biss mir auf die Unterlippe, als er das Kohlepapier hervorzog und vielsagend eine Augenbraue hob. Dann wanderte auch die zweite Braue in die Höhe, während er das gefaltete Blatt Papier mit seiner Unterschrift von gestern fand.

Okay, ciao.

Ich war drauf und dran, ihm alles zu gestehen. Da fiel sein Blick auf die Zeichnungen in seiner anderen Hand, und etwas in seinem Gesicht veränderte sich. Er studierte die Skizze eingehend. Dann die nächste. Und die übernächste.

Als sein Blick wieder bei mir ankam, zuckte sein Kiefermuskel.

„Die sind von dir?"

Meine Kehle war zu eng, um zu antworten. Selbst mein Nicken war kaum wahrnehmbar. Erst ein Schulterzucken funktionierte. Ich räusperte mich. „Kannst du sie wieder zurücklegen? Bitte?"

Er tat es. Behutsamer, als ich es ihm zugetraut hätte. Das Blatt mit seiner Unterschrift jedoch behielt er, als er sich in Bewegung setzte. Genau wie mein Handy. „In der Küche steht Frühstück. Iss, du hattest gestern kein Abendessen."

„Ich hatte auch keinen Nachtisch", murmelte ich beim Anblick seiner breiten Schultermuskeln. Der Blick, den er mir jetzt zuwarf, machte deutlich, dass sich die Anziehungskraft über Nacht kein bisschen gelegt hatte. Eher im Gegenteil.

„Wir fahren in zehn Minuten los."

Hoffnung keimte in mir. Er würde mich tatsächlich zurück zu meinem Wagen fahren? Dann fiel mein Blick auf das unterschriebene Papier in seiner Hand, und die Freude über meine zum Greifen nahe Freiheit verpuffte.

„Hey!", rief ich ihm nach. „Das brauche ich, um die Reparatur abzusetzen!"

„Fünfzig Dollar?" Clay schob mein Handy ungeniert in seine Hosentasche und riss den Blick von meiner am Boden verstreuten Kleidung los. „Ich glaube, das kannst du verschmerzen."

Er ging in die Küche, fünf Sekunden später hörte ich ein Kaffeemahlwerk. Und während ich meine Klamotten wieder einsammelte, zitierte ich in Gedanken einen gewissen Mistkerl:

Fuck!

Ja, ich musste nach Hause. Ja, ich sorgte mich um meine Skulpturen. Aber wenn ich Gabe nicht diese Unterschrift besorgte, würde er mir nicht den Ausstellungsplatz verschaffen, und dann war es auch egal, ob die Skulpturen die feuchte Hitze überlebten.

Ich *brauchte* diese blöde Unterschrift!

CLAY

„Was ist das an deiner Stirn? – Und wer ist die Braut?"

Ich ignorierte Jax' ebenso knappe wie präzise Begrüßung und schaltete das Werkstattlicht ein. Er hatte nicht einmal aufsehen müssen, um beides wahrzunehmen.

Bei der gleißenden Helligkeit allerdings kniff er die Augen zusammen und unterdrückte ein Stöhnen. Offenbar war die letzte Nacht kürzer gewesen, als Jax Raynes Nächte ohnehin schon waren.

Unbeeindruckt zog ich auch das Rolltor auf.

„Morgen, Jax. Hast du schon die Lieferung von gestern –?"

„Oh mein Gott, ist das eine Harley-Davidson Sportster?"

Ein elektrisierendes Beben durchlief meinen Körper vom Haaransatz bis in die Zehenspitzen, als ich die Begeisterung in Evelyns Stimme hörte – und realisierte, dass sie die Maschine erkannte. *Fuck*, diese Frau war perfekt. Nur eine Sekunde später versteiften sich meine Muskeln, weil Jax Evelyn plötzlich ansah wie ein Kunstsammler sein neuestes Lieblingsstück.

„Verdammt richtig. Sportster 48, *Honey*."

Er wollte von der Werkbank aufstehen, aber ich drückte ihn an der Schulter zurück auf den Boden der Tatsachen. Der stoische Mistkerl verzog nicht einmal eine Miene, obwohl sich meine Finger tief in seine Muskeln gruben.

Eine Sekunde lang starrten wir uns gegenseitig nieder. Dann hob mein Partner eine Braue zum Zeichen seiner Kapitulation und stemmte lässig die Arme auf die Oberschenkel. „Okay, Klartext. Wer ist sie? Und war sie das? Warst du bei nem Arzt?" Er deutete abermals auf die Platzwunde an meiner Stirn, und die unverhohlene Belustigung in seinen Augen war fast noch größer als sein Ego.

Jax Rayne war das größte Genie diesseits des Mississippi, ein Workaholic, Adrenalin-Junkie und ständig unterfordert auf der gefährlichen Schneide zwischen gelangweilt und selbstmörderisch. Schulabschluss mit sechzehn, nachdem er zwei Klassen übersprungen hatte, danach eine Ausbildung zum Mechatroniker, gefolgt von einem Studium in Elektrotechnik, Informatik und – weil er sich sonst gelangweilt hätte – Psychologie, das er im Alter von nur fünfundzwanzig Jahren mit einem verfluchten Doktortitel abgeschlossen hatte.

Noch vor seinem dreißigsten Geburtstag hatte ihm die ganze Welt offen gestanden. Spitzengehälter in den Top-Unternehmen der Welt, bahnbrechende Technologien, Hightech-Entwicklungen. Aber er war hier geblieben, in Sweet Springs, Kentucky, am Arsch der Welt. Und versuchte von hier aus, selbige zu retten. In einer schmutzigen Werkstatt, mit nichts als einem Laptop und seinem Grips. Zugegeben, und meinem Wissen über Motoren.

Jax brauchte drei Dinge, um zu überleben: unlösbare Herausforderungen. Unbezähmbare Maschinen. Und unabhängige Frauen.

Evelyn war alles davon.

Ich biss die Zähne zusammen. „Erstens: Geht dich nen Scheiß an. Und zweitens –"

„Ja, das war ich", fiel Evelyn mir liebenswürdig ins Wort und streckte ihm die Hand hin. „Evelyn Tate."

Er setzte einen Kuss auf ihren Handrücken wie ein beschissener Gentleman des achtzehnten Jahrhunderts. „Evelyn Tate." Der Tonfall, mit dem er ihren Namen wiederholte, weckte in mir den Wunsch, sein Gesicht Bekanntschaft mit dem Werkstattboden machen zu lassen.

„Wie wäre es, wenn du deine Hose wieder zuknöpfst und dich an die Arbeit machst?" Meine Worte waren kein Vorschlag. „Und wenn du", ich hielt Evelyn die Schlüssel für ihren Prius vor die Nase, „dich auf den Weg zurück nach Chicago machst."

Ich tat, als wäre auch das kein Vorschlag, obwohl sich alles in mir dagegen sträubte, dass sie wirklich gehen könnte. Die Chance bestand, dass ich sie einfach wieder aus dem Wagen zerren würde, wenn sie es tatsächlich versuchte. Ich setzte darauf, dass sie noch nicht aufgeben würde, zu bekommen, wofür auch immer sie gekommen war. Was mir nicht passte. Aber mir zumindest noch ein wenig Zeit gab, ihren Anblick in meinem Geist zu verewigen. Oder meine Spuren auf ihrem Körper.

Ich behielt Recht: Während Jax nahtlos in den Geschäftsmodus wechselte und an seinen Laptop auf der Werkbank zurückkehrte, rührte sich Evelyn nicht vom Fleck.

Ich versuchte, nicht an die Reizwäsche zu denken, die heute morgen in meinem Hausflur verstreut gelegen hatte. Oder daran, wie sich ihr Körper gestern in meinen Armen angefühlt hatte, als ich sie in ihr Zimmer getragen hatte. Sie hatte sich noch nicht dafür bedankt, was bewies, dass sie unter all der Höflichkeit eine ordentliche Menge Stolz verbarg. Ganz zu schweigen von ihrem verwegenen Feuer. Wie ein guter Whiskey: süß auf der Zunge und scharf in der Kehle.

„Brauchst du noch was?", fragte ich sie.

Ihr Lächeln versprach Honig und Sünde, und verdammt … Ich wusste, was *ich* gerade brauchte.

„Die Unterschrift für meinen Arbeitgeber wäre nicht schlecht?"

Jep, und da war er wieder, der scharfe Dolch in meiner Kehle. Ich schüttelte schmunzelnd den Kopf. *Whiskey-Sour*. „Rayne!", rief ich Jax, ohne den Blick auch nur eine Sekunde von Evelyns verflucht perfektem Gesicht abzuwenden. „Schwing deinen Arsch hierher, und unterschreib der Lady den Reparaturzettel für ihren Arbeitgeber."

„Das ist wohl dein Bier", schoss er zurück. „Es sei denn, du hast mir über Nacht nen Heiratsantrag gemacht. Als ich zuletzt nachgesehen hab, gehörte ich noch nicht zum Davis-Clan."

Ich registrierte das aufflackernde Interesse in Evelyns Augen bei diesem Begriff, der meine verkorkste Familie größer machte, als sie war. „Tja, das weiß ihr Boss ja nicht."

Was ich nicht ignorieren konnte, war, wie Evelyn sich jetzt über die Lippen leckte. Wie sich ihre Zungenspitze über die rosige Haut schob und feuchtes Glitzern hinterließ.

Mach das noch einmal, und deine Zunge wird nicht das Einzige in deinem Mund bleiben.

„Mein Boss vielleicht nicht", sinnierte sie, während ich noch ihre Lippen hypnotisierte. „Aber vermutlich die Steuerprüfungsbehörde. Die kommen ziemlich oft bei uns vorbei."

Wegen fünfzig Dollar?

Jax gluckste von der Werkbank aus. „Wieso, betreibt ihr ein Casino mit Stripclub?"

Fuck.

Dasselbe schien Jax gerade auch zu bemerken. „Shit, jetzt kann ich mich nicht mehr konzentrieren."

Evelyn strich betont langsam ihre Bluse glatt und zwirbelte eine dunkle Strähne zwischen den Fingern. „Ich brauche nur diesen Beleg, Jungs, dann bin ich in zwei Minuten aus der Tür."

Ich warf ihr einen langen Blick zu. Sie wollte keinen Reparaturbeleg, und wir beide wussten es. Aber wenn sie dieses Rodeo durchziehen wollte, dann saß sie wohl besser fest im Sattel.

Zugegebenermaßen war ich beeindruckt, als sie zwei Stunden später immer noch da war.

Kapitel 7

Ich bin am Arsch … der Welt

EVELYN

„Sind das die neuen Akkus?"

Ich sah auf, als Clay einen rechteckigen Kasten in die Höhe hielt, ungefähr doppelt so groß wie ein Erste-Hilfe-Kasten im Auto. Und mindestens viermal so schwer, wie seine hervortretenden Unterarmmuskeln vermuten ließen.

Seit fast zwei Stunden saß ich nun auf einem mit Plastikfolie abgedeckten Teil der langen Werkbank, an der Jax arbeitete, trank scheußlichen Kaffee aus einer noch scheußlicheren Tasse und sollte eigentlich an einem Plan arbeiten, an Clays Unterschrift zu kommen – oder zumindest wieder an den Reparaturbeleg, den er mir abgenommen hatte.

Aber wie sollte man sich konzentrieren, wenn zwei dermaßen attraktive Männer mit grimmigem Ernst und entschlossener Hingabe an Autos herumschraubten?

Jax sah von der Platine auf, die er gerade verlötet hatte. Eine knappe Tastenkombination auf dem massiven Laptop neben sich, dann klappte er das Gerät zu und nahm Clay den Kasten aus der Hand. Auch seine Unterarmmuskeln traten deutlich hervor, während er das unerwartete Gewicht ausbalancierte.

Wenn Clay ein im Feuer geschmiedeter Teufel war und der Blonde von gestern ein nordischer Sexgott mit Surfergrinsen, dann war Jax die Antwort der Südstaaten auf Clark Kent – ja, die sexy Henry-Cavill-Version: Weder das lässig aufgerollte Hemd noch die streng gestylten Haare konnten darüber hinwegtäuschen, dass sich darunter der gestählte Körper und wache Geist eines Übermenschen verbargen.

Außerdem – hallo? Er fuhr eine Harley-Davidson!

Ich erkannte die Sportster nur, weil mein Vater auf dieses Modell gespart hatte, solange ich denken konnte. Und seit er mich einmal zur Probefahrt mitgenommen hatte, verstand ich seine Begeisterung. Er hatte sich geweigert, einen Kredit dafür aufzunehmen, um unsere Familienfinanzen nicht zu belasten, und stattdessen ein Sparkonto angelegt. Doch dann war er krank geworden, und das Geld für die Harley war den immer höheren Arztrechnungen zum Opfer gefallen.

Da hatte er mir das Versprechen abgenommen, nichts für ein „Morgen" aufzusparen, das ich vielleicht ebenso wenig erleben würde wie er. Meine Mutter hatte mich von da an wankelmütig genannt. Ich nannte das: im Andenken an meinen Dad jede Gelegenheit ergreifen, solange ich noch konnte. Wenn ich etwas wollte, dann griff ich danach. Heute.

Und ich wollte diese Herbstausstellung im Art Institute!

„Jep, heute Morgen angekommen. Der Kurier hat sich übrigens schon wieder verfahren. Wir sollten ernsthaft darüber nachdenken, den Laden zu verlegen, um –“

„Nein“, schnitt ihm Clay das Wort ab.

„Okay.“ Jax schien nicht überrascht. „Jedenfalls, die gute Nachricht: Diese Babys haben dreißig Prozent mehr Leistung. Die schlechte: dreißig Prozent mehr Leistung. Die aktuelle Konfiguration liefert nicht genug Saft.“

Ich verstand nur Bahnhof, aber offenbar überwog die schlechte Nachricht, denn Clay fuhr sich frustriert mit der Hand durch die dunklen Haare. Ich beobachtete, wie seine Finger in den dunklen Spitzen verschwanden, und stellte mir unwillkürlich vor, dass meine Finger dasselbe taten und fest zugriffen, während ich unter ihm lag.

„Kriege ich hin“, riss mich Jax’ tiefe Stimme aus den Tagfantasien, „aber ich muss die Schaltungen umbauen, und die neue Lieferung ist noch nicht da. Du hast nicht zufällig Lust, dein Baby zur Verfügung zu stellen?“

Clays finsterer Blick ließ meine Haut selbst auf die Entfernung prickeln. Mit „Baby“ war wohl der Camaro 67 gemeint.

„Nein.“

„Dachte ich mir.“ Jax verschränkte die Arme hinter dem Kopf. Er war deutlich schlanker als Clay und seine Tattoos spärlicher.

„Darum kümmern wir uns, wenn es so weit ist“, entschied Clay. „Die zwei Pick-ups müssen morgen raus, am Freitag will Jacksonville die ersten Fahrzeuge vorbeibringen.“

„Was stehst du dann noch hier rum?“, feixte Jax.

Clay ignorierte ihn und beugte sich wieder über die Motorhaube des Fahrzeugs, an dem er den Vormittag über gearbeitet hatte.

Ich hatte die letzten zwei Stunden damit verbracht, ihm dabei zuzusehen. Und ich konnte mich immer noch nicht sattsehen.

Das Telefon klingelte – zum dritten Mal innerhalb der letzten zwanzig Minuten. Keiner der beiden sah auch nur von seiner Arbeit auf. Der Klingelton war eine grausame Mischung aus Ohrwurm-Material und Höllen-Kackophonie.

Mein Blick glitt zwischen den beiden Männern und dem Telefon hin und her, das von seinem Ladeteil aus durch die Werkstatt plärrte.

„Scheint wichtig zu sein", wagte ich einen Vorstoß.

Clay schnaubte bloß. Jax schien mich nicht einmal gehört zu haben. Das Telefon klingelte weiter. Meine Ohren bluteten, mein Fuß wollte mitwippen.

Erbarmen!

Kurzentschlossen stellte ich die Tasse neben mir ab, glitt von der Werkbank und griff nach dem Telefon.

„Davis Motors, mein Name ist Evelyn Tate, wie kann ich Ihnen helfen?"

Ich sah, wie beide Männer abrupt innehielten. Jax' Falkenaugen zuckten hoch, Clays Blick nagelte mich schier gegen die Wand hinter mir. In Gedanken spürte ich förmlich, wie mein Rücken gegen das kühle Metall prallte. Und wie sich kurz darauf sein heißer Körper gegen meine Vorderseite presste.

Einen winzigen Augenblick lang berauschte ich mich an der Vorstellung, wie ich ein Bein um seine Hüften schlang, um ihn enger an mich zu ziehen.

Dann schenkte ich dem echten Clay am anderen Ende der Werkstatt ein honigsüßes Lächeln und konzentrierte mich auf meinen Gesprächspartner.

Der schien zunächst genauso perplex wie die zwei Männer in der Werkstatt. Dann: „Donnerwetter, hat er sich endlich mal eine Sekretärin zugelegt. Wurde auch Zeit, ich versuche es schon den ganzen Morgen bei diesem Scheißkerl.“ Ich ignorierte den Ärger in der Stimme des älteren Mannes und setzte das professionelle Lächeln auf, mit dem ich im Büro tagtäglich die schlechte Laune von Klienten, Gerichtsangestellten und Assistenten der Gegenseite abwehrte. Es war nicht meine Schuld, dass die meisten Menschen ihren Alltagsfrust an anderen ausließen, und ich hatte mir abgewöhnt, es zu meinem Problem zu machen.

„Ich wünsche Ihnen auch einen guten Morgen. Bitte entschuldigen Sie, dass Sie so lange warten mussten. Wie kann ich Ihnen helfen?“

Wieder Stille. Dann: ein meckerndes Lachen. „Ich mag Sie, Schätzchen. Keine Ahnung, wo Sie herkommen, aber Sie sollten bleiben. Er hält Sie nicht gegen Ihren Willen fest, oder?“

Ich blinzelte zu Clay, weil der Anrufer den Nagel auf den Kopf getroffen hatte. Doch statt des überraschten Lauts, der sich in meiner Kehle bilden wollte, lächelte ich überlegen und hielt Clays Blick fest. „Ich freue mich, dass Mr Davis sein guter Ruf offenbar vorauseilt. Seien Sie versichert, unsere Beziehung ist rein geschäftlich.“

Kehliges Lachen auf der anderen Seite. Irgendwie sympathisch, dieser Kerl. Anders als Clay, dessen Augen schier Blitze schossen. Einer davon zuckte feurig mein Rückgrat hinab und bis in meine Zehenspitzen, als er geräuschvoll die Motorhaube schloss und sich in Bewegung setzte. Direkt auf mich zu.

Instinktiv presste ich den Hörer enger ans Ohr. „Also, wie kann ich Ihnen nun helfen, Mr ...?“

„Davis.“ Ich wurde blass. „Nennen Sie mich Walker, Schätzchen. Und jetzt seien Sie so gut, und geben Sie mir meinen Sohn.“

Ich konnte nicht atmen. Was möglicherweise daran lag, dass Clays ölglänzende Muskeln nur eine Handbreit vor mir aufragten. Seine Nähe war überwältigend, sein finsterer Blick raubte mir schier den Atem. Seine Finger streiften meine, während er mir den Hörer aus der Hand nahm.

Und kommentarlos auflegte.

Fettnäpfchen kann ich.

Doch anstatt klein beizugeben, reckte ich kämpferisch das Kinn. „Du hättest mir sagen können, dass das dein Vater war.“

„Du könntest deine Nase aus den Angelegenheiten anderer Leute heraushalten.“

„Du könntest mir einfach die Quittung aushändigen“, schoss ich zurück, mir deutlich der Tatsache bewusst, dass er nur wenige Zentimeter vor mir stand und keine Anstalten machte, einen Schritt zurückzutreten.

„Tja, nein. Das wird erst mal nicht passieren.“

„Tja, dann hast du wohl *erst mal* eine neue Sekretärin. Noch ein Familienangehöriger, von dem ich wissen sollte? Oder eine Ex vielleicht?“

Feuer blitzte in seinen Augen. „Eifersüchtig?“

Ich bemühte mich, mir meine Neugierde – und meine körperliche Reaktion auf diesen Blick – nicht anmerken zu lassen, und hob abschätzig eine Schulter. „Hm, erst mal schauen, auf welches Niveau ich meine Erwartungen herunterschrauben muss. Dann sehen wir weiter.“

Darauf fiel ihm nichts mehr ein. Er sah mich bloß an, und ich wusste nicht, was mich mehr erregte: mein kleiner Sieg oder sein infernaler Blick. Eine Sekunde lang standen wir stumm voreinander und versuchten uns gegenseitig niederzustarren. Das heißt, *er* versuchte *mich* niederzustarren. Ich starrte bloß zurück.

Zwei Sekunden. Zehn Sekunden.

Dann gab Jax hinter uns einen Laut von sich, den man nur als amüsiertes Glucksen bezeichnen konnte.

„Game Over, Davis." Seine Stimme war fast so hypnotisch wie Clays Blick.

Anstatt einer Antwort knurrte Clay und trat demonstrativ einen Schritt zurück. Zu spät für Jax' Rasiermesserblick. Er betrachtete erst mich, dann Clay. Dann formte er stumm drei Finger zu einer Pistole, zielte auf Clays Brust und drückte ab.

Ich verstand nicht. Clay offenbar schon.

Wie eine grimmige Warnung richtete er den ausgestreckten Arm auf Jax.

„Rayne: Mund halten. – Evelyn: Hinsetzen." Er schob mich rückwärts, bis ich auf einen Drehstuhl fiel. Perplex sah ich dabei zu, wie er seinen Wagenschlüssel von der Werkbank nahm. „Gleich wieder da. Pass auf, dass sie keinen Unsinn macht, Rayne."

In Jax' gemeißeltem Gesicht bewegte sich kein Muskel, der erkennen ließ, ob er ihn überhaupt gehört hatte, während der Camaro vor dem Rolltor dröhnend zum Leben erwachte.

Mein Herz hämmerte. Jax starrte immer noch auf seinen Laptop, als sei nichts passiert. Fragend sah ich ihn an, aber entweder besaß er die Fähigkeit zu übermenschlicher Hyperkonzentration, oder er ignorierte mich schlicht.

War das nicht *die* Gelegenheit, nach einer Unterschrift zu suchen?

Wie sehr es wohl auffallen würde, wenn ich einfach aufstehen und ins Büro spazieren würde?

Ziemlich.

Plan B: „Gibt es hier auch eine Toilette?"

„Tür, Gang links, zweite Tür rechts." Jax sah nicht von dem Laptop auf, benutzte aber den linken Arm für eine visuelle Wegbeschreibung. Eine nordische Schlange, gefangen in massiven Eisenketten, wand sich aus seinem aufgerollten Ärmel hervor zu seinem Handgelenk. Er trug eine teuer aussehende Armbanduhr.

Ich bedankte mich und ging zur angewiesenen Tür.

Dahinter befand ich mich wieder in dem nach würzigem Tabak und Orange duftenden Bereich mit der Theke, an der Clay gestern mein Dokument unterschrieben hatte. Prickelnde Begeisterung ergriff mich: Ich war nah dran, ich konnte es spüren!

Jetzt bloß keinen Fehler machen.

Ein rascher Kontrollblick über die Schulter dämpfte meine Vorfreude: Es gab ein Fenster zur Werkstatt. Ausgerechnet auf der Seite der Toilette. *Mist.*

Dieser Roboter namens Jax würde es sehen, wenn ich zur Toilette ging – beziehungsweise, wenn ich *nicht* dorthin ging. Also ging ich betont langsam nach links, damit er mich auch garantiert durchs Fenster sah, öffnete die angewiesene Tür zum Bad und knipste das Licht an.

Dann ging ich in die Hocke und krabbelte wie ein Krebs unterhalb des Fensters zurück zum Tresen. Adrenalin prickelte in meinen Gliedern, ich fühlte mich wie eine Geheimagentin bei ihrem großen Coup.

Huch!

Um ein Haar hätte ich das Gleichgewicht verloren. Ich ruderte mit den Armen, konnte mich gerade noch mit der Hüfte gegen die Wand gedrückt ausbalancieren, bevor ich auf dem Allerwertesten gelandet wäre.

Auf der anderen Seite des Fensters kam ich wieder auf die Beine und durchsuchte eilig alle Schubladen und Notizblöcke. Irgendwo hier musste es doch eine Unterschrift geben. Ob ich sie von dem Reparaturbeleg durchpauste oder von einem anderen Schriftstück, spielte auch keine Rolle mehr.

Machte ich mich strafbar? Möglich.

Machte es mir etwas aus? Nicht wirklich.

Ich zog einen Aktenordner heraus, auf dessen staubigem Etikett „AUFTRÄGE“ stand, bloß um festzustellen, dass es sich um Eingänge handelte, die nicht Clays Unterschrift trugen, sondern die seiner Kunden. Verstohlen blätterte ich die obersten durch.

Fayette County Government

Sweet Springs Police Dept.

Mr Donald A. Buckley

Boyd County Sheriff's Office

Himmel, der Typ hatte nicht gelogen, als er gestern behauptet hatte, mit dem halben Polizeirevier befreundet zu sein. Was um alles in der Welt lieferten diese zwei Männer aus dieser Bruchbude heraus den Behörden? Sicherlich keine Neuwagen.

Ich überflog die Auftragsbestätigungen, erkannte sogar einige Wagenbezeichnungen, hauptsächlich Pick-ups und Heavy Duty PKWs. „Umrüstung“ stand dort – und trieb meine Fantasie augenblicklich zu Höchstleistungen: kugelsicheres Panzerglas, Selbstschussanlagen, James-Bond-Gadgets unter dem Beifahrersitz.

Du hast definitiv zu viele Actionfilme gesehen, Mädchen.

Frustriert schob ich den Aktenordner zurück und fasste mir in die Haare. Sie waren immer noch leicht wellig, weil ich sie heute morgen nicht geföhnt hatte. Ich gehörte zu den Unglücklichen, die bei Feuchtigkeit schreckliche Naturwellen bekamen, die leider gar nichts mit sexy Beach Waves zu tun hatten.

Egal, Fokus.

Mein Blick fiel auf den Block auf dem Tresen. Der Block, auf dem Clay gestern meine improvisierte Quittung unterschrieben hatte.

Eilig zog ich ihn heran und kippte ihn gegen das Licht. Mein Herz machte einen Satz. Die Unterschrift hatte sich durchgedrückt!

Schnell wühlte ich in der Schublade nach einem Bleistift, schraffierte über den Abdruck und konnte es kaum glauben. Da war die Unterschrift! Schwarz auf weiß. Oder besser gesagt, weiß auf bleistiftgrau.

Kurz bewunderte ich den markanten Schwung seiner Buchstaben, der von Sturheit und Stärke zeugte und so gut zu dem Mann passte, den ich gestern kennengelernt hatte. Dann riss ich den obersten Zettel ab und faltete ihn behutsam um die Schraffur herum nach innen, bevor ich ihn in der Gesäßtasche meiner Businessshorts verstaute. Ich würde die Schraffur mit Hilfe des Kohlepapiers auf echtes Papier übertragen.

Hallo Bildhauer-Karriere, adé Schuldenberg! Art Institute of Chicago, ich komme.

Beschwingt zog ich die Tür auf und ging zurück in die Werkstatt. Von Clay immer noch keine Spur. Jax saß wie zuvor am Laptop, jetzt hantierte er sogar mit einer Hand an der Platine neben sich, und sein konzentrierter Blick wanderte zwischen dem Messgerät und dem Bildschirm hin und her.

Er sah nicht auf, als ich mich näherte. Vielleicht hatte ich mit Superman gar nicht so falschgelegen, denn ganz offensichtlich war er entweder ein Außerirdischer – oder ein Roboter.

Blieb nur eine Frage: Wie machte ich mich am besten aus dem Staub?

„Weißt du, wann Clay zurückkommt?"

„Nope." Er sah immer noch nicht auf.

Okay. „Tja, also …" Ich bewegte mich unauffällig in Richtung meines Schlüssels für den Leihwagen. „Ich kann leider nicht ewig auf diese Quittung warten, also was soll's. Die fünfzig Dollar werden mich schon nicht umbringen. Sag Clay Danke von mir. Bis bald!"

Jax' kantige Wangenpartie zuckte, sein Röntgenblick verfinsterte sich. Am Ende seines Tüftler-Lateins war offenbar noch zu viel Problem übrig.

Tja, das Gute daran: Das war nicht mein Problem.

Ich schnappte mir den Schlüssel und marschierte in Richtung Rolltor. Als:

„Sekunde noch, Honey."

Kapitel 8
Honig oder Zucker, Darling?

EVELYN

Es gibt diese Momente im Leben, in denen man genau zwei Optionen hat, um zu überleben: kämpfen oder fliehen.

Ich war offenbar nicht überlebensfähig, denn ich blieb wie angewurzelt stehen.

Mit etwas auf dem Gesicht, das hoffentlich höfliche Verwirrung war, drehte ich mich um. „Ja?"

Jax' Falkenblick fixierte immer noch seinen Laptop. Mit der linken Hand gab er ein paar Befehle ein, während er mit der rechten neben sich auf die Werkbank klopfte. Unmissverständlicher Befehl, mich wieder zu setzen.

Alles in mir sträubte sich. Aber die Vorstellung, dass er hinter sich greifen und eine abgesägte Schrotflinte hervorziehen könnte – oder ein paar Bondage-Handschellen –, war zu übermächtig. Also trottete ich widerstrebend zurück und lehnte mich vorsichtig gegen die Werkbank.

Das genügte ihm offenbar. Keine Schrotflinte in Sicht.

„Ja?“, fragte ich erneut, diesmal eine Spur drängender.

Statt einer Antwort streckte er auffordernd die Hand aus. Immer noch, ohne aufzublicken.

Ich reagierte nicht, obwohl der schraffierte Zettel geradezu ein Loch in meinen Hintern brannte.

Er wusste es! Woher?

„Zehn Minuten auf der Toilette?“ Seine Stimme war eine gefährliche Mischung aus samtweich und messerscharf.

Ich wollte etwas sehr Weibliches erwidern, da hob er endlich den Blick vom Bildschirm und sah mir direkt in die Augen. Jetzt wünschte ich, er würde wieder den Laptop ansehen, denn die geballte Aufmerksamkeit seines schneidenden Falkenblicks ließ mich beinahe taumeln. „Bei offener Tür?“

Verdammt.

Er hob einen Mundwinkel zu einem verschlagenen Lächeln. „Du hast vergessen, das Licht auszumachen, *Honey*. Oder die Tür zu, je nachdem. Und du trägst eine weiße Hose. Sexy Spitzenwäsche, nebenbei bemerkt.“ Ich wollte einen empörten Laut ausstoßen, doch dann folgte ich seinem Blick zu meiner Hüfte, an der dunkelgrau verwischter Schmutz deutlich von meiner fast gescheiterten Krebsaktion zeugte, und der Laut blieb mir in der Kehle stecken. „Und anscheinend ziemlich akrobatisch.“

Ich ignorierte die dunkle Anerkennung in seiner Stimme und hob das Kinn. „Ich bin gegen den Türrahmen geschrammt, na und?“

„Oh, natürlich. Mein Fehler.“ Er glaubte mir kein Wort. „Und vor lauter Schreck hast du vergessen, dir die Hände zu waschen und … den Bleistift aus deinem Haar zu nehmen.“

Ich starrte auf meine staubigen Fingerspitzen und schloss fassungslos die Augen. Ich musste nicht einmal nach dem Bleistift tasten, um zu wissen, dass er hinter meinem Ohr steckte. Ich tat das immer, wenn ich zeichnete. Blöde Angewohnheit.

Aber wie zum Teufel hatte Jax Rayne das alles innerhalb von fünf Sekunden bemerkt? Er hatte nicht einmal aufgeblickt.

Egal! Das bewies gar nichts.

„Es ist hier ziemlich dreckig, okay? Was willst du von mir?"

Jax lehnte sich vor. In seinen verstörend graugrünen Augen lag keine Wärme mehr. „Die Frage ist, was willst *du* von Clay? Für wen arbeitest du? Die Duffers? Black Spades? Gabe McKenzie?"

Ich schnitt eine Grimasse. „*Black Spades*? Und wer sind die Duffers?"

Seine Braue zuckte. „Also tatsächlich Gabe."

„Was? Nein!", rief ich schnell. Zu schnell. Verdammt. „Er ist mein Anwalt, okay?"

Jax atmete sehr tief ein. Und sehr lange aus. Als er mich wieder ansah, hatte ich das Gefühl, sein Röntgenblick könnte bis in meine Gedanken schauen und meine dunkelsten Geheimnisse erkennen.

„Wozu braucht eine Braut wie du einen Anwalt? Sieht nicht aus, als würdest du dich gerade scheiden lassen."

„Ich war nie verheiratet."

„Ich weiß. Kein Ringabdruck." Er deutete mit dem Kinn auf meine linke Hand. Seine Miene war kalt wie Stahl, bis er einen Mundwinkel hob und Schalk über seine Züge huschte. „Wollte bloß sichergehen. Also, was hast du mitgehen lassen?

Oder was hast du hier deponiert? Ne Wanze? Kokain? Sextapes?“

Wie bitte?

„Was für Sextapes?“

Jax erlöste mich von seinem Blick. „Nicht so wichtig. Sag mir einfach, was und wo es ist, dann kannst du nach Hause gehen. Brauchst du Geld?“

Ich starrte auf seine Hand, die zu seinem Geldbeutel griff. Lauschte seiner Stimme, die wie eine samtige Einladung klang. Und wurde wie aus dem Nichts von einer Tsunamiwelle der Verzweiflung überrollt.

Die Schulden, die mir über den Kopf wuchsen, während dieser Typ eine verdammte Schweizer Armbanduhr trug. Meine bislang besten Skulpturen, die gerade in meinem winzigen Atelier entweder vertrockneten oder vermoderten, während ich hier am staubigen Arsch der Welt mit Mistkerlen diskutierte, die in verdammten Herrenhäusern wohnten. Mein Job, den ich an den Nagel hängen konnte, wenn ich nicht bald zu Gabe zurückkehrte – und meinen Traum gleich mit, wenn ich dann nicht die Unterschrift dabeihatte.

Wieso weigerte sich Clay so vehement, diesen blöden Vertrag zu unterschreiben? Jeder andere wäre froh, brachliegendes Hinterland gegen bares Geld zu tauschen!

Ich holte tief Luft, um die aufkommende Verzweiflung niederzuringen.

Jax' Augen wurden hart, doch jetzt aus Mitgefühl. „Wirst du erpresst?“ Als ich nicht gleich antwortete, fluchte er leise. „Haben sie deine Schwester? Mutter?“ Er hob eine Augenbraue. „Freund?“

Ich lachte verzweifelt, weil die Vorstellung von entführten Verwandten so absurd war. Ich meine, das hier war das echte Leben und kein Film. Hier sorgte man sich darum, seine nächste Miete bezahlen zu können, keine wichtigen Termine zu vergessen und nicht an noch einem Thanksgiving ohne festen Freund nach Hause zu kommen. „Nein, verdammt! Ich werde nicht erpresst." Zumindest nicht auf die Art, an die er offenbar dachte. Aber wenn er von so etwas ausging, würde er den echten Grund – der banale Traum einer verschuldeten Künstlerin, pah! – wohl weder verstehen noch ernst nehmen. „Und egal, wie oft du noch durch die Blume fragst, ich werde dir weder meinen Beziehungsstatus noch meine BH-Größe oder bevorzugte Sexstellung nennen."

Er versteckte ein Grinsen, indem er die Platine verkabelte. „Okay, ich kann ihn verstehen."

„Wen?" *Den nicht vorhandenen Freund?*

Jax hob eine Braue, als wäre die Antwort offensichtlich. Clay …

Als hätten sich meine Gedanken manifestiert, näherte sich ein röhrender Motor. Reifen knirschten auf Kies, dann erstarb der Camaro. Mein Blick schoss zum geöffneten Rolltor, aber Clay stieg nicht aus. Die Sonne brannte zu blendend auf die Scheibe, um sein Gesicht erkennen zu können, aber wenn *ich* nach dem Parken so lange im Wagen sitzen blieb, dann, weil ich mich sammeln musste.

Unwillkürlich rieselte Sorge in meine Glieder. War alles in Ordnung? Ging es seinem Vater gut?

Jax klappte seinen Laptop auf. „Letzte Chance, Honey: Du kannst entweder *jetzt* deine Sünden gestehen, deine Taschen leeren und gehen. Oder dich auf einen langen Aufenthalt einstellen."

Ich unterdrückte das prickelnde Gedankenkarussell, das seine Worte anstießen. „Ach ja? Warum?"

„Bauchgefühl." Jax hob einen Mundwinkel, als draußen endlich die Wagentür geöffnet wurde. Und dann begann er zu zählen. „Fünf. Vier. Drei."

Hypnotisch langsam, geradezu betörend. Ein Teil von mir wollte fliehen, der andere klebte förmlich an seinen Lippen.

Dann kam er bei „Eins" an, und Clay stand in der Tür.

Ich versuchte den heißen Feuerstoß zu ignorieren, der mich beim Anblick seiner großen Statur und den wie gemeißelten Schultern durchfuhr. Wäre hilfreich, wenn ich den Blick abwenden könnte, aber sein Umriss gegen das gleißende Tageslicht auf dem Werkstattvorhof wirkte nicht nur im übertragenen Sinne göttlich.

Jax widmete sich vollends dem Laptop. „Viel Spaß, Honey. Wir sehen uns."

CLAY

Die Sekunde, in der ich Evelyn sah, schien das Gewicht von hundert Jahren von meinen Schultern zu heben. Es war absurd, denn ich wusste nichts über diese Frau, ich kannte weder ihren Lieblingsfilm noch ihre bevorzugte Musikrichtung, weder ihre Zukunftswünsche noch Vergangenheit. Hatte sie Familie, ein Haustier, eine beste Freundin?

Alles, was ich wusste, war, dass ihr Anblick ausreichte, um die Welt ein bisschen heller zu machen. Vielleicht war es das, wovon mein Grandpa gesprochen hatte, wenn er über Grandma redete.

Ganz sicher war es das, was Jax heute Morgen mit seiner stummen Geste gemeint hatte: Ich war erledigt.

Aber ich würde den Teufel tun, ihm das unter die Nase zu reiben. Jax Rayne brauchte keine Bestätigung, um recht zu haben. Der Kerl war ein verdammter Schachroboter: präzise, gefühllos, auf absolute Dominanz programmiert.

Evelyn stand eindeutig zu nah bei ihm.

Mit wenigen Schritten hatte ich die Werkstatt durchquert und den Arm um ihre Hüfte gelegt, um sie ein paar Schritte in Richtung Tür zu schieben. Das Loslassen fiel da schon deutlich schwerer.

„Entschuldige mal?", protestierte ihr Mund, aber ihr Körper ließ sich widerstandslos mitführen, schmiegte sich geradezu an meine Seite, als wäre sie verdammt nochmal für mich gemacht. „Was wird das?"

„Mittagessen."

„Oh."

Ich starrte in ihr Gesicht wie ein verfluchter Idiot. Ihr Mund formte ein perfektes O. Wie konnten ihre Lippen so sündig aussehen, wenn ihre Augen so klug dreinblickten und ihre Haltung so vollendet höflich war?

Wenn sie diesen Mund nicht bald schloss, konnte ich für nichts –

Moment mal. Was sollte der Bleistift?

Ich dachte an ihre Skizzen, und der Gedanke, dass sie in meiner Werkstatt daran arbeitete, fühlte sich so perfekt an, dass ich Jax und seinen warnenden Blick völlig ausblendete.

„Ich lade dich ein. Worauf stehst du?"

Sie lächelte ihr Eoniglächeln, von dem ich einfach nicht genug bekam. Verdammt, ich wollte, dass sie mich so anlächelte, wenn ich in ihr war und ihr gerade den größten Orgasmus des Jahrhunderts verschafft hatte. „Das ist wirklich nett, aber ehrlich gesagt würde ich am meisten drauf stehen, endlich nach Hause fahren zu können."

Jetzt war es nicht mehr nur mein Schwanz, der sich versteifte – und jetzt begriff ich auch, was Jax' bohrender Blick mir sagen wollte.

Seufzend rieb ich mir über den Bart. Teufel nochmal, diese Frau trieb mich in den Wahnsinn.

„Okay, her damit." Ich streckte die Hand aus.

„Äh … Womit?" Ihr Lächeln verrutschte kaum merklich. Ich wollte herausfinden, wie ihre Lippen schmeckten.

„Mit der Unterschrift. Nachdem ich sie dir heute Morgen abgenommen habe, hattest du drei Stunden Zeit, zu fahren. Du hast es nicht getan. Dass du jetzt wieder fahren willst, sagt mir, dass du irgendwie wieder dran gekommen bist."

Wie im Affekt verschränkte sie die Arme vor der Brust und schürzte die Lippen.

Ich. Wollte. Sie. Küssen!

Dann kehrte ihr temperamentvoller Blick zurück zu meinem Gesicht, und jetzt wollte ich etwas anderes.

„Du bist weitaus klüger, als du aussiehst, weißt du das, Clay Davis?"

Ich hörte Jax glucksen, ohne den Blick von Evelyn zu nehmen. „Schätze, das ist ein Kompliment, *Sugar*."

„Hör auf, mich so zu nennen. Ich gehöre dir nicht, und ich bin nicht süß."

„Wollen wir wetten?" Ich hielt ihren Blick fest, bis sie errötete. Verdammt, an den Anblick könnte ich mich gewöhnen.

„Auf … was von beidem?"

Auf beides.

Bevor ich antworten konnte, klappte Jax geräuschvoll den Laptop zu. „Könnt ihr das vielleicht irgendwo klären, wo sich andere Leute nicht konzentrieren müssen?"

Sein beherrschter Ausbruch ließ Evelyn noch mehr erröten und mich amüsiert eine Braue heben. Jax Rayne war nicht leicht aus der Ruhe zu bringen. Ich beschloss, ihm den Gefallen zu tun, und nahm Evelyn beim Arm, um sie nach draußen zu führen. „Lass uns gehen, *Sugar*."

Sie machte keine Anstalten, sich aus meinem Arm zu winden. „Denk dir wenigstens einen Spitznamen aus, den du nicht jeder x-beliebigen Frau gibst."

Ich blinzelte. Welcher Frau hatte ich denn … *Ah!* Piper, als ich sie gestern Abend angerufen hatte. Mir war nie aufgefallen, dass ich sie so nannte, und die Erkenntnis, warum das so war, trieb mir ein Lächeln aufs Gesicht. Die beiden waren sich ähnlicher, als Evelyn ahnte. In jeder Hinsicht.

„Steig in den Wagen." Sofort musste ich den Arm ausstrecken und sie zurückziehen, als sie ernsthaft versuchte, statt in meinen Wagen in den Prius zu steigen. „Den anderen Wagen."

Ihre Hüfte kollidierte hart mit meiner Seite, und wäre ich noch der Mann von vor zehn Jahren, hätte ich jetzt die Kontrolle verloren.

EVELYN

Ich keuchte, als eine Feuerwalze durch meinen Körper rollte. Schlimm genug, dass mich seine glühende Nähe beinahe um den Verstand brachte. Aber als mein Hintern stoßartig an seiner Seite landete, bettelte mich mein Körper geradezu an, uns beiden die Kleider vom Leib zu reißen und diese Art von Stoß zu wiederholen, bis ich nicht mehr denken konnte.

Glücklicherweise konnte ich noch denken.

„Du hältst nicht besonders viel vom Grundrecht auf Freiheit, oder?", fragte ich, als er die Beifahrertür neben mir schloss. Es war heiß im Wagen, aber dank der offenen Fenster nicht stickig.

„Nicht, solange du nichts von Ehrlichkeit und vom Besitz anderer Leute hältst. Schnall dich an." Er drehte den Schlüssel im Zündschloss, und weil mir nichts anderes übrig blieb, gehorchte ich.

Mein Blick fiel auf das gefaltete Dokument in der Mittelkonsole. Der halb verdeckte Briefkopf zeigte einen Äskulapstab und den Anfang eines Wortes, das unschwer als „*MEDICAL*" zu entziffern war.

Der Anruf seines Vaters fiel mir ein und dass Clay vorhin nicht gleich aus dem Wagen gestiegen war. Ich verdrängte den Schmerz über die frühe Krankheit meines eigenen Vaters und suchte nach den richtigen Worten für etwas, wofür es keine Worte gab, während wir an weitläufigen Wiesen vor sanftem Hügelpanorama vorbeifuhren.

„Ist … alles in Ordnung mit deinem Vater?"

Er umklammerte das Lenkrad so grimmig, dass seine Fingerknöchel weiß hervortraten.

„Wofür brauchst du die Unterschrift?", wechselte er das Thema.

Ich verstand, dass er nicht darüber sprechen wollte. Ich hoffte, dann verstand er ebenfalls, dass es Dinge gab, über die *ich* nicht sprechen würde. Demonstrativ sah ich aus dem Seitenfenster, während wir ein hölzernes Ortsschild passierten.

Welcome to Sweet Springs – the sweetest view down south

„Die süßeste Aussicht im Süden?", las ich ungläubig vor. Überheblichkeit war hier wohl angeboren.

Das brachte offenbar den echten Clay zurück, denn als er mir jetzt das Gesicht zuwandte, setzte sein Blick meinen Körper in Brand.

Evelyn an Körper: Was soll das?

Ich wollte nicht so auf ihn reagieren, wie ich es tat. Ich wollte bloß dieses Mittagessen über die Bühne bringen und dann schleunigst auf die Interstate 65 nach Norden düsen, zurück nach Chicago.

Wir sagten nichts mehr, während wir durch die Stadt fuhren und an einer großen Kreuzung in die nächste Straße einbogen. Sweet Springs war eine hübsche Kleinstadt, mit sauberen Bürgersteigen, auf denen Familien und Paare in Shorts flanierten, und liebevoll gepflegten Grünflächen mit Bänken, auf denen Rentner mit Hüten die Sonne genossen. Nicht so wie Chicago, wo sich Müll und Gras in den rissigen Bürgersteigkanten sammelten und man vor Smog und Großstadtlärm kaum atmen konnte. Die Geschäfte hatten bunte Markisen gegen die Mittagshitze ausgefahren, und jede backsteinerne Hauswand war in einer anderen Farbe gestrichen. Unter dem cyanblauen Himmel mit den vereinzelten weißen Quellwolken wirkte der Anblick fast wie ein retuschierter Bildschirmschoner, der unmöglich echt sein konnte.

Ich wollte ein Foto machen, um mich später daran zu erinnern, dass die Realität wirklich so aussehen konnte, aber mein Handy war … *wo war mein Handy?*

Immer noch in Clays Hosentasche!

Ich öffnete den Mund, als:

„Es ist Gabe, oder? Er schickt dich." Seine Stimme klang jetzt nicht mehr grimmig, sondern fast verständnisvoll.

Ich wehrte mich gegen das Gefühl, das diese Tonlage in mir auslöste, und klappte bloß den Mund zu, sah stumm aus dem Fenster. Zwei Teenager saßen barfuß auf einer Bank und hörten Musik, ein Skateboard lehnte neben ihnen.

Clay ließ nicht locker. Dass er ein Sturkopf war, der seinen Willen mit allen Mitteln durchsetzte, war mir schon aufgefallen. Tja, an mir würde er sich die Zähne ausbeißen.

„Kaiser-Francis?"

Ich schnitt eine Grimasse. *Wer?*

„IMO? EOG? PDC?"

Meine Grimasse wurde immer heftiger. „FBI, CIA, CNN?", führte ich die Liste abstruser Abkürzungen fort.

Er schmunzelte – offensichtlich gegen seinen Willen, denn abermals stahlen sich diese weichen Grübchen in sein hartes Gesicht und dieser warme Glanz in seine Augen.

Ich wich dem Anblick aus. Körperliche Anziehung war eine Sache. Emotionale Nähe eine andere. „Gibt es hier auch Musik?"

Prompt lehnte ich mich vor, um das alte Radio zu bedienen. Es hatte wirklich noch Drehknöpfe und Schalter für die Frequenzen. Ich drückte den ersten, in der Annahme, dass das sein Favoriten-Sender war.

Country. Natürlich. Ich sah wieder aus dem Fenster, während weicher Südstaaten-Rock das Wageninnere mit Geschichten von Barbecue, Heimatgefühl und der großen Liebe füllte. Mein Fuß begann zu wippen. Clay schüttelte lächelnd den Kopf.

„Können wir zurück zum Thema kommen, *Sugar*?"

„Du sollst mich nicht so nennen“, ärgerte ich mich, obwohl mir heiß wurde, als ich an vorhin dachte. *Ich gehöre dir nicht, und ich bin nicht süß – Wetten, doch?* „Und deine Wette kannst du auch vergessen.“

„Das werden wir sehen.“ Er nahm den Blick gerade lange genug von der Straße, um mich um den Verstand zu bringen. „Ich wette, du schmeckst wie *fucking Candy.*“

Okay. Ich musste hier raus. Weil ich ihm sonst nämlich entweder während der Fahrt eine scheuern müsste oder mich auf seinen Schoß setzen, damit er seine Behauptung überprüfen konnte.

Beides sollte man nicht in einem fahrenden Wagen tun.

Also bezwang ich meine Lust und sah wieder aus dem Fenster. Ein atemberaubendes Anwesen aus rotem Ziegelstein und weißen Zierleisten tauchte vor uns auf.

„Ich hätte wirklich gerne mein Handy zurück, um ein Foto zu machen. Bitte?“

„Du wirst kein Foto brauchen. Das ist unser Ziel.“

Mir klappte der Mund auf, als er den Wagen tatsächlich auf dem Kiesparkplatz vor dem parkähnlichen Rasengrundstück abstellte. Clay schnallte sich ab, blieb jedoch sitzen.

Hitze stieg in meine Glieder.

„Bevor wir reingehen, ein letztes Mal. Zu der Visitenkarte …“

Seine braungrünen Augen blickten so weich, beinahe flehend, dass ich versucht war, ihm alles zu gestehen.

In der Sekunde klingelte mein Handy. Und ich erstarrte zur Salzsäule, als er es aus seiner Hosentasche zog. Auf dem Display stand:

Gabe McKenzie

Kapitel 9

Ist das Eifersucht, oder kann das weg?

EVELYN

Ich wollte das Handy aus seiner Hand schnappen, den Anruf wegdrücken und die Zeit zurückdrehen. Aber es war zu spät.

Wenn ich Clays Miene bisher infernal gefunden hatte, dann hatten wir jetzt einen neuen Kreis der Hölle betreten: Er *loderte*. Ein Wunder, dass die Windschutzscheibe unter seinem Blick nicht schmolz. Während mein Klingelton durch das Wageninnere schallte wie die Fanfare zu meiner bevorstehenden Hinrichtung, saß ich mucksmäuschenstill auf dem Beifahrersitz, so als könnte ich mich in Luft auflösen, wenn ich nur lange genug nicht atmete.

Dann verstummte das Handy, und die Stille dehnte sich aus. Zwei Sekunden. Fünf Sekunden. Zehn. Ich hielt es nicht mehr aus.

„Hör zu, ich kann das erklä–"

„Fickt er dich?“

Mir blieb die Luft weg. „Entschuldige mal?“

„Schläfst du mit ihm?“, formulierte Clay die Frage höflicher, sichtlich um Beherrschung bemüht.

Im Ernst? Er hatte gerade die Bestätigung dafür erhalten, dass seine Paranoia absolut gerechtfertigt gewesen war und ich tatsächlich in Gabe McKenzies Auftrag an seine Unterschrift kommen wollte – und *das* war die erste Frage, die er stellte?

Moment mal …

War er etwa eifersüchtig auf Gabe? Vielleicht war es ihm nie um die Unterschrift gegangen, sondern immer nur um den Namen auf der Visitenkarte?

„Ja oder nein?“, riss er mich aus der Indizienanalyse.

„Bedaure, aber ich denke nicht, dass dich das etwas angeht. Dir kann völlig egal sein, mit wem –“

Clay öffnete wortlos die Fahrertür und stieg so abrupt aus, dass der Wagen wackelte. Ich zuckte zusammen, aber der erwartete Knall der Tür kam nicht. Stattdessen schloss er die Tür beinahe sanft. Zum Teufel mit diesem sturen Mistkerl und seiner störrischen Selbstbeherrschung!

Ich sah ihm durch die Windschutzscheibe nach, wie er über den saftig grünen Rasen zu dem dreistöckigen Anwesen stapfte.

Na toll.

Das schlechte Gewissen schnürte mir die Luft ab. Wieso um alles in der Welt hatte ich ein schlechtes Gewissen? Ich schuldete ihm gar nichts!

Ich hatte seine Unterschrift, ich war in der Zivilisation und ausnahmsweise außerhalb von Clays wachsamem Blick. Ich sollte einfach zur nächsten Bushaltestelle laufen und – *Scheiß auf mein Gepäck, den Mietwagen und die Gefühle dieses Mannes!* – von hier verschwinden.

Aber, verdammt … ich konnte nicht.

Mein Blick fiel auf den gefalteten Brief vom Krankenhaus, dessen Inhalt ich mir nicht einmal vorstellen mochte. Meine Gedanken kreisten um den flehenden Ausdruck seiner braungrünen Augen, mir die Wahrheit zu sagen. Und mein Magen krampfte sich zusammen.

Ich hätte seine Frage einfach verneinen sollen wie eine Erwachsene. So konnte ich nicht gehen. Nicht, ohne ihm zumindest zu erklären, dass ich kein dahergelaufenes Flittchen war.

Frustriert blies ich die Wangen auf. Dann stieg ich ebenfalls aus und ging ihm nach.

Im Gebäude überfiel mich ein Gefühl von süßer Heimeligkeit, die mir fast die Luft abschnürte.

Was ich erst für ein Herrenhaus und dann für ein Verwaltungsgebäude gehalten hatte, war eine Pension. Tatsächlich genau die Pension, in der ich für gestern ein Zimmer gebucht hatte. *Honey Inn.*

Der Name war Programm. Alles hier war warm und herb wie guter Honig. Das Herzstück bestand aus einem riesigen Raum, der wohl gleichzeitig Empfang, Restaurant und Gesellschaftsraum war. Eine hölzerne Treppe führte in den ersten Stock, dicke Holzbalken standen zwischen den Tischen und stützten das freigelegte Dachgebälk. Alles war blitzsauber. Hohe Sprossenfenster fluteten den Raum mit gleißendem Sonnenlicht, das im Kontrast zu den naturbelassenen Holzdielen fast blendete. Die Terrassentüren waren geöffnet, von draußen drang ausgelassenes Gelächter, Besteckklirren und Kinderlachen herein. Es duftete nach frischem Apfelkuchen, frittiertem Hähnchen und Sommerblumen.

Kein Wunder, dass es hier trotz der frühen Nachmittagsstunde so gut besucht war. Diese Pension war ein Traum!

Mein Blick wollte gerade die gebeizte Treppe hinaufwandern, da sah ich Clay, der zu einer Frau in Stonewashed Jeans und kurzärmeliger Bluse trat, die mit einer Hand ein Tablett balancierte und mit der anderen einen kleinen Jungen auf ihrer Hüfte. Ich schätzte sie auf Mitte dreißig, aber es war schwer, ihre attraktiven Rundungen und blonden Locken genau einzuordnen.

„Clay! Himmel, alles in Ordnung? Du siehst furchtbar aus. Und was ist das an deiner Stirn?"

„Erzähle ich dir später. Hey *Sugar*."

Sie schmolz ihm entgegen, als er einen Arm um sie und den Jungen schlang und ihr einen innigen Kuss auf die Schläfe drückte.

Und – schlechtes Gewissen hin oder her – in mir brannte eine Sicherung durch.

Hatte der sie noch alle? Zog mich zwei Tage lang mit Blicken beinahe aus; machte mir eine Szene, weil er glaubte, ich hätte mit Gabe geschlafen; nannte mich *Sugar*, als wäre ich sein Eigentum – und ging dann schnurstracks zu dieser Frau und ihrem Kind, die er ebenfalls so nannte?

Na warte, Freundchen!

Ich marschierte auf die beiden zu.

„Du spinnst ja wohl!" Clay drehte sich überrascht um, doch ich konzentrierte mich nur auf die Frau. „Miss, es tut mir wahnsinnig leid, aber Sie verdienen die Wahrheit. Dieser Kerl …"

Sie hob amüsiert eine Augenbraue. „Was hat mein Cousin jetzt wieder angestellt?"

Ich fühlte mich, als wäre ich frontal mit einem Sattelschlepper kollidiert. Alle Luft wich aus meinen Lungen und schoss mir in den Kopf. Meine Augen wurden groß, meine Wangen brannten.

Cousin? Die beiden waren verwandt?

Ich schob die verstörende Erkenntnis beiseite, dass ihm eine Frau folglich etwas bedeuten musste, wenn er sie *Sugar* nannte. Denn jetzt zuckten Clays Mundwinkel.

„Piper, das ist Evelyn Tate. Evelyn: Piper Davis, Inhaberin des *Honey Inn*, tougheste Geschäftsfrau der Stadt und die Stimme der Vernunft in der Familie."

Piper stieß ihn augenrollend mit der Hüfte an und verneinte sofort den letzten Teil. „Vernunft, dass ich nicht lache. Aber ich freue mich sehr, Sie kennenzulernen, *Honey.*"

Sie reichte mir die Hand, und ich wollte im Erdboden versinken. Ich wollte auch Clays amüsiertem Blick ausweichen, der nur allzu deutlich meine Gedanken von vorhin spiegelte:

Eifersüchtig, Evelyn? Gefällt mir.

Mir sollte der Ausdruck nicht gefallen, mit dem sich sein Blick an meinen Lippen festsaugte, als ich mich Piper zuwandte.

„Entschuldigung. Ich bin Evelyn, es freut mich auch sehr. Sie haben eine traumhafte Pension, und ich wünschte, ich hätte die Nacht hier verbringen können. Denn was ich sagen wollte, war: Dieser Kerl ist schuld daran, dass ich gestern nicht einchecken konnte – und mich auch nicht abmelden, weil er mein Handy beschlagnahmt hat."

Zugegeben, es war eine lahme Ausrede und ein erbärmlicher Versuch, mein Gesicht nach diesem peinlichen Auftritt zu wahren. Aber Piper reagierte auf die bestmögliche Art: Sie nahm augenblicklich meine Seite ein und tadelte Clay mit einem wissenden Blick. „Keine Sorge, *Honey*. Sagen wir, die Männer in dieser Familie sind sehr … *einnehmend*. Unsere Grandma hat ihr ganzes Leben lang davon erzählt, wie Grandpa sie ab ihrer ersten Begegnung bis zu seinem letzten Atemzug nicht mehr aus den Augen gelassen hat. Hattet ihr Mittagessen?"

„Deswegen sind wir hier", antwortete Clay, während ich ihn verstohlen musterte. War dieser Charakterzug vererbbar?

Besser, ich brachte das klärende Gespräch schnell hinter mich. „Haben Sie noch einen etwas ruhigeren Tisch? Wir müssen über etwas … Privates sprechen."

Beide sahen mich mit demselben Ausdruck zwischen Überraschung, Neugierde und Misstrauen an. Ja, die Verwandtschaft war unverkennbar. Ich wich beiden aus und sah stattdessen den kleinen Jungen an, dessen Kopf erschöpft gegen Pipers Brust gesunken war.

„Wie heißt er?"

„Tommy. Nach Daddys Onkel, nicht wahr, mein Kleiner?" Pipers Gesicht leuchtete vor Stolz auf, und ich kam nicht umhin zu bewundern, wie eng in dieser Stadt die Familienverhältnisse zu sein schienen. Meine Eltern waren beide Einzelkinder, die den Kontakt zu ihren Eltern früh abgebrochen hatten. Musste ein schönes Gefühl sein, mit lauter Cousins und Cousinen aufzuwachsen und immer jemanden in der Nähe zu wissen, auf den man zählen konnte.

Ich verdrängte den Gedanken, als Piper sich stirnrunzelnd im Raum umsah. „Tja, Privatsphäre wird um diese Zeit schwierig. Vielleicht in ein, zwei Stunden?"

„Wir nehmen, was du hast, Pipe", versicherte Clay.

„Dann am besten draußen." Sie winkte uns zwischen den Tischen hindurch zu den offen stehenden Terrassentüren. „Im Innenhof ist es ruhiger. Weniger Familien. Magst du Kinder, Evelyn?"

Ich blinzelte, überrascht über ihre vertrauliche Anrede und ihren Plauderton, als würden wir uns seit Jahren kennen. Wieso war mir plötzlich hyperbewusst, wie nah Clays Körper war? „Fremde schon. Eigene sind im Moment keine Priorität."

„Ah, Karrierefrau!" Piper musterte schmunzelnd mein Business-Outfit. „Immobilien? Hier in der Stadt werden bald einige traumhafte Grundstücke frei. Oder Finanzen?"

Mein Blick huschte zu Clay. Eigentlich wollte ich das Thema erst anschneiden, wenn wir irgendwo saßen. Zumal sich seine Miene verdunkelte. „So etwas in der Art ...", wich ich aus.

Piper lachte gutmütig. „Na, solange du nur keine Anwältin bist!"

Mir schoss das Blut in die Wangen. Mein Blick ging überallhin, nur nicht zu Clay. Wenn er seiner Cousine jetzt erzählte, was er vorhin auf meinem Handydisplay gesehen hatte, dann war es das wohl mit der Gastfreundschaft im *Honey Inn*.

Ich sah zu ihm hoch im Versuch, seine Miene zu deuten – und hätte fast einen Stuhl mitsamt Rucksack umgerempelt, der halb im Durchgang zur Terrasse stand. Clays starker Arm hielt mich fest, während ich der jungen Frau, die auf dem Stuhl daneben saß, eine Entschuldigung zumurmelte. Sie blickte nicht einmal von ihrem Smartphone auf, sondern zog wortlos den Stuhl mit ihrem Rucksack näher an sich heran.

„Überall diese Sightseeing-Kids mit ihren Handys", hörte ich Piper murren, leise genug, dass ihre jungen Gäste sie nicht hören konnten. „Als wären die Paragrafenfresser nicht schlimm genug! – Stimmt es, dass Maddox gestern in der Ratssitzung damit gedroht hat, jemanden zu erschießen?"

Wie bitte? Erschießen? Mein Blick flog zu Clay. Und was für eine Ratssitzung? Politik? Etwa der Termin, für den er mich gestern in seinen Schuppen gesperrt hatte?

Über seine grimmig-erschöpfte Miene huschte ein Anflug von Schalk. „Keine Sorge, Mad Dog hat seit Jahren auf niemanden mehr geschossen."

Achso, na dann!

„Dein Wort in Gottes Ohr. Manchmal weiß ich nicht, ob ein großer Knall nicht vielleicht besser wäre als dieser ewige Papierkrieg. Aber egal, ich habe mich heute schon genug aufgeregt. Bitte schön, ein Tisch, so ruhig, wie es gerade geht! Falls ihr Ash knebeln könnt oder so."

Piper deutete ans andere Ende des Innenhofs, der mit den gelb und rot gestrichenen Hausfassaden und den vielen Pflanzkübeln an einen spanischen Garten erinnerte. Ein runder Bistro-Tisch stand etwas abseits der anderen – und daran saß ein blonder Halbgott mit zerrissenen Jeans und Sonnenbrille, in dem ich sofort den Oldies-Rocksong-Typen von gestern erkannte. Er schien völlig in seinem Taschenbuchroman versunken, während um ihn herum die Teenager lautstark über ihre Apps oder die Nachrichten diskutierten.

Dass er nicht wirklich las, merkte ich an drei Dingen.

Erstens: Er hatte die eine Buchhälfte komplett nach hinten umgeklappt wie eine Zeitung, um das Buch mit einer Hand halten zu können. *Leserillen des Todes, hallo!* Er war also ein gemeiner Bücherquäler und ganz sicher kein passionierter Leser.

Zweitens: Seine andere Hand … *zauberte*. Ein anderes Wort hatte ich nicht für das, was seine flinken Finger mit dem Kugelschreiber anstellten. Der Stift drehte sich und kreiselte und tanzte scheinbar schwerelos von Fingerknöchel zu Fingerknöchel wie bei einem Zauberkünstler. Mir entgingen nicht die tätowierten Initialen auf seinen untersten Fingergliedern: L – O – V – E, wobei das V auf dem Ringfinger kalligrafisch verschnörkelt war.

Ich war so gefangen, dass ich erst mit einiger Verspätung Indiz Nummer drei bemerkte: Seine stahlblauen Augen waren über den Rand der Sonnenbrille hinweg direkt auf uns gerichtet.

Er grinste so breit wie die Sonne über Kentucky. „Hi." Sein Blick huschte von mir zu Clay und wieder zurück. „Du bist ja noch da!"

Ja, zugegeben nicht meine beste Idee.

„Nur noch zum Essen. Ich bin Evelyn. Hi."

„Ash", wiederholte er und ergriff meine Hand. Seine Finger waren lang, kräftig und beinahe samtig weich, aber seine Handflächen hatten ganz ähnliche Schwielen wie die von Clay. Was er wohl beruflich machte? Sicherlich keine Kugelschreibertricks vorführen.

Clay zog wortlos einen Stuhl heraus und platzierte zu meiner Überraschung *mich* darauf. Perplex murmelte ich ein Dankeschön. Ich war es nicht gewohnt, dass Männer mir Stühle zurückzogen und Türen öffneten. Schon gar nicht solche, die mich einen Tag zuvor noch über die Schulter geworfen und in ihr Haus verfrachtet hatten.

Clays Hände verharrten kurz auf meinen Schultern, schwer und groß, und ich ertappte mich dabei, wie ich die Berührung genoss. Dann waren seine Hände verschwunden und er zog einen zweiten Stuhl heraus, um sich zu setzen.

Der Kugelschreiber lag plötzlich fest in Ashs Hand, das Buch auf dem Tisch. Er hob das Kinn. „Was ist los, hast du ihren Wagen nicht repariert gekriegt? Und woher kommt die Beule?"

Mein schlechtes Gewissen wuchs, doch Clay schien noch ein Stück Dunkelheit abschütteln zu können: „Sagen wir, wir sind uns noch nicht über die Bezahlung einig."

Angesichts des Grinsens, das sich jetzt über Ashs Gesicht zog, war nicht schwer zu erraten, welche Art der Bezahlung er sich gerade vorstellte. Verdammt, jetzt stellte ich mir dasselbe vor.

„Und … so lange legst du sie jetzt in Handschellen, oder was?"

Ich starrte auf das Muttermal an seiner Wange, das in dem Grübchen verschwand, wenn er grinste. Wieso klang alles, was dieser Typ sagte, nach schmutzigem Sex?

„Siehst du etwa Handschellen?", konterte ich, um die Bilder loszuwerden. „Vielleicht bin ich ja freiwillig hier."

Clay schnaubte, woraufhin Ash prüfend den Blick über meinen Körper wandern ließ. Bluse, Businessshorts, Sneakers. Keine Handtasche. Keine Beweise.

Ich lehnte mich vor. „Würdest du uns vielleicht zwei Minuten alleine lassen?"

„Zehn“, forderte Clay.

„Fünf.“ Ich lächelte unmissverständlich.

Ash tauschte noch einen kurzen Blick mit Clay, dann stand er auf und vollführte sogar etwas wie eine kleine Verbeugung.

Ich wartete, bis er weg war, und legte mir meine Worte zurecht.

Die Sache ist die: Ich kenne Gabe, aber wir haben keinen Sex, und ich brauche wirklich dringend deine Unterschrift auf einem Vertrag, der dich um zwei Millionen Dollar reicher macht und mir eine Ausstellung im Art Institute of Chicago ermöglicht. Geht das klar für dich?

Ha, nicht in hundert Jahren würde er … Warum sah er mich so seltsam an? Mit verschränkten Armen, zurückgelehnt auf seinem Stuhl wie ein verdammter Cowboy in einem Western-Streifen.

„Was ist los?“, fragte ich.

„Ich versuche immer noch, zu entscheiden, ob du für Gabe arbeitest oder nicht. Denn wenn du nicht für ihn arbeitest, hast du offensichtlich eine Affäre mit ihm.“

Wut durchzuckte mich. „Ich habe keine Affäre mit ihm!“

„Also arbeitest du für ihn.“

„Nein!“

Okay, das war eine Lüge. Aber sie war im Affekt passiert, und ich würde den Teufel tun, sie zurückzunehmen und einzuknicken. Im Gegenteil: Ich hob das Kinn und starrte Clay unbeirrt in die Augen.

Er starrte zurück. Dann holte er sein – *mein!* – Handy heraus. „Wenn ich ihn jetzt zurückrufen würde, was würde er wohl sagen?“

Ich zwang mich, seinem Blick standzuhalten. „Finde es doch heraus."

Hoffentlich tut er es nicht!

In dem Moment kam Ash zurück.

„Fünf Minuten sind noch nicht um", teilte Clay ihm mit, ohne den Blick von mir zu nehmen.

„Ja, aber das Essen ist fertig, und du weißt, wie deine Cousine wird, wenn es kalt wird."

„Ich stehe direkt neben dir, Blödmann", erwiderte Pipers Stimme. Sie trug drei Teller mit Burgern, Coleslaw und Kartoffelspalten, Ash trug einen Korb Fritten in der Linken und drei kleine Colaflaschen in der Rechten. Ohne Tablett, einfach zwischen den Fingern. Ich war ziemlich sicher, dass ich nicht einmal eine einzelne Flasche zwischen zwei Fingern halten konnte. Instinktiv duckte ich mich, als er sie neben mir auf den Tisch beförderte.

„Okay, also entweder bist du Kellner oder Zauberkünstler", staunte ich, nachdem Piper uns einen guten Appetit gewünscht hatte und verschwunden war.

Ash lachte. Er hatte ein schönes Lachen. Laut und voll, ein bisschen schelmisch, ein bisschen dreckig. Sehr sympathisch. Seine Hand streifte meine Schulter, als er sich wieder auf seinen Stuhl fallen ließ.

„Ich mag sie", sagte er zu Clay. Und dann zu mir: „Du hast ihm das da verpasst, oder?" Er deutete mit der Colaflasche auf Clays Stirn.

Ich nickte, und sein Finger wanderte zu meinem rechten Ohr. „Damit?"

Der Bleistift! Eilig wollte ich ihn herausziehen – und stieß prompt mit dem Ellenbogen gegen Ashs Handgelenk.

Dunkles Zuckerwasser schwappte über seine tätowierten Finger.

Ich sprang auf, um meine hellen Shorts zu retten.

„Shit." Ash war ebenfalls auf den Beinen. Stühle kippten, der Sonnenschirm wackelte. Ich stolperte über ein Stuhlbein, stürzte fast, aber Ash hielt mich fest. „Vorsicht." Seine Hände stabilisierten meine Hüften, blieben vielleicht eine Sekunde länger als nötig auf meinem Hintern. Die Flasche stand sicher auf dem Tisch. Mein Herz raste, aber ich war intakt – und trocken.

Ash hob sofort die Hände. „Sorry, ehrlich."

Ich wich Clays Blick aus, der jede unserer Bewegungen verfolgte. „Nein, das war meine Schuld. Nichts passiert."

Wir setzten uns wieder, Ash zwinkerte der jungen Frau zu, die ihn vom Nebentisch aus mit offenem Mund anstarrte.

Clay beäugte die Jugendlichen ebenfalls.

„Was ist mit den ganzen Kids? Sind das dieselben von gestern Abend? Hat Devin die im Blick?" Wenn er so leise sprach, klang seine Stimme noch rauer. Noch sexier.

Ash verzog gequält das Gesicht. „Nein … ich."

„Du bist wegen denen hier?"

„Na, sicherlich nicht, um Oscar Fucking Wilde zu lesen."

Ich unterdrückte ein Kichern, doch Clay blieb unbeeindruckt. „Was ist aus dem Job geworden? Müsstest du nicht ne Baustelle beaufsichtigen?"

Jetzt kniff Ash die Augen zusammen. „Müsstest du dich nicht um deinen eigenen Scheiß kümmern? Tess hat erzählt, euer Dad hat versucht, sie zu erreichen. Alles klar mit ihm?"

Clays Miene blieb unbewegt, aber ich sah das Zucken an seinem Kiefer. Das tat er immer, wenn er unzufrieden war.

Oder wenn ihn etwas belastete. Unsere Diskussion vorhin, zum Beispiel.

„Er lebt noch."

Ash erkannte, dass das Thema abgehakt war, und schob sich eine Fritte in den Mund.

„Also, Evelyn. Was machst du so? Wenn du nicht gerade Leihwagen im Niemandsland abwürgst?"

Ich spürte Clays brennendes Interesse von der Seite und nutzte die Zeit, in der ich den Bissen vom besten Burger der Welt herunterschluckte, um mir eine passende Antwort auf diese nicht ganz ungefährliche Frage zu überlegen.

Clay kam mir zuvor: „Sie ist Künstlerin."

Ich blinzelte. Meine Haut kribbelte, doch diesmal nicht wegen seiner Stimme und nicht vor Hitze. Sondern vor Wärme. Weil er es mit einer so unumstößlichen Selbstverständlichkeit sagte. Weil mich sein anerkennender Tonfall vor Stolz wachsen ließ. Weil es aus seinem Mund klang, als würde es tatsächlich stimmen.

Alles klar, brich nicht gleich in Tränen aus, Mädchen.

Ash hob begeistert kauend die Brauen. „Akt-Malerei?"

Ich verdrehte die Augen.

„Tonskulpturen."

Ash hörte auf zu kauen. Sein Blick glitt von mir zu Clay. Er schluckte. „Das ist 'n Scherz, oder?"

Als keiner von uns verneinte, brach er in Lachen aus. „Damit ich das richtig verstehe: Du bearbeitest Ton. Mit deinen Händen. Ton wie … Clay?" Ich nickte. Clay knurrte. Ash pfiff durch die Zähne. „*Fuck*", sagte er. „Das ist echt heiß."

„Ja, ein Tausendzweihundert-Grad-Brennofen ist schon ziemlich heiß", entgegnete ich, um uns alle auf den Boden der

Tatsachen zurückzuholen – vor allem meine eigene Fantasie. *Tonbeschmierte Hände auf tätowierten Bauchmuskeln.*

Wo waren wir?

Clay bearbeiten.

Hitze. Brennofen.

Richtig.

Ich lächelte. „Wo wir gerade davon sprechen: Ich habe zwei Plastiken für das Chicago Art Institute in meinem Atelier, die die Luftfeuchtigkeit nicht ganz so gut vertragen und so langsam weiterbearbeitet werden müssten. Also, wenn ihr mich entschuldigt ... Danke für das Mittagessen, Jungs."

Ich wollte aufstehen, aber sowohl Clays als auch Ashs Hand schnellten vor.

Entschuldigung?

„Chicago Art Institute?" Ash pfiff erneut durch die Zähne. „Müssen ja beeindruckende Plastiken sein. Hast du Fotos?"

Ich seufzte. „Auf meinem Handy – das gerade in Gewahrsam ist!" Ich warf Clay einen auffordernden Blick zu.

Der zögerte, dann zog er mein Handy hervor. Ich stutzte. „Wow, es ist ... vollgeladen. Danke."

„Ja, in Kentucky gibt es Strom", antwortete Clay trocken.

Ich verdrehte die Augen. „So war das nicht gemeint, und das weißt du auch. Ich meinte nur –"

„Könnt ihr das heute Nacht klären?", unterbrach Ash unseren Disput und streckte auffordernd die Hand aus. „Foto?"

„Heute Nacht gibt es nur über meine Leiche", antwortete ich, während Clay zeitgleich sagte: „Ihr Handy kriegst du nur über meine Leiche."

Wir sahen uns an. Ash schüttelte bloß den Kopf – bis er beim Blick auf mein Handy erstarrte.

„Dein Ernst, Lady?"

Verdammt, hatte ich versehentlich ein falsches Foto geöffnet? Oder gar eine E-Mail von Gabe? Ich warf einen Kontrollblick aufs Display. Nein, das war Adams Torso. Von gestern Morgen. Lebensgroß.

„*Heilige* … Als du Tonskulpturen gesagt hast, dachte ich an diese hässlichen Knubbelfiguren und Keramikvasen, aber doch nicht an – *Heilige Scheiße*!"

Ash wollte nach dem Handy greifen, doch ich zog es schnell weg. Ich würde mein Handy niemandem mehr überlassen.

„Nun, wo ich herkomme, flucht man zwar nicht vor Begeisterung, aber ich fasse das mal als Kompliment auf. Danke."

Aus dem Augenwinkel sah ich ein Lächeln auf Clays Gesicht …, das irgendetwas mit meinem Innersten anstellte. Nicht nur grub es hinreißende Grübchen in sein sonst so grimmiges Gesicht, es verlieh seinen Augen auch diesen warmen Glanz, in dem ich versinken wollte.

„Ich würde sagen, Ash *Größenwahn* Crawford ist verflucht beeindruckt. Was selten genug vorkommt, du darfst es also als Kompliment sehen, *Suga*– Wer stand dafür Modell?"

Die Wärme seiner Augen verwandelte sich jäh in loderndes Höllenfeuer, als er das Handy ansah. Er wirkte, als würde er jeden, dessen Namen ich jetzt nannte, auf der Stelle umbringen. Qualvoll.

Ich schmunzelte.

„Eifersüchtig?"

„Wer war es? Dein Freund? Gabe McKenzie sicherlich nicht, dafür sitzt er zu viel auf seinem Arsch."

„Du glaubst mir also endlich, dass wir keine Affäre haben?"

„Wer ist das, Evelyn?“

„Niemand.“

„Du willst mir erzählen, dass du dir das ausdenkst? *Bullshit.*“

Der konnte mich ja richtig wütend machen. „Tue ich aber!“

„Explizite Fantasie“, kommentierte Ash.

„Klappe!“, riefen Clay und ich gleichzeitig. Ich funkelte Clay an, weil er wieder dasselbe gesagt hatte wie ich. Er funkelte mich an, weil er mir nicht glaubte. Schien, als hätten wir ein echtes Vertrauensproblem.

Wo das bloß herkam …

Ash rieb sich stöhnend mit beiden Händen über das Gesicht. „Leute, ihr seid mir echt zu anstrengend. Nur noch eine Frage, dann könnt ihr euch gegenseitig anzünden oder ausziehen oder was auch immer.“

Ich wollte etwas Scharfes erwidern, doch er redete schon weiter.

„Wenn du wirklich Tonskulpturen machst, wie du sagst …“ Ash griff in seine Hosentasche. „Wozu brauchst du dann das hier?“

Ich erstarrte, als ich den vergilbten Zettel zwischen seinen Fingern erkannte. Der Zettel, der eigentlich in *meiner* Gesäßtasche steckte.

Und das Wort rutschte mir heraus, bevor ich mir dessen bewusst war: „Fuck.“

Kapitel 10

Zimmer mit Aussicht

CLAY

Sehr richtig: *Fuck.*

Ich mochte, wie sie fluchte.

Ich mochte nicht, wie sie log und mich dauernd bestahl.

Leider mochte ich extrem, wie sich ihre Pupillen weiteten und ihre kleine Zunge abermals über ihre Lippen schnellte, bevor Evelyn von Entsetzen wieder in den Angriffsmodus schaltete.

„Du hast es aus meiner Tasche gezogen! Vorhin, bei dieser Aktion mit der verschütteten Cola, stimmt's?"

Cleveres Mädchen. Ich hatte damals weitaus länger gebraucht, um Ashs erste Taschendiebstähle zu erkennen.

Mein bester Freund schnitt eine Grimasse, während er mir den Zettel überreichte. „Streng genommen hast *du ihn* bestohlen, Lady. Ich habe den Zettel bloß seinem rechtmäßigen Besitzer zurückgegeben."

Ich faltete die akribischen Knicke auseinander. Meine Unterschrift. Schraffiert, vermutlich von einem Block.

Cleveres. Mädchen!

Mein Blick wanderte zu ihrem Gesicht.

„Wozu brauchst du die Unterschrift?"

Sie schwieg eisern. Und mich durchzuckte ein Gedanke, der mein Blut kochen ließ: „Bist du in Schwierigkeiten? Wirst du erpresst?" Vermutlich nicht von Gabe, denn der war zwar ein wortbrüchiger Wichser, aber nicht der Typ für Erpressungen. Die Leute, für die er millionenschwere Verträge aufsetzte, leider schon.

Anstatt meine dargebotene Rettungsleine zu ergreifen und mir endlich die Wahrheit zu sagen, warf Evelyn in einem unerwarteten Ausbruch die Arme in die Luft, der gleichermaßen süß und sexy war. „Was ist denn los mit euch? Wieso fragt das jeder?"

Jeder?

Ah. Rayne. Er hatte vermutlich dieselben Schlüsse gezogen. Wie immer lange vor mir.

„Erpressung, Entführung, Raub – ist das euer Ding hier unten im Süden? Macht euch das an?"

Du *machst mich an.*

Ich sprach die Worte nicht aus. Brauchte ich auch nicht, denn mein Blick schaffte das allein. Evelyn schob den Unterkiefer vor.

Sexy.

Mein Handy klingelte.

Fuck.

Nicht schon wieder mein Vater. Oder schlimmer noch: sein Arzt. Ich schob das flaue Gefühl im Magen beiseite und hielt Evelyns Blick noch einen Moment lang fest, dann sah ich aufs Display.

Es war noch schlimmer.

„Susan“, begrüßte ich die Sekretärin des Bezirksstaatsanwalts mit einer Freundlichkeit, die eher einem Grollen glich. Ash richtete sich augenblicklich auf seinem Stuhl auf und taxierte mein Handy wie einen geladenen Revolver, während mich die Sekretärin zu ihrem Boss durchstellte.

„Mr Davis“, meldete sich die aalglatte Stimme von Bezirksstaatsanwalt Harvey Logan. Ich bekämpfte den Impuls, einfach aufzulegen.

„Wen anders erwartet?“

„Wie ich höre, verlief die Ratssitzung gestern Abend … überraschend. Zwei Eigentümer ziehen offenbar in Erwägung, ihre Grundstücke zu verkaufen?“

Ich spannte den Kiefer an, mein Blick schoss zu Ash. *Wer?*

„Niemand wird verkaufen“, bestimmte ich. Nur über meine Leiche. Ash machte eine finstere Miene, zog sofort sein Handy aus der zerschlissenen Jeans und wählte eine Nummer, während er aufstand und reinging.

„Pipe, Babe?“

Ich verdrehte die Augen. Piper war niemandes Babe. Evelyn sah ihm besorgt nach, woraufhin ich den Impuls unterdrücken musste, die Hand nach ihr auszustrecken und ihr die Nervosität zu nehmen.

„Mr Davis, die Umweltbehörde versteht die Bedenken der Anwohner, daher haben die Investoren einen umfassenden – und, lassen Sie mich sagen, sehr kostspieligen – Umweltbericht erstellt, den wir Ihnen gerne zur Verfügung stellen. Es ist ein sehr umfangreiches Dokument, über eintausend Seiten, aber keine Sorge, wir respektieren Ihre begrenzte Zeit.“ Ich kniff die Augen zusammen. Klang eher wie „Wir wissen, dass ihr Hillbillys sowieso nicht lesen könnt".

Fuck you very much, Sir.

„Es liegt im größten Interesse der Investoren, dass sich die Einwohner von Sweet Springs sicher fühlen und keine Gerüchte oder Falschmeldungen in den sozialen Medien oder lokalen Zeitungen gestreut werden …"

Pro-Tipp gegen schlechte PR: nicht bis zum Anschlag in den Arsch von Arschloch-Konzernen kriechen!

Um nicht die Augen zu verdrehen, bis ich ein Schleudertrauma bekam, fixierte ich Evelyns Gesicht. Ihre Brauen waren zusammengezogen, ihre dunklen Augen verfolgten jede meiner Bewegungen, während sie auf den Spitzen einer Haarsträhne herumkaute. Ohne darüber nachzudenken, streckte ich die Hand aus und strich die Strähne zurück an ihren Platz.

Dabei streiften meine Finger ihre Wange. *Fuck*, ihre Haut war so weich. Ich wollte sie mit Zunge und Zähnen erkunden und herausfinden, wie viel weicher sie an anderen Stellen war.

„… Deswegen möchten wir Ihnen die Ergebnisse persönlich vorstellen. Sind Sie damit einverstanden? … Mr Davis, sind Sie noch dran?"

Ich brummte, weil ich auf keinen Fall am Telefon mit „Ja" antworten würde – aus denselben Gründen, aus denen ich meine Unterschrift nicht irgendwo rumliegen ließ –, und verkniff mir, diesem aufgeblasenen Anzugträger zu sagen, wohin er sich seinen beschissenen Umweltbericht stecken konnte. Aber mit Juristen zu diskutieren war, wie mit Gaunern zu pokern. Sie spielten nie fair, hatten immer ein Ass im Ärmel, und am Ende schossen sie dir in den Rücken.

„Wann?“

„Unsere Geologen sind noch in der Stadt. Morgen früh, gleich um sieben?“

Ich knirschte mit den Zähnen. *Klar, leg die Zeit so, dass anständige Menschen ihre Familien versorgen müssen. Warum nicht gleich drei Uhr nachts?*

Netter Versuch, Arschloch.

„Bringen Sie Kopien mit.“

EVELYN

„Pipe, ich brauche zwei Zimmer für heute Nacht.“

Ich wurde hellhörig, während Piper Tommy absetzte und nach dem Reservierungsbuch tastete. Wir übernachteten heute hier?

Warte mal, wir*? Auf keinen Fall!*

„*Ein* Zimmer“, widersprach ich höflich.

„Nicht gleich so stürmisch, Kleines.“

Verdammt … Wieso zog sich alles in mir vor Lust zusammen, wenn seine raue Stimme so mit mir sprach? Und wenn sein Blick mich dabei fast auszog.

Ich ignorierte die Hitze zwischen meinen Beinen und wandte mich Piper zu. „Ich werde heute nicht hier schlafen.“

Ich werde nur kurz meine Taschendiebstahlfähigkeiten an diesem Mann austesten, notfalls unter Einsatz sexueller Überredungskunst, und dann bin ich raus hier!

„Doch, das wird sie.“ Clay klang selbst für seine Verhältnisse ziemlich selbstsicher. Ob er wusste, dass ich ohne die Unterschrift nicht gehen würde?

Ich gab mich gelassener, als ich war. „In Ordnung, zwei Zimmer. Mehr Privatsphäre für mich.“

Wie sehr die Holzdielen wohl knarren, wenn ich mich in sein Zimmer schleiche?

Pipers Blick huschte zwischen uns hin und her. Falls sie gerade überlegte, ob ich noch ganz bei Trost war: *Definitiv nicht.*

„Wegen der Schlucht?“

Clay nickte grimmig, woraufhin ihr Blick hart wurde.

Schlucht? Was für eine Schlucht?

Piper seufzte tief. „Es tut mir leid, Clay, ich habe keine zwei Zimmer mehr. Hast du mal in den Kalender geschaut? Übernächste Woche ist das Rennen, jeden Tag kommen neue Gen-Z-Hippies, die die Natur bewundern wollen oder sowas, und diese verfluchten Anzugträger blockieren mir die restlichen Zimmer schon fast eine Woche lang.“ Den letzten Teil des Satzes zischte sie leiser, damit Gäste in der Nähe sie nicht hören konnten. „Ich habe höchstens das Familienzimmer.“

Familienzimmer?

„Das wird reichen. Es ist nur bis morgen früh.“

Sie reichte ihm die Schlüssel. „Ich will diese Leute aus der Stadt haben, Clay. Ein für alle Mal.“

Seine Antwort war das tiefste Grollen, das ich jemals aus seiner Kehle vernommen hatte. „Glaub mir. Ich auch.“

Okay, meine Neugierde war offiziell geweckt. Ich wäre dann jetzt bereit für die Aufklärung. Aber keiner von beiden schien die Frage zu sehen, die in fetten Großbuchstaben auf meiner Stirn prangte.

Piper reichte uns die Schlüssel. Zwei Schlüssel. 14 und 15. Warum hatte sie so getan, als sei das ein Problem?

Fünf Minuten später und ein Stockwerk höher wusste ich, was das Problem war.

„Auf gar keinen Fall!"

Er hob eine Augenbraue. „Wolltest du nicht gerade noch im selben Zimmer schlafen?"

„Ich wollte überhaupt nicht hier schlafen, aber eine erholsame Nacht im Hotel ist besser als eine übermüdete Autofahrt am Abend. Hingegen das hier … ist kein bisschen erholsam!"

„Du wirst es überleben."

„Unsere verfluchten Zimmer haben eine verfluchte Verbindungstür. Ohne Schlüssel, verdammte Axt!"

Clay lehnte mit verschränkten Armen im Türrahmen besagter Verbindungstür und sah mich amüsiert an. „Habe ich schon mal gesagt, wie höllisch sexy es ist, wenn du fluchst?"

Und habe ich dir schon mal gesagt, wie höllisch sexy es ist, wie du gerade dastehst?

Ich wusste nicht, was mich mehr irritierte: sein verdorbenes Lächeln oder die sehr eindeutige Reaktion meines Körpers darauf. Er löste die Arme, um nach dem Türknauf zu greifen. Seine Tattoos tanzten bei der Bewegung, und ich konnte nicht anders, als mir vorzustellen, wie meine Fingerspitzen die Konturen nachfuhren. Er zog die Tür zwischen uns zu. *Jetzt oder nie!*

„Clay?" Er hielt inne, und ich beschwor meine innere Verführerin herauf. „Wie kannst du sicher sein, dass ich nicht wieder abhaue?"

„Das kann ich nicht." Er sah auf meine Hüften – besser gesagt meine Shorts, in denen jetzt der Zettel fehlte. „Aber ich habe da so ein Gefühl."

Verdammt, wenn er so grimmig lächelte, bekam ich auch ein Gefühl. Eines, das dringend gestillt werden musste. Er wandte sich wieder ab. Dieser standfeste Mistkerl! Konnte er nicht einmal das tun, was ich wollte?

„Clay?" Sein Blick wurde intensiver. Vielleicht sollte ich seinen Namen öfter sagen. „Und wie kann *ich* sichergehen, dass du heute Nacht auf deiner Seite der Tür bleibst?"

Endlich erschien sein Höllengrinsen auf seinen Lippen. „Das kannst du nicht."

Damit zog er die Tür zwischen uns zu. Und einfach so stand ich in Flammen. Das war ja schön nach hinten losgegangen.

Frustriert ließ ich mich auf das Bett sinken und starrte aus dem Fenster, über das parkähnliche Rasengrundstück auf die hübschen Häuser der anderen Straßenseite. Mehr aus Gewohnheit denn Absicht zog ich mein Handy aus der Tasche. Ich hatte mittlerweile drei verpasste Anrufe von Gabe. Aber ich konnte ihn schlecht zurückrufen, während Clay nebenan …

… duschte?

Ungläubig lauschte ich auf das Wasserrauschen auf der anderen Seite der Wand – und versuchte angestrengt, mir *nicht* vorzustellen, wie sein tätowierter Körper dabei nass glänzte. Wie seine Muskeln das Licht und Wasser reflektierten wie eine virtuelle 3-D-Modellage.

Ein paar Sekunden lang experimentierte ich im Kopf mit der optimalen Positionierung einer imaginären Lichtquelle, um die sehnigen Texturen der Hügel und Täler perfekt zur Geltung zu bringen, als –

Mein Handy klingelte. Ich zuckte zusammen und unterdrückte einen Fluch, bevor ich schnell abnahm.

„Spinnst du? Ich kann jetzt nicht", zischte ich Gabe zu.

„Oh, offenbar habe ich mich verwählt! Normalerweise erreiche ich unter dieser Nummer meine höfliche Assistentin, die ich seit gestern Morgen vermisse. Brünett, gutaussehend. Äußerst gute Manieren. Manchmal ein bisschen vorlaut, aber eigentlich immer zuverlässig. Haben Sie sie gesehen?"

Ich atmete tief durch, um meinen Chef nicht anzufahren. Clay hatte eindeutig keinen guten Einfluss auf mich.

„Im Ernst, was treibst du da unten so lange? Um dich zu zitieren: *Wie schwer kann es sein, eine Unterschrift zu bekommen?* Insbesondere, wenn man gewisse Vorzüge hat."

Unwillkürlich musste ich an Clays unverschämte Frage denken.

Fickt er dich?

Wut staute sich in meinem Bauch. Was glaubten diese Kerle eigentlich, wer sie waren?

„Ich habe sie fast, okay? Er ist eben ein harter Brocken."

Gabe lachte höhnisch. „Glaub mir. Ist er nicht. Aber gib nicht auf, ich glaube an dich. Vielleicht schaffst du es ja bis morgen Nachmittag, da habe ich zufällig ein Telefonat mit Octavia Brown und könnte sie an deine Figuren erinnern. Sag einfach Bescheid."

Fuck you!

Ich wettete, dieses Telefonat gab es gar nicht! Kurz war ich versucht, in seinem Kalender nachzusehen, aber dann legte Gabe einfach auf. Und ich verspürte plötzlich den

Drang, ebenfalls einen ganzseitigen Mittelfinger auf eines seiner Dokumente zu schmieren. Auf seines und auf das jedes selbstgefälligen Mistkerls, der sich für unwiderstehlich hielt und eine Frau unterschätzte, bloß weil er einen Penis besaß.

Ich würde Gabe diese bescheuerte Unterschrift besorgen.

Aber zuerst würde ich noch etwas anderes tun.

Kapitel 11
Die Hölle ist nur eine kalte Dusche

CLAY

Ich stemmte die Hände gegen die geflieste Duschwand, ertrug den harten Wasserstrahl auf meinen Schultern und versuchte angestrengt, nicht an diese Teufelin im Nebenraum zu denken.

Es funktionierte kein bisschen.

Von der Hitze begann die Platzwunde an meiner Stirn zu pochen, die ich ihr verdankte. Das laute Rauschen konnte nicht das Echo ihrer sündhaften Worte in meinem Kopf überdecken. Und die Gedanken an sie lösten keines meiner Probleme – im Gegenteil.

Fucking Gabe, verflucht!

Ich wollte die Faust gegen die Wandfliesen schmettern, aber ich wollte Pipers Zimmer nicht demolieren.

Mühsam zwang ich meine Gedanken von Gabe weg – und landete bei dem männlichen Körper in Lebensgröße, den

Evelyn aus Ton modelliert hatte. Die Vorstellung von ihren Händen auf diesen Muskelsträngen machte mich gleichermaßen hart und rasend vor Eifersucht.

Es sah wirklich aus, als sollte Jax Superhirn Rayne recht behalten mit seiner obszönen Geste von heute Morgen. Ich *war* erledigt, und jede Sekunde in Evelyns Gegenwart machte es nur schlimmer. Dabei brauchte ich im Augenblick mehr denn je einen klaren Kopf. Wenn ich jetzt die falschen Entscheidungen traf, wären die letzten zehn Jahre umsonst gewesen. Fünfzehn, wenn man meine unorthodoxen Methoden vor dem offiziellen Papierkrieg mitzählte.

Wer von meinen Leuten zieht in Erwägung zu verkaufen?

Ich regelte die Temperatur herunter und griff nach dem Duschgel, während ich in Gedanken die Liste der Leute durchging, die ich gleich anrufen musste, um für morgen früh alles vorzubereiten.

Zum wiederholten Male fragte ich mich, was mein Großvater an meiner Stelle getan hätte. Vermutlich hätte er diese Typen mit der Schrotflinte aus der Stadt gejagt und gemeinsam mit seinen Brüdern ihre Höllenmaschinen angezündet. Ich wünschte, das wäre heute noch legal. Ich wünschte, mein Vater wäre nicht so krank. Ich wünschte, mein Bruder wäre nicht so –

Was war das für ein Geräusch?

Ich wandte den Kopf. Lauschte.

Nichts.

Ich hielt noch eine Sekunde inne, dann wusch ich mir die Haare aus und –

„Fuck!"

Ich schluckte einen Schwall Wasser, als wie aus dem Nichts ein zweiter Körper zu mir in die Dusche stieg.

Ein sehr nackter Körper.

Mit sehr wohlgeformten Brüsten, deren Spitzen sich mir aufreizend entgegenreckten.

„Evelyn." Ich grollte, weil ich meiner Stimme nicht traute. „Was wird das."

Es war keine Frage. Aber sie gab auch keine Antwort. Stattdessen trat sie näher, bis ihr Gesicht den Wasserstrahl wie einen Vorhang teilte. Wasser perlte von ihren Wimpern, lief über ihre Lippen, als sie mir das Kinn entgegenhob. Ihr Blick war sinnlich, geradezu betörend, während sie mir so nahe kam, dass ihre harten Brustwarzen meine Haut streiften. Meine Kehle war staubtrocken, obwohl mein Mund förmlich ertrank.

„Nur, um das klarzustellen …", hauchten ihre Lippen, nur wenige Zentimeter von meinem Mund entfernt. Ich musste wissen, wie sie schmeckte, jetzt gleich.

Ich kam nicht dazu.

Ohne Vorwarnung umfasste sie meinen Schwanz, der ihr förmlich in die Hand sprang. Ich spannte den Kiefer an, um nicht augenblicklich über sie herzufallen.

„Ich höre."

Ihr Griff wurde stärker, ihr Blick sinnlicher. Ich ignorierte das beinahe schmerzhafte Verlangen, mich in ihrer Hand zu bewegen, und erwiderte ihren sinnlichen Blick.

Sie lächelte, ihr Mund nur Millimeter vor meinem in der feuchten Hitze. „… Niemand *fickt* mich."

Mein Schwanz zuckte. Sie griff noch fester zu, strich mit dem Daumen fest über meine Eichel, und um ein Haar hätte ich sie gepackt und mit ihr ein Loch in die Duschwand genagelt. Einzig ihr finsterer Blick hinderte mich daran.

„Nicht Gabe. Nicht du. Niemand. Ich entscheide, wen *ich* ficke." Der Ausdruck in ihren kaffeebraunen Augen war genug, um einen Mann in den Wahnsinn zu treiben. Selbst, wenn sie gerade nicht seinen Penis umfasst hielt.

„Ist das ein Problem für dich?" Sie lächelte teuflisch.

Ich umfasste ihre Hände und drängte sie gegen die Wand. Ihr überraschtes Keuchen ließ meinen Schwanz nach vorn zucken, doch ich widerstand dem Drang, mich sofort in ihr zu versenken.

„Ganz im Gegenteil, *Sugar*."

EVELYN

Ich keuchte. Hitze pulsierte durch meinen Körper, die nicht von dem heißen Wasser ausging.

Begeisterung. Lust. Und ein Hauch köstlicher Furcht.

Mein Blickfeld, mein ganzes Bewusstsein, war völlig auf Clay fokussiert. Auf seinen breiten Körper dicht vor mir, der genauso perfekt modelliert war wie in meiner Vorstellung. Und auf seinen erigierten Penis, der in meiner Hand um einiges gewaltiger gewesen war als in meiner Vorstellung. Antike Statuen waren wohl nicht immer das Maß aller Dinge.

Auf seine braunen Augen mit den grünen Sprenkeln. Auf jedes winzige dunkle Barthärchen, von dem das Wasser abperlte. Auf seine Lippen, so dicht vor meinen, dass ich nur das Kinn recken müsste, um –

Er zog den Kopf zurück. Nicht viel, nur die wenigen Millimeter, die ich mich vorgewagt hatte. Und jetzt war er es, der überlegen lächelte.

„Wir wissen beide, wie das hier enden wird, *Sugar*." Ich erwiderte seinen grimmigen Blick, um zu überspielen, dass das raue Knurren seiner Stimme bis in mein Innerstes vibrierte. Seine Lippen strichen so dicht an meinen entlang, dass ich fast den Verstand verlor. „Du wirst diese Stadt erst verlassen, wenn du vor Lust meinen Namen gestöhnt hast."

Ich brauchte all meine Selbstbeherrschung, um seinen Worten nicht augenblicklich zu gehorchen. Und, um mich ihm nicht entgegenzubiegen, bis ich seinen harten Körper an meinem spürte. Er hielt meine Handgelenke immer noch umklammert, was es umso schwieriger machte, mich nicht zu winden – ob vor Lust oder Widerwillen.

Ich brauchte die Kontrolle zurück. Jetzt!

„War das eine Drohung?"

„Klang es für dich wie ein Versprechen?"

Ich starrte atemlos auf seine Lippen. Mein Herz raste, mein Blut kochte. Also tat ich das Einzige, was Sinn ergab.

Ich löste die Rechte aus seinem Griff, kippte den Temperaturregler des Wasserhahns bis zum Anschlag nach links und schnappte nach Luft, als uns augenblicklich ein eiskalter Schwall überspülte.

Clay zuckte zurück.

Ich warf ihm mit dem letzten Rest Überlegenheit, den ich noch hatte, ein Lächeln zu. Dann stieg ich aus der Dusche. Und wickelte mich in das einzige Handtuch, das auf der Stange hing.

Kapitel 12

Fucking Candy

EVELYN

„EVELYN!!!"

Ich raste zurück auf meine Seite der Tür – nicht ohne dabei seine Jeans von der Stuhllehne zu reißen, über der sie ebenso säuberlich hing wie gestern mein Kleid.

So vorhersehbar, Clay!

Zurück auf meiner Seite schob ich meinen Stuhl unter die Klinke, sprang in Bluse und Shorts – für Unterwäsche war keine Zeit! –, schnappte mein Handy vom Bett und lief los.

Ich war bereits auf der Treppe, als ein weiterer Fluch von Clay die obere Etage erzittern ließ. Er hatte bemerkt, dass Handtuch und Jeans aus seinem Zimmer fehlten. Gut, dass ich jetzt nicht in meinem Zimmer war.

Andererseits entging mir dabei leider der Anblick seines nackten, nassglänzenden Körpers, der mit Sicherheit eine Spur Fußabdrücke hinterließ auf der Suche nach meinem –

seinem – Handtuch. Und nach seiner Jeans, in der nicht mehr der Zettel mit seiner Unterschrift steckte. Ich war so eine Füchsin!

Ich grinste in mich hinein, als ich im Erdgeschoss ankam. Das *Honey Inn* war eine kleine Pension mit zwanzig Zimmern auf zwei Stockwerken. Ich würde es hier vermissen, aber ich musste jetzt wirklich los.

Piper war nirgends zu sehen, bloß Tommy saß hinter der Theke in seinem Hochstuhl und sah mich aus großen Augen an. Ich winkte ihm zu, das Haargummi zwischen den Zähnen, während ich meine tropfnassen Haare am Hinterkopf zusammenfasste.

Als ich nach draußen vor die Tür trat, konnte ich nicht anders, als die warme Sommerluft tief einzuatmen. Sie roch nach Natur, Freiheit und Sommer: frisch gemähtes Gras, Asphalt und Apfelkuchen. Hier könnte man wirklich leben … Es war ziemlich warm für Mai, aber nicht drückend. Ich würde mir sowas von bei der nächsten Tankstelle ein Eis kaufen.

Doch zuerst: die Pflicht. Ich entfernte mich möglichst weit von dem schicken kupferfarbenen Camaro, der in der Sonne glänzte, bog um die nächste Straßenecke und lief bis zum Schatten der ersten Markise. Sie war blau-weiß gestreift und gehörte offenbar zu einem Buchladen, in dessen Schaufenster ich bezaubernde Schmuckausgaben von Klassikern entdeckte. Dort zog ich den Zettel hervor und machte mit meiner Dokumentenscan-App ein hochauflösendes Foto, das ich umgehend an Gabe schickte.

Es dauerte keine fünf Sekunden, bis er anrief.

„Was soll das sein?“

So klingt echte Dankbarkeit.

Ich überging seine unfreundliche Begrüßung und hob stolz das Kinn. „Wonach sieht es aus?"

Gabe seufzte schwer, was in meinem Geist sofort das Bild wachrief, wie er seinen Nasenrücken mit Daumen und Zeigefinger massierte, weil irgendjemand – meist ein unbelehrbarer Klient oder unachtsamer Gerichtsdiener – etwas sehr Dummes getan hatte.

„Das ist Clay Davis' Unterschrift!" Ich sprach leise, weil ich nicht wusste, ob jemand in den Geschäften, an denen ich mich vorbeidrängte, den Namen kannte. Die Sandalen im Schaufenster dort sahen echt hübsch aus!

„Das sehe ich", knurrte Gabe. „Was ich nicht sehe, ist der Vertrag."

Ich blieb abrupt so stehen, dass mich die ältere Dame besorgt musterte, die auf einer der Holzbänke saß und die Nachmittagssonne genoss. „Du hast gesagt, du willst eine Unterschrift!"

Noch ein übertriebenes Seufzen, als wäre ich eine Dreijährige. „Für *eine Unterschrift* hätte ich einfach seine Steuererklärung anfordern können."

Ich verstand nicht. „Aber … kannst du nicht einfach …?"

„Ich hoffe, du hast nicht vor, diesen Satz zu beenden, wenn du deinen Job behalten willst." Ich riss den Mund auf, aber es kam kein Ton heraus. Es klang, als würde er das Handy in die andere Hand wechseln, denn jetzt sprach er vertraulicher: „Versteh mich nicht falsch, Evelyn. Deine Verschlagenheit in allen Ehren, aber wir sprechen hier von amtlichen Dokumenten. Die werden im Original händisch unterzeichnet – oder gar nicht."

Er sprach noch weiter, aber ich hörte nicht mehr zu, weil mein Arm, der das Handy hielt, kraftlos herabsackte. Alles umsonst.

Wenn Clay „Fuck you" Davis schon eine einfache Unterschrift mit seinem Leben verteidigte, würde er den echten Vertrag niemals unterzeichnen.

Ohne auf Gabes Worte zu achten, beendete ich den Anruf und sah mich entmutigt um. Ich war wieder am Anfang – buchstäblich, denn auf der anderen Straßenseite stand das *Honey Inn*. Offenbar war ich einmal um den Block herumgelaufen.

Eigentlich konnte ich gleich reingehen, Clay den Zettel zurückgeben und im Austausch um die Mietwagenschlüssel bitten, um einen Schlussstrich zu ziehen und nach Hause zu fahren.

Ich würde diesen Ausstellungsplatz auf andere Weise bekommen. Ich *musste*!

Im Kopf ging ich meine Optionen durch, während ich durch die Vordertür trat – und prompt gegen eine harte Brust prallte.

„Hoppla."

Diese Stimme kannte ich doch. „Jax?" Mir wurde kalt.

„Evelyn."

Sein Falkenblick wanderte zu meinen feucht verknoteten Haaren, und er brauchte nicht einmal eine Sekunde, bis sich seine Lippen amüsiert verzogen. Offenbar hatte er Clay mit seinen ebenfalls noch feuchten Haaren bereits gesehen.

„Kalte Füße gekriegt?" Als ich nicht gleich reagierte, fügte er erklärend hinzu: „Unterschriftsfälschung?"

Mein Lachen klang selbst in meinen Ohren künstlich, während ich den zerknitterten Zettel aus der Hosentasche zog und in seine Hand legte. „Ehrlich gesagt, ja. Er kann seine Unterschrift wiederhaben, so dringend brauche ich den Reparaturbeleg dann doch nicht."

„Reparaturbeleg, hm?" Er glaubte mir kein Wort. Aber das war mir egal. Mit allem Selbstbewusstsein, das ich nach dieser Doppelpleite aufbringen konnte, hob ich das Kinn.

„Was denn sonst? Mach dich nicht lächerlich. Alles, was offizieller ist als eine läppische Quittung, wird händisch im Original unterschrieben oder gar nicht."

„Es soll Leute geben, denen das Gesetz egal ist." Er hob den Zettel zum Zeichen seiner Anerkennung, bevor er ihn in die Tasche seines Jerseyhemds steckte. „Trotzdem solltest du dich im Augenblick wohl nicht alleine in der Stadt herumtreiben."

Meine Freude über seine Anerkennung erlosch. „Wieso, ist bei euch die Kriminalitätsrate so hoch, dass Frauen am helllichten Tag verschleppt werden? … Oh, warte." Ich zog eine ironische Grimasse, weil sein Kumpel genau das bei mir getan hatte. „Zu spät! Aber keine Sorge, ist ja nicht so, als würde ich mit irgendeiner Unterschrift weglaufen."

Damit wollte ich mich an ihm vorbei in den großen Raum drängen und nach Clay Ausschau halten, als –

„Ich kann auf sie aufpassen."

Eine junge Frau sprang grinsend auf uns zu, ihr dunkler Zopf wippte bei jedem ihrer beschwingten Schritte. Ich schätzte sie auf ein paar Jahre jünger als mich, vielleicht Anfang zwanzig. Ihr sonniges Lächeln war ansteckend.

„Hi, ich bin Tess. Komm, lass uns ein bisschen Abstand von diesen Machos kriegen. Bye, Rayne."

„Tess." Jax hob das Kinn zu einer knappen Begrüßung – oder Verabschiedung –, dann ließ er uns vorbei nach draußen.

Zu blöd, dass ich eigentlich nach drinnen gewollt hatte. Wo war Clay? Und wer war diese Tess?

Ich kam nicht dazu, ihr eine der Fragen zu stellen, weil sie sich bereits bei mir einhakte, als wären wir alte Freundinnen. „Magst du Eiscreme? Bei Tony gibt's die beste Eiscreme der Stadt."

Tess ließ mir keine Chance zu widersprechen und zog mich die Straße hinunter zu einem feuerrot gestrichenen Gebäude mit grüner Markise. Ich entschied mich für Erdbeer-Minze und Tess für Nougatcreme, dann setzten wir uns auf eine Bank in der Nähe. Wobei Tess sich auf die Lehne setzte und die kurzen Stiefel auf die Sitzfläche stellte. Sie war eine faszinierende Mischung aus niedlich und tough. Kaum einen Meter sechzig groß, mit schönen Kurven und süßer Stupsnase. Ihre Augen hatten eine seltsame Farbe zwischen Grün und Braun, mit Sprenkeln – die mir seltsam bekannt vorkamen.

„Du vögelst also meinen Bruder, ja?"

Ich inhalierte versehentlich einen Klumpen Eiscreme, der riesengroß und eiskalt meine Speiseröhre hinabglitt. Hustend befreite ich meinen Hals.

„Nein."

Sie legte vielsagend den Kopf schief. „Ich hab vorhin im *Honey* gesehen, wie er dich ansieht, Lady."

Ist mir völlig egal, wie er mich ansieht.

„Wie sieht er mich an?"

Tess grinste, während sie von ihrer Eiswaffel abbiss. „Wie *fucking Candy.*"

Ich ignorierte die Tatsache, dass Clay erst vor einer Stunde dasselbe gesagt hatte. Und dass mir plötzlich heiß war. „Tja, er mag nicht übel sein. Aber ich stehe nicht so auf Männer, die durchreisende Frauen einfach bei sich einsperren."

„Bist du's denn? Auf der Durchreise?"

„Ist das ein Verhör?"

Tess erwiderte meinen Blick einen Moment lang, dann zuckte sie gut gelaunt mit den Schultern und schob sich den letzten Rest der Eiswaffel in den Mund. „Nimm's ihm nicht übel, er ist ein bisschen paranoid, seit die Sache hier eskaliert ist. Mit allem … Mit Dad. Und mit …" Sie brach ab, zuckte wieder mit den Schultern und starrte die Straße entlang, die Ellenbogen auf die Knie gestützt.

Ich übersah fast, wie mir flüssiges Erdbeereis über die Hand lief. „Welche Sache?"

Tess schnitt eine ungläubige Grimasse. „Lebst du unter nem Stein, Lady? Das ganze County spricht von den Bohrungen. Ich wette, sogar der ganze Staat."

Bohrungen?

„Ich komme aus Illinois. Chicago", erklärte ich in der Hoffnung, dass sie weitersprach.

Beim Klang des Stadtnamens setzte sie eine ziemlich schlechte Miene der Gleichgültigkeit auf. „Was verschlägt ne Lady aus Chicago an den Arsch der Welt? Arbeitest du auch für *die*?"

Ich war überrumpelt. „*Die* … Bohrgesellschaften?"

„Nein, deren Anwälte."

Da erstarrte ich. „Äh …" Ich musste mich sammeln, musste diese Erkenntnis verarbeiten und diesen Geistesblitz tief unter meinem Pokerface begraben. Unter meinem ebenso wenig vorhandenen Pokerface. „Nein, ich, äh … ich bin … *Künstlerin*! Ich bin Künstlerin, ja. Also, das will ich werden. Bildhauerin, um genau zu sein."

Tess zog die dunklen Augenbrauen zusammen. Sie schien nicht überzeugt. „Bildhauerin? Was behaust du denn?"

Auf die Gefahr hin, dass dieser Witz langsam alt wurde: „Ton. Und ich behaue ihn nicht, ich … modelliere ihn."

„Ton." Ihr Blick huschte zur Seite, ihre Mundwinkel zuckten. Nein, dieser Witz wurde wirklich nicht alt. „Ton wie …"

„Clay, ja."

„Schön, dass du dich noch an meinen Namen erinnerst."

Ich fuhr herum.

Da stand er – und *Himmel*, sah dieser Mann gut aus!

Wieso schien mein Kopf das zu vergessen, sobald ich mich nicht im selben Raum befand wie er? Und schlimmer noch, wieso hielt es mein Körper für nötig, mich jedes Mal auf Neue darauf hinzuweisen, wenn ich ihn wieder ansah? Das wurde langsam lästig.

Ich tat einfach so, als wäre gerade nicht jede Nervenzelle darauf fokussiert, wie atemberaubend seine muskulösen Schultern in diesem T-Shirt aussahen. Und wie viel atemberaubender sie darunter waren.

„Entspann dich, Jax hat den Zettel schon zurück. Ich wollte dich nur ein bisschen ärgern, weil …"

Ich verlor den Faden, als ich seinen Blick sah.

Ja, vielleicht hatte Tess recht.

Fucking Candy.

CLAY

Erdbeereis.

Verfluchtes Erdbeereis, das noch in ihren Mundwinkeln klebte. Ich hasste Erdbeereis, aber jetzt gerade wollte ich nichts anderes, als jeden letzten Geschmackstropfen von ihren Lippen zu saugen.

„Ich sagte, du sollst ein Auge auf sie haben. Nicht, du sollst dich mit ihr anfreunden."

Meine Schwester zuckte bloß mit den Schultern, bevor sie von der Banklehne auf den Boden sprang. „Jetzt, wo du wieder da bist, lasse ich euch mal allein. Sehen wir uns später? Elle und ich fahren mit ein paar Leuten zum Canyon. Whiskey Sunset?" Sie lächelte hoffnungsvoll.

Unter normalen Umständen wäre ich vermutlich mitgefahren, aber ich musste auf eine teuflische Diebin aufpassen und mir morgen früh einen tausendseitigen Bericht anhören. Beides vorzugsweise mit klarem Verstand.

Fast hätte ich über mich selbst gelacht. Als ob ich in den letzten zwei Tagen auch nur ansatzweise einen klaren Verstand gehabt hätte.

Bevor ich verneinen konnte, durchkreuzte Evelyn meine Pläne. Natürlich.

„Whiskey Sunset? Wieso klingt das wie ein schmutziger Cocktail?"

„Weil du eine schmutzige Fantasie hast, *Sugar*."

Verdammt, und ich auch.

Unsere Blicke verhakten sich. Sie hob eine Augenbraue, woraufhin ich sie um ein Haar auf die Banklehne gehoben und mich gegen sie gepresst hätte.

Die Stimme meiner Schwester hinderte mich daran. „Ha, ich hab's dir gesagt, Lady!" Sie explodierte beinahe vor Begeisterung. „Tja, ihr könnt es euch ja noch überlegen. Wir fahren um halb sieben und –"

„Bin dabei!", unterbrach Evelyn sie. „Hochprozentiges bei Sonnenuntergang klingt genau danach, was ich gerade brauche. Kannst du mich abholen?"

„Nein." Wieder war mein Mund schneller als mein Verstand.

Evelyn verschränkte die Arme. „Du meinst wohl ‚Viel Spaß, *Sugar*. Das ist schließlich ein freies Land und du bist nicht meine Geisel'."

Ich musste gegen meinen Willen lächeln. Weil sie sich selbst als *Sugar* bezeichnet hatte – als *mein Sugar* – und sich das verdammt perfekt anhörte. Weil sie so störrisch und stolz war wie ein Wildpferd. Und weil sie völlig recht hatte: Sie war nicht meine Geisel. Aber ich würde den Teufel tun, sie in Tess' Klapperkiste zum Canyon fahren zu lassen, um sich gutem Whiskey, besserer Musik und dem verflucht besten Sonnenuntergang der Welt hinzugeben, wenn ich dabei nicht ihren Gesichtsausdruck sehen konnte.

„Nein", wiederholte ich. „Heute nicht."

„Tja, morgen bin ich leider nicht mehr da. Aber ich verstehe natürlich, wenn du mich lieber persönlich fahren und *auf mich aufpassen* möchtest."

Sie setzte den Begriff mit ihrer Betonung in Anführungszeichen, obwohl wir beide wussten, dass sie eigentlich meinte „sichergehen, dass ich nicht wieder mit deiner Unterschrift abhaue".

Verdammt richtig.

Kam ich aus der Nummer raus? Nope.

Würde ich sie diesen Anblick ohne mich erleben lassen? Teufel, nein.

„Lass mich erst ein paar Erledigungen und Anrufe machen."

Kapitel 13

Whiskey Sunset

EVELYN

Wie schön konnte eine Kleinstadt in der beginnenden Abenddämmerung sein? Auf einer Skala von eins bis zehn war Sweet Springs mindestens eine Zwölf.

Zum ersten Mal, seit ich hier war, genoss ich die Stadt in vollen Zügen und freute mich auf den Abend. Es war nicht das Klügste, noch eine Nacht hierzubleiben, zumal es hier für mich ohnehin nichts mehr zu gewinnen gab. Aber Clay hatte im Grunde recht gehabt: Im Feierabendverkehr knapp fünfhundert Meilen zu fahren war nicht die beste Idee der Welt. Und die Zimmer waren ohnehin gebucht, also was soll's? Ich hatte es verdient, einen einzigen Tag im Jahr mal meine Sorgen zu vergessen.

Nachdem ich Josie angerufen hatte, um sie zu meiner Wohnung zu schicken und zwanzig Minuten lang zu instruieren, wie man Bleiche-Essig-Mischung herstellte und feuchte Tonskulpturen richtig besprühte, hatte ich die letzten drei Stunden damit verbracht, die Architektur der historischen Gebäude zu bestaunen und durch kleine Boutiquen und Buchläden zu stöbern. Ich hätte auf Anhieb ein halbes Dutzend Sachbücher, einen Bildband über Kirchenstatuen und eine frühe Schmuckausgabe von Jane Austens *Stolz & Vorurteil* mitnehmen können.

Wenn ich mein knappes Geld dafür hätte opfern wollen. Und wenn mich Clay nicht auf Schritt und Tritt verfolgt hätte wie ein unverschämt gutaussehender Bodyguard in ausgetragenen Jeans und Stiefeln, der permanent das Handy am Ohr hatte.

Ich ertappte mich nicht zum ersten Mal dabei, wie ich ihn verstohlen zwischen Regalbrettern hindurch beobachtete. Telefonierte er mit der halben Stadt? Er hatte mindestens schon zwanzig Nummern gewählt.

Ja, ich hatte mitgezählt. Ich hatte auch gezählt, wie oft er gelächelt hatte – dreiundfünfzig Mal – und wie oft herzhaft gelacht. Neunzehn – nein: jetzt zwanzig. Wieder rieselte ein warmer Schauer in meine Glieder, während ich fasziniert beobachtete, wie seine grimmige Miene aufbrach. Wie er gestikulierte, lachte, schnaubte. Er strich sich über den kurzen Bart, lehnte sich gegen einen Laternenpfahl vor dem Laden und sah hinauf in den allmählich abendlich verlaufenden Himmel und wirkte dabei völlig anders als der Mann, der mich gestern Abend über die Schulter geworfen hatte.

Ich zwang meinen Blick von ihm fort und bläute mir ein, dass ich morgen früh von hier verschwinden würde.

„Nichts gefunden?“ Diese Worte waren eindeutig an mich gerichtet, als ich aus dem Laden zurück auf die Straße trat.

Die Sonne blitzte nur noch zwischen den Häusern hindurch, aber der Gehweg strahlte immer noch Wärme ab. Genau wie der Mann, der sich wieder an meine Seite heftete.

„Nein", log ich.

Er schien mir nicht zu glauben, sagte jedoch nichts. Stattdessen: „Hast du alles, was du brauchst?"

Nein, deine Unterschrift auf Gabes Vertrag fehlt. Und wenn ich so darüber nachdenke, könntest du auch nochmal dein T-Shirt ausziehen, bevor ich wieder fahre.

„Ja."

Clay hob eine Augenbraue, als wüsste er genau, was ich gerade gedacht hatte. Lag vermutlich an meinem miserablen Pokerface. Oder an dem, was *er* vorhin *mir* vorgeworfen hatte.

„Schieb deine schmutzigen Gedanken beiseite, und lass uns fahren", befahl ich und beschleunigte meine Schritte.

Zehn Minuten später saß ich wieder auf seinem Beifahrersitz und versuchte vergeblich, ein erwartungsvolles Bauchkribbeln zu unterdrücken. Ich konnte mich nicht erinnern, wann ich das letzte Mal mit Leuten aus gewesen war. Das Leben als Künstlerin war einsam. Man verbrachte viele Stunden mit sich selbst und seinem Werk.

„Verrätst du mir, was Whiskey Sunset ist?", fragte ich, nachdem wir knapp zehn Minuten schweigend über staubige Landstraßen gefahren waren.

„Das da." Er nickte geradeaus durch die Windschutzscheibe, während der Wagen mit knirschenden Reifen zum Stehen kam.

Und ich … war sprachlos.

Vor mir präsentierte sich der atemberaubendste Sonnenuntergang, den ich jemals gesehen hatte. Etwa zwanzig

Meter vor uns fiel der felsige Boden in scharfen Klippen ab und gab den Blick auf ein Waldflächen-Panorama frei, das sich in sanften Hügeln zu allen Seiten bis zum Horizont erstreckte. Der gelb-rote Himmel thronte wie geschmolzene Lava darüber, die Sonne sank in fast perfektem Winkel auf die dunkelgrünen Baumkronen zu.

Ohne den Blick von der malerischen Kulisse zu nehmen, tastete ich blind nach der Beifahrertür und wollte aussteigen. Etwas hielt mich zurück. Der Sicherheitsgurt. Mit offenem Mund stolperte ich aus dem Wagen und auf die Klippe zu, auf den Anblick, von dem ich nicht einmal in hundert Jahren genug bekommen könnte.

Ich ging an den beiden geparkten Pick-ups vorbei, nahm die Personen auf den Ladeflächen gar nicht wahr, weil ich so sehr damit beschäftigt war, jede Einzelheit dieses Anblicks in mich aufzusaugen, jede Farbschattierung des Himmels und jeden sanften Hügel der Waldlandschaft unter mir.

Näher. Die Wildsträucher, die allen Widrigkeiten zum Trotz zwischen den Felsklippen wucherten.

Näher. Die vereinzelten Lichtungen zwischen den Bäumen, unter denen ich etwas glitzern sah. Ein Fluss?

Näher.

Starke Hände schlossen sich um meine Taille und zogen mich bestimmt, aber behutsam zurück.

„Vorsicht." Clay. Seine Stimme war kaum mehr als ein Raunen, tief und rau, und verursachte ein intensives Kribbeln in meinem Nacken, das mir vor Wonne den Atem stocken ließ.

Seine Stimme – oder der Anblick.

„Clay", hauchte ich. „Das ist … perfekt."

„Teufel, das ist es."

Es hörte sich nicht an, als meinte er damit das Naturschauspiel. Seine Stimme war immer noch dieses tiefe Raunen, das mir nur zu bewusst werden ließ, dass seine Hände an meinen Hüften lagen. Und dass mein Rücken nur Zentimeter davon entfernt war, an seiner breiten Brust zu lehnen.

„Ich meine den Anblick", sagte ich heiser. Nur um sicherzugehen.

„Ich auch."

Ich drehte den Kopf zur Seite. Augenblicklich umfing mich sein Duft, der mich fast umwarf. Frisch und herb, mit einer holzigen Orangennote, die mein Herz flattern ließ. Es war mehr als nur ein Parfum. Es war *sein* Duft. Sein Körper. *Er*.

Ich musste schlucken, um meine Kehle befeuchten. Und ich musste mich umdrehen, um ihn ansehen zu können.

Seine Hände ließen mir genügend Spielraum, dass ich mich darin drehen konnte, blieben jedoch genau dort, wo sie waren. Was sich viel perfekter anfühlte, als es dürfte. Sein Blick wanderte über mein Gesicht, als müsste er sich jedes Detail davon genau einprägen.

„Verflucht perfekt", wiederholte er.

Ich schluckte trocken, schob mit aller Kraft das Verlangen beiseite, meinen Körper gegen seinen zu pressen und meine Lippen auf seinen Mund, bis wir beide außer Atem wären.

Eine hell pfeifende Tröte ließ uns zusammenzucken. Clays Hände lösten sich von meiner Hüfte, er trat einen Schritt zurück.

„Halleluja! Wir konnten uns nicht entscheiden, ob wir eine Kamera aufstellen, die Sittenpolizei rufen oder Tess die Augen zuhalten sollen."

Ich kniff die Augen zusammen, um die Personen auf den Ladeflächen der beiden Pick-ups ausmachen zu können. Es waren insgesamt sieben: drei Frauen und vier Männer – einer davon …

„Ash", murrte Clay.

Hätte ich mir denken können. Er trug dieselben zerschlissenen Jeans wie heute Mittag, seine langen Beine baumelten von der Ladefläche. Er grinste genauso verschlagen wie vorhin, kam aber nicht zum Antworten, weil Tess ihn von hinten anstieß, sodass er um ein Haar vornüber in den Staub gefallen wäre. „Hey, ich bin zweiundzwanzig, keine zwölf!"

„Du bist ein Küken, Liebes. Genieß es, solange du kannst."

Diese Worte kamen von der jungen Frau hinter Tess, die jetzt umständlich aufstand, um von der Ladefläche zu steigen. Ash stützte sie, bis Clay sie behutsam entgegennahm und in die Arme schloss wie eine Geliebte. Zum zweiten Mal an diesem Tag wollte sich ein biestiger Teil von mir aufbäumen, doch diesmal unterdrückte ich den Impuls. Zum Glück!

„Hey, Bruderherz."

„Hey, Elle. Wie geht's meiner kleinen Nichte in spe?"

Erst jetzt erkannte ich die deutliche Wölbung unter ihrem Maxi-Kleid, dessen luftiger Rocksaum ihre Knöchel umspielte, und die noch gigantischer wirkte, als sie ächzend die Hände ins Kreuz stemmte. „Ach, frag nicht. Lässt mich nachts nicht schlafen und morgens nicht essen. Egal. Piper sagt, das geht vorbei. Wie geht's dir?"

Ich spitzte die Ohren, weil mich die Antwort wirklich interessierte. Doch Clay brummte bloß und trat einen Schritt zurück, um mich anzusehen. Sein ausgestreckter Arm wirkte wie eine Einladung, hineinzutauchen und mich gegen seinen Körper zu schmiegen.

Was es natürlich nicht war. Und was ich auch nicht tat.

„Elle, das ist Evelyn. Sie ist vorübergehend in der Stadt."

„*Vorübergehend.*" Der Blick, mit dem Elle ihren Bruder musterte, wirkte amüsiert. Ich wollte ihr die Hand geben, aber sie zog mich einfach in ihre Arme, bis meine Nase in blumig duftende Locken gedrückt war und mein Bauchnabel gegen ihre Babykugel. „Ich freue mich, dich kennenzulernen. Komm, wir haben dir einen Platz freigehalten."

Damit nahm sie meine Hand und zog mich zu den beiden Pick-ups, deren Ladeflächen schräg zueinander geparkt auf die Klippe ausgerichtet waren, damit sich die Leute halb gegenübersitzen konnten, während sie das gesamte Tal überblickten. Ich erkannte einen Haufen Wolldecken und Kissen, ein paar Snacktüten, Spielkarten und Getränkeflaschen: Coke, Tonic Water und Whiskey. Jede Menge Whiskey. Deutlich sichtbar.

„Keine Papiertüten?", fragte ich.

Ash breitete die Arme aus. „Tja, einer der vielen Vorteile, am Arsch der Welt zu wohnen: Niemand schert sich darum, was du in der Öffentlichkeit tust." Sein Grinsen wurde verdorbener. „Mit wem du es tust. Wo. Wie oft."

Mir wurde heiß.

„Das reicht", bestimmte Clay, und sein grollender Tonfall sandte noch mehr Hitze durch meine Glieder.

„Hey, ich rede bloß vom Trinken." Ash hob unschuldig die Hände, während sich Elle an seiner Schulter abstützte, um wieder auf die Ladefläche zu steigen. Mir entging nicht der amüsierte Stoß, den sie ihm dabei versetzte.

Genauso wenig entgingen mir Clays Hände, die meinen Hintern stützten, als ich hinter Elle auf die Ladefläche kletterte. Während ich mich zwischen Elle und Tess niederließ, stellte sich die dritte Frau als Tess' Freundin Rosie vor und zwei der Männer als Calvin und Patrick. Ich befürchtete, all ihre Namen sofort wieder zu vergessen. Ich war schrecklich mit Namen.

Der Dritte legte den Arm um Elle und beendete die Runde: „Matthew, nenn mich Matt. Ich muss mich anpassen, um in die Familie Davis aufgenommen zu werden."

Ich kicherte. „Einsilbige Vornamen mit vier Buchstaben?"

Tess pfiff durch die Zähne. „Scheiße, die Frau ist schnell. Gut beobachtet, Lady." Sie prostete mir zu und trank einen Schluck direkt aus der Whiskeyflasche.

Clay nahm sie ihr aus der Hand. „Du sollst nicht so viel fluchen."

Jemand prustete. Ich!

Alle starrten mich an, während ich versuchte, mein Kichern unter Kontrolle zu bringen. „Bin ich die Einzige, die findet, dass Clay der Letzte ist, der anderen verbieten darf, zu fluchen?"

Daraufhin mussten auch die anderen lachen. Elle hob grinsend eine Flasche Tonic Water an die Lippen. „Ich mag sie."

Es war seltsam. Diese Worte hörte ich nun schon zum dritten Mal innerhalb eines Tages hier in Sweet Springs, während ich sie in Chicago in den letzten zehn Jahren höchstens zweimal gehört hatte – einmal von meiner Seelenverwandten Josie, die schnell liebte und kein Blatt vor den Mund nahm. Genau wie die Leute hier in Sweet Springs, wie mir in diesem Moment auffiel. Sie sagten ungefiltert, was sie dachten, alles

Gute und alles Schlechte. Vielleicht fühlte ich mich hier deshalb auf Anhieb so viel wohler, als ich sollte.

Vielleicht lag es auch an Clays Ausstrahlung, die unmissverständlich klarmachte, dass ich zu ihm gehörte und er mich nicht aus den Augen lassen würde – natürlich nur, bis er sicher sein konnte, dass ich die Stadt ohne seine Unterschrift verlassen hatte.

Also schob ich das trügerische Gefühl von Geborgenheit beiseite. Das hier waren nicht meine Freunde, nicht meine Familie. Nicht meine Heimat.

Die Sonne stand als glühend roter Kreis nur noch eine Handbreit über dem Horizont. Es war vollkommen friedlich. Still.

Zumindest, bis jemand das Radio im Fahrerhaus aufdrehte, bis rhythmische Akustikgitarren über das idyllische Tal schallten und jemand im Takt zu klatschen begann. Patrick – glaube ich – sprang aus dem Fahrerhaus und umrundete den Pick-up, animierte Rosie zum Tanzen. Sie quietschte lachend, als er sie von der Ladefläche hob. Ich musste gegen meinen Willen grinsen, weil die zwei so sehr herumalberten.

„Drink?“ Tess hielt mir eine Whiskeyflasche unter die Nase. Ich zögerte. Obwohl ich vor ein paar Stunden noch alles um einen Drink gegeben hätte, sollte ich lieber nüchtern bleiben – und ich mochte keinen Whiskey. Als sie das sah, rollte sie mit den Augen. „Ich weiß, was du denkst: E*s ist Mittwochabend, ich kenne diese Leute nicht, und ich mag keinen Whiskey.*“ Sie lachte. „Aber Babe, man lebt nur einmal. Und ich verspreche dir, das ist der beste Whiskey, den du jemals getrunken hast. Abgesehen davon: Es ist kein Whiskey Sunset ohne Whiskey.“

Da war allerdings etwas dran. Tess’ Grinsen war hinreißend durchtrieben, ihre grünbraunen Augen sprühten geradezu vor Feuer. Von den beiden Schwestern hatte sie die größeren Gemeinsamkeiten mit Clay.

Apropos Clay. Dessen strenger Blick brannte sich jetzt in Tess' Augen – und seine Worte geradewegs in mein Herz. „Wenn sie nichts trinken will, ist das ihre Entscheidung, nicht deine."

Wie konnte jemand so ruppig sein und gleichzeitig so fürsorglich?

Ich beschloss, nach Tess' angebotener Flasche zu greifen – einfach, um ihm zu widersprechen. Was natürlich albern war. Aber was soll's.

Die Art, wie sich sein Blick an meinen Lippen festsaugte, als ich die Flasche ansetzte, verschaffte mir mehr Glücksgefühle, als jedes Wortgefecht erreicht hätte.

Der Geschmack, der unmittelbar danach meine Zunge traf, leider weniger. Ich kniff die Augen zusammen, als eine brennende Mischung aus Teer, Rauch und scharfer Zuckerwatte meine Kehle hinabrann.

Warmes Gelächter um mich herum. „Dann hätten wir das wohl geklärt." Tess machte Anstalten, mir die Flasche aus der Hand zu nehmen, doch ich hielt sie von ihr weg. Ich wollte mich nicht betrinken, aber ich musste diesen faszinierend-furchtbaren und höchst verwirrenden Geschmack noch einmal detailliert erkunden.

CLAY

Wenn es etwas gab, an das ich mich in Evelyns Gegenwart gewöhnen musste, dann, überrascht zu werden.

Nicht von ihren sturen Widerworten, davon hatte ich in den letzten sechsunddreißig Stunden reichlich erlebt. Sondern von meiner Reaktion auf die kleinsten Dinge, die sie tat.

Die Begeisterung in ihren Augen, als sie heute Nachmittag die Innenstadt erkundet und in Bildbänden gestöbert hatte, die ich den einunddreißig Jahren, die ich hier lebte, noch nie bemerkt hatte.

Die überwältigende Fülle ungefilterter Emotionen auf ihrem Gesicht, als sie vorhin den Anblick des Canyons bestaunt hatte.

Und das unanständige Grinsen auf ihren Lippen, als sie die Flasche erneut ansetzte. *Fuck.* Dieses Grinsen würde mein Untergang werden.

Ich konnte die malzige Süße förmlich auf der eigenen Zunge schmecken. Plötzlich war das Verlangen, den Geschmack aus ihrem Mund zu kosten, überwältigend.

Ich unterdrückte es, genau wie den Impuls, ihr die Flasche aus der Hand zu nehmen. Ich war nicht wie Tess, ich würde sie weder dazu drängen, Alkohol zu trinken, noch es ihr verbieten. Sie war eine erwachsene Frau, sie konnte tun, was sie wollte.

Auch wenn es deutlich schwieriger werden würde, sie in betrunkenem Zustand zurück zum *Honey Inn* zu bringen.

„Vier Buchstaben also", wechselte Evelyn das Thema und veränderte ihre Sitzposition leicht. Ich widerstand dem Drang, sie auf meinen Schoß zu ziehen, damit sie es bequemer hatte. „Zufall oder Absicht?"

„Absicht, schätze ich." Tess schraubte eine neue Whiskeyflasche auf, weil Evelyn ihre nicht mehr hergab. „Schätze, unsere Mom fand's cool. Vier Kinder, vier Buchstaben. *Keep it simple.*"

„Tess", knurrte ich. Zu spät. Evelyns Intelligenz war schneller.

„Vier Geschwister, aber ich sehe nur drei?"

Ich fing Elles schmerzverzerrten Blick auf und streckte den Arm aus, um ihre Schulter zu berühren.

„Ja", begann Tess, „wir –"

„– wechseln das Thema!", schnitt ich ihr das Wort ab.

Meine kleine Schwester hob ruckartig den Kopf und blinzelte mich an. Ich nahm die Whiskeyflasche aus ihrem Schoß und trank einen großen Schluck.

„Hey, das war *meine* Flasche!"

„Jepp, *war*", bestätigte ich. „Du musst sowieso fahren, das hier ist deiner." Ich tätschelte die Ladefläche, auf der wir saßen.

Tess kniff die Augen zusammen. „Weißt du, was der Vorteil daran ist, eine schwangere Schwester zu haben?"

„Bald nicht mehr das Nesthäkchen der Familie zu sein?", warf Matt grinsend ein. Ich bedachte ihn eines langen Blickes. Ich hatte mich noch nicht entschieden, ob ich ihn als meinen Schwager akzeptieren wollte. Er war in Ordnung, und seine Eltern gingen jeden Sonntag in die Kirche. Aber … na ja, trotzdem hatte er meine Schwester geschwängert, bevor er ihr überhaupt einen Antrag gemacht hatte.

„Dass du bald Tante und Vorbild wirst", erinnerte ich sie.

Sie verdrehte bloß die Augen. „Nein, Dummerchen, es heißt, dass *sie* fährt, weil sie sowieso nichts trinkt. Und jetzt entspann dich mal, und tu nicht so, als ob du vor zehn Jahren so viel verantwortungsvoller gewesen wärst!"

Ich schwieg. Zugegeben, ich war nicht immer der Mann gewesen, auf den mein Grandpa stolz gewesen wäre. Zu viel verschwendete Zeit, die ich niemals zurückbekommen würde, um noch einmal in seinem viel zu großen Flanellhemd durchs Haus zu stiefeln, noch einmal mit ihm angeln zu gehen, noch einmal seinen Rat zu hören – und zur Abwechslung auch darauf zu hören.

Familie ist zu selbstverständlich, bis sie es plötzlich nicht mehr ist.

Widerwillig schlang ich einen Arm um Tess' Hals, um ihr mit der anderen Hand über den störrischen Lockenkopf zu strubbeln. Sie wand sich kichernd – und erfolglos – in meinem Griff, bis wir in einer lachenden Wrestling-Umarmung auf der Ladefläche lagen und alle Decken und Kissen verschoben waren.

Als wir uns wieder aufrecht hinsetzten, fing ich Evelyns Blick auf. Sie scheiterte an einem Lächeln, das ihre Augen nicht erreichte. Mein Körper zuckte vorwärts, aber ich unterdrückte den Impuls, sie in die Arme zu schließen, und nahm mir stattdessen vor, unter vier Augen in Erfahrung zu bringen, was sie so betrübte. Vorzugsweise, bevor sie wieder von hier verschwand.

Plötzlich stand Ash auf, sprang von der Ladefläche und streckte mit seinem verflucht charmanten Straßenjungengrinsen die Hand nach Evelyn aus. „My Lady?“

Und dann sah ich eineinhalb Stunden lang dabei zu, wie Evelyn tanzte. Mit Ash. Mit Tess. Sogar mit Elle, und verdammt, noch nie war der Anblick bei einem Whiskey Sunset so perfekt gewesen.

Kapitel 14

Ich glaube, ich sehe Sterne

EVELYN

„Worüber habt ihr geredet?"

Clays Stimme schoss prickelnde Hitze durch meine Glieder. Hitze, die sich explosionsartig entzündete, als ich kurz darauf seine große Hand an meiner Taille spürte.

Er stützte mich, weil ich zur Seite getaumelt war. Nicht, weil ich betrunken war – obwohl ich definitiv nicht mehr ganz nüchtern war. Sondern, weil ich den Kopf in den Nacken gelegt hatte und den Blick nicht von dem atemberaubenden Nachthimmel abwenden konnte. Über uns funkelten so unendlich viele Sterne, dass ich die nächsten Stunden hier verbringen und sie einfach nur anstarren könnte, während die anderen hinter uns die Ladung sicherten und die Heckklappen der beiden Pick-ups aufstellten.

Die Party war vorbei, der Tag nur noch ein heller Streifen am Horizont. Und der schönste Abend der letzten Jahre verblasste schon zu dem Geschmack von scharfer Vanille und der Erinnerung an ein halbes Dutzend fester Abschieds-Umarmungen von Freunden, die vor ein paar Stunden noch Fremde gewesen waren.

„Du und Ash", präzisierte Clay.

Mehr Hitze, als er mich mit sanfter Bestimmtheit weiter in Richtung seines Camaros schob. Ich grinste. „Ach, nur über dies und das. Über dich. Darüber, wie du mich ansiehst."

Er blieb stehen. Holzige Orangennoten umspielten meine Nase. „Und wie?"

Ich starrte auf seinen muskulösen Hals. Wir standen so dicht voreinander, dass ich die Hitze seiner Haut spüren konnte. Das Heben und Senken seiner breiten Brust sah. Und die Schemen seiner dunklen Tattoos unter dem Shirt.

„Fucking Candy."

Ich hatte das nicht sagen wollen, es war mir einfach über die Lippen gekommen.

Sein Blick folgte der Bewegung zu meinem Mund, und der Ausdruck in seinen Augen setzte für einen Moment jeden rationalen Gedanken außer Kraft. Die Luft zwischen uns knisterte dermaßen, dass wir beide einen Preis für die größte Körperbeherrschung des Jahres verdient hätten.

Hinter uns starteten Motoren, und ich musste das Gesicht abwenden, um keinen aufgewirbelten Staub in die Augen zu kriegen. Einer der beiden Pick-ups – vermutlich der mit Patrick und Ash – hupte im Vorbeifahren.

Dann wieder Stille. Hitze. Clay.

Ich hob das Gesicht und sah ihn an. Seine Augen waren bloß zwei Lichtpunkte im Halbdunkel.

„Er hat mich auch gefragt, was ich von *dir* halte." Ich grinste wieder, als ich spürte, wie sich sein Körper anspannte. Abermals wurde das Verlangen, die Hand auszustrecken und über seine muskulöse Brust zu streichen, geradezu überwältigend.

„Und was ist das?“

Himmel, diese Stimme. Ich schloss die Augen, um der Vibration nachzufühlen, die sie in meinem Innersten hinterließ.

Eine Hand umfasste mein Kinn.

„Evelyn.“

Ich öffnete die Augen, starrte wie hypnotisiert auf seine Lippen, nur Zentimeter vor meinen. Spürte seinen Atem auf meiner Haut, ein heißes Versprechen von Whiskey und Lust. Und ich lächelte, als ich meine Lippen ganz nahe an seine heranbrachte, um zu flüstern: „Ich habe ihm gesagt, dass ich dich zumindest nicht von der Bettkante schubsen würde.“

Sein Griff um mein Kinn verstärkte sich. „Ist das so.“ Seine Lippen schwebten nur Zentimeter vor meinen, so dicht, dass seine Bartspitzen meine Haut streiften. „Ich denke nämlich nicht, dass wir ein Bett brauchen würden.“

Die Versuchung, sein verbotenes Versprechen hier und jetzt auf die Probe zu stellen, schoss wie brennendes Feuer durch meine Glieder. Ich musste ein Stöhnen unterdrücken – zusammen mit dem Verlangen, sofort über ihn herzufallen. Wenn ich diese letzten Millimeter jetzt überwand, bezweifelte ich, dass wir es in ein Bett schaffen würden, selbst, wenn wir wollten.

Ich jedenfalls hatte keine Ahnung, wie ich die nächsten fünfzehn Minuten neben ihm auf dem Beifahrersitz überleben sollte, ohne den Verstand zu –

Der Gedanke ging in einem Keuchen unter, als mich plötzlich zwei starke Hände gegen einen harten Körper zogen. Lust explodierte in meinem Unterleib, als unsere Lippen sich trafen, und plötzlich bestand meine Welt nur noch aus

Clay. Nichts hatte sich jemals angefühlt wie das hier. So allumfassend. So überwältigend. So unausweichlich.

Sein Kuss war wild und besitzergreifend, und ich erwiderte ihn mit einer Intensität, die mich selbst überraschte – und nur noch heftiger brannte, als er die Rechte in meinem unordentlichen Haarknoten versenkte und kaum merklich daran zog. Ein Teil der Haare war noch feucht, und die Erinnerung daran, warum das so war, sorgte dafür, dass ich mich noch enger an ihn presste. Sein zufriedenes Knurren vibrierte bis in mein Innerstes.

Ich umfasste seinen Kopf und erwiderte seinen Kuss, als bräuchten wir keine Luft zum Atmen. Seine Lippen waren unerwartet weich, sein Bart rau und seine Zunge fordernd, als er meinen Mund vollständig eroberte.

Endlich gab ich dem Verlangen nach, die Hände von seinem Hals nach unten gleiten zu lassen, um stumm die Konturen seiner Muskelstränge zu bewundern. Ich stöhnte entzückt, als er mich mit einem Ruck näher zog und sich vorwärts bewegte, bis ich gegen etwas Kaltes, Glattes hinter mir stieß.

Der Wagen.

Augenblicklich hob Clay mich hoch und setzte mich auf die Motorhaube. Hitze schoss durch meinen Körper.

„Hält er das aus?“ Meine Stimme klang atemlos.

„Das wird er“, grollte Clay, bevor er wieder in meinen Nacken griff und mich näher zog, bis unsere Lippen wieder verschmolzen.

Ich stöhnte, als sich die harte Wölbung seiner Jeans gegen meine Körpermitte drängte. Plötzlich konnte ich seine Haut nicht schnell genug auf meiner spüren. Schon glitten meine Hände unter sein T-Shirt, schlüpften unter den Saum. Er zog es aus und eroberte augenblicklich wieder meinen Mund, während seine Finger an den Knöpfen meiner Bluse zupften. Ich wollte ihm helfen, wollte sie einfach über den Kopf ziehen, aber er drückte mich entschieden zurück auf die Motorhaube. Ich gehorchte, ließ ihn gewähren, sah ihm dabei zu, wie er meinen Oberkörper Knopf für Knopf freilegte. Er ließ sich Zeit, und verdammt, ich hatte noch nie so sehr unter Strom gestanden, bloß weil mich jemand auszog.

Mir entwich ein scharfes Keuchen, als seine rauen, warmen Handflächen über meine Haut strichen und ein Ganzkörperkribbeln auslösten. Dann war er wieder über mir, hüllte mich in seinen würzig-herben Duft, um mir den Atem und den Verstand zu rauben. Seine Lippen fanden die empfindliche Stelle hinter meinem Ohr, strichen kaum spürbar über meinen Hals. Meine Brustwarzen richteten sich auf und drückten schmerzhaft gegen den Blusenstoff. Er stöhnte gegen meine Haut, als er spürte, dass ich keinen BH trug, und die Vibration schoss bis in mein Lustzentrum. Augenblicklich schoben sich seine Hände über meine Brüste und strichen in festen Kreisen über meine harten Brustwarzen. Ich bäumte mich vor Lust auf.

„Gefällt dir das?“

War das eine rhetorische Frage oder zuvorkommende Rücksicht eines Südstaaten-Gentlemans im ruppigen Cowboy-Pelz?

Es war mir völlig egal.

„Ja …!“

Er drückte meinen Oberkörper zurück auf die Motorhaube und versiegelte meinen Mund mit seinem.

„*Fuck*, ich will dich, Evelyn.“ Unmissverständliche Aussage … und Bitte um Erlaubnis?

Ich konnte nicht leugnen, was dieser Satz mit mir machte. Mit meinem Körper, der nun vollends in Flammen stand. Und mit meiner Seele, weil noch nie jemand um Erlaubnis gebeten hatte, mit mir zu schlafen. Die bisherigen wenigen Männer in meinem Leben waren einfach im Konsens von Knutschen, Fummeln und Ausziehen davon ausgegangen, dass es okay wäre, etwas in mich zu schieben.

Entschlossen schob ich die Finger in sein Haar und zog seinen Kopf zurück, bis Clay mich ansah. Im Halbdunkel waren seine Augen nur noch zwei dunkle Seen, die das Sternenlicht spiegelten.

„Dann nimm mich."

Das ließ er sich nicht zweimal sagen. Augenblicklich küsste er mich mit einer ungezügelten Leidenschaft, die mir alle Luft aus den Lungen trieb. Ich brauchte keinen Atem, wenn er mich küsste.

Wieder waren seine Hände an meinen Hüften, strichen begehrlich über meine Schenkel, schoben sich unter den durchnässten Stoff meiner Businessshorts. Er spürte, dass ich auch kein Höschen trug, und sein Knurren in meinem Mund ließ meinen ganzen Körper erzittern.

Zugegeben, sein Knurren in meinem Mund *und* seine Hand, die köstlichen Druck auf meine empfindsamste Stelle ausübte, bevor er einen Finger durch meine Feuchtigkeit zog und langsam in mich schob.

Grundgütiger!

Bevor ich wusste, was ich tat, schob ich die Hüften vor, um ihn tiefer in mir zu spüren. Jetzt ließ er zusätzlich den Daumen kreisen.

Mehr, ich brauchte mehr. Ich brauchte alles.

Hastig schob ich seine Hand weg und öffnete seinen Gürtel. Er streifte die Jeans von seinen Hüften, und ich beeilte mich, meine Shorts loszuwerden.

Folie knisterte. Himmel, ich wünschte, ich könnte zusehen, wie er das Kondom über seinen aufragenden Penis rollte, aber es war zu dunkel. Um Sehen mit Fühlen zu ersetzen, griff ich zwischen uns und umfasste ihn. Er war noch größer als heute Nachmittag unter der Dusche, und selbst unter dem hauchdünnen Latex spürte ich das Pulsieren.

Clay unterdrückte ein Stöhnen. Seine Hand legte sich über meine, und gemeinsam positionierten wir ihn an meiner Öffnung.

„Willst du ihn?"

Ich verglühte beinahe vor ungeduldiger Erwartung. „Ja, verdammt."

Da umfasste er mein Handgelenk und pinnte es hinter meinen Po, um mein Becken zu stützen. Ich hielt die Luft an, während er sich Zentimeter um Zentimeter in mich schob. Ich konnte nicht atmen, nicht denken, konnte nur das überwältigende Gefühl bestaunen, wie er mich dehnte, bis er mich ganz ausfüllte.

„*Fuck*, Evelyn."

„Ja …!", hauchte ich. Genau das … Es fühlte sich *so* gut an. Ich lehnte mich nach hinten und schob das Becken vor, um ihn tiefer zu spüren. *O Gott, ja.*

Er küsste mich heftig, gab mir Zeit, mich an ihn zu gewöhnen. Dann zog er sich leicht zurück, nur um mich mit einem Ruck wieder ganz einzunehmen. Ich keuchte verzückt, befreite mein Handgelenk und griff in sein Haar, während er seinen Rhythmus geradezu quälend langsam in immer lustvollere Höhen steigerte, bis ich fast den Verstand verlor.

Der Wagen wackelte bedenklich unter uns, aber ich schob den Gedanken beiseite. Clay war der Mechaniker. Wenn er sagte, der Camaro hielt es aus, dann hielt er es aus.

Stattdessen gab ich mich der anschwellenden Lust hin. Den immer wilderen Bewegungen. Unseren rhythmischen Körpern.

Clay stöhnte an meinem Mund, umfasste meine Schulter und drückte meinen Rücken abermals auf die Motorhaube, um einen intensiveren Winkel zu erreichen. Ich gehorchte, ohne den Blick von seinem Körper zu nehmen – und bei Gott, ich hatte nie etwas Erotischeres gesehen als die schemenhafte Silhouette dieses Mannes vor dem nachtblauen Sternenpanorama von Kentucky, wie er dabei war, mir den Verstand herauszuvögeln.

Seine grimmige Leidenschaft war berauschender als alles, was ich jemals erlebt hatte. Ich legte den Kopf in den Nacken und sah atemlos zu den Sternen auf, während wir unsere Lust ins Unermessliche steigerten. Ich wollte, dass das hier niemals endete. Ich wollte weiter so unanständige Laute von mir geben, bis ich heiser wäre. Ich wollte – *oh Gott, hör nicht auf!*

Ein heftiges Zittern kündigte meinen nahenden Orgasmus an und ließ mich alles andere vergessen. Ich hob die Hüften, änderte den Winkel, bis ich ihn genau da spürte, wo ich ihn brauchte. Dann war Clay über mir, sein Keuchen auf meinen Lippen, seine Finger fest mit meinen verschränkt.

Sein hungriger Mund fand meinen, und als er mit mir kam, stürzte ich mich kopfüber in die Fluten der Ekstase.

Kapitel 15

Lass mich überlegen: Nein

CLAY

Es dauerte eine kleine Ewigkeit, bis sich unser Puls normalisierte. Bis sich mein Kopf klärte. Bis die kühle Nachtluft unsere verschwitzten Körper vollends erreichte.

Eine kleine Ewigkeit, in der ich ihrem Herzschlag lauschte, erst rasend, allmählich ruhiger und jetzt gleichmäßig. In der ich ihren sinnlichen Duft inhalierte und ihren noch viel sinnlicheren Körper streichelte.

Ich hatte keine Ahnung, wie spät es war. Und es war mir völlig egal.

Als mir endlich einfiel, dass diese Position höllisch unbequem für sie sein musste, regte ich mich vorsichtig und strich ihr die Haare aus dem Gesicht. Dunkle Strähnen auf heller Haut im Mondlicht.

Perfektion hatte einen Namen.

Ich verfluchte es, dass ich nicht mehr erkennen konnte.

Ich verfluchte nicht, was gerade passiert war. Wenn es nach mir ging, könnte es jeden Tag so weitergehen.

Evelyn seufzte wohlig, als ich ihren Arm behutsam von meinem Rücken entfernte. Wenn es nach mir ging, könnte sie auch das jeden einzelnen Tag tun.

Ihr Kopf glitt leicht zur Seite. Da fiel mir auf, dass ihre Augen geschlossen waren. Dass sich ihre Brust gleichmäßig hob und tief senkte. Dass sie eingeschlafen war.

Es war derselbe Anblick wie gestern Abend, als sie mitten an meinem Küchentisch eingeschlafen war. Dasselbe warme Gefühl, das mich mitten in die Brust traf.

Ich versuchte gar nicht erst, sie zu wecken – oder mich gegen das Lächeln zu wehren, das sich auf meinem Gesicht ausbreitete.

Stattdessen streifte ich Jeans und T-Shirt über, holte die Wolldecke vom Rücksitz und wickelte Evelyn darin ein, bevor ich sie auf den Beifahrersitz hob, ihre Shorts samt Höschen einsammelte und einstieg.

Sie wachte kurz auf, als ich den Motor startete, kuschelte sich jedoch bloß auf die andere Seite und schlief sofort wieder ein.

Verfluchte Perfektion.

Ich überstand die Nacht mit mehr Schlaf als die gestrige, obwohl es nicht viel besser war, dass die Fantasien von gestern jetzt durch die Erinnerungen von heute ersetzt worden waren. Trotzdem waren die wenigen Stunden zu kurz gewesen – in meinem eigenen Zimmer mit geschlossener Verbindungstür.

Natürlich hätte ich sie in mein Bett legen können. Aber ich tat es nicht.

Stattdessen verfluchte ich den Wecker, Gabe und alle Umweltberichte dieser Welt dafür, dass er viel zu früh klingelte.

Um kurz vor sieben betrat ich den Versammlungsraum des *Honey Inn*, der eigentlich für feierliche Anlässe genutzt wurde. Geburtstage, Hochzeiten, Sitzungen des Nachbarschaftsvereins.

Ich war der Erste. Sehr gut, deswegen hatte ich schließlich hier übernachtet. Grandpa hätte den Teufel getan, als Gastgeber zu spät zu kommen.

Zeig den Leuten von Anfang an, wer das Sagen hat, Junge.

„Morgen, Honey! Kaffee?"

„Morgen, Piper. Unbedingt." Ich drückte ihr einen Kuss gegen die Schläfe, dann zog ich mir einen Stuhl heraus. „Brauchst du Hilfe?"

„Machst du Witze? Du konzentrierst dich darauf, diese Typen aus der Stadt zu kriegen. Ich konzentriere mich darauf, dass ihr währenddessen nicht verhungert."

Sie zwinkerte mir zu, platzierte die letzten Gläser auf Servietten und verließ den Raum – gerade, als die ersten Anzugträger hereinkamen.

Sie wirkten überrascht, mich schon hier zu sehen. Statt einer Begrüßung verschränkte ich die Arme vor der Brust und lehnte mich auf meinem Stuhl zurück, sah ihnen seelenruhig dabei zu, wie sie Aktenkoffer abstellten, armdicke Papierstapel verteilten und sich schrecklich viel Mühe gaben, nicht über ihre Strategien zu plaudern.

Bezirksstaatsanwalt Harvey Logan kam als Letzter herein, noch nach den Besitzern der anderen wichtigen Grundstücke, die sie an ihrem schändlichen Vorhaben hinderten. Keines war so entscheidend wie das, auf dem ich einen eineinhalb Meilen langen Industriezaun aufgestellt hatte, aber jeder Quadratmeter im Besitz dieser Leute war einer zu viel. Hinter

Harvey folgte ein untersetzter Mann mit Hornbrille und nervösem Blick.

„Guten Morgen", grüßte der Bezirksstaatsanwalt mit Zahnpastalächeln in die Runde. Vereinzeltes Grummeln. Ich erwiderte bloß seinen Blick. Abwartend. Ablehnend. Mir fielen auf Anhieb zwanzig Dinge ein, die ich lieber tun würde, als hier zu sitzen. Fünfzehn davon beinhalteten Evelyn. Harvey straffte sich. „Meine Herren, schön, dass Sie es einrichten konnten. Das hier ist Dr. David Rosenbaum, der Umweltgeologe des Büros, das uns freundlicherweise unterstützt."

Ich machte mir eine mentale Notiz des Namens, als der untersetzte Mann aufstand, um das Wort zu ergreifen. Er warf die erste Folie auf den Beamer.

„Rosenbaum. Sind Sie etwa Jude, Sohn?"

Ich rieb mir stöhnend über das Gesicht, während die Anwälte pikierte Blicke tauschten. Diese Worte stammten von Maddox Brown, dem Urgestein der Stadt. Die Leute nannten ihn nicht umsonst „Mad Dog", den verrückten Hund. Typen wie er waren der Grund dafür, dass der Rest der Welt die amerikanischen Südstaaten für homophobe Hinterwäldler hielt.

Leider war Maddox auch einer der wenigen, die dafür sorgten, dass das Grundwasser von Sweet Springs noch nicht mit Chemikalien durchseucht war. Er besaß noch mehr Land, als unser Grandpa uns vererbt hatte, und eher würde er seinen linken Lungenflügel an Schmuggler verkaufen als sein Grundstück an die Ölkonzerne.

„Maddox", knurrte ich. Das war kein Zeitpunkt für überholte Weltanschauung der alten Schule.

Er hob die runzligen Hände. „Ich sag's ja nur. Diese Ausländer kommen hierher, wollen uns sagen, wie wir das Leben zu leben haben, das sich unsere Familien über Generationen harter Arbeit aufgebaut haben und –"

„Maddox!", wiederholte ich eindringlicher.

„Nur mal so am Rande: Vor fünfhundert Jahren waren deine Vorfahren auch Ausländer. Ganz abgesehen von ihrer Glaubensrichtung." Das war Ash.

Er sah aus, als hätte er den Kater seines Lebens, lümmelte auf dem Stuhl links von mir, die ausgetragenen Turnschuhe gegen die Tischkante gestemmt, und zählte Karten. Und wenn ich sagte, er zählte Karten, dann meinte ich das so.

Andere Leute – Jax zum Beispiel – nutzten ihre Intelligenz dafür, die Welt zu verändern. Ash nutzte sie dafür, die falschen Entscheidungen zu treffen, die falschen Frauen zu vögeln und regelmäßig mit dem Gesetz aneinanderzugeraten. Mit flinken Handbewegungen mischte er einen Stapel Spielkarten und zählte scheinbar willkürlich alle paar Sekunden eine Karte aufgedeckt auf den Tisch. Seine Miene verriet nicht, ob er die aufgedeckte Spielkarte erwartet hatte oder nicht.

„Ruhe, Grünschnabel", blaffte Maddox in Ashs Richtung. Der verdrehte die Augen und konnte die nächsten Worte schon lautlos mitsprechen: „Wenn du erst mal in mein Alter kommst, Junge, wirst du begreifen, dass Familie, Gott, Integrität und ehrliche Arbeit das Einzige sind, was im Leben wirklich zählt."

Ash fing meinen Blick auf und verdrehte nochmal die Augen.

Ich schob seine Schuhsohlen von Pipers Besprechungstisch und sah Maddox ernst an. „Können wir uns jetzt auf das Wesentliche konzentrieren?"

Der Alte winkte grummelnd ab. Ich betrachtete Dr. Rosenbaum.

„Danke, Mr Davis", sagte Harvey übertrieben schleimig.

Fuck you.

Es folgte fast eine Stunde ermüdender Ausführungen über die Topografie der Umgebung, die Bedeutung von Schiefergas und Rohöl für die Wirtschaft der Vereinigten Staaten und der ganzen Welt und die Vorteile einer Kooperation der Einwohner bei diesem angeblich völlig unbedenklichen Verfahren.

Am Ende saß Maddox bloß kopfschüttelnd da und schrieb in immer energischerer Handschrift in sein uraltes Buch. Er schrieb *alles* auf. Deswegen wusste der alte Hund auch noch alles, was gefühlt seit den Unabhängigkeitskriegen passiert war – einschließlich der Tatsache, wer sich vor achtundvierzig Jahren wie viele Pferde von ihm geborgt und nie zurückgebracht hatte.

Ash hatte die Karten weggesteckt und die Hände jetzt hinter dem Kopf verschränkt, wobei seine Daumen unentwegt gegen seinen Hinterkopf trommelten – Anzeichen für seine permanente Rastlosigkeit. Ich warf einen Blick auf das ausgefranste Freundschaftsband an seinem Handgelenk, dann in die Runde.

Nelson, Isaac, Garrett, Fiona und Arthur. Wer von ihnen zog in Erwägung, zu verkaufen?

Mir entging nicht, dass mein verhütungsunfähiger Schwager in spe, Matthew Hopper, durch Abwesenheit glänzte. Aber ihm traute ich nicht zu, Sweet Springs auszuliefern. Das würde er Elle nicht antun. Oder?

Schieb deine Paranoia beiseite, und konzentrier dich auf das Wesentliche.

„Haben Sie vielen Dank, Dr. Rosenbaum. Tja", ergriff Harvey Logan wieder das Wort und sah in die Runde. „Fragen?"

Bevor Maddox die Hand heben und eine Salve Fragen abfeuern konnte wie ein rostiges Maschinengewehr, heftete ich den Blick auf den Geologen.

„Warum sind Sie Umweltgeologe geworden, Dr. Rosenbaum?"

Er blinzelte, richtete seine Brille. Obwohl er stand und wir saßen, war nicht zu übersehen, dass er vor Angst schwitzte.

„Nun ja, die Gehaltsaussichten standen sehr gut, als ich mich für das Studium einschrieb." Er scheiterte an einem Lachen, das niemand erwiderte. Betreten senkte er den Blick, schob seinen Kugelschreiber von links nach rechts. „Und, äh … mich faszinieren Gesteinsschichten und geologische Formationen. Das ist wie ein Stück Evolutionsgeschichte, über Jahrtausende hinweg in Schichten von Stein geschrieben."

Ich nickte. „Und wie viel, glauben Sie, bleibt von dieser Jahrtausende alten Gesteinsgeschichte übrig, wenn Sie weiterhin für diese Leute arbeiten?"

„Mr Davis", mischte sich Harvey ‚Zahnpastalächeln' Logan ein, „Wie Sie dem Umweltbericht entnehmen können, finden die Arbeiten in einem Areal statt, das weder vom Staat Kentucky noch von der Bundesumweltbehörde unter Naturschutz gestellt wurde. Es ist also völlig unbedenklich für Mensch und Tier."

Ich hörte Ash eine deftige Beleidigung murmeln, für die er glatt wieder angezeigt werden könnte.

Aber Harvey hörte ihn nicht. Natürlich, er saß schließlich am anderen Ende des Tisches auf einem zehn Meter hohen Ross aus Paragrafen, Dollarnoten und Scheiße.

„Ich versichere Ihnen, es ist die beste Option für alle Beteiligten, wenn Sie verkaufen. Jede andere wäre weitaus unbequemer für Sie und, wenn ich das sagen darf, auch für die ganze Stadt, denn dann sähe sich die Bezirksregierung gezwungen, zwangszuräu–"

„Bullshit", sagte ich.

Er blinzelte. „Verzeihung?"

Musste ich ihm das Wort buchstabieren?

Wir starrten uns kurz gegenseitig nieder. Dann lächelte er. „Lassen Sie es mich so ausdrücken, Mr Davis: Ich rate Ihnen *dringend*, zu verkaufen."

Ich stand auf. „Lassen Sie es mich so ausdrücken: nein."

EVELYN

Ich schreckte hoch, als mein Handy klingelte.

„Josie." Meine Stimme hörte sich an, als hätte ich zwei Nächte lang durchgefeiert. Oder eine Nacht lang zu laut gestöhnt.

Augenblicklich saß ich aufrecht im Bett, blickte an mir hinab. Meine Bluse war offen, und ich – Trug. Kein. Höschen!

Ein rascher Blick nach links. Rechts. Was war das für eine seltsame Wolldecke? Und warum lagen meine Shorts auf der unberührten Bettseite neben mir? Sauber gefaltet wie nur … Clay!

„Mist." Ich presste mir eine Hand gegen die Schläfe, als mir wieder einfiel, was ich gestern Abend getan hatte. Auf einer Motorhaube. Sofort zogen sich meine inneren Muskeln vor Verlangen zusammen.

Und wie gut es gewesen war …

„Verdammt …!“

„Jap, das wollte ich dir auch gerade mitteilen …“

Wieso klang sie so kleinlaut?

Oh nein …

Mein Adrenalinpegel verzehnfachte sich, während ich aus dem Bett sprang. „Bin ich gefeuert?“

„Was? Nein, ich bin noch nicht mal im Büro! – Warte, wieso? Was hast du getan?“

Lass mich überlegen: nicht die Unterschrift für meinen Chef besorgt, aber dafür dem Unterschriftenverweigerer einen heftigen Orgasmus.

Ich konnte mich nicht gegen das Lächeln wehren, das sich auf meine Lippen schlich. Nicht nur wegen gestern Abend. Wegen all dem hier. Er hatte mich in eine Decke gewickelt und ins Bett gebracht – schon wieder! – und meine Klamotten sorgfältig über den Stuhl gefaltet. Ein bisschen süß war das schon.

„Hör zu“, begann Josie, „ich war vor der Arbeit nochmal bei dir im Atelier und …“

Nein!

Schlagartig waren die Schmetterlinge im Bauch verschwunden. Meine Beine versagten, noch bevor Josie den Satz beendete. Ich plumpste zurück aufs Bett.

„… ist es normal, dass dieses Bleiche-Zeug so seltsam riecht?“

Mein Innerstes krampfte sich zusammen. „Wonach?“

„Ich weiß nicht … eine Mischung aus faulen Eiern und Champignons?“

Ich schloss die Augen. Das war’s. Der Geruch nach faulen Eiern waren Schwefelgase, die sich bildeten, wenn zu viel

Bleiche zu wenig Sauerstoff bekam und mit feuchtem Ton reagierte. Und der nach Champignons war … Schimmelpilz.

„Bitte fass nichts an, und wasch dir sorgfältig die Hände. Ich bin in sechs Stunden da."

Fünf, wenn ich ein paar Geschwindigkeitsbegrenzungen überschritt. Die Knöllchen wären es wert.

„Morgen, Honey! Gut geschlafen? Kaffee?"

Ich unterdrückte ein schwaches Lächeln bei dem Duft, der mich gemeinsam mit Pipers fröhlicher Stimme im Erdgeschoss empfing, als ich meinen Koffer – der erstaunlicherweise in meinem Zimmer gestanden hatte – neben den Tresen stellte, um auszuchecken.

„Ich wünschte, ich könnte. Aber ich muss wirklich los. Du weißt nicht zufällig, wo ich ein Taxi herbekomme?"

„Papperlapapp. Neunzig Prozent aller Termine und Deadlines sind verschiebbar, wusstest du das? Und ohne Frühstück lasse ich dich bestimmt nicht aus dem Haus. Ich wette, ihr habt gestern Abend nichts wirklich Nahrhaftes zu euch genommen?"

Ihr wissender Blick erinnerte an den meiner Mom, als sie noch meine Mom gewesen war. Ich ließ die Schultern hängen.

„Nicht wirklich", gab ich zu.

„Siehst du." Sie schnippte auf den Tisch, den sie gerade abgewischt hatte. Eine unmissverständliche Geste dafür, dass ich mich setzen sollte. Ich schätzte, ob ich jetzt zehn Minuten aß oder irgendwo an einem Diner anhalten musste, kam wohl aufs Selbe raus. Also gehorchte ich, während sie in die Küche eilte. Keine Minute später standen eine dampfende

Tasse Kaffee und ein Teller voll Pancakes mit Sirup vor mir auf dem Tisch.

„Danke." Ich sah mich unauffällig in dem großen Raum um. Er war erneut gut besucht, hauptsächlich mit Familien, deren Kinder kichernd herumtollten, und Jugendlichen, die in ihre Handys oder Gespräche vertieft waren. Ein älterer Herr saß allein an der Bar und las in einem Buch, während er an einem Glas Tee nippte.

„Wo ist Clay?", fragte ich vorsichtig.

Pipers Blick verfinsterte sich. Sie nickte in eine unbestimmte Richtung am anderen Ende des Raums.

„Wie lange schon?" Die eigentliche Frage war „Wie lange *noch*?", aber die wollte ich nicht aussprechen. Stattdessen schaufelte ich so schnell die Pancakes in mich hinein, wie es der Anstand zuließ.

Piper grinste. „Schmecken sie dir? Das ist ein Familienrezept. Unsere Grandma war die beste Köchin auf Gottes schöner Erde."

Meine Hand mit der Gabel stockte vor meinem Mund.

War …? Hatte Clay nicht gesagt, er *mag* sie? Gegenwart?

„Sie ist tot?"

„Schon fast zehn Jahre, Gott hab sie selig. Es war besser so, jetzt ist sie wieder mit Grandpa vereint."

Ich schob die Pancakes von mir, weil mir plötzlich der Appetit vergangen war. „Clay hat sie sehr geliebt, oder?"

„Mehr als geliebt. Sie war sein Ein und Alles." Unversehens warf Piper das Handtuch über ihre Schulter, stemmte die Hände in die Hüften und kniff die Augen zusammen. „Das mit dir und ihm. Was ist das?"

Ich verschluckte mich am heißen Kaffee. „Nichts."

„Schätzchen." Wieder dieser mütterlich wissende Blick, der mir fast das Herz herausriss. Wann hatte meine Mutter mich das letzte Mal so angesehen? „Ich verrate dir ein Geheimnis, das unsere Granny mir anvertraut hat: Wenn etwas aussieht wie eine Blume, duftet wie eine Blume und sich anfühlt wie eine Blume, dann ist es sehr wahrscheinlich ...?"

„Bullshit."

Wir fuhren fast zeitgleich herum, obwohl ich keine visuelle Bestätigung brauchte, um zu wissen, dass Clay den Raum betreten hatte. Er war in eine hitzige Diskussion mit ein paar Männern vertieft, von denen einer steinalt war und einer zu meiner Verwunderung: Ash.

Der und zwei andere redeten auf dem Weg zum Ausgang lautstark auf den älteren Mann ein, der sie bloß mit Gesten verscheuchte wie lästige Fliegen.

Clay blieb kopfschüttelnd zurück und zog sein Handy aus der Jeans. Ich versuchte zu ignorieren, woran der Anblick seiner konzentrierten Haltung und grimmigen Miene meinen Körper erinnerte.

Sein Blick fiel auf mich – und keine dreißig Sekunden später war sein Telefonat beendet, und Clay stand neben mir. Seine Hand glitt wie selbstverständlich in meinen Nacken und massierte ihn auf eine Weise, die mir mehr als nur wohliges Schaudern verursachte.

Er musste dringend damit aufhören!

„Morgen, *Sugar*. Gut geschlafen?"

Ich war nicht sicher, ob er Piper oder mich meinte, also trank ich weiter Kaffee. Piper grinste ihn bloß an. „Setzen."

„Aye, Ma'am." Sein Grinsen war kaum weniger schelmisch als ihres, während er ihr nachsah. Dann lag sein Blick auf mir, und mein Kopf war wie leergefegt. Er zog sich einen Stuhl heran und setzte sich rittlings darauf. Ich versuchte angestrengt, nicht auf die tätowierten Muskeln seiner Arme zu starren. Ob die fein geschriebenen Zeilen über der Flagge einen persönlichen Text ergaben?

„Wie hast du geschlafen?“

Ich würgte einen viel zu großen Schluck Kaffee herunter. „Kurz.“

Sein Grinsen wurde noch breiter, und sein Blick ließ keinen Zweifel daran, dass er genau wusste, warum.

„Und selbst?“

„Noch kürzer.“

Piper kam mit einem zweiten Teller Pancakes und einer Kanne Kaffee zurück, aus der sie uns beiden einschenkte. „Irgendetwas, wovon ich wissen sollte, Clay?“

Beide sahen kurz zum anderen Ende des Saals, von wo aus sich Herren in Anzügen einen Weg zu den offen stehenden Balkontüren bahnten.

Clay löste eine Hand von der Stuhllehne und fuhr sich durch die Haare. Ich bekämpfte das Verlangen, es ihm gleichzutun. „Keine Sorge, Pipe. Wir konnten Mad Dog gerade noch davon abhalten, seine Schrotflinte rauszuholen. Kann nur nicht versprechen, dass er jetzt nicht etwas noch Dümmeres tut.“

Ich erstickte halb an einem Pancake, denen ich mich wieder gewidmet hatte, weil sie zu schade zum Wegwerfen waren. Piper ging bloß kopfschüttelnd zurück in die Küche, was mich mit Clay allein zurückließ. Keine gute Idee.

Clays Blick fokussierte sich auf mich, und die neue Wärme unter der harten Oberfläche machte es mir fast unerträglich, ihn anzusehen. „Nachdem du gestern schon Downtown und den Canyon gesehen hast, was möchtest du heute sehen?"

Ich blinzelte. War das sein Ernst? „Ich … fahre nach Hause!"

„Wie kommst du denn darauf?"

Entschuldigung?

Ich lehnte mich vor. „Wenn ich mich recht erinnere, haben wir uns gestern darauf geeinigt, dass ich nicht deine Gefangene bin und diese Stadt verlasse, sobald wir Sex hatten."

Seine Mundwinkel verzogen sich wieder zu diesem wissenden Grinsen, das ich ihm am liebsten aus dem Gesicht küssen wollte. Er griff über die Stuhllehne hinweg nach der Gabel und zerteilte den obersten Pancake auf seinem Teller.

„Falsch, *Sugar*. Wir haben uns darauf geeinigt, dass du mir erzählst, warum Gabe Fucking McKenzie dich anruft. Außerdem bin ich mir ziemlich sicher, dass du ein winziges Detail unserer *Einigung* übersehen hast." Er grinste heiß wie der Teufel. „Du hast nicht meinen Namen gestöhnt."

Ich konnte ihn bloß anstarren, während er sich einen halben Pancake in den Mund schob. „Willst du vielleicht einen Vertrag mit konkret formulierten Klauseln aufsetzen? Nein, warte", unterbrach ich mich selbst. „Es ist mir völlig egal, was du glaubst, gehört oder nicht gehört zu haben. Es kann *dir* völlig egal sein, woher ich Gabe kenne." Ich stand auf. „Und ich bin *nicht* deine verfluchte Gefangene."

Er seufzte. „Setz dich."

„Fuck you."

„Sosehr ich drauf stehe, wenn du fluchst: Gewöhn dir das nicht an. Und du kannst heute nicht fahren."

„Ach ja? Dann pass mal auf!"

Ich marschierte los. Sein starker Arm hielt mich auf. „Evelyn."

„Lass mich los!"

Weil dieser Mistkerl nie tat, was man ihm sagte, zog er mich nur noch enger, bis mein Hintern an seine Seite gepresst war.

„Evelyn."

Ha, da nützte es ihm auch nichts, wenn seine tiefe Stimme bis in mein Innerstes vibrierte.

„Die Straße ist gesperrt."

„Was?!"

Jetzt landete ich doch auf seinem Schoß, weil ich vor Schreck das Gleichgewicht verloren hatte. Eilig sprang ich auf.

„Ich glaube dir nicht."

Da fuhr er sich frustriert übers Gesicht. Ich trat vorsorglich einen Schritt zurück, während er seinen kaum angerührten Teller Pancakes zurückschob.

„Ich fahre dich selbst hin, wenn du mir nicht glaubst."

Zwanzig Minuten später starrte ich sprachlos auf das halbe Dutzend Baumstämme, das wie von einem riesigen Kind platziert quer über der Straße lag. Der Stapel war so hoch, dass man nicht einmal die andere Seite sehen konnte. Nur das Hupen unzähliger Autos war zu hören.

Fassungslos blickte ich auf die Weiden links und rechts. Tiefe Traktorspuren machten deutlich, dass die Baumstämme nicht zufällig auf einer Flusswelle herangeschwommen waren. An einer Stelle war sogar die weiße Feldumzäunung zerstört.

„Wer tut sowas?"

Clay schnaubte. „Ein verrückter Hund, der arroganten Anzugträgern ans Bein pinkeln will."

Ich verstand die Metapher nicht. Es war mir auch egal. Ich musste hier weg.

„Verzeihung, Sir, wie lange wird das wohl dauern?“, fragte ich den jungen Sheriff, der stirnrunzelnd auf den Baumstammberg blickte und angestrengt in sein Walkie-Talkie sprach.

„Devin“, brummte Clay, als er nicht auf mich reagierte. Endlich drehte der junge Sheriff sich um.

„Clay! Weißt du, wer das war?“ Er wirkte mehr als nur gestresst. Wäre ich auch, wenn mich so ein rauschendes Funkgerät die ganze Zeit anplärren würde.

„Die Lady hat dich was gefragt.“

„Sorry, Ma'am. Was?“ Der Mann namens Devin sah mich an, und ich wiederholte meine Frage. Er lachte verzweifelt. „Keine Ahnung, heute Abend? Morgen früh? Morgen *Mittag*?“

„Was? So lange kann ich nicht warten! Clay!“ Ich drehte mich hilfesuchend zu ihm um, flehte geradezu. „Wenn ich heute nicht nach Hause komme, kann ich meinen Job an den Nagel hängen und …“

… meine mit Abstand besten Plastiken in der Biotonne entsorgen!, wollte ich sagen, aber der Gedanke schnürte mir die Kehle zu.

Natürlich, am Ende war es nur Ton. Nur Kunst. Nur Zeitverschwendung zu vieler Stunden einsamer Arbeit. Tränen. Herzblut. Unzufriedenheit, Selbstzweifel, Frustration. Aber es war nun einmal das, was mich glücklich machte, und ich war wirklich stolz auf diese Assemblage.

Was es umso trauriger machte, dass sie niemals jemand sehen würde, wenn ich diesen Ausstellungsplatz im Herbst nicht bekäme.

„Hör zu, ich …“

„Erzähl mir von deinen Skulpturen“, sagte Clay da, als stünden mir meine Gedanken auf die Stirn geschrieben. Seine Stimme war sanft, beinahe weich. Sein Blick war warm.

„Was?“

Er legte den Rückwärtsgang ein und sein Handy mit dem Display nach unten in die Mittelkonsole, wie um mich seiner vollsten Aufmerksamkeit zu versichern. „Alles. Wo bewahrst du sie auf, wie bearbeitest du sie, was benutzt du dafür, womit arbeitest du am liebsten. Alles.“

„Warum willst du das wissen?“

„Du meinst, abgesehen davon, dass ich den besten Teil der letzten Nacht in dir verbracht habe und praktisch nichts über dich weiß?“

Ein schockiertes Lachen brach durch meine enge Kehle. „Das hast du gerade nicht ernsthaft gesagt.“

Er lächelte bloß und fuhr zurück in die Richtung, aus der wir gerade noch gekommen waren. Wir waren nicht die Einzigen, die wenden mussten. „Es ist dir wichtig. Also interessiert es mich.“

„Das ist …“ *Absurd. Einfühlsam. Überraschend. Das Süßeste, was jemals jemand zu mir gesagt hat.* „… langweilig!“, endete ich.

Sein Blick schickte einen jähen Blitz durch meinen Körper. „*Sugar*, nichts an dir ist langweilig.“

Ich schluckte gegen den harten Kloß in meiner Kehle. Kämpfte gegen die Hitze auf meinen Wangen und das Ziehen in meiner Mitte.

Und dann erzählte ich es ihm.

Kapitel 16
Elektrisierende Erkenntnisse

CLAY

Ich klebte förmlich an ihren Lippen. An diesen leuchtenden Augen, während sie mir in allen Einzelheiten beschrieb, wo, wie und wann sie an ihren Skulpturen arbeitete, welchen Ton sie verwendete und welche Werkzeuge.

Ich verstand kein Wort von niedertemperaturigen Brennprozessen, hatte keine Vorstellung, was Töpferschlingen, Lochschneider oder Modellierhölzer waren. Aber ich hätte nichts dagegen, für den Rest meines Lebens zuzusehen, wie ihr Gesicht zu strahlen begann, wenn sie davon erzählte. Ich befragte sie bis ins kleinste Detail, während ich mir mental jedes einzelne Wort notierte – obwohl die Diktierfunktion meines Handys lief.

Als die Werkstatt in Sicht kam, hatte ich hundert Antworten und tausend neue Fragen.

„Wo hast du das gelernt? Studium?"

Sie kniff die Lippen zusammen, schüttelte den Kopf. „Konnte ich mir nicht leisten. Als ich gerade mit der Highschool fertig war, wurde mein Dad krank, und meine Mom …" Ich sah sie besorgt an, aber sie brach ab und zuckte bloß mit den Schultern. „Ehrlich gesagt, waren es hauptsächlich Töpferkurse im evangelischen Gemeindehaus. Ich habe schon immer gern gezeichnet, und als ich dort zum ersten Mal mit Ton gearbeitet habe … da hat es einfach klick gemacht."

So, wie als ich dich gesehen habe.

„Mein einziger wirklicher Abschluss ist Kunstgeschichte mit Schwerpunkt auf Mittelalter und Renaissance vom Community College."

Ich pfiff überwältigt. Sie hatte also ihren kranken Vater gepflegt, währenddessen Kunstgeschichte studiert und ganz nebenbei in verdammten Abendkursen gelernt, solche Kunstwerke zu erschaffen. „Wow. Das ist …"

„Überflüssig?" Sie lachte unsicher. „Ja, das sagt meine Mom auch immer."

„Hör auf, deine Kunst schlechtzureden. Es ist verflucht nochmal beeindruckend. Ich wette, die Absolventen aus dem Studiengang, den du eigentlich belegen wolltest, sind nicht halb so gut wie du."

„Du weißt überhaupt nicht, wie gut ich bin."

Ich brachte den Wagen zum Stehen, zog die Handbremse an und warf ihr einen langen Blick zu. „*Sugar*, ich habe genug gesehen, um zu wissen, dass du eine verdammte Göttin bist."

Die Art, wie sie jetzt zwischen Unglauben, Scheu und Selbstbewusstsein die Augen verengte, konnte süchtig machen.

Sie wusste genau, wie zweideutig meine Aussage war. Und sie widersprach nicht. Stattdessen stieg sie einfach aus und ging auf meine Werkstatt zu, als würde sie ihr gehören.

Teufel, sag nur ein Wort, und sie gehört dir.

Nachdem wir uns vorhin mit eigenen Augen davon überzeugt hatten, dass Mad Dog seine Drohung wahrgemacht und tatsächlich die einzige Zufahrtstraße blockiert hatte, hatte ich Evelyn zurück zum *Honey Inn* fahren wollen, aber sie hatte verneint, um mich nicht länger von der Arbeit abzuhalten.

Ich konnte nicht sagen, dass ich Mad Dogs Methoden guthieß. Aber ich würde mich nicht darüber beschweren, dass Evelyns Abreise dadurch verzögert wurde. Ihre Angst um den Zustand ihrer Figuren hingegen ... das war ein Problem.

Als wir die Halle betraten, hing Jax gerade halb im Radkasten eines Geländewagens. Er sah nicht auf, obwohl ich wusste, dass er uns bemerkt hatte.

„Hi, Jax!" Evelyns flötender Ton ließ meinen Unterkiefer zucken.

„Hi, Honey."

Scheiß auf den Unterkiefer. Jax und ich würden ein ernstes Gespräch führen müssen. Später.

„Rayne." Ich trat zu ihm, sah, woran er arbeitete, und reichte ihm das Rekuperationssystem zur Bremsenergierückgewinnung, das er sofort montierte. „Du musst mir einen Gefallen tun."

„Klar." Er zögerte nicht eine Sekunde. Loyale Freunde waren mehr wert als alles Geld der Welt.

Kurz sah ich mich nach Evelyn um, die neugierig die Wagen betrachtete, die gestern hinzugekommen waren.

Jax kam auf die Beine. „Was gibt's?"

Ich warf ihm mein Handy zu, das er mit Leichtigkeit auffing und stirnrunzelnd entsperrte. Dann erklärte ich ihm, was ich von ihm wollte. Er überschlug kurz im Kopf, dann nickte er.

„Krieg ich hin. Luft oder Landweg?"

„Was schneller geht." Dann erinnerte ich mich, dass der Landweg gesperrt war. „Luft. Mad Dog ist heute ein wenig ausgerastet."

Seine Falkenaugen blickten von meinem Handy auf. „Es ist wirklich ernst, oder?" Keine Spur des üblichen Spotts in seiner Stimme.

Ich presste die Kiefer aufeinander, ersparte uns beiden jedoch eine Antwort.

Jax nickte bloß. Dann klappte er den Laptop auf dem Beistellwagen zu und schnappte sich den Schlüssel seiner Harley.

„Die zwei Wagen da hinten sind fertig, dem hier fehlt ..."

„Die Motorsteuerungsanlage, hab ich bemerkt", beendete ich seinen Satz. Er hob das Kinn zu einer knappen Geste – ob der Anerkennung oder des Grußes, konnte man bei Rayne nie so genau sagen.

„Dann bis morgen."

„Bis morgen. Und pass verdammt nochmal auf mit den Sachen!"

„Entspann dich, Clay."

Mit Evelyn im selben Raum? Vergiss es.

„Wohin fährt er?" Evelyn schlenderte scheinbar ziellos auf mich zu, während Jax vor dem geöffneten Rolltor in einer Staubwolke verschwand. Keine gute Idee, mit ihr allein zu sein.

Ich konzentrierte mich auf den Motorblock vor meiner Nase, aber es gelang mir kein bisschen. „Weg."

Der intensive Blick, mit dem sie mich jetzt ansah, konnte einen Mönch vom Glauben abbringen. Ihre Nähe prickelte wie statische Ladung auf meiner Haut, das Verlangen, sie an mich zu pressen, war beinahe übermächtig. Vor allem, seit ich wusste, wie sie schmeckte. „Was du nicht sagst. Geht's ein bisschen genauer? Und was genau baut ihr hier eigentlich? Sieht nicht nach simplem Reifenwechsel aus."

Kluges Mädchen.

Ich zog den Kopf aus der Motorhaube und trat dicht vor sie, ließ den Blick über ihr Gesicht wandern, als hätten wir alle Zeit der Welt. Sie lehnte sich gegen den staubigen Radkasten, und plötzlich war die Erinnerung an gestern Nacht alles, woran ich denken konnte. Evelyn hielt meiner Musterung stand, hob sogar eine Augenbraue und – *fuck*. Ich könnte ihr hier und jetzt die Seele aus dem Leib vögeln.

Leider hatte ich einen Haufen Arbeit.

„Elektromotoren", sagte ich also.

EVELYN

„Elektromotoren?" Ich sah mich mit neuer Faszination um. Tatsächlich: Drei der Fahrzeuge steckten an Elektroladesäulen, obwohl es eindeutig alte Verbrenner-Modelle waren. „Ihr baut Benzinfahrzeuge auf Elektro-Antrieb um?"

„Cleveres Mädchen." Verdammt, wieso gefiel mir die Anerkennung in seiner Stimme? Clay warf mir sein original heißes Grinsen zu, während er an mir vorbei um den Wagen herumging und sich in den Kofferraum lehnte, in dem sein Oberkörper fast verschwand. Netter Hintern. „Hybrid", präzisierte er dann und löste mit geübten Handgriffen die Verschalung im Kofferraum. „Für die volle Umrüstung sind weder Akkus noch Ladeinfrastruktur ausreichend stabil.“

Ich zog mir den Drehhocker heran, auf dem Jax gestern gesessen hatte, und betrachtete die Pick-ups und Geländewagen neugierig.

„Aber es gibt doch mittlerweile auch vollelektrische Nutzfahrzeuge. Bei dem, was der Umbau hier kostet, lohnen die sich doch bestimmt mehr in Bezug auf die Nutzungsdauer?“

Er warf mir einen weiteren anerkennenden Blick zu. „Zwischen fünfzehn und fünfzigtausend Dollar besteht noch ein kleiner Unterschied, meinst du nicht? Außerdem würden die alten Haudegen vom Land auf jeden schießen, der ihnen den Klang ihrer geliebten Dieselmotoren nehmen will und dafür neumodischen Schnickschnack andreht, wo ihr altes Baby sie zuverlässig durch die letzten zwei Weltkriege begleitet hat. Indem wir sie zu Hybriden umrüsten, können wir wenigstens einen Teil des Benzinverbrauchs einschränken.“

Okay, das war … unerwartet. Verkehr und Transport waren für rund zwanzig Prozent der weltweiten CO2-Emissionen verantwortlich, das hatte ich erst vor ein paar Wochen in einem Studienergebnis gelesen, das Gabes Kanzlei erhalten hatte. Daher wusste ich auch, dass Verkehr nur auf Platz drei der Klimakiller war.

„Du weißt aber, dass Stromerzeugung mit erneuerbaren Energien und effizientere Prozesse für die Industrie besser geeignet wären, um die Welt zu verbessern?“ Das waren nämlich Platz eins und zwei.

„Was du nicht sagst. Zufällig kürzlich in nem Umweltbericht gelesen?“ Er bemühte sich um einen gutartigen

Ton, aber ich sah, dass sein Kiefermuskel zuckte: Er war unzufrieden. „Tja, nun. Leider bin ich kein Energietechniker oder Industrieingenieur, sondern Automechaniker. Ich muss also mit dem arbeiten, was mir zur Verfügung steht."

Ich blinzelte, völlig überrumpelt von dieser Aussage, deren eiserne Entschlossenheit mich auf so vielen Ebenen berührte.

Verklärter Weltverbesserungsdrang abseits der Realität, hatte Gabe zu diversen Umweltorganisationen, Initiativen für erneuerbare Energiekonzepte und Aktionen von „Just Stop Oil" und der Letzten Generation gesagt.

Ehrliche Arbeit aus Verantwortung für die Zukunft, dachte mein Kopf gerade. Clays Beitrag änderte vielleicht nicht viel, aber es war etwas. Es war mehr, als die meisten anderen taten. Und die Tatsache, dass diese verantwortungsvolle Zukunftssicht ausgerechnet von diesen zwei tätowierten Hotties im staubigen Hinterland kam, machte es nur noch überwältigender.

Konnte ein Kerl noch attraktiver werden, wenn er etwas Gutes tat?

Dumme Frage, natürlich! Ein halbnackter Sexgott mit Yacht – *nett.*

Ein halbnackter Sexgott mit adoptiertem Welpen auf der Brust – *heirate mich, sofort!*

Um mich selbst von diesen berauschenden Gedanken abzulenken, verschränkte ich die Arme vor der Brust. „Ihr macht das also aus reiner Umwelt- und Nächstenliebe? Du sagtest, fünfzehntausend pro Wagen? Wie viele verkauft ihr davon pro Monat?"

„Acht bis zehn."

Ich riss die Augen auf. Hunderttausend Dollar pro *Monat*? Kein Wunder, dass ihn das Geld aus Gabes Vertrag nicht interessierte. Als hätte er meine Gedanken gelesen, schüttelte Clay den Kopf.

„Mehr als achtzig Prozent davon sind Materialkosten. Wir wollen auf unter zehntausend kommen, maximal fünf für Privatfahrzeuge, damit es erschwinglich wird, aber die Technologie ist noch nicht so weit."

Ich war immer noch bei dem Umsatz. Selbst durch zwei geteilt war das mehr als das Doppelte eines Durchschnittseinkommens.

„Und ihr macht das … zu zweit." Nur, um sicherzugehen.

Clay zuckte mit den Schultern und griff nach dem fleckigen Lappen, um sich die Hände abzuwischen. „Jax ist dabei, das Patent auszuweiten, damit auch andere Werkstätten den Umbau anbieten können. Einhundertacht Millionen registrierte Fahrzeuge in den USA, alleine 1,6 Millionen in Kentucky. Da wären wir zu zweit ne Weile beschäftigt." Er hob einen Mundwinkel, zuckte dann mit den Schultern. „Es ist nicht schwer. Nur … komplex. Also genau das Richtige für Jax' Ego. Er ist der Meinung, wenn der Mitbegründer von PayPal selbstgebaute Raketen zum Mars schicken kann, könne Jax es wohl fertigbringen, effizientere Antriebe für Nutzfahrzeuge zu entwickeln. Und Teufel nochmal, das kann er."

Ich hob überrascht die Brauen. „Elon Musk baut zufällig nicht nur Raketen, sondern auch Elektroautos. Warum nehmt ihr die nicht?"

Wieder dieser grimmige Blick, bei dem mir heiß wurde. „Wie gesagt: Überzeug mal nen Haufen Patrioten auf dem Land von neuer Technologie. Eher überzeugst du sie davon, die Demokraten zu wählen. – Brauchst du was Heißes?"

Ertappt löste ich den Blick von seinen muskulösen Armen. Ich schwöre, ich hatte ihn nicht angestarrt – zumindest nicht auf *diese* Weise.

„Du meinst … Kaffee?"

„Hast du etwas anderes im Sinn, *Sugar*?"

Ein Teil meines Körpers wollte diese Frage mit „Ja" beantworten. Der Teil, der jetzt das Gefühl simulierte, wie Clay sich in mir bewegt hatte.

Unangebracht!

Ich sprang auf. „Klingt super. Ich übernehme das, dann kann ich mich wenigstens nützlich machen."

„Den Teufel wirst du tun, ich brauche keine verdammte Sekret… Evelyn!"

Ich war schon auf halbem Weg zum Büroteil der Werkstatt, in dem die winzige, aber penibel saubere Küche lag. Geschäftig zog ich Türen und Schränke auf, während ich ihn hinter mir hörte.

Er blieb in der Tür stehen. *Sicherheitsabstand, sehr weise.* Wenn ich mich jetzt umdrehen würde, sähe ich ihn wohl mit lässig verschränkten Armen und diesem sexy Halbgrinsen gegen den Türrahmen gelehnt stehen.

„Linker Schrank", sagte er, als ich den nächsten Küchenschrank aufzog. „Du hast mir immer noch nicht gesagt, wie du zu Gabe McKenzie stehst."

Seelenruhig löffelte ich Kaffee in die Maschine. „Und du hast mir immer noch nicht gesagt, warum du solche Paranoia vor deiner Unterschrift auf Papier hast."

Als ich fertig war und die Maschine lief, drehte ich mich zu ihm um. Clays Miene war ein undeutbares Konstrukt zwischen brodelnd und amüsiert. Er öffnete gerade den Mund, da klingelte das Telefon.

Aus dem Augenwinkel sah ich die blinkende Taste an der schnurlosen Station auf dem Küchentisch, während der grässliche Klingelton plärrte.

„Lass es klingeln", knurrte Clay, als ich mich in Bewegung setzte.

Ich hielt seinen Blick herausfordernd fest, während ich es mir demonstrativ ans Ohr hielt. „Davis Motors, mein Name ist Evelyn Tate, wie kann ich Ihnen helfen?"

Stille. Offenbar waren die Leute wirklich nicht gewohnt, dass unter dieser Nummer jemand abhob. Clay indes sah aus, als würde er jeden Moment über mich herfallen. Ich schob die Begeisterung beiseite.

„Wer ist da?" Die kratzige Stimme einer Frau, schätzungsweise Mitte fünfzig. Mindestens. Caroline Clarke, die Chefsekretärin von McKenzie & Partner, kam mir in den Sinn, und ich schüttelte mich.

„Davis Motors."

„Das ist mir klar, ich habe schließlich die Nummer gewählt. Aber wer sind Sie?"

Ja, Caroline Clarke war ein angemessenes Bild. „Evelyn Tate."

Stille. „Den Namen hab ich doch schon mal gehört. Arbeiten Sie nicht für Gabe? ‚*McKenzie & Partner*' in Chicago?"

Das Lächeln auf meinem Gesicht fühlte sich plötzlich wächsern an, mein Blick huschte zu Clay, der natürlich nicht hören konnte, was gesprochen wurde. Woher wusste sie das?

Würde sie es ihm erzählen? In Windeseile ging ich die weiblichen Klienten durch, mit denen ich in den letzten Monaten Kontakt gehabt hatte.

„Entschuldigung, ich fürchte, ich habe Ihren Namen nicht verstanden, Mrs …?"

Wieder Stille. „Sagen Sie Clay einfach, er soll heute Abend zur Farm kommen, schaffen Sie das, Schätzchen?"

Sie wollte also weiterhin unhöfliche Spielchen spielen? Schön. Ich nahm einen Kugelschreiber vom Tisch und begann ihre Nummer vom Display auf eine Serviette abzuschreiben. Clays Blick verfinsterte sich noch mehr.

„Das würde ich gerne, aber ich bezweifle, dass es in Sweet Springs nur eine einzige Farm gibt, Mrs …"

„*Miss*. Ich bin nicht verheiratet. Er wird schon wissen, welche Farm. Wenn Sie meinen Rat wollen: Gehen Sie zurück nach Chicago. Hat mehr Zukunftsperspektive. Und noch was: Wenn Sie einen Davis vögeln, benutzen Sie ein Kondom, Schätzchen."

Mir klappte der Mund auf. Was erdreistete sich diese Frau eigentlich? Clay setzte sich in Bewegung, also sagte ich noch schnell: „Danke für den Rat, aber nein, danke. Wenn *Sie* jedoch *meinen* Rat wollen: Höflichkeit kostet nichts, und die Bettangelegenheiten anderer Leute gehen Sie einen Scheiß an. Einen guten Tag."

Ich legte auf, bevor sie es konnte.

„Kathryn Mullins?", fragte Clay.

Ich hob entschuldigend die Schultern. „Sie wollte mir ihren Namen nicht verraten, aber wenn diese Kathryn Mullins klingt wie der Prototyp der bösen Disney-Stiefmutter, dann ja." Er musste gegen seinen Willen lächeln, und ich konnte nicht anders, als den Anblick zu bewundern. „Du sollst heute Abend bei irgendeiner Farm vorbeikommen?"

Das Lächeln verschwand aus seinem Gesicht, seine Körperspannung nahm zu, als er die Schulter vom Türrahmen löste. „Der Kaffee ist fertig."

Plötzlich verspürte ich den Drang, sein Lächeln zurückzubringen.

„Tja, da ich offenbar noch den ganzen Tag hier bin, mache ich mich wohl besser mal nützlich." Schon nahm ich das Telefon vom Tisch und rief die Einstellungen auf, um einen anderen Klingelton einzustellen.

„Evelyn." Clays Blick prickelte auf meiner Haut, während ich eine Abfolge schrecklicher Klingeltöne aufrief. Kein Wunder, dass es mal ein Geschäftsmodell gewesen war, Klingeltöne zu verkaufen. „Ich brauche weder eine Sekretärin noch ein Hausmädchen."

Ich sah von dem Telefondisplay auf. Am liebsten hätte ich auf die Umgebung gedeutet, um ihm das Gegenteil zu beweisen, aber leider hatte er recht: Die Küche war blitzsauber, wenn auch zu steril für meinen Geschmack, und auch der Vorraum mit dem Tresen war abgesehen von den in die Jahre gekommenen Aktenordnern und Büromaterialien tadellos in Ordnung.

Ich fand einen Klingelton, der mir nicht die Nackenhaare aufstellte, und stellte das Telefon zurück auf die Ladestation. „Tja, nun, aber ich brauche etwas zu tun, sonst fällt mir die Decke auf den Kopf."

„Warum arbeitest du nicht an deinen Skulpturen?"

„Weil ich froh sein kann, wenn morgen Abend noch etwas davon übrig ist", erwiderte ich zwischen Wahnsinn und Verzweiflung.

„Neue Skizzen?"

Ich schüttelte den Kopf. „Ich bin projektmonogam." Er hob eine Augenbraue. „Das bedeutet, ich kann mich immer nur auf ein Projekt gleichzeitig konzentrieren."

„Ist mir schon klar, ich weiß, was monogam bedeutet. Geht mir übrigens auch so."

Sein intensiver Blick ließ mich zweifeln, ob wir noch über Tonskulpturen sprachen. Ich machte eine Geste in Richtung Werkstatt. „Tja, dann machst du dich besser wieder an die Arbeit, was? Ich will dich nicht aufhalten."

Er grinste. Offensichtlich gefiel es ihm, wenn ich ihn herumkommandierte. „Aye Ma'am."

Verdammt, definitiv gefiel es *mir*, dass es ihm gefiel. „Nenn mich nicht Ma'am, ich bin nicht deine Mutter."

Sein Lächeln sollte aus Jugendschutzgründen verboten werden. „Zum Glück." Er war schon halb aus der Tür, drehte sich aber noch einmal um. „Wenn ich so darüber nachdenke, ich habe da tatsächlich einige Bücher, die du dir ansehen könntest."

Die Aussicht, mich in den nächsten Stunden sinnvoll beschäftigen zu können, ließ mich aufhorchen. Trotzdem konnte ich es mir nicht verkneifen, eine Augenbraue zu heben. „Ich dachte, du brauchst keine Sekretärin?"

Sein Grinsen. Gehörte. Verboten!

Kapitel 17

Du hast WAS getan?

EVELYN

„Was ist das?“

Ungläubig starrte ich auf den Schmuckeinband, den ich gerade aus dem Stapel in Packpapier eingeschlagener Bücher gezogen hatte, der auf dem Tresen im Vorraum auf mich gewartet hatte.

‚Stolz & Vorurteil‘ von Jane Austen wand sich in Lettering-Handschrift quer über den samtigen Hardcover-Einband, den ich gestern mindestens zehn Minuten lang gestreichelt hatte, weil ich so fasziniert vom Relief der geprägten Buchstaben war.

„Woher …?“

Fassungslos legte ich es zur Seite und zog das nächste Buch heraus. Dieses war sehr viel größer: der Bildband über Kirchenstatuen. Und darunter der andere über die Ursprünge des Bluegrass State Kentucky. Und das Sachbuch über Anatomie. Ich fasste es nicht: Auf diesem Tresen lag jedes einzelne Buch, das ich gestern in dem kleinen Buchladen der Hand gehabt hatte.

„Wie bist du … ich meine … du kannst doch nicht …" Mir fehlten die Worte.

Clay hob die Schultern, als wäre das keine große Sache, und sah zur Wand mit den alten Fotografien. „Ich habe Charlie gesagt, dass er mir jedes Buch einpacken soll, für das du dich interessiert hast."

Ich schüttelte den Kopf. Hier lagen fast zweihundert Dollar. „Das kann ich nicht annehmen."

„Doch, das kannst du, *Sugar*. Und ich bin sicher, dass niemand den Tag damit sinnvoller nutzen könnte als du."

Seine Hand blieb noch einen Moment auf dem Tresen neben meiner ruhen, und ich erwischte mich dabei, wie ich danach tasten und meine Finger mit seinen verschränken wollte. Glücklicherweise drehte Clay sich um und ging zurück zur Werkstatt. Dieser Mann hatte eindeutig mehr Körperbeherrschung als ich.

„Ich glaube nicht, dass ich die alle an einem Tag durcharbeiten kann", rief ich ihm nach, während ich mir bereits den alten Bürostuhl heranzog. Ich konnte es kaum erwarten, mich in den Seiten zu vergraben.

Clay antwortete mit seinem wissenden Grinsen und einer einzelnen Silbe: „Gut."

Ich machte mir den ganzen Tag lang Notizen, studierte die Anatomie von Händen, Körperformen und Gesichtskonturen, bewunderte die verschiedenen Epochen von Kirchenstatuen, und ja, ich zeichnete sogar zwei erste Grobentwürfe für

Skulpturen, die ich möglicherweise nach der Sündenfall-Assemblage herstellen wollte.

Doch was mich am meisten faszinierte, waren die vollflächigen Farbfotos aus dem Band über Kentucky. Es gab sogar welche aus der Umgebung von Sweet Springs. Sehnsucht erweckende Panoramaaufnahmen von nebelverhangenen Pferdekoppeln, farbenprächtige Herbstwälder und wilde Felsklippen – wie die, vor der ich gestern Nacht den besten Sex meines Lebens gehabt hatte. Und die Fotos der Menschen: die Silhouetten von Cowboys auf Pferden im Sonnenuntergang, die runzlige Haut eines Farmers mit Strohhut bei der Arbeit, der lebenserfahrene Blick einer dunkelhäutigen Frau, die neben einem Weidenkorb vor einem Wasserfall saß.

Wenn Clay mich nicht nach Sonnenuntergang in seinen Wagen gesetzt und zu Pipers *Honey Inn* gefahren hätte, säße ich wohl jetzt noch in seiner Werkstatt.

Ich hatte dasselbe Zimmer wie gestern, und der Gedanke an die Verbindungstür ließ meine Haut vor Erregung prickeln.

Bis Clay sich von Piper verabschiedete.

„Du … bleibst nicht hier?“

Sein Blick schien direkt in meine Gedanken sehen zu können, denn seine Mundwinkel hoben sich zu diesem feurigen Lächeln. „Gestern noch konntest du nicht weit genug von mir weg sein, und jetzt bettelst du förmlich um meine Nähe?“ Bevor ich etwas entgegnen konnte, das nicht ganz so beschämend klang, ergänzte er: „Ich bleibe hier, aber ich muss vorher zur Mullins Farm, und wie ich dich kenne, wirst du tief und fest schlafen, wenn ich zurück bin.“

So viel zu beschämend …

„Du kennst mich nicht halb so gut, wie du denkst.“

„Ja“, bestätigte er. „Und nicht ein Zehntel so gut, wie ich gerne würde. Aber was nicht ist, kann ja noch werden.“

Ich sah auf die Uhr. „In weniger als zwölf Stunden, bevor ich wieder nach Hause fahre? Ich denke nicht.“

Jetzt sagte er nichts mehr. Er grinste bloß auf eine Weise, die ein heißes Kribbeln mein Rückgrat hinabjagte, bevor er sich umdrehte und Pipers Pension verließ.

Überraschte es irgendjemanden, dass ich mich in dieser Nacht bloß unruhig umherwälzte?

Was mich hingegen sehr wohl überraschte, war der Anblick am nächsten Morgen, als ich um kurz vor halb sechs die Holztreppe möglichst geräuschlos nach unten schlich, um den Zimmerschlüssel auf die Theke zu legen und zu verschwinden, bevor Piper mir diesen tadelnden Mutterblick zuwerfen konnte.

Bloß, dass ich nicht die Einzige hier unten war.

„Clay?“ Ich flüsterte, weil ich niemanden aufwecken wollte. Das Haus war absolut still, der Raum leer. Das heißt, bis auf Clay, der mit verschränkten Armen gegen einen der Tische gelehnt stand. Er sah so müde aus, wie ich mich fühlte, und kurz bedauerte ich, dass wir die Nacht, in der wir offenbar beide kaum geschlafen hatten, nicht sinnvoller genutzt hatten. Ich trat näher, um niemanden im Haus zu wecken, aber nicht zu nah, um nicht seinem aphrodisierenden Duft von holziger Orange zu erliegen.

„Was tust du hier?“, fragte ich.

„Aufpassen, dass du keinen Fehler begehst.“

Gott, diese Stimme …

Unsere Blicke verhakten sich ineinander. Eine Sekunde verstrich, in der die Distanz zwischen uns fast zu schmelzen schien.

Dann kam er auf mich zu.

Mein Herz machte einen Satz. Doch anstatt mich an sich zu reißen und zu küssen, bis ich die Besinnung verlor – wogegen ich nichts einzuwenden gehabt hätte –, griff er nach meinem Arm und zog mich mit sich.

Wogegen ich auch nichts einzuwenden hatte.

Nicht, was ich mir vorgestellt habe. Aber nah dran.

Als wir ins Freie und auf den Schotterparkplatz traten, verlangsamte ich meine Schritte. Da stand ein riesiger, fensterloser Sprinter mit Flughafen-Schriftzug.

„Gib's zu, du willst mich endgültig kidnappen."

Es war nur ein halber Scherz und die Vorstellung gleichermaßen verstörend und erregend.

Clays Augen funkelten im Halbdunkel. Seine Heiterkeit kribbelte auf meiner Haut wie ein warmer Windhauch, obwohl die frühe Morgenluft vor dem Sonnenaufgang eher kühl war. „Darüber können wir uns später unterhalten, *Sugar*."

„Später? Hast du mir nicht zugehört, ich –", wurde ich unterbrochen, als die Tür des Sprinters aufging und „Jax?!" heraussprang. „Du siehst ja furchtbar aus!"

Jax rieb sich über das Gesicht, das gestern noch weniger Stoppeln gehabt hatte. „Dir auch einen guten Morgen. Möchte dich mal nach achthundert Meilen Strecke an einem Tag sehen."

Achthundert Meilen? Was zum …?

„Clay?" Ich drehte mich auffordernd zu ihm um, während sich in meiner Brust eine ungute Vorahnung ausdehnte wie ein zu großer Luftballon.

Clays Grinsen hatte etwas Hypnotisches an sich. Und dann sagte er, als sei es das Selbstverständlichste auf der Welt: „Er hat deine Skulpturen hergebracht."

CLAY

„Du hast WAS getan?"

Alles klar, damit war die gesamte Straße hellwach. Ich erwartete ja nicht, dass Evelyn mir vor Dankbarkeit gleich um den Hals fiel. Obwohl ich nichts dagegen einzuwenden gehabt hätte.

Stattdessen belehrte sie mich abermals eines Besseren, als sie herumwirbelte und die Hecktüren des Sprinters aufriss, der zum Fuhrpark des nächsten Flughafens in Lexington gehörte. Das sagte mir zwei Dinge: Erstens, die Sachen waren per Cargo-Flug hierhergekommen. Und zweitens, die Zufahrtstraße nach Sweet Springs war offensichtlich wieder frei.

„Spinnst du? Du hast doch überhaupt keine Ahnung, wie man sie richtig transportiert und …"

Evelyn verstummte. Offenbar hatte Jax die schon. Ich wechselte einen stummen Blick mit meinem Partner. Evelyn hatte recht, er sah schrecklich abgekämpft aus, was mein schlechtes Gewissen nur noch verstärkte. Ich schuldete ihm einiges für diese Über-Nacht-Aktion.

Als ich sicher war, dass Evelyn mich nicht mit dem Nächstbesten bewerfen würde, was sie in die Finger bekam, trat ich hinter ihr an die geöffneten Türen. Sie war bereits ins Innere des Transporters geklettert und sah sich ungläubig mithilfe ihrer Handytaschenlampe um, betastete Plastikbehälter, Kartons und mannshohe Holzkisten, die eher aussahen wie Militär-Cargo als Künstlerbedarf. Skeptisch inspizierte ich den Inhalt der Ladefläche.

„Ich sagte nicht, dass du ihre verdammte Wohnung umziehen sollst, Jax."

Der verzog keine Miene. „Abgesehen davon, dass die Wohnung weniger Möbel hat als ihr Atelier, gehört alles, was du hier siehst, zu ihrem Handwerk."

Ich pfiff durch die Zähne. Kein Wunder, dass man dafür einen horrenden Kredit brauchte.

„Warte mal, du warst in meiner Wohnung?", schien da auch Evelyn einzufallen. „Wie bist du reingekommen?"

„Deine Vermieterin hat mich reingelassen. Ziemlich neugierige Frau."

„Oh Gott, du warst wirklich da." Evelyn vergrub das Gesicht in den Händen, sodass uns ihre Handytaschenlampe kurz blendete, während ich das Bild zu verdrängen versuchte, wie Jax durch Evelyns private Sachen ging. „Sie dachte bestimmt, du wärst mein Freund und ich würde Hals über Kopf ausziehen."

„Sie hat nur gefragt, ob wir sie zur Hochzeit einladen."

Ich unterdrückte ein Grollen. „Warum fährst du nicht nach Hause und schläfst ein paar Stunden?"

Bevor einer von uns ein blaues Auge riskiert.

Jax ignorierte die unausgesprochene Drohung. „Weil meine Maschine zwischen den Kisten da hinten drin ist. Konnte sie schlecht am Flughafen stehen lassen. Ich hau mich ein paar Stunden bei Pipe aufs Ohr, und du kommst mich einfach später abholen."

„Vergiss es. Du nimmst dir heute frei – keine Widerrede, Rayne!", knurrte ich, als er widersprechen wollte. Jax fand, dass Schlafen etwas für Tote war, aber ich wusste, dass nicht einmal Jax Rayne unsterblich war, auch wenn er gerne so tat.

Das Leben ist keine Rennstrecke, Kumpel!

Jax dachte nach. Länger als üblich. Schließlich nickte er. „Okay." Er lehnte sich vor und sagte leiser, damit Evelyn ihn nicht hörte: „Sag's ihr vielleicht nicht sofort, aber ich habe auch ein paar Klamotten und anderes Zeug mitgebracht, das sie möglicherweise gerne hätte, falls das hier ne längere Geschichte wird. Und was die Skulpturen angeht: Entspann dich. Ich habe eine lokale Spezialfirma beauftragt, die normalerweise fürs Art Institute arbeitet. Die kennen sich damit aus, Statuen und Kunstwerke richtig zu sichern."

Ich nickte. Ich wusste, warum ich Jax diese Aufgabe anvertraut hatte. Er ging in Richtung *Honey Inn* davon. „Hab die Rechnung auf die Werkstatt ausstellen lassen. Materialkosten oder so, soll sich der Steuerberater mit rumschlagen."

„Okay", rief ich ihm nach.

„Okay?!", schaltete sich Evelyn wieder ein, die in der Zwischenzeit den Deckel von einer der mannshohen Kisten angehoben hatte. Sie stand auf Zehenspitzen auf einer niedrigeren Kiste, um hineinzuspähen, und der Anblick ließ mich die Ladefläche erklimmen.

„Evelyn …"

„Nichts ist okay! Du kannst nicht einfach halbfertige Tonskulpturen quer durchs Land schaffen. Ich weiß, das ist dir völlig neu –"

„Evelyn, steig von der Kiste."

„– aber wenn *Clay* nicht gerade für *heißer muskelbepackter Mistkerl, der mich die halbe Nacht wachhält,* steht, ist er erstaunlich empfindlich. Die Tatsache, dass man ihn mit den Händen formen kann, bedeutet leider auch, dass er bei der falschen Bewegung oder Vibration –"

Ihr Satz ging in einem Schrei unter, als ich sie um die Taille packte und von der Kiste hob, um sie zurück auf den sicheren Boden zu stellen. Halb erwartete ich, dass sie mich wegstieß, aber sie tat es nicht. Sie starrte mich bloß aus diesen großen, dunklen Augen an und öffnete die Lippen, um etwas zu sagen, das nicht kam.

Gott, diese Lippen.

Es kostete mich alle Überwindung, sie nicht zwischen all den Kisten hier gegen die Wand zu drücken und bis zur Besinnungslosigkeit zu küssen. Unsere Gesichter waren nur Zentimeter voneinander entfernt, so nah, dass ich ihren Atem riechen konnte. Pfefferminz-Zahnpasta, gemischt mit der Süße ihres Parfums.

Fucking Candy.

Eine Sekunde lang sah sie aus, als wollte sie das Kinn nach vorne recken und meine Unterlippe zwischen die Zähne nehmen. Dann schien sie sich zu erinnern, dass sie noch wütend auf mich war, und ihre Augen nahmen einen noch dunkleren Ton an.

„Sexy", knurrte ich.

„Ich hasse dich."

„Damit kann ich leben." Ich brachte meine Lippen nah an ihr Kinn, folgte der geschwungenen Linie ihres Kiefers bis zu ihrem Ohr. Ihr Duft war das reinste Aphrodisiakum. Sie erschauerte, als meine Barthaare die empfindliche Haut an ihrem Hals streiften. „Zurück dazu, dass ich dich die halbe Nacht wachhalte."

Als hätte sie die Luft angehalten, stieß sie einen atemlosen Laut aus. Halb Lachen, halb Stöhnen. Vollkommene Versuchung. „*Das* ist alles von dem, was ich gerade gesagt habe, das bei dir angekommen ist?"

Ich ließ mich nicht von meinem köstlichen Erkundungspfad über ihren Hals abbringen. „Da war noch was von Muskeln, Händen und Vibration."

Sie stöhnte schon wieder.

„*Fuck*, Evelyn. Mach das noch einmal und –"

Sie war es, die mich küsste.

Augenblicklich beanspruchte ich ihre Lippen, zog mit einer Hand ihren Kopf zu mir und mit der anderen ihre Hüfte gegen die Schwellung in meiner Jeans.

Sie rieb sich an mir, trieb mich mit kreisenden Hüften und fordernder Zunge an den Rand des Wahnsinns. Das war nicht der Plan gewesen, aber ich konnte nicht anders: Ich drängte sie gegen die Wand des Sprinters und umfasste ihr Kinn, ohne den Kuss auch nur eine Sekunde zu unterbrechen. Ihre Lippen waren die pure Verführung, weich und voll und so perfekt, dass ich von ihr ablassen musste, um zu beobachten, wie mein Daumen die geschwollene Kontur ihrer Unterlippe nachfuhr.

„Verflucht perfekt."

Zur Antwort nahm sie meinen Daumen zwischen die Zähne und saugte daran. *Gott, diese Frau ...*

Ich brannte den Anblick in meine Seele, bevor ich den Finger herauszog und ihren Mund wieder mit meinem verschloss. Sie presste sich gegen mich, eine Sekunde später waren ihre Hände an meinem Gürtel, lösten die Schnalle. Sie wusste genau, was sie wollte, und ich liebte es.

Da gab es nur ein Problem: Die Hecktüren standen sperrangelweit offen.

„Hier kann uns jeder sehen", warnte ich sie.

Das Verlangen in ihrem Blick kostete mich fast die Beherrschung. „Macht dich das an?"

Fuck, ja.

„*Du* machst mich an", stellte ich klar und küsste sie heftig, um meinen Standpunkt zu verdeutlichen. „Aber ich teile nicht."

Ich riss mich von ihr los, um die Türen zu schließen. Es war stockfinster, als ich mich umdrehte, also schaltete ich die Taschenlampenfunktion meines Handys ein. Diesmal wollte ich sie dabei ansehen.

Ich legte das Handy auf eine Kiste, bevor ich Evelyn wieder an mich zog. Der Lichtschein reflektierte von der unverkleideten Fahrzeugdecke und schälte Schatten und scharfe Kistenkonturen aus der Schwärze, als ich vor ihr auf die Knie ging, um sie aus diesen Shorts zu befreien.

Augenblicklich vergrub sie die Finger in meinem Haar, als wäre ich ihr Eigentum. *Teufel, sag nur ein Wort, Sugar.*

Sie wand sich begehrlich, als ich den leichten Hosenstoff über ihre Hüften streifte. Sie wimmerte, als ich meine Finger an den Innenseiten ihrer Schenkel wieder nach oben gleiten ließ. Und sie stöhnte, als meine Hand unter die zarte Spitze ihres Slips schlüpfte. Immerhin trug sie heute einen. Es war der elfenbeinweiße mit der Perle am Saum, der mir vorgestern in meinem Flur besonders ins Auge gesprungen war. Nicht so sehr wie die golddurchwirkte Korsage, aber genug, um mich daran zu erinnern. Ich zog ihn ebenfalls herunter.

Evelyn krallte die Finger in mein Haar, als ich einen Finger durch ihre Feuchtigkeit zog und in sie gleiten ließ. Sie war so feucht. So eng. Ich wollte den Finger augenblicklich wieder aus ihr herausziehen und sie stattdessen mit meinem Schwanz ausfüllen. Aber ich beherrschte mich und schob einen zweiten Finger in sie, umkreiste dabei ihre Klitoris und betrachtete Evelyn, während sie sich völlig der Lust hingab. Der Lust und mir.

Es war ein Bild für die Götter. Die reinste Folter, doch ich genoss jeden Augenblick. Jeden entzückten Laut, der über ihre Lippen kam, jedes lustvolle Zucken ihrer Schenkel, bis sie sich genauso aufbäumte wie gestern Nacht.

Verdammt, ich wollte wissen, wie sie schmeckte. Aber jetzt gerade brauchte ich etwas anderes. Offenbar brauchte Evelyn dasselbe, gemessen daran, dass ihre Finger ungeduldig meinen Kopf nach oben zogen. Langsam zog ich die Finger aus ihr heraus und knöpfte im Aufstehen meine Jeans auf. Sofort schnellten ihre flinken Finger vor und schoben den Bund ungeduldig über meine Hüften, bis mein Schwanz heraussprang. Hastig zog ich das zweite Kondom aus der Tasche. Ein letztes Mal.

Morgen würde ich sie zum Arzt schleifen.

Kaum, dass ich es übergestreift hatte, kollidierten unsere Körper erneut, begleitet von Evelyns Keuchen, als ich sie hochhob. Meine Härte drängte gegen ihre Hitze. Ich musste in ihr sein, jetzt.

„Wie stabil sind die Kisten?“, fragte ich.

„Nicht stabil genug.“

Also heftete ich sie wieder gegen die Wand.

Wir schnappten beide heftig nach Luft, als ich dabei augenblicklich in sie glitt.

Verfluchte Perfektion.

Atemlos schlang sie die Beine um meine Hüften, zog mich tiefer in sich. Ich wollte mir Zeit lassen, wollte jeden Zentimeter genießen. Aber ich konnte nicht. Ihr Körper und ihre Enge hätten gereicht, um mich auf der Stelle kommen zu lassen. Sie umklammerte meinen Hals, und ich umfasste ihren Hintern, um ihr besseren Halt zu geben. *Fuck*, ihr Hintern war perfekt.

Die Karosserie erzitterte unter meinen immer wilderen Stößen, aber der Lieferwagen war erstaunlich stabil. Evelyns

Stöhnen war berauschend. Ich hob sie höher, veränderte den Winkel, bis ihre Laute tiefer und voller wurden.

„Oh Gott, hör nicht auf."

Ich knurrte zufrieden. „Ich fange gerade erst an, *Sugar*."

Sie bog mir den Oberkörper entgegen, und ich vergrub das Gesicht in ihrer Halsbeuge, inhalierte ihren Duft, schmeckte ihre Haut, während sie mich im Ganzkörper-Klammergriff hielt und ihre Lust an mir befriedigte.

Verdammt, wenn es nach mir ging, würden wir diesen Lieferwagen nie wieder verlassen. Zu schnell spürte ich, wie sich ihre inneren Muskeln um mich zusammenzogen. Und als sie meinen Namen schrie, kam ich so heftig, dass ich die flache Hand gegen die Blechwand stemmen musste, um nicht das Gleichgewicht zu verlieren.

Kapitel 19

Ein Orgasmus ist keine Entschuldigung

EVELYN

„Nur fürs Protokoll", sagte ich, als wir zehn Minuten später im Führerhaus des Sprinters saßen. „Ich bin trotzdem wütend auf dich."

Mein Herz hämmerte noch wie nach einem Marathon, meine Beine hatten die Konsistenz von Wackelpudding. Ich klappte die Sonnenblende herunter, um mein Haarchaos in dem kleinen Spiegel zu entwirren. Clay warf mir einen amüsierten Seitenblick zu, während er den Rückwärtsgang einlegte. „Wenn das dein wütendes Gesicht war, freue ich mich auf deine anderen Gesichtsausdrücke."

„Ich meine es ernst! Wenn den Figuren etwas passiert ist, dann bringe ich dich um."

„*Sugar*, wenn ich währenddessen in dir bin, sterbe ich als glücklicher Mann."

Ich wollte auflachen, aber nachdem ich gerade so fulminant die Beherrschung verloren hatte, wollte ich mich nicht lächerlich machen.

„Im Übrigen: gern geschehen, Evelyn."

Was? Der Orgasmus oder –

„Deine Skulpturen verdienen es, vollendet zu werden."

Oh.

Wieso musste er so eine verantwortungsvolle weiche Seite haben?

Ich entlud meine widerstrebenden Gefühle in einem ungehaltenen Laut.

Er war furchtbar! Unausstehlich, ungehobelt und vollkommen unbelehrbar. Aber verdammt … seine Hände auf meinem Körper, seine Lippen auf meiner Haut. Seine Stimme. Und seine Augen, diese gesprenkelten braungrünen Augen, die so mühelos zwischen höllisch heiß und wohlig warm wechseln konnten.

Außerdem … was passierte hier gerade? Er hatte mein komplettes Atelier vierhundert Meilen weit durch drei Staaten transportiert, damit ich nicht noch mehr Zeit verlor, nachdem die Straßensperre … *warte mal!*

„Du hast nicht zufällig etwas mit den Baumstämmen auf der Straße zu tun?"

Ich kniff die Augen zusammen, als er lächelte. Dieses verfluchte Lächeln, das sich mitten in mein Herz stehlen wollte!

„Du meinst, weil das die perfekte Ausrede wäre, dich auf unbestimmte Zeit hierzubehalten?"

„So in etwa."

Jetzt lachte er. Dieses verfluchte Lachen, das meine ganze Seele auszufüllen versuchte.

„Du hältst zu viel von mir, *Sugar*. Nein, das war ich nicht. Aber ich gestehe, ich bin nicht traurig, dass es passiert ist."

Er hob zwei Finger zum Schwur. Die Finger, die mich vorhin fast um den Verstand gebracht hatten.

Okay … Er hatte wirklich mein komplettes Atelier hierhergeholt, um mir eine Freude zu machen.

Klar, das war geradezu das Psychopathen-Level von besitzergreifender Besessenheit.

Aber es war auch irgendwie … süß. Aufmerksam.

Niemand hatte meiner Leidenschaft für dieses Kunsthandwerk jemals so viel Beachtung geschenkt, am wenigsten meine eigene Mutter. Sie hatte es nicht einmal fertiggebracht, mir rechtzeitig die Zusage für den Assistentenjob bei meinem absoluten Idol Philippe Faraut zuzuschicken, die damals in meinem Elternhaus angekommen war anstatt in meiner frisch bezogenen eigenen Wohnung. Also war ich nicht nach New York gegangen, um mit dem Großmeister zwischen den USA und Frankreich zu pendeln und die spektakulärsten lebensechten Tonskulpturen der Welt aus nächster Nähe studieren zu können, sondern hatte mir alles mühsam in Illinois aufgebaut. Mein Ziel – einmal genauso erfolgreich zu sein wie er – war dasselbe geblieben. Der Weg hatte sich nur um ein Vielfaches verlängert. Und die Kosten verhundertfacht.

Anstatt seinen guten Namen und möglicherweise das ein oder andere Projekt als Start-Renommée zu nutzen, hatte ich mich mit kostenlosen Arbeiten für öffentliche Gebäude, Kirchen und Schulen selbst hocharbeiten müssen. Mein Ansehen wuchs in winzigen Schritten, mein Umsatz auch, aber der erhoffte Durchbruch mit einem spektakulären

Großauftrag kam nie. Mit dem Ergebnis, dass ich irgendwie selbst zunehmend weniger daran geglaubt hatte, es jemals zu schaffen.

Die Erkenntnis traf mich genau hier, auf dieser staubigen Zufahrt zu einem viel zu großen, viel zu hübschen Farmhaus ohne Kameras und Türschlösser, wie ein Schlag ins Gesicht.

Ich glaube nicht an mich selbst!

Vielleicht war ich deswegen noch so weit davon entfernt, endlich den finanziellen Break-Even zu erreichen, den mein Businessplan eigentlich schon vor zehn Monaten vorgesehen hatte. Vielleicht hatte ich deswegen noch keine Zusage für die Herbstausstellung. Vielleicht …

„Evelyn."

Ich zuckte leicht zusammen, als eine warme Hand meine Wange berührte. Clay. Wieder einer der Augenblicke, in denen ich mich an seine breite Schulter lehnen wollte. Wir hatten vor seinem Haus gehalten, aber der Motor lief noch. Ich widerstand dem Drang, die Wange in seine raue Handfläche zu schmiegen, da umfasste er mein Kinn und zwang mich, ihn anzusehen.

„Mach dir keine Sorgen. Jax weiß, was er tut. Es ist nichts kaputt, das verspreche ich dir."

Ich wusste nicht, ob es an seiner Fürsorge lag, seiner beruhigenden Stimme oder seinem mitfühlenden Blick, aber jetzt musste ich wirklich gegen die Tränen ankämpfen. Eilig stieg ich aus und lief um den Sprinter herum, um die Hecktüren aufzuziehen, während ich meine Augen trockenblinzelte. Mittlerweile lugte die Sonne über den Horizont wie ein schelmisches Kind, das über die Mauer spähte, ob die Luft rein war.

Aber selbst die Wärme, die meine nackten Beine in den Shorts hinaufkroch, konnte nicht die Sorge vertreiben, die sich um meine Brust gespannt hatte wie ein zu enges Gummiband, als ich endlich die Kisten ins Haus schob, um den Schaden zu begutachten.

CLAY

Ich hatte nicht mehr so sehr beim Anblick eines anderen Menschen gelitten, seit Elle an Grandpas Totenbett zusammengebrochen war.

Es ist nicht die Katastrophe, die dich zerstört, nicht der Tod und nicht der Verlust. Es ist die Trauer der Menschen, die dir etwas bedeuten. Und das Wissen, ihnen nicht annähernd genug Beistand geben zu können, um ihr Leid ein wenig erträglicher zu machen.

Evelyn weinte nicht. Sie fluchte nicht. Sie hatte nicht einmal mehr ihr „wütendes Gesicht" von vorhin. Sie starrte bloß mit schraubstockartig verschränkten Armen auf die halbmodellierte Silhouette einer Frauenskulptur. Seit einer geschlagenen halben Stunde.

Für mich sah die Skulptur unbeschadet aus – abgesehen von den eindeutig unförmigen Proportionen, die ich dem unfertigen Zustand zuschrieb. Aber was wusste ich schon?

Ich wollte Evelyn in die Arme schließen. Doch ich ließ ihr die Zeit, die sie brauchte, und stand bloß hinter ihr im Türrahmen zu dem weitläufigen Zimmer im hinteren Teil des Erdgeschosses, das seit Jahren niemand bewohnt hatte. Früher hatte es hier nach Grandmas Rosenparfüm und Gebäck gerochen, jetzt nach feuchter Erde, Chlor und Holzkisten. Und nach Evelyn.

Wieso fühlte sich das so verdammt richtig an?

„Wie schlimm ist es?", fragte ich, obwohl die eigentliche Frage war: *„Bin ich Schuld?"*

Evelyn schüttelte bloß den Kopf. Ohne die verschränkten Arme zu lösen und ohne von der Haarsträhne abzulassen, auf der sie die ganze Zeit herumkaute. Dann sagte sie zu meiner Überraschung: „Danke, dass du sie hergebracht hast. Viel länger hätten sie wohl nicht überlebt."

Als wären ihre Worte eine unausgesprochene Erlaubnis, trat ich näher, betrachtete den unförmigen Frauentorso aus elfenbeinweißem Ton. Er sah wirklich aus wie cremiger Marmor. „Was ist das Problem?"

Sie blies die Wangen auf, zumindest ein Teil ihrer Sorge schien sich zu Empörung zu wandeln. Gut. Ich hob eine Augenbraue, um sie weiter in diese Emotion zu ziehen, die sich weitaus besser bewältigen ließ als Trauer. „Simpel ausgedrückt für den Mechaniker vom Land? Sagen wir, auf einer Skala von ‚Lack ab' bis ‚Totalschaden'?"

Jetzt musste sie gegen ein Lachen ankämpfen. Der beste Anblick der Welt. Endlich löste sie die Arme, trat an die Skulptur heran, die fast so groß war wie sie, und deutete auf verschiedene dunklere Flächen der cremefarbenen Konsistenz. „Hier, hier und hier ist der Ton ausgetrocknet, dieser hässliche schwarze Ausschlag auf dem, was mal ihre Brüste werden, ist Schimmel, und diese Hälfte ist durch den Transport abgesackt." Schuldbewusstsein tröpfelte in meine Glieder, aber ich rang es nieder und verschränkte die Arme. Evelyn brauchte gerade niemanden, der sie bemitleidete. Sie brauchte jemanden, der ihr zeigte, wie verdammt gut sie auf ihren eigenen Beinen stehen konnte.

„Und was genau ist jetzt das Problem? Hast du mir nicht gestern noch eine halbe Stunde lang vorgeschwärmt, wie formbar wasserbasierter Ton mit elf Prozent Feuchtigkeit ist? Dass du einfach ein bisschen Wasser hinzufügen musst, wenn er zu hart wird, oder zwanzigprozentige Essigmischung, wenn er zu feucht wird? Und dass du ihn, bevor er im Ofen gebrannt wird, auch jeden Tag neu formen könntest, wenn du wolltest?"

Evelyn kniff die Augen zusammen. Sie hatte keine Ahnung, wie sexy sie aussah, wenn sie das tat. „Du filterst ja doch nicht nur die schmutzigen Wörter heraus, sondern hörst mir wirklich zu."

Jedes einzelne Wort von dir hat sich längst in meine Haut gebrannt, Sugar.

Ich würde den Teufel tun, ihr das zu sagen. Also hielt ich bloß ihren elektrisierenden Blick fest und hob zufrieden einen Mundwinkel. *Das* war die Evelyn, die ich kannte.

„Also, kannst du diesen Blechschaden nun reparieren, oder was?"

„Ist der Papst katholisch? Natürlich kann ich das!"

Das ist mein Mädchen.

„Wie bitte?"

Ich blinzelte. Das hatte ich nicht laut aussprechen wollen. Ich wandte mich zum Gehen. „Nichts. Ruf mich an, wenn du etwas brauchst. Ich bin kurz unterwegs."

„Eine Sache noch, Clay."

Ich blieb stehen. Die Art, wie sie da im alten Wohnzimmer meiner Großeltern stand und mich herausfordernd ansah, weckte ein Gefühl in meiner Brust, das ich vor langer Zeit begraben hatte.

„Hm?“

„Ich hasse dich immer noch.“

Ein Grinsen brach durch die Enge meiner Brust. „Ich weiß.“ Ich nickte zu der halbfertigen Skulptur hinter ihr. „Mach dich an die Arbeit, Evelyn. Wie lange denkst du, wirst du brauchen?“

Kapitel 20
Verfluchte Versuchung

EVELYN

„*Vier Wochen Urlaub??*"

Ich musste das Handy von meinem Ohr weghalten, weil Gabe so laut wurde. Gut, dass ich mit dem Anruf gewartet hatte, bis Clay außer Hörweite war. Zugegeben, ich war selbst nicht begeistert von der Aussicht, vier Wochen in Kentucky zu verbringen. Aber ich würde nicht riskieren, die Assemblage noch einmal in unfertigem Zustand zu transportieren.

Clay gegenüber hatte ich so getan, als wäre es kein Problem, die Skulptur der Eva wiederherzustellen. Und tatsächlich war der auf den ersten Blick katastrophale Zustand nicht der fatale Weltuntergang, den ich zuerst empfunden hatte, sondern vielmehr ein Haufen frustrierender Arbeit, weil ich so stolz auf die perfekten Proportionen gewesen war und jetzt noch einmal fast bei null anfangen musste.

Ich lief im Zimmer auf und ab, während ich nachdachte. Bis zu dem großen Erkerfenster, das auf ein liebevoll angelegtes Blumenbeet blickte, vor dem ich eine Hundertachtzig-Grad-Drehung vollführte und zurück zu dem Sideboard aus Massivholz marschierte, auf dem jetzt meine Materialien lagen.

Die Arbeitszeit zur Wiederherstellung schätzte ich auf sechzig Stunden: zwei Wochen, wenn ich durcharbeitete, drei mit Puffer. Das Problem war, dass ich sie danach noch entkernen, aushöhlen, trocknen und brennen musste. Und das dauerte mindestens zwei weitere Wochen. Wie ich das fertigbringen würde, musste ich mir überlegen, wenn es so weit war, denn so viel Urlaub hatte ich nicht. Aber mir war bisher immer etwas eingefallen.

„Entspann dich, es ist nur Urlaub. Ich wandere ja nicht gleich mit meinem Lover nach Kuba aus!"

Stechschritt mit Blick auf die Rosenbüsche vor dem Fenster.

„Nur nach Sweet Springs, Kentucky."

Ich verzog das Gesicht. Punkt für ihn. Vielleicht hätte ich seine Ex-Assistentin nicht erwähnen sollen.

Hundertachtzig-Grad-Drehung zurück.

Oh nein.

Im Türrahmen stand Clay, sein finsterer Blick machte mehr als deutlich, dass er genau wusste, mit wem ich telefonierte. Plötzlich schien das Telefon in meiner Hand aus flüssiger Lava zu bestehen. Eilig wandte ich mich ab. Als würde das irgendwas daran ändern, dass ich gerade offensichtlich mit dem Mann telefonierte, den er hasste.

„Schläfst du mit ihm?", fragte Gabe da – und in mir brannte eine Sicherung durch.

„*Wie bitte?!* Habt ihr zwei irgendwelche Territorialkomplexe, von denen ich wissen sollte? Ich kann nicht glauben, dass du mich das ernsthaft gefragt hast. Mein Privatleben geht dich nichts an!“

„Du bist aber nicht privat dort“, schoss Gabe zurück, als wäre ich eine unglaubwürdige Zeugin in einem seiner Kreuzverhöre. „Wofür brauchst du vier Wochen?“

Clays Blick hatte mittlerweile Brennofentemperaturen angenommen. Konnte dieses Telefonat nicht einfach zu Ende gehen?

„Auch das geht dich nichts an! Ich habe ein Recht auf Urlaub, und bisher habe ich mir keinen einzigen Tag freigenommen. Ich muss nur …“ Ich schluckte. Wie albern klang es, das auszusprechen? Unwillkürlich begegnete ich Clays Blick, der mich schier gegen die Schrankwand hinter mir nagelte.

„Die echte Unterschrift besorgen?“, half mir Gabe auf die Sprünge.

„Die Skulpturen fertigstellen!“, platzte ich endlich heraus. Hitze schoss mir in die Wangen, aber sie fühlte sich gut an. Stark. Selbstbestimmt.

„Herrgott, vergiss doch die verdammten Skulpturen, Evelyn. Die kannst du in deiner Freizeit machen!“

Deswegen nehme ich ja Urlaub, du Arsch–

„Willst du eine Gehaltserhöhung, ist es das?“

„Was? Nein!“

„Wie viel?“

Ein Teil von mir – der sprunghafte Teil der Opportunistin, die mich überhaupt erst in diese absurde Situation gebracht hatte – überlegte sofort, wie viel ich wohl herausschlagen könnte und wie viel schneller ich damit meine Schulden zurückzahlen könnte. Doch ich unterdrückte den verlockenden Impuls.

„Nein, Gabe! Du kannst mich nicht kaufen. Was ich will, ist diese Ausstellung. Ich will diese Assemblage modellieren und im Herbst im Art Institute ausstellen. Das ist mir wichtig, okay?“

Stille, in der ich mein eigenes Herz heftig pochen hörte. Nicht vor Angst, sondern vor Stolz. Wann hatte ich zum letzten Mal meine Kunst über meine Ängste, Zweifel, Schulden und meinen Job gestellt?

Richtig. Noch nie.

Deswegen war ich immer noch eine Hobby-Tonträumerin, die hin und wieder eine Skulptur unter Wert verkaufte, anstatt eine professionelle Künstlerin, die mit ihrem Handwerk ihren Lebensunterhalt verdiente.

Clay regte sich im Türrahmen. Und als ich das anerkennende Zucken seiner Mundwinkel sah, platzte meine Brust fast vor Stolz.

„Achtzigtausend pro Jahr und eine sofortige Bonuszahlung? Sagen wir, zehntausend?“, offerierte Gabe.

Schlagartig war die Opportunistin wieder am Steuer. Mein Hals wurde trocken, mein Herz raste. Das würde tatsächlich helfen. Mehr als helfen. Das würde meine Schulden komplett –

Clay nahm mir das Handy aus der Hand. Und die Entscheidung.

„Sie hat Nein gesagt, Sackgesicht.“

Er legte auf. Ich starrte ihn an. „Spinnst du?“

„Dank mir später. Wie du gesagt hast: Er kann dich nicht kaufen.“ Er gab mir mein Handy zurück.

„Entschuldigung? Du hast keine Ahnung, wie viel –“

„Egal, was er dir anbietet, es ist nicht annähernd genug.“

„Ach ja? So wie die zwei Millionen für das Grundstück vor dem Zaun?"

Scheiße.

Ich wusste, dass ich in Schwierigkeiten war, noch bevor ich den Satz beendet hatte. Jetzt wusste er definitiv, dass ich seine Unterschrift hatte stehlen wollen, und zwar nicht für einen lausigen Reparaturbeleg, sondern für genau den Vertrag, den er neulich als Statement-Schmierpapier benutzt hatte.

Um es in Clays Worten zu sagen: *Fuck. Fuck. Fuck!*

Der steinharte Ton-Mann mit dem grimmigen Blick legte den Kopf schief, verschränkte die Arme und lehnte sich gegen die grob gehauene Tischkante.

„Reparaturbeleg, hm? Ich glaube, es wird Zeit, dass wir uns unterhalten, *Sugar*."

CLAY

Endlose Sekunden lang erwiderte Evelyn meinen Blick mit der Kraft verglühender Sonnen. Dann warf sie die Arme in die Luft.

„Fein! Ja, du hattest recht. Zufrieden? Ich bin nicht im Auftrag des Art Institute hier, sondern wollte deine Unterschrift haben."

„Du meinst, meine Unterschrift *fälschen*", stellte ich klar. So viel zu meiner Paranoia und unangebracht drastischen Freiheitsberaubung.

Mein Handy klingelte. Ich drückte den Anruf ungesehen weg. „Was hat dich deine Meinung ändern lassen? Ist dir zwischendrin aufgefallen, dass Dokumentenfälschung illegal ist?“ Ich hielt ihren Blick fest. „Oder gefällt dir Kentucky längst besser, als du zugeben würdest?“

Natürlich würde ich den Teufel tun, mich dieser Wunschfantasie hinzugeben. Sie war hier, weil ich sie am Gehen gehindert hatte, wegen sonst nichts. Doch wenn es so war, was war dann dieses weiche Flackern in ihrem Blick, wenn sie dachte, ich würde sie nicht sehen? Und wieso füllte es meine Brust mit brennendem Whiskey?

Evelyn brach den Zauber, indem sie kampflustig das Kinn hob. Genau wie in dem Moment, in dem sie ihre Kurven aus diesem Leihwagen geschält hatte. „Für einen Automechaniker, der ganzseitige Beleidigungen auf juristische Dokumente schmiert, bist du ein ganz schöner Klugscheißer, weißt du das?“

Ich schnalzte mit der Zunge, um den bitteren Geschmack der Enttäuschung loszuwerden. „So schmutzige Worte aus einem so hübschen Mund.“

Ebendieser Mund kämpfte jetzt gegen ein Lächeln an. Sie konnte nicht leugnen, wie ihr Körper auf mich reagierte. Doch sie gab ihren Instinkten nicht mehr so schnell nach wie noch vorgestern. Sie war standfester geworden.

Fuck, sie hatte Gabe vorhin vermutlich zum ersten Mal überhaupt die Stirn geboten.

Das ist mein Mädchen. Sie kämpft für das, was sie will.

„Clay?“ Mein Blick heftete sich auf ihre Augen. Gott, ich war süchtig danach, wie diese Frau meinen Namen aussprach.

„Mhm.“

„Was hast du gegen Gabe?“

Schlagartig verwandelte sich die Wärme in loderndes Feuer.

Leider nichts, was hilft.

Mein Handy klingelte erneut. Ich ignorierte es, starrte aus dem Fenster und mahlte mit dem Kiefer.

„Warum, Evelyn?“

Sie schien verwirrt. „Warum was?“

Das verfluchte Handy hörte nicht auf zu klingeln. Ich kannte nur zwei Scheißkerle, die so penetrant waren. Beide hatten mir ihre DNA vererbt. Einer davon war seit zwölf Jahren tot.

„Warum hast du mich angelogen? Du arbeitest für ihn.“

Evelyn hob trotzig das Kinn. Immerhin bestritt sie es nicht mehr.

„Und die Geschichte mit der Bar? Auch gelogen?“

Um Himmels willen, bitte sag Ja!

Sie schüttelte den Kopf. „Das stimmt wirklich. Ich schwöre es.“

Fuck! Niemand traf sich in einer Bar, um nett zu plaudern und danach Jobangebote auszutauschen.

„Und schwörst du auch, dass ihr nicht miteinander …“

Das Handy trieb mich in den Wahnsinn.

Ohne Evelyn aus den Augen zu lassen, nahm ich ab und bellte: „Jetzt nicht!“

„Glaub mir, ich würde auch gern was anderes tun“, sagte die Stimme am anderen Ende, die eindeutig nicht zu meinem Vater gehörte.

„Devin.“ Warum rief mich der Polizeichef von Sweet Springs an einem Vormittag an? Augenblicklich kollidierte die Wut in meiner Brust mit Sorge – und zwar mit solcher Wucht, dass es mir die Luft abschnürte. „Wer?“

Ash? Tess? Mein Vater?

„Dein Bruder.“

Ich knirschte mit den Zähnen. „Er ist nicht mein Bruder.“ Keiner der beiden Menschen, auf die diese Bezeichnung zutraf, war das. Der eine war es nie gewesen, der andere seit langer Zeit nicht mehr.

Scheiß auf Blutbande.

„Tja, aber du bist der Einzige, den ich gerade erreiche, also wenn es dir nichts ausmacht, schwing deinen Arsch her, und hol ihn ab, bevor ich ihn in eine dieser Zellen stecken muss.“

Beim Auflegen sah ich eine SMS von Tess und fluchte erneut. Ich hatte ihr versprochen, vorbeizukommen.

Kapitel 21
Wir müssen reden

EVELYN

Clay knurrte ins Telefon. Dann legte er auf und ging ohne ein weiteres Wort davon.

„Clay!“ Er ignorierte mich. „Wohin gehst du?“

„Weg.“

„Was ist passiert?“

Keine Antwort. Ich lief ihm nach, überholte ihn auf dem Flur und stemmte mich gegen ihn. Ich hätte mich auch gegen einen LKW stemmen können.

„Interessiert es dich wirklich, was hier passiert, Evelyn?“

Autsch. Seine schroffe Zurückweisung versetzte mir einen unerwarteten Stich. Aber ich hatte es verdient. Ich hatte ihm gerade ins Gesicht gesagt, dass ich nur hier war, um ihn zu bestehlen. Und egal, was er behauptete, die Enttäuschung in seinem Blick war echt.

„Hör zu, es tut mir leid, okay? Ich kann es erklären, aber dafür …“

Er blieb so abrupt stehen, dass ich mit seinem harten Rücken kollidierte. Schon wieder.

„Es ist mir egal, Evelyn." Verdammt, ich wünschte, er würde mich wieder *Sugar* nennen. „Bleib hier, um die Skulpturen fertigzustellen, oder fahr zurück nach Chicago. Ich habe Wichtigeres zu tun, als eine scharfe Braut zu babysitten, die nicht weiß, ob sie Vollblutkünstlerin oder Teilzeitsekretärin sein will, während mir die verdammte Stadt um die Ohren fliegt und mein Vollidiot von einem Bruder genauso unzurechnungsfähig ist wie seine psychotische Mutter, obwohl sich jeder gerade auf das eigentliche Problem auf dem Tisch konzentrieren sollte!"

Mir schwirrte der Kopf von zu vielen neuen Informationen – gefühlt mehr, als Clay jemals von sich gegeben hatte – und von zu vielen beschämenden Wahrheiten über mich selbst. Bevor ich wieder klar denken konnte, war Clay schon aus der Haustür, und ich hörte draußen den schweren Motor seines Camaro starten. Wann hatte er den denn geholt? Und wo waren der Transporter und Jax' Harley?

Als Clay anfuhr, lief ich ihm vor die Motorhaube, sodass er scharf abbremsen musste und immer noch fluchte, als ich eilig einstieg. Mein Beckenknochen hatte etwas abbekommen, aber ich verbiss mir den Schmerz.

Überlebenstipp: Laufen Sie nicht vor fahrende Autos!

„Was zum Teufel, Eve–"

„Halt die Klappe, und fahr los." Ich schnallte mich an.

Das Polizeirevier von Sweet Springs war kleiner, als ich es mir vorgestellt hatte. Andererseits ... was hatte ich mir überhaupt vorgestellt?

„Wie viele Einwohner hat die Stadt nochmal?" Zehntausend? Zwanzig? Ich hatte es in dem Bildband gelesen, aber –

„Achttausendneunhundertsechzig."

Oh. Das war … exakt. Und wenig. Weniger als neuntausend Menschen lebten auf diesem schönen Fleckchen Erde. Ich beäugte neugierig die vier uniformierten Männer und Frauen, die an vereinzelten Schreibtischen in dem Raum saßen, der sich hinter dem antiquierten Empfangstresen befand. Einer der Männer sprang auf. Es war der junge Sheriff von gestern Morgen!

„Sorry, Clay, ich habe wirklich sonst niemanden errei–"

„Wo ist er?"

Der Polizist, dessen Namensschild ihn als Chief Devin Hayes auswies und der schon ein Klemmbrett mit einem halb ausgefüllten Formular über den Tresen geschoben hatte, nickte in den Gang zu unserer Rechten. Dort machte ich so etwas wie ein Wartezimmer aus und – Ash! In Polizeijacke! –, der auf einen Teenager einredete.

Er arbeitete für die Polizei?

„Du musst mit dem Scheiß aufhören, verstanden, Jesse?"

„Hier muss ne ganze Menge Scheiß aufhören." Der Junge namens Jesse starrte mit vorgeschobenem Kiefer und finsterem Blick geradeaus, die Arme vor der Brust verschränkt, das Becken auf dem Plastiksitz so weit nach vorn geschoben, dass er beinahe lag. Er wirkte grimmig gefasst, aber sein nervös wippender Turnschuh strafte seine Haltung Lügen. Er war ein Nervenbündel. Kein Wunder, wie alt mochte er sein? Fünfzehn? Siebzehn? Ash packte ihn an der Schulter, damit der Junge ihn ansah.

„Ich weiß, was du denkst, ich war auch mal so wie du. Du denkst, du bist unantastbar, weil du minderjährig bist und cleverer als alle von denen. Aber vergiss es, die kriegen dich immer. Hast du ne Ahnung, was das hier ist?“ Er hob den tätowierten Arm und hielt dem Jungen sein Handgelenk unter die Nase. Die Uhr war mir auch schon aufgefallen. Ziemlich hässlich für einen so sexy Typen.

„Ne Smartwatch?“

Ash lachte freudlos. „Uhren zeigen die Zeit an, nicht deinen Standort, Kumpel. Neuer Versuch?“

„Ein GPS-Tracker?“ Jesse erstarrte. „Exakt. Also, wenn du nicht ins Gefängnis willst und auch nicht, dass diese Typen dich mit sowas hier rund um die Uhr überwachen, egal, ob du schläfst, ne Braut flachlegst oder dir einen runterholst, dann will ich dich hier nie wieder sehen, klar?“

„Ash.“ Clays Stimme grollte wie Donner durch den Raum. „Wortwahl in Gegenwart meines Bruders, wenn's geht?“

Sekunde. Der Teenager war Clays Bruder? Der war ja maximal halb so alt wie er.

Beide Köpfe schnellten herum. Ash knipste sein breites Grinsen an und stand in einer fließenden Bewegung auf, der Teenager verdrehte bloß die Augen und rutschte noch weiter nach vorn. Ich war ziemlich sicher, dass sein Hintern mittlerweile in der Luft hing.

„Was willst du hier, Mann?“, fragte Jesse.

„Dich nach Hause bringen. Wo ist deine Mutter?“

„*Don't know, don't care*. Sag du's mir, du hast doch gestern Abend mit ihr geredet. Vielleicht vögelt sie ja wieder irgendwelche verheirateten Männer.“

Ich erinnerte mich an den Anruf von gestern. Kathryn Mullins. War diese unfreundliche Frau etwa Jesses Mutter? Und bedeutete das etwa …? Ich wollte nicht daran denken, dass Jesses Worte über verheiratete Männer nicht nur dahergesagt sein könnten.

Clay rüttelte ihn schroff an beiden Schultern. „Wortwahl, Jesse! Sprich anständig von deiner Mutter, und sprich in ganzen Sätzen."

Der Junge machte sich unwirsch los. „*Whatever*. Können wir jetzt los?"

„Nein. Erst sagst du mir, warum du hier bist."

„Weil die Typen mich in ihr Auto gestopft haben und –"

„Bullshit." Clay setzte sich auf den Platz, auf dem gerade noch Ash gesessen hatte. Jesse wurde noch kleiner.

„Was interessiert's dich? Du setzt dich doch jeden Tag mit den Wichsern zusammen, um zu verhandeln. Ich wette, die haben dich längst im Sack."

Ash lehnte sich neben mir gegen die Wand und kämpfte sichtlich gegen ein Grinsen an. „Jep, die Verwandtschaft ist unverkennbar. Sag's Clay nicht, aber er hat sich vor zehn Jahren genauso angehört."

Konnte eine Aussage gleichzeitig beunruhigen und neugierig machen? Mein Blick fiel auf die kunstvoll tätowierten Buchstaben an Ashs Fingern, dann auf die Smartwatch, die nicht wirklich aussah wie ein polizeilicher GPS-Tracker.

„Du wolltest ihm bloß Angst einjagen, oder?" Ich deutete auf das hässliche Teil. Er zwinkerte bloß, gab mir jedoch keine Antwort.

Erst jetzt fiel mir auf, dass das verschnörkelte V auf seinem Ringfinger aus dieser Perspektive wie ein S aussah. LOVE –

LOSE. Ich blinzelte, getroffen von dieser unerwartet tiefgründigen Bedeutung und allem, was dahinterstecken mochte.

Ash bemerkte meinen Blick und verschränkte die Arme, entzog seine Hände meinem Blick. Ich sah wieder zu Clay.

„Was. Ist. Passiert?"

„Ich sagte: Was geht's dich –"

Bevor Clay explodieren konnte, sprang Ash ein: „Hat bloß ein paar Sachen bei Lenny mitgehen lassen. Tape, Wunderkerzen, Holzkohle, Brennspiritus. Also wenn du nicht vorhattest, mit deiner Süßen nen romantischen BDSM-Barbecue-Abend zu verbringen, sieht das für mich schwer nach Brandstiftung –"

„Ash!", blaffte Clay. „Tut es sicher nicht."

„Tja, was das angeht, bist du wohl der Profi …" Ash hob kapitulierend die Hände und stieß sich von der Wand ab, um zurück in den Hauptraum zu schlendern.

Und ich spürte, wie die Fragezeichen über meinem Kopf immer größer wurden. Was meinte er damit?

Clay wartete noch einen Moment auf eine Erklärung von Jesse, die nicht kommen würde, dann stand er resigniert auf. „Weißt du, was deine Mutter gestern Abend mit mir besprechen wollte?" Jesse schürzte die Lippen und tat desinteressiert, obwohl seine Körperspannung zunahm. „Deinen Erbanteil."

Jetzt ruckte nicht nur der Kopf des Jungen hoch, sondern auch meiner. Was für ein Erbe? Lag sein Vater wirklich im Sterben? Und was hatte Ash gemeint?

Ich traute mich nicht zu fragen, während Clay die Papiere ausfüllte – für „Jesse Walker Mullins". Nicht Davis. War es Zufall, dass sich Clays Vater am Telefon als Walker Davis vorgestellt hatte? Oder Absicht einer verschmähten Geliebten,

Stattdessen erinnerte mich jede einzelne Sinneszelle an die Ekstase seiner Hände auf meinem Körper.

„Auf einem Pferd“, fing Clay meine davongaloppierenden Fantasien ein. „Aber ich mag deine Art zu denken, *Sugar.*“

Und ich mag es, wie du mich Sugar nennst, dachte ich. Aber ich sagte es nicht, weil es das Dilemma aus Fürsorge, Verlangen und Vertrauensmissbrauch, in dem wir gefangen waren, nur verkomplizierte. Stattdessen floh ich erneut in den Angriff: „Du hast also nicht nur eine Kolonialvilla und dreitausend Hektar Land, sondern auch eine Pferde-Ranch?“

Er lachte. *Verdammt, ich mag es auch, wie du lachst.*

„Es sind dreiundzwanzig Hektar, und die Ranch gehört meiner Schwester.“

Ich erinnerte mich daran, was Jax am ersten Tag gesagt hatte: *Davis-Clan*, verdrängte alle möglicherweise unehelichen Kinder und schnalzte sarkastisch mit der Zunge. „Verzeihung, nur dreiundzwanzig Hektar. Was seid ihr, die Königsfamilie von Kentucky?“

„Kentucky ist kein Königreich.“

Ich warf ihm einen gespielt scharfen Blick zu. „Der Kleinstadt-Junge will der Großstadt-Lady etwas über Politik erklären?“

Er konterte mit einem sonnigen Grinsen, das ihm fast noch besser stand als sein finsteres Schwelen. „Bist du es denn? Eine Großstadt-Lady?“

Das ließ mich wieder nach vorn sehen. Jetzt waren die Häuser nur noch auf der rechten Seite, während wir links an grünen Koppeln und sanften Hügeln vorbeifuhren, auf denen vereinzelte Pferde grasten, als wäre diese idyllische Weite alles, was auf der Welt wichtig ist.

Aufgewirbelter Staub kitzelte in meiner Nase, aber der Duft nach frischem Gras und warmer Sommerluft entschädigte mich tausendfach. Und für den Augenblick entschied ich: Ja. Diese idyllische Weite vor dem Fenster und dieser träge Country-Song im Radio waren alles, was gerade wichtig war.

Ich schlüpfte aus den Sneakers und schob die nackten Füße auf das Armaturenbrett, fing mit der hohlen Hand den Fahrtwind auf und wippte im Takt der Musik.

„Eigentlich nicht. Meine Eltern …“ Ich sah, dass Clays Blick auf meine nackten Füße geheftet war und langsam meine Beine hinauf bis zu meinem Po glitt, den die Shorts nur halb bedeckten. Und verdammt, es gefiel mir. Als seine Augen endlich bei meinem Gesicht angekommen waren, lächelte ich. „Schau auf die Straße!“

Als er es tat, glitt mein Blick zu der Beule in seiner Jeans, und jetzt musste ich nicht nur grinsen, sondern auch das heftige Ziehen in meiner Körpermitte unterdrücken.

„Deine Eltern?“, erinnerte er mich.

Schlagartig war das Ziehen anderer Natur. Ich lehnte den Kopf gegen die Nackenstütze. „Meine Eltern stammen eigentlich aus Iowa. Nach meiner Geburt sind sie nach Chicago gezogen, weil mein Dad dort einen guten Job gefunden hat.“

Er nickte. „Als was?“

„Er ist … *war* Architekt.“ Ich schluckte, verdrängte die Erinnerungen an den Geruch seines Blaupausen-Papiers, das Chaos in seinem Büro und an dieses bescheuerte Kinderfoto von mir, auf dem ich seinen Bauhelm und überdimensionierte Ohrenschützer trug. Plötzlich war meine Kehle eng.

Clay nickte wieder, lächelte jetzt. „Du hast deine Kreativität von ihm?“

Ich räusperte mich. „Ja. Mom war … *ist* Laborantin."

„Was tut ein Laborant?"

Ich schnitt eine Grimasse. „Er steht im Labor und untersucht oder entwickelt Stoffe?"

Clay nickte wieder. Er schien aufrichtig interessiert daran, alles richtig zu verstehen. „Ihr versteht euch nicht gut? Erst seit dem Tod deines Vaters oder schon vorher?"

Ich stockte. „Woher willst du wissen, dass wir uns nicht gut verstehen?"

Clay sah mich an, und sein Blick drang bis in die tiefsten Winkel meiner Seele. Er antwortete nicht, aber seine Augen sagten: *weil ich das Gefühl kenne.* Ich musste an Kathryn Mullins und Jesse „Walker" denken und daran, wie sein Vater angerufen und Clay einfach aufgelegt hatte – und dann trotzdem mehrere Stunden lang verschwunden gewesen war.

Vielleicht war selbst in dieser idyllischen Kleinstadt nicht alles rosig. Einerseits ein tröstlicher Gedanke, andererseits irgendwie deprimierend.

Widerstrebend nickte ich. „Ja, erst danach. Wir hatten eigentlich ein gutes Verhältnis. Aber plötzlich …" Ich hob die Schultern, stemmte mich gegen das ungebetene Gefühl und die Füße gegen das Armaturenbrett. „Plötzlich schien alles, was ich tat, nicht mehr gut genug zu sein. Schien *ich* nicht mehr gut genug zu sein. Sie konnte mich nicht mehr ansehen, ohne etwas Negatives zu finden, als hätte *ich* ihn ihr gestohlen und nicht der Krebs. Selbst die Porträtbüste von Dad, die ich für sie gemacht habe, war für sie nur …"

Wieder spürte ich eine raue Hand an meiner Wange. Beruhigend. Beschützend. Kraftspendend. Diesmal gab ich dem Bedürfnis nach, mich dagegenzuschmiegen.

„Du *bist* genug, Evelyn. Und deine Kunst ist verflucht gut. Ich bin sicher, die Skulptur von deinem Vater war perfekt. So perfekt, dass deine Mutter den Anblick nicht ertragen hat. Jeder geht anders mit Trauer um."

Tränen stiegen mir in die Augen. Ich musste ein Frösteln unterdrücken und gleichzeitig ein warmes Kribbeln, während ich nach den richtigen Worten suchte, die ich nicht finden konnte. „Danke, dass du das sagst."

„Das sage ich nicht nur, das meine ich so."

Mein Lachen klang wie ein überfahrenes Meerschweinchen. „Du kennst mich erst seit drei Tagen!"

Jetzt hob er eine Augenbraue. „Und trotzdem glaube ich mehr an dich als du selbst. Du solltest wohl besser langsam damit anfangen. Da wären wir."

Er nickte nach vorn auf ein zweistöckiges Doppelgebäude mit überdachtem Innenhof, vor dem erstaunlich viele Trucks und Pferdeanhänger standen und hinter dem sich weitere Koppeln erstreckten. Wurde dort hinten ein Zelt aufgebaut?

Aus dem Schatten des Vordachs löste sich ein untersetzter Wirbelwind in abgeschnittenen Jeans und Cowboystiefeln. Tess!

„Clay, du hast es geschafft!"

Kapitel 22
Schrödingers Lamm

EVELYN

„Und du hast Lynn mitgebracht!" Sie fiel mir um den Hals, kaum dass ich ausgestiegen war.

Ich blinzelte überrumpelt, von ihrer überschwänglichen Begrüßung und von dem Spitznamen. „Lynn?"

„Jaaa, dein Family Shipname! Wolltest du nicht längst weg sein?"

Lange Geschichte …

Während sie sich begeistert bei mir einhakte, erinnerte ich mich an die Familientradition der ehemals vier Geschwister: vier Buchstaben, eine Silbe. Und daran, dass Elles Verlobter Matthew seinen Namen daran angepasst hatte.

Wärme breitete sich in meinem Bauch aus, die ganz sicher nichts mit Clays Schmunzeln zu tun hatte.

Oder mit seiner Stimme, als er eine Augenbraue hob. „Evelyn will reiten."

Die Wärme verwandelte sich in heißes Prickeln. Nicht wegen den Worten, die er benutzte. Sondern wegen der Art, wie sein Blick dabei meine Kleidung wegbrannte.

Tess klatschte begeistert in die Hände. „Teufel, ja! Du kommst genau richtig. Wir treffen gerade die letzten Vorbereitungen für mein erstes Test-Turnier, seit ich den Laden hier übernommen habe! Bist du denn schon mal geritten? Pferde, meine ich."

Mir entging nicht Clays Grinsen, für das ich ihn am liebsten in den Staub geworfen hätte – und mich auf ihn. Bevor ich in Versuchung kam, wandte er sich bereits ab und ging auf das kleinere Gebäude zu. Er sah so verdammt gut aus.

Es dauerte eine Weile, bis mein Blick zu Tess zurückkehrte. Ihre Augen waren eine Spur runder als Clays und gingen mehr ins Grün. Und sie sprühten vor schlecht verborgener Neugierde.

„Ähm … Nein, bin ich nicht." Ich konnte nicht widerstehen, ihr Grinsen zu erwidern. Tess machte es einem so leicht, sie zu mögen. „Pferde, meine ich."

Sie quietschte vergnügt und führte mich in das größere Gebäude, das sich als überdachte Reithalle herausstellte. Hier war die Turniervorbereitung in vollem Gange. Männer führten Pferde am Zügel von links nach rechts, Frauen plauderten hinter aufgebauten Tischen, die sich unter selbstgebackenen Kuchen, Salaten und Getränken bogen, und Kinder spielten lachend Fangen. Begeistert sah ich dabei zu, wie ein älterer Cowboy einige von ihnen zum Spaß mit dem Lasso einfing, bis sie sich kichernd wanden.

Plötzlich zog sich mein Herz schmerzhaft zusammen bei dem Wunsch, dazugehören zu dürfen.

Trotz der offenen Wände war es unter dem Kuppeldach drückend heiß und roch nach Pferd und Sägemehl, aber ich liebte es.

Vereinzelte Pferde standen in Boxen an den Außenwänden, der Großteil der Halle war ein großes, mit Späne ausgestreutes Oval, auf dem bereits Sprungstangen und Markierungen ausgelegt waren. Einzig in einem kleineren Bereich befand sich ein einzelnes Pferd, das eine Teenagerin langsam am Zaumzeug im Kreis führte. Ein Mädchen von etwa sechs Jahren saß im Sattel, hielt die Zügel fest umklammert und den Rücken durchgedrückt, aber sie schien keine Angst zu haben.

Anders als ich, als ich knapp zehn Minuten später an derselben Stelle stand und geradewegs auf die glänzenden Schultermuskeln eines nachtschwarzen Pferdes blinzelte, dessen Widerristhöhe größer war als ich selbst. Wie sollte ich jemals da hochkommen?

„Können wir nicht mit einem kleineren Pferd anfangen?" Ich sah mich verstohlen um, ob uns jemand beobachtete, wenn ich gleich die peinlichste „Gestrandeter Wal"-Vorstellung seit Moby Dick abliefern würde, aber Tess lachte bloß.

„Es kommt nicht auf die Größe an, das weißt du doch."

Was mischte man in Sweet Springs eigentlich ins Wasser, dass hier alle Leute so anzüglich zweideutig redeten?

„Also, wie sieht das aus? Bleibst du länger, Lynn?"

„Wieso klingt das nach *‚Habt ihr nur Sex, oder seid ihr zusammen?'*"

Tess warf lachend den Kopf zurück. „Das hast *du* gesagt. Aber da es schon mal ausgesprochen ist: Was von beiden ist es?"

Ich stöhnte. „Es ist kompliziert."

„Weil du nicht willst oder nicht kannst?"

Ich stöhnte nochmal. „Beides. Also, nichts davon. Also …" Ich schüttelte den Kopf. Und während sie meine Hand auf das seidig schwarze Fell legte, um mich mit dem riesigen Pferd vertraut zu machen, beschloss ich, es ihr zu erzählen. Meinen peinlichen und illegalen Plan mit der Unterschrift ließ ich aus, aber nicht die Tatsache, dass Clay meine Skulpturen hergebracht hatte – und in welches widersprüchliche Chaos das meine Gefühle stürzte.

„Ich meine, wie kann er so aufmerksam und fürsorglich sein und gleichzeitig so ein ungehobelter Cowboy-Macho?"

Tess lächelte, wie nur eine Schwester über ihren großen Bruder lächeln kann. „Tja, willkommen in unserer Familie. Aber ich verstehe dich. Schrödingers Lamm ist ein Arschloch."

„Du meinst Schrödingers Katze? Die, die gleichzeitig tot und lebendig ist?"

„Jep, genau das: dieser ätzende Schwebezustand vor einer Beziehung. Es ist nicht Sex, aber es ist auch nicht Liebe. Es ist ein schönes Gefühl, aber gleichzeitig ein schlechtes Gewissen. Es ist alles, aber gleichzeitig nichts." Tess hob gequält die Schultern. „Eben: die Lämmer!"

„Die Lämmer?", echote ich – und erkannte erst jetzt das Wort: „Dilemma!"

Ich prustete so heftig los, dass das Pferd die Ohren anlegte und abwechselnd die Hufe hob.

Denn, ja, das war es wirklich. Es war alles und gleichzeitig nichts.

Schrödingers Lamm.

CLAY

Es dauerte fast eine Stunde, bis ich den Jungs beim Aufbau der Zelte geholfen hatte, Susans Cherry Pie probiert und alle Kids von Jennys Geburtstagsparty begrüßt hatte. Clever von Tess, die Ranch auch für Familienfeiern zu vermieten.

Als sich die ersten Reiter des Mini-Turniers in Stellung brachten, riss ich endlich den Blick von Evelyns rhythmischen Bewegungen im Sattel los und verzog mich zurück ins Hauptgebäude, das gleichzeitig als Bar, Billardhalle, Country Club und Versammlungsort diente.

„Hey, Mann. Reitest du heute nicht?" Steven, der Barkeeper, stellte mir ungefragt ein Bier auf den Tresen.

Ich schüttelte den Kopf. *Zumindest keine Pferde.*

Obwohl ich den Gedanken nicht ausgesprochen hatte, grinste Steven. Er war zwar nicht mit mir verwandt, aber unsere Väter hatten beide unter meinem Grandpa gearbeitet, also waren wir zusammen aufgewachsen. Und auf dem Land bedeutete das ungefähr so viel wie: Loyalität bis in den Tod. Steven hatte später das Geschäft seines Vaters übernommen und ich das meines Vaters.

„Was macht die Werkstatt?", fragte er wie jedes Mal, obwohl wir uns fast jede Woche sahen.

„Lebt noch. Die Bar?"

Er grinste schief. „Lebt noch."

Ich hob meine Bierflasche zum Prosit, auch wenn er selbst nichts trank. Überflüssig zu sagen, dass unsere beiden Geschäfte nicht nur überlebten, sondern besser dastanden als zuvor. Meines, seit ich Jax Rayne kennengelernt hatte und Elektromotoren in Nutzfahrzeuge einbaute. Und seines, seit er Tess' Angebot angenommen und die Bar aus der Stadt hierherverlegt hatte, wodurch er endlich nicht mehr gegen Pipers *Honey Inn* konkurrieren musste. Downtown war zu klein für zwei Bars. Und Sweet Springs zu klein für Rivalität.

„Hab gehört, die Anzugträger wollen die Interstate bis hierher ausbauen, wenn das neue Abbaugebiet kommt."

Falls es kam. Wenn ich draufging oder so.

... Oder zu verrückt nach einer gewissen Brünetten wurde.

Ich bemühte mich um eine neutrale Miene. „Fändest du das gut?"

Halb hoffte ich, er würde verneinen oder gar in Lachen ausbrechen. Halb fürchtete ich, er hätte sich ebenfalls auf die Seite der Ölkonzerne geschlagen. Fortschritt statt Rückständigkeit, Zukunft statt Tradition. Der Ausbau der Interstate bis vor die Tür könnte diesen Fortschritt zugegebenermaßen begünstigen – wenngleich nicht garantieren, wie Bezirksstaatsanwalt Harvey Logan und seine Gutachter uns weismachen wollten.

Stevens Kopfschütteln holte mich aus den unangenehmen Gedanken. „Machst du Witze? Niemand mit klarem Verstand tauscht die Aussicht auf grüne Wiesen mit der auf ne beschissene Mondlandschaft. Und ich weiß nicht, wie's dir geht, aber ich will, dass Carrie dasselbe Leitungswasser trinken, dieselben Kartoffeln essen und im selben See schwimmen kann wie wir als Kinder."

Wie von selbst wanderte mein Blick zu dem kleinen Mädchen auf Hollys Schoß, die mit einer Freundin an einem der Tische saß und in ein lebhaftes Gespräch verwickelt war. Sie sah glücklich aus. Ich hob einen Mundwinkel.

„Schön zu hören, dass die Jungs und ich nicht die einzigen Idioten sind, die *den Kopf zu tief im Arsch der alten Zeit haben, um den frischen Wind der neuen Zeit zu würdigen*", zitierte ich eines der ungeschliffeneren Argumente der Anzugträger.

Steven nahm zwei Biergläser vom alten Lewie Harlow entgegen und füllte sie auf. Lewie und ich grüßten uns knapp.

„Ehrlich gesagt, Clay: Ich hänge mehr an der guten alten Zeit, als ich mir eingestehen will." Steven schnitt eine Grimasse. „Ernsthaft, wann ist Erwachsensein so verflucht anstrengend geworden?"

Ich schnaubte versonnen, betrachtete Holly und ihre Tochter Carrie, deren goldbraunes Haar in der trägen Nachmittagssonne glänzte. Sie hatten ein gutes Leben. Freundschaftlich schlug ich Steven auf die Schulter. „Seit wir angefangen haben, Verantwortung für uns und unsere Familien zu übernehmen."

Sein Grinsen ließ kurz den zwölfjährigen Rabauken durchblitzen. „Das sagt der Richtige."

Ich schüttelte den Kopf, denn ich selbst hatte viel zu spät damit angefangen. Jetzt war es Stevens Hand, die auf meiner Schulter lag. „Ihr tut das Richtige. Ich für meinen Teil bin froh, dass ich samstags mit meiner Familie im Garten sitzen und sonntags in die Kirche gehen kann. Ich brauche kein schickes Apartment dank hippem Bürojob in der Stadt und keinen beschissenen Starbucks um die Ecke."

Ich nickte. Trotzdem blieb ein Restzweifel.

Man weiß nie, ob man das Richtige tut, bis es zu spät ist.

Holly wurde auf mich aufmerksam und winkte mir begeistert zu. Ich winkte verhalten zurück.

„Ich glaube, deine erste große Liebe will, dass du rüberkommst", übersetzte Steven unnötigerweise.

„Ich weiß." Aber ich hatte es verbockt, und Steven war hundertfach der Mann, der ich damals gewesen war.

„Und warum gehst du dann nicht rüber und – *Heilige …!*"

Sein Blick war nicht mehr auf seine hübsche Ehefrau gerichtet, sondern auf die zwei Frauen, die kichernd durch die Schwingtüren zur Reithalle brachen. Tess warf einen Arm um Evelyns Hals und drückte ihr im Gehen einen feuchten Kuss auf die Wange. Steven pfiff durch die Zähne, woraufhin sich mein Körper anspannte.

„Heiß! Hat Tess ne Neue?"

„Nein", stellte ich klar. „Ich."

Seine Augen wurden noch größer.

Ich wollte gerade aufstehen, als sich die beiden Frauen links und rechts neben mich fallen ließen.

„Hey, Babe! Ein Bier für mich und eins für die Lady", flötete Tess.

„Ma'am!" Steven gehorchte sofort, auch wenn Tess zwar seine Vermieterin, aber streng genommen nicht sein Boss war.

„Nenn mich nicht Ma'am, ich bin nicht deine Mutter. Zum Glück." Tess grinste unverhohlen. Sie liebte es zu flirten, egal ob mit Männern oder mit Frauen.

Doch ich hatte nur Augen für Evelyn, die den Kopf nach hinten gelegt hatte, um ihre gelösten Haare zu einem neuen Dutt zusammenzufassen. Sie kringelten sich in unordentlichen dunklen Wellen, in die ich hineingreifen wollte, um sie an mich zu ziehen.

Als sie fertig war, fächelte sie sich mit der flachen Hand Luft zu. „Und ein Tonicwater mit Eiswürfeln, bitte." Sie grinste, als würde sie Steven schon ewig kennen, und legte die Hände auf die Theke, um mit stolzgeschwellter Brust zu verkünden: „Ich hatte nämlich gerade meinen ersten Ritt."

Stevens Blick huschte zu mir, während er das Glas vor ihr abstellte, das in der Hitze augenblicklich Kondenswassertröpfchen bildete. Ich sah Evelyn eindringlich an.

„Was?", fragte sie mit gespielter Unschuld, bevor sie in ihr Glas griff und einen Eiswürfel herausfischte, mit dem sie – *was zum Teufel?* – über ihren verschwitzten Hals und Nacken strich.

„Evelyn." Der Name vibrierte in meiner Brust, weil ich die Zähne nicht auseinanderbekam. Der Schmerz im Kiefergelenk linderte das Verlangen, meinen Mund auf ihren zu pressen.

„Hm?" Sie hatte den Kopf in den Nacken gelegt, um den Eiswürfel zu genießen. Ich wollte die feuchte Spur, die er hinterließ, mit der Zunge nachfahren, bis die feine Gänsehaut an ihrem Hals nicht mehr bloß von dem Eiswürfel kam. Stattdessen heftete ich meinen Blick auf die Dartscheibe hinter ihr.

Steven beförderte drei Bierflaschen auf den Tisch. Tess hob ihre.

„Auf deinen ersten Ritt, Babe. Auf die Familie. Und darauf, dass du ein verdammtes Naturtalent im Sattel bist."

Mein Schwanz bejahte zuckend. Ich hob ausdruckslos meine Bierflasche.

Evelyn beäugte mich. „Was ist los, kein Spruch? Ich habe genau gesehen, dass du mich vorhin beobachtet hast."

Jetzt sah ich ihr in die Augen, hielt ihren Blick fest, ließ meinen dann betont langsam nach unten gleiten. Über ihren noch leicht geröteten Hals, an dem die feuchte Spur des Eiswürfels glänzte. Ihre einladenden Brüste unter dem schlichten Trägertop, durch das sich die leiseste Andeutung ihrer aufgerichteten Brustwarzen drückte. Ihre nackten Beine, die sie auf dem Barhocker elegant überschlagen hatte wie eine Großstadt-Lady. Und zurück zu ihren Augen. „Nichts, was ich nicht schon gesehen hätte. Zweimal."

Ich ignorierte, wie Tess' Mund aufklappte, weil ich Evelyn nicht aus den Augen ließ. Ihre geschwungenen Brauen hoben sich eine Winzigkeit, ihre Mundwinkel zuckten. Sie lehnte sich vor, stützte eine Hand auf mein Bein und schnurrte: „Dazu war es zu dunkel – *Sugar*. Beide Male."

Ich lehnte mich ebenfalls vor, bis ihr Duft mich umfing. Nach Tonerde und Lavendel, mit einem Hauch von Salz, das ich beinahe auf der Zungenspitze schmeckte. „Glaub mir – *Sugar*. Es war hell genug."

Stille, in der die Luft zwischen uns vor Hitze flirrte. Gefährlich nahe.

„Äh, sprechen wir noch von vorhin?" Stevens irritiertes Lachen unterbrach unseren Blickkontakt.

Tess stieß ihn über den Tresen hinweg an. „Ich wollte das sehen, okay?"

Kapitel 23

Moonshine und andere Minenfelder

EVELYN

Ich versuchte, nicht über Tess' Anzüglichkeit zu lachen. Und nicht über Clay herzufallen.

Ich versuchte beides den restlichen Nachmittag lang.

Eigentlich hatten wir nicht so lange bleiben wollen. Aber Tess hatte sich so auf diesen Tag gefreut, also konnten wir nicht gehen, bevor nicht wenigstens die Sieger verkündet waren. Und jetzt saßen wir in einer Runde, die von Stunde zu Stunde größer wurde, und lachten über Anekdoten und alte Zeiten, als wäre nichts außer uns wichtig.

Als hätte ich schon immer dazugehört.

Ich mochte die gesellige Atmosphäre in Tess' Country Club, in dem die Zeit keine Bedeutung zu haben schien. Ich mochte den Barkeeper Steven, der mehr Geschichten aus Clays Jugend auf Lager hatte als seine eigene Schwester. Ich mochte Clays besitzergreifende Hand auf meiner Stuhllehne. Und ich mochte sogar die verschiedenen Typen Mensch, die hier beisammensaßen, vom verschrobenen Kauz über den schüchternen Arbeiter bis zum grimmigen Haudegen, vom selbstbewussten Cowgirl bis zur feinen Südstaaten-Lady.

Ich erfuhr, dass Sweet Springs seinen Namen vom Sweet River hatte, der in der Gegend entsprang und Teil der über eintausend Meilen war, die Kentucky zum Staat mit den meisten Flussmeilen machte. „Neben Alaska, aber das ist ja fast schon Kanada", lachte Mitch, ein gut gelaunter Cowboy mittleren Alters, dessen Hemdknöpfe über seinem gewaltigen Bauch spannten, wann immer er sich bewegte. Er hatte seinen Cowboyhut erst zweimal kurz abgesetzt, um zwei ältere Damen zu begrüßen.

Ich erfuhr auch, dass die Leute der Stadt stolz auf ihre Pferde waren – die nicht selten die vordersten Plätze bei den bekannten Kentucky Derbys belegten – und noch stolzer auf ihren selbstgebrannten Schnaps mit dem ulkigen Namen.

„Wieso Moonshine?" Ich betrachtete das Glas mit der klaren Flüssigkeit, die Steven großzügig ausschenkte und die nach starkem Alkohol roch, aber nach Karamell und Getreide schmeckte. Tatsächlich erinnerte es eher an Wodka als Whiskey.

Fiona, eine der älteren Ladys mit breitem Akzent und noch breiterem Lächeln, stemmte amüsiert die Hände in die Hüften. „Also wirklich, Clay, wo hast du sie bloß aufgetrieben? Sie kennt kein Derby, kein NASCAR und kein Moonshine. Bist du überhaupt Amerikanerin, Liebes?"

Als Zeichen dafür, dass sie nur Spaß machte, zwinkerte sie mir zu und stieß ihr Glas gegen meins.

„Vermutlich mehr als Clay und Tess“, warf Steven ein und stieß seine junge Vermieterin an. Die zog eine Grimasse, während ich mich interessiert vorlehnte. Sie hatten ausländische Wurzeln? Klar, fast jede amerikanische Familie wurzelte im Ausland, aber …

„In uns steckt ungefähr so viel Schottland wie Wasser im Wüstenboden. Ich glaube, nicht mal Ma konnte –“

„Tess.“ Clays Knurren ließ sie verstummen und schulterzuckend ihr Glas kippen. Ich sah ihn fragend an, aber er ignorierte meinen Blick. Seine Mutter kam aus Schottland?

Stille am Tisch, in der jeder auf seinen Drink starrte oder nach den Schälchen mit Erdnüssen griff. Dann:

„Fährt Jax in zwei Wochen wieder?“

Die Frage war an Clay gerichtet. „Nicht, wenn ich ihn davon abbringen kann.“

Ich sah auf. Jax fuhr Rennen? Diese waghalsigen NASCAR-Races bei Highspeed in Sardinendosen?

„Also, ich würd drei Monatsgehälter auf ihn setzen. Wenn er nich’ fährt, setz ich wohl auf Nox.“

„Würde ihm nicht gefallen“, kommentierte Clay.

Ein echtes NASCAR-Race, hier in Sweet Springs? Noch nie hatte ich eins miterlebt.

„Warte mal, übernächste Woche?“ Ich grub begeistert die Finger in Clays Knie. „Deswegen war es bei Piper so voll! Gehen wir auch hin?“

Sein Blick wanderte von meiner Hand auf seinem Bein zu meinem Gesicht. Plötzlich spürte ich überdeutlich die harten Muskeln unter meinen Fingern. Und das lustvolle Ziehen in meinem Unterleib.

„Wer sagt, dass du in zwei Wochen noch da bist?“

Ich verdrehte geradezu theatralisch die Augen, obwohl der warme Unterton seiner Stimme ein Lächeln auf mein Gesicht trieb. „Hallo? Ich brauche mindestens vier Wochen für die Skulptur. Hast du mir nicht zugehört, als ich mit Gabe telefoniert habe?“

Ich hätte auch einen Sprengstoffgürtel auf den Tisch legen können, so schlagartig wurde es still im Raum. Verdammt. Wieso hatte ich nicht daran gedacht, dass Clay möglicherweise nicht der Einzige in der Stadt war, der den Namen Gabe McKenzie nicht ausstehen konnte?

Bevor ich zu einer Erklärung ansetzen oder auch nur einen vernünftigen Gedanken fassen konnte, stand Clay auf und griff nach meinem Arm.

„Wir sehen uns.“

Der alte Mitch tippte gegen seinen Hut, Steven warf mir ein mitfühlendes Lächeln zu, und Tess kippte den Rest ihres Drinks in einem Zug hinunter, während Clay mich mit sich zog.

Erst vor dem Gebäude schaffte ich es, mich von ihm loszumachen. Sommerhitze flirrte auf dem Staub und ließ mir augenblicklich den Schweiß ausbrechen.

„Hör zu, das wollte ich nicht“, begann ich, doch er schüttelte bloß den Kopf.

„Steig ein.“

Ich gehorchte. „Es tut mir wirklich leid, ich wollte nicht –“

„Schnall dich an.“ Clay startete den Motor, fuhr jedoch erst los, nachdem mein Sicherheitsgurt eingerastet war. Er hatte wieder seinen Höllenfeuerblick aufgesetzt, der mich umso härter traf, seit ich wusste, wie schön seine weiche Miene war.

„Können wir bitte darüber sprechen? Was ist hier los?“

Er antwortete nicht, bog lediglich ohne Vorwarnung scharf links ab, sodass ich mich am Türgriff festhalten musste.

„Clay!“ Allmählich wurde ich sauer. „Rede mit mir!“

„Evelyn.“ Seine Stimme war ganz ruhig. „Ich kann dir nicht erklären, was hier los ist, und ich werde es nicht erst versuchen.“

Ich holte tief Luft, um ihm verbal in den Hintern zu treten, als der Wagen knirschend auf staubigem Kies zum Stehen kam.

Am Rande einer Klippe.

Mit einer Aussicht, die mir den Atem verschlug.

Aus den völlig falschen Gründen.

Sprachlos stieg ich aus, den Blick auf die Szenerie unten im Canyon gerichtet, die rein gar nichts mit der Aussicht auf der anderen Seite der Stadt gemeinsam hatte. Statt idyllisch bewaldeten Hügelflächen bis zum Horizont sah ich: Mondlandschaft.

Anders konnte ich diese graue, mit geriffelten Fahrzeugspuren durchzogene Einöde nicht bezeichnen. Schaufelradbagger mit gigantischen Förderbändern krochen vorwärts wie gefräßige Raupen, massige Stahlbohrköpfe wippten vor und zurück wie träge Spechte. Tanklaster und LKW rangierten zwischen riesigen Lagerhäusern wie auf einem internationalen Flughafen und dazwischen: nichts.

Kein Vogel sang, kein Bächlein plätscherte. Genau genommen hörte ich gar nichts – außer dem verstörenden Brummen, das durch den Boden geradewegs bis in meine Brust zu vibrieren schien.

Das Vibrieren, das ich schon am allerersten Tag wahrgenommen hatte.

„Was …“ Meine Stimme versagte, ich musste neu ansetzen. „Was ist das?“

„Ein Abbaugebiet für Erdgas und Erdöl.“ Ich schnappte nach Luft, während Clay erstaunlich ruhig erklärte: „Kentucky hat relativ große Erdölvorkommen. Einer der Gründe, warum sich hier seinerzeit so viel Automobilindustrie angesiedelt hat. Nicht schön, aber nicht zu ändern. Energie erzeugt sich nicht von allein. Industrie schafft Arbeitsplätze.“ Er zuckte mit den Schultern. „Als Kinder haben wir uns manchmal aufs Gelände geschlichen und postnukleare Fallout-Szenarien nachgespielt.“ Das Lachen blieb mir leider im Hals stecken. „Aber wenn es nach denen geht, wird hier bald niemand mehr einen Fuß auf irgendwas in zwanzig Meilen Umkreis setzen können. Dann wird das hier ein echtes Fallout-Szenario.“ Er nickte zu den gigantischen Schaufelradbagger-Raupen. „Das sind Vorbereitungen für den Abbau von Schiefergas unterhalb der Stadt.“

Ich schluckte schwer, denn ich konnte mir nur ein Szenario vorstellen, das den Begriff Fallout rechtfertigte.

„Fracking?“

Er nickte grimmig. Ich hatte bisher nur am Rande mitbekommen, dass das ein umstrittenes Verfahren war, mit dem erstmals gigantische fossile Rohstoffvorkommen in großer Tiefe erschlossen werden konnten. Und zwar, indem giftige Chemikalien mit Hochdruck in die Erde gepumpt wurden.

Meine Kehle wurde eng und meine Augen feucht, als ich mir vorzustellen versuchte, dass die atemberaubende Landschaft rings um Sweet Springs – vielleicht sogar die ganze Stadt – bald einer tristgrauen Mondlandschaft gleichen könnte, durchzogen von giftig-gelben Rinnsalen und ölig schimmernden Chemikalienseen. Ich bekam eine Gänsehaut, obwohl die Sonne brannte. Meine Fußsohlen kribbelten von der Dauervibration.

„Und der Vertrag …?“ Ich wollte den Satz nicht einmal zu Ende denken.

Clays Kiefermuskel zuckte, seine Augen glitten über den Horizont. „Die Grundstücke meiner Familie und einiger anderer liegen genau über dem optimalen Erschließungspfad. Ohne unsere Grundstücke kein Abbaugebiet.“

Ich schluckte gegen den Kloß im Hals an. „Deswegen der Zaun?“

„Deswegen der Zaun“, bestätigte Clay grimmig.

Das war einfach schrecklich. Ich zwang mich, die unberührte Natur ringsum anzusehen, die ich um ein Haar für meine Skulpturen geopfert hätte. Und ich konnte bloß fassungslos den Kopf schütteln.

„Was können wir dagegen tun?“

Clay wandte sich zum Gehen. „Nicht den beschissenen Vertrag unterschreiben.“

Kapitel 24

Tun oder opportun?

EVELYN

Ich war wie paralysiert. Kraftlos sackte ich auf den Beifahrersitz, den Blick starr geradeaus gerichtet, auf den azurblauen Himmel, der nicht erahnen ließ, dass im Canyon unter ihm die Apokalypse vorbereitet wurde.

Aber das Schlimmste war: Ich hätte um ein Haar ermöglicht, dass Sweet Springs zum Fracking-Gebiet wurde. Ich wäre schuld gewesen.

Auf dem Weg zurück konnte ich den Anblick der idyllischen Zäune und saftig grünen Pferdekoppeln kaum ertragen.

Wut.

Scham.

Ohnmacht.

Selbst bei Clay angekommen, spürte ich noch das entfernte Vibrieren im Boden, und das Schuldgefühl drückte mir fast die Luft ab. Aus einem Impuls holte ich mein Handy heraus, wählte eine Nummer und wartete gar nicht erst die Begrüßung des Angerufenen ab.

„Ich kündige."

Ich legte auf, bevor Gabe reagieren konnte. Er rief sofort zurück. Ich drückte ihn weg, schaltete mein Handy aus und trat an Clay vorbei ins Haus, floh buchstäblich den Flur entlang zu meinen Skulpturen.

Ich hatte gerade meinen Job gekündigt.

Es gab nur noch einen Weg, wie ich in vier Wochen nicht auf der Straße landen würde: Ich musste diese Skulpturen fertigstellen, und es mussten die verdammt nochmal besten Skulpturen der Welt werden.

Ich tat die nächsten zehn Stunden nichts anderes.

Es war längst stockfinster draußen, meine Arme waren schwer, und meine Augen brannten vor Müdigkeit, als es leise an der Tür klopfte. Ich zuckte zusammen, weil ich in meiner Gewohnheit angenommen hatte, ich wäre allein in meinem Atelier unter dem Dach.

„Es ist offen", sagte ich laut, ohne den Blick von den Kurven zu nehmen, die einmal der Übergang von Hals zu Schultern werden sollten. Ich verschob mit beiden Händen ein wenig Tonmasse nach unten, um den Hals schlanker zu gestalten.

Meine lebensechten Skulpturen modellierte ich in Schichten, analog zum Körperbau: Aus Stahlstäben und Drahtgitter konstruierte ich ein Grundgerüst, ähnlich echten Knochen. Dann formte ich mit dicken und dünnen Tonwürsten anatomisch korrekt verlaufende Muskelstränge für die groben Proportionen, bevor ich alles wieder überdeckte, indem ich kilogrammweise geometrische Grundformen an die jeweiligen Stellen häufte: Quader, Zylinder, Pyramiden und Kugeln, die ich mit feuchten Fingern zu einer einzigen Form verband. Dann begann das Modellieren, in dem die Körperformen sichtbar wurden. Kurven, Gliedmaßen, Gesichtszüge – bevor ich endlich beginnen konnte, der Skulptur mit ihren Details, Mimik und Feinmodellage individuelles Leben einzuhauchen. In diesem Stadium war Eva gewesen, als ich an jenem Morgen vor sechs Tagen Adam aus dem Brennofen geholt hatte.

Jetzt, nachdem ich alle irreparablen oder zu stark kontaminierten Partien entfernt und mit frischem Ton ersetzt hatte, war sie wieder annähernd im selben Zustand. Mit dem Unterschied, dass sie mir jetzt nicht mehr gefiel. Sie war schlichtweg langweilig. Eine Figur wie jede andere.

Hinter mir schwang leise die Tür auf, doch wie immer blieb Clay im Türrahmen stehen.

Also riss ich den Blick von dem unförmigen Klumpen Ton los und drehte mich um. Ich hatte vergessen, wie gut er aussah. Wie immer, wenn er mit der schmutzigen Arbeit in der Werkstatt fertig war, hatte er geduscht und frische Klamotten angezogen. Er hielt ein Tablett hoch.

„Hunger?"

Jetzt, wo ich darüber nachdachte, starb ich fast vor Hunger. Und ich war hundemüde. Ich wollte auf die Uhr sehen, aber an der Wand gab es keine, und meine Armbanduhr zog ich zum Modellieren aus.

Clay las offenbar meine Gedanken: „Es ist halb drei."

„Nachts?!", rief ich aus, obwohl es ganz offensichtlich nicht drei Uhr nachmittags war. Erschöpft fuhr ich mir über die

Stirn und ließ mich auf den Hocker sinken. Kein Wunder, dass meine Augen so brannten. Ich war seit fast vierundzwanzig Stunden auf den Beinen.

„Warum bist du noch wach?", fragte ich, obwohl das einzig angebrachte Wort „Danke" gewesen wäre. Meine Augen verfolgten sehnsüchtig das kross gebackene Käse-Sandwich, das er auf das Sideboard mit meinen Werkzeugen stellte. „Musst du morgen nicht arbeiten?"

Er zuckte bloß mit den Schultern. Klar, vermutlich spielte es keine Rolle, ob er die fünfzehntausend-Dollar-Umbauten um acht Uhr morgens oder drei Uhr nachmittags fertigmachte. Ich stöhnte frustriert und griff nach dem Käse-Sandwich. Es schmeckte noch besser, als es aussah, und jetzt stöhnte ich aus anderen Gründen.

„Danke", sagte ich endlich.

Clay nickte. Ein kurzes Lächeln zuckte in seinen Mundwinkeln, doch der besorgte Ausdruck seiner Augen blieb. „Alles in Ordnung?"

Ich vermied es, ihn oder die dilettantische Skulptur anzusehen. „Jap, mir geht's super."

Pause. Er glaubte mir nicht. Verständlich, ich glaubte mir ja selbst nicht.

„Sicher?"

Ob ich sicher war?

Lass mich überlegen.

„Ich habe den einzigen Job gekündigt, der die Bank davon abgehalten hat, meine Wohnung zu pfänden, und den einzigen Kerl verärgert, der mir den beschissenen Platz am Art Institute sichern kann. Meine neueste Skulptur ist bestenfalls mittelmäßig, und ich bin mit Schrödingers Lamm am Arsch der Welt gefangen." Käsekrümel flogen durch die Luft, während ich gestikulierte, meine Stimme klang schrill in meinen Ohren. „Ich glaube, über die Frage ‚Bin ich sicher?' sind wir hinaus. Aber alles wird gut. Mir geht's gut. Ich kriege das hin. Ich habe immer alles hingekriegt."

Oh Mann, mit etwas Abstand war es die dümmste Aktion der Menschheit, einfach seinen Job zu kündigen.

„Daran zweifle ich nicht", sagte Clays unerschütterliche Stimme, die mir unvermittelt Tränen in die Augen trieb.

Sein unbeirrbarer Glaube an was-auch-immer er in mir sah, machte alles noch schlimmer. Ich atmete tief ein und tief wieder aus, während ich meine Augen trockenblinzelte. Das war nur die Müdigkeit.

Einatmen.

Ausatmen.

Ein–

Verdammt!

Aus–

Was hatte ich getan?

„Du hättest nicht gleich kündigen müssen."

Ernsthaft?

„Müsstest du jetzt nicht eigentlich einen Freudentanz aufführen oder sowas? Du hast gewonnen."

Clay schüttelte den Kopf, zog sein Handy aus der Jeanstasche und tippte ein paar Mal. „Ich rufe ihn an."

Gabe? *Spinnst du?*

„Untersteh dich!"

„Sag ihm einfach, ich hätte dich gezwungen. Ich bin sicher, er nimmt dich zurück."

„Ich glaube, du kennst Gabe McKenzie nicht so gut wie ich. Ich bin nämlich sicher, dass er gar nicht erst drangeht, wenn er meine Nummer sieht."

Clay hielt mir das Handy hin. „Bei meiner Nummer geht er sicher dran."

„Du spinnst. Abgesehen davon, dass es mitten in der Nacht ist …"

Ich verstummte, als ich den vollständig ausgefüllten Telefonkontakt auf seinem Display sah. Name, Adresse, Firmen- und Privatnummer – sogar das Geburtsdatum. Nicht mal ich hatte gewusst, in welchem Jahr Gabe geboren war. Bloß den Tag kannte ich, weil sein Partner – Josies Chef – im November eine kleine Überraschungsparty organisiert hatte. Meine Gedanken schweiften kurz zu meiner Lieblingskollegin ab, die dem, was andere Menschen als „Beste Freundin" bezeichneten, am nächsten kam. Ich musste mich dringend bei ihr melden und ihr sagen, dass ich die Skulptur gerettet hatte.

Die Skulptur, die zu miserabel war, um gerettet zu werden.

„Abgesehen davon …?", holte mich Clay in die Gegenwart zurück.

Ich begegnete dem bekräftigenden Blick seiner braungrünen Augen und straffte die Schultern. „Abgesehen davon bin ich keine Anwaltsassistentin, sondern Tonkünstlerin, und ich habe eine Deadline einzuhalten."

Sein Grinsen wurde zu einer ausgewachsenen Supernova, die seine Augen funkeln ließ.

„Das ist mein Mädchen", knurrte er zufrieden.

Ich konnte nicht leugnen, dass diese Worte ein Feuerwerk in mir zündeten. Alles daran. Seine Stimme, seine Worte, die Selbstverständlichkeit, mit der er sie aussprach.

„Ich bin nicht dein Mädchen", stellte ich trotzdem klar.

Erzähl's nicht meinen weichen Knien.

Clays Augen blitzten bloß, als wüsste er genau, welche Konsistenz meine Kniescheiben gerade hatten. Doch er sagte nichts, bevor er sich umdrehte. „Vergiss nicht, irgendwann zu schlafen. Ich habe deine Sachen aus dem Gästezimmer in das Schlafzimmer nebenan gebracht, gleich hinter dieser Tür." Er deutete auf die Tür zu meiner Linken. „Es hat sogar einen Schlüssel."

Und während ich noch die erregende Erinnerung an die Verbindungstür *ohne* Schlüssel in Pipers *Honey Inn* – und an das, was ich in der Dusche getan hatte – zu verscheuchen versuchte, wünschte Clay mir eine gute Nacht und zog sanft die Tür hinter sich zu.

Ich arbeitete noch ein wenig an Evas Hals und Schultern, dann beschloss ich, schlafen zu gehen. Halb erwartete ich, kein Auge zuzubekommen. Schuldenberg, Kündigung, künstlerische Blockade.

Aber ich schlief durch, bis der Wecker klingelte. Und es fühlte sich verdammt gut an, an einem Wochentag morgens aufzustehen und sofort zurück an die Skulpturen zu können.

Was sich gar nicht gut anfühlte, war der Muskelkater vom Reiten. Meine Oberschenkel, Hüften, Po – selbst meine Taille! – fühlten sich an wie die einer Achtzigjährigen nach einem vierzigjährigen Koma.

Ich hörte mich auch an wie eine Achtzigjährige, als ich in die Küche humpelte, und war froh, dass Clay nicht da war. Auf dem Küchentisch erwartete mich ein Zettel mit seiner Handynummer und dem Verweis auf eine Kanne Kaffee in der Maschine und einen Teller Pancakes im Kühlschrank.

Ein warmes Gefühl breitete sich in meiner Brust aus – das ich dem Kaffee zuschrieb, als ich den ersten Schluck nahm. Und der Sonne, die durch die hohen Sprossenfenster hereinschien und das großzügige Landhaus fast wie das Paradies wirken ließ.

Auf Nimmerwiedersehen, sinnloser Assistentinnenjob!

Cheers auf den zweiten Beginn deiner Künstlerkarriere, Mädchen. Diesmal schaffst du es!

Ich exte den Rest des ersten Kaffees, klemmte mir die Kanne unter den Arm, die leider nur halbvoll gewesen war, und holte den Teller aus dem Kühlschrank. Okay, als Frühstück reichte es nicht wirklich, denn es lagen bloß drei kleine Pancakes auf dem Teller. Aber die Geste war, was zählte.

Vielleicht hatte Clay ja welche mit in die Werkstatt genommen, als Dankeschön für Jax, der meine Sachen hergebracht hatte – und einen weiteren Koffer mit Klamotten. Sehr aufmerksam von ihm. Ich sollte mich auch bei ihm bedanken.

Aber zuerst musste ich meine Künstlerblockade überwinden. Und das bedeutete: weiter daran arbeiten.

Ich war überraschend produktiv, ziemlich zufrieden und zum ersten Mal seit einer Ewigkeit wirklich glücklich, als ich am frühen Nachmittag eine Pause machte, um mir etwas zu essen zu machen. Ich begnügte mich mit einem Sandwich mit Erdnussbutter und Marmelade, weil ich Clays Küche nicht auf den Kopf stellen wollte, und setzte mich mit meinem Handy auf die Terrasse, um Josie anzurufen.

Eine Banking-App-Benachrichtigung sprang mir ins Auge.

Anstehende Zahlung – wir erweitern Ihr Dispo-Limit. Neuer Zinssatz:

Das Sandwich fiel mir aus der Hand.

„Ich stelle dich als Sekretärin an", beschloss Clay am Abend, nachdem er mich auf den großen Ledersessel in seinem noch größeren Wohnzimmer platziert hatte. Kein Wunder, ich war sicherlich so weiß wie das Toastbrot, das ich heute Mittag im Müll entsorgt hatte. „Du brauchst nicht zu arbeiten, es wäre bloß für die Steuer und das Gehalt und –"

„Auf gar keinen Fall." Ich schüttelte eisern den Kopf. „Ich meine, das ist nett gemeint – genau wie die Pancakes heute Morgen übrigens. Danke! Aber genau wie die Pancakes ist das einfach nicht genug."

Er runzelte die Stirn. „Pancakes von vier Eiern? Ich hatte Angst, es wäre zu viel."

Ich hörte ihn gar nicht. Weil mich die Erkenntnis mit der Wucht einer Abrissbirne traf: „Ich muss damit aufhören!"

„Zu viele Pancakes zu essen?"

„Ständig die nächstbeste Gelegenheit zu ergreifen, bloß weil sie sich gerade bietet und bequem ist. Wenn ich einen Job kündige, nur um mich gleich in den nächsten zu stürzen, mache ich genau denselben Fehler. Ich kann nicht dasselbe tun wie immer und hoffen, dass sich etwas ändert. Ich muss auch mal standhaft bleiben. So wie du! Sei ehrlich, diese Stadt steht bloß noch, weil du so ein verdammter Sturkopf bist."

„Das ist etwas völlig anderes."

„Ist es nicht! Ich meine, wenn du so wankelmütig gelebt hättest wie ich, gäbe es Sweet Springs vermutlich gar nicht mehr!"

Jetzt schnaubte Clay. Es klang verächtlich, aber nicht gegen mich gerichtet. Sondern gegen sich selbst. „Du hast keine Ahnung, Evelyn."

Mit grimmiger Miene ließ er sich auf die Couch sinken. Mir entging nicht, wie seine rechte Hand in den verschränkten Armen unwillkürlich über seine Brustpartie rieb.

„Dann erzähl es mir." Sanft streckte ich die Hand über die beiden Lehnen hinweg und berührte seinen Unterarm. Das Bild, das sich dort gegen schraffierte Schluchten und einander überlagernde Farben abhob, hatte ich schon öfter bewundert: ein Anker, der sich um ein stilisiertes Herz und ein christliches Kreuz wand.

„Was bedeutet das?" Mein Daumen strich über das Bild. Ich spürte die Wärme seiner Haut, die Erhebungen seiner festen Muskeln und Venen.

Nach ein paar Sekunden der Stille löste Clay die verschränkten Arme und drehte mir den Unterarm vollends zu. „Ein Seemannsgrab. Es steht für Hoffnung."

„Seemannsgrab?" Ich verzog das Gesicht. „Klingt nicht besonders hoffnungsvoll?"

Ein nachsichtiges Lächeln löste seine grimmigen Züge, dann deutete er nacheinander auf das Herz, den Anker und das Kreuz: „Liebe – Hoffnung – Glaube. Das Herz sind die Liebsten zu Hause. Der Anker ist die Hoffnung, sie wiederzusehen. Und das Kreuz das Vertrauen in Gott, dass er dich bis dahin beschützt."

Ich blinzelte, weil mich die Bedeutung mit unerwarteter Wucht ins Herz traf. Ich war nicht gläubig, aber mein Dad hätte dieses Sinnbild geliebt. Und ich hätte es geliebt, mich an diesem Sinnbild festzuhalten, nachdem ich ihn verloren hatte.

„Glaubst du an Gott?"

Ich wusste, dass die Südstaaten sehr gläubig waren und viele Familien heute noch jeden Sonntag in die Kirche gingen.

Clay atmete tief ein. „Ich war lange nicht mehr in der Kirche."

Ich mühte mich aus dem Sessel hoch, um mich neben ihn zu setzen. Die Couch hatte eine erstaunlich gute Federung.

„Das beantwortet nicht die Frage."

Seine Mundwinkel zuckten kaum merklich, während ein Ausdruck von Anerkennung über sein Gesicht huschte. Ja, ich war auch ziemlich stolz auf mich, dass ich nicht lockerließ.

Schließlich drehte er den Kopf und sah mich an. „Wir schließen einen Deal: Du bringst diese Skulpturen im Art Institute unter, und ich erzähle dir alles, was du wissen willst."

„Auch, warum Ash behauptet, du würdest dich mit Sprengsätzen auskennen, und warum Jesse den Vornamen deines Vaters trägt, aber nicht seinen Nachnamen?"

Dass sein Kiefermuskel überdeutlich hervortrat, sagte mir, dass ich einen wunden Punkt getroffen hatte. „Kein Wunder, dass du so gute Skulpturen machst. Dir entgeht wirklich kein Detail, was?"

Dieses Kompliment überzog meinen gesamten Körper mit einer wohligen Gänsehaut und ließ mich unwillkürlich den Rücken durchdrücken. Er hielt so viel von mir als Künstlerin, dass mich meine eigenen Zweifel beinahe beschämten.

Ich beschloss, dass ich diese Assemblage beenden würde. Wenn nicht für mich, dann für ihn. Um seinen Glauben an mich nicht zu enttäuschen.

Feierlich streckte ich die Hand aus. „Deal!"

Als er widerwillig meine Hand schüttelte, um den Deal zu besiegeln, ließ mich sein zuckender Kiefermuskel schmunzeln.

Begann mein harter Ton-Mann etwa zu bröckeln?

Kapitel 25

Bei dieser Familie

CLAY

„Ich weiß, es ist super kurzfristig, aber ich schaffe das nicht, Clay, und ich kriege gleich die Krise. Können wir es zu Hause machen? Die Baked Potatoes bringe ich trotzdem mit, die sind schon fertig."

Elles Wortwahl ließ mich lächeln, während ich das Handy zwischen Schulter und Ohr klemmte, um das Frühstücksgeschirr wegzuräumen. Egal, wie alt wir waren oder wo wir wohnten: *Zu Hause* würde immer dieses Haus bleiben.

Evelyn hatte gestern Abend recht gehabt. Ohne die Sturheit unserer Familie gäbe es dieses Haus nicht mehr. Aber ebendiese Sturheit hatte überhaupt erst zu diesem Schlamassel geführt. Und *meine* Sturheit hatte alles noch schlimmer gemacht. Nach unserem letzten Treffen hatten die Anzugträger nicht lange gefackelt und alle Angebote an die übrigen Eigentümer aufgestockt. Und irgendeiner von ihnen hatte angebissen. Ich wusste nur noch nicht, wer. Aber ich wusste, wenn einer verkaufte, würden weitere folgen. Und dann würde Sweet Springs sehr bald in Sour Springs umbenannt werden müssen.

„Klar", sagte ich zu Elle. Das Haus war schließlich groß genug, um die ganze Familie dauerhaft unterzubringen. Dann erinnerte ich mich, dass ich derzeit nicht der Einzige war, der hier wohnte. „Ich frage kurz nach."

„Bei Pop? Ist er da? Geht es ihm besser?"

Ich knirschte mit den Zähnen. „Nein, bei Evelyn."

Ich ging den Flur entlang zu Evelyns Atelier. Ja, es war mein Haus, und die Tür stand immer einen Spalt offen. Trotzdem fühlte ich mich jedes Mal wie ein Eindringling, wenn ich leise dagegenklopfte.

„Es ist offen!"

Nach nur zwei Tagen konnte ich an ihrer Tonlage erkennen, ob sie zufrieden mit ihrem Tagwerk war. Heute war sie es. Ihre Stimme vibrierte geradezu, und in Kombination mit dem verknoteten T-Shirt und der zerschlissenen Jeans voller heller Tonflecken verspürte ich heute besonders stark das Verlangen, ihr beides vom Leib zu reißen.

„Clay!", rief sie begeistert, obwohl niemand sonst hierherkam. Ich würde jeden anderen umbringen, der sie so sah. Mit diesen geröteten Wangen, den unordentlich hochgesteckten Haaren – und diesem strahlenden Lächeln, das einen binnen Sekunden von den Füßen reißen konnte.

„Und? Was sagt sie?", erinnerte mich die Stimme meiner Schwester daran, dass ich nicht hierhergekommen war, um Evelyn anzustarren.

„Was dagegen, wenn wir heute Besuch bekommen?"

„Du hast sie noch nicht mal gefragt?", empörte sich Elle an meinem Ohr, sodass ich das Handy von mir weghalten musste, um Evelyns Antwort zu hören.

„*Wir*?" Evelyn hob eine Augenbraue. Wissend. Einladend. Ihre wilden Strähnen glänzten goldbraun in der Morgensonne wie der Glorienschein einer Heiligen.

Einer Heiligen ohne BH.

Ich zwang meinen Blick von ihren dunklen Brustwarzen weg, die sich fordernd durch den fadenscheinigen Baumwollstoff drückten.

Ja, ich wäre jetzt auch lieber näher bei euch.

„Ich", konkretisierte ich, weil sie immer noch der Meinung war, dass das hier nur vorübergehend war. Ich hingegen war der Meinung, dass sich ihr Name verdammt gut auf der Klingel machen würde. Und ihre Klamotten auf meinem Schlafzimmerboden.

„Klar!" Evelyn drehte sich wieder zu der Skulptur um und wischte mit einem ziemlich verschmierten Finger über ihr Handydisplay. Der Song skippte weiter.

„Tu einfach, was du tun würdest, wenn ich nicht hier wäre – nein, warte." Sie lächelte süß. „Nicht alles."

Ich mag es, wenn du besitzergreifend bist, Sugar.

Doch ich widerstand dem Drang, dieses *alles* für die nächsten Stunden mit ihr zu tun, und sah auf die antik aussehende Wanduhr, die sie gestern aufgehängt hatte. Es war kurz vor zehn. „In vier Stunden geht es los."

Ich verließ den Raum, bevor Evelyn über mich herfallen konnte – oder ich über sie. Dann bestätigte ich Elle, dass wir das Familientreffen hier machen konnten, und klärte, was wir noch brauchten.

Ich würde einkaufen fahren müssen.

„Kommt Pop auch?“ Elles Stimme klang hoffnungsvoll.

Ich dachte an unseren sturen Esel von einem Vater, der sich in den letzten Tagen mehr denn je abschottete. „Ich denke nicht.“

Elle seufzte, und ich wollte ihm in den Hintern treten für das, was er unserer Familie angetan hatte. Damals wie heute.

„Ich freu mich trotzdem drauf. Danke, Clay. Bis später.“

„Keine Ursache. Bis später, Elle.“

Wir legten auf, und ich wechselte zurück in die Nachrichten-App, in der mich die halbe Nachricht erwartete, die ich vorhin begonnen hatte.

Ich: Damit das klar ist: Du schuldest ihr das Gehalt für den gesamten Monat

Es dauerte keine zehn Sekunden, bis er zurückschrieb. Tat dieser Kerl jemals etwas anderes als arbeiten?

Gabe: Unterschreib den Vertrag.

Ich gluckste. Netter Versuch. Als Antwort schickte ich ein Kackhaufen-Emoji.

Gabe: Sie hat gekündigt. Das hätte sie sich früher überlegen müssen.

Er schrieb weiter, doch ich kam ihm zuvor:

Ich: Sie hat vier Wochen Resturlaub

Wieder leuchtete das Schreibsymbol, und ich konnte mir bildlich sein Gesicht vorstellen, wie er in grimmiger Konzentration die Brauen zusammengezogen hatte. Vielleicht hatte er bereits die Nasenflügel gebläht – untrügliches Zeichen, dass er wütend war.

Gabe: Unterschreib den Vertrag, Clay. Es ist die beste Option, die ihr habt.

Jetzt hätte ich beinahe aufgelacht.

Ich: Komm her, und wir regeln das wie Männer

Gabe: Du bist genauso ein sturer Bock wie der Alte!

Ich hielt kurz inne, als mich tausend Erinnerungen fluteten. Hundert Dinge, die ich nie hatte sagen und wie ich nie hatte werden wollen. Und tausend Dinge, auf die ich trotz allem stolz war. Schließlich schrieb ich eine letzte Zeile und steckte das Handy weg.

Ich: Familie kann man eben nicht leugnen.

EVELYN

„Achtzehn Personen?"

Ich hielt überrascht inne, die Finger klebrig vom Fruchtsaft der Orangen, die ich gerade aufschnitt.

Als er gesagt hatte, seine Schwestern würden zum Familientreffen vorbeikommen, war ich von einer gemütlichen Runde ausgegangen – nicht von der gefühlten Hälfte aller Einwohner von Sweet Springs. Kein Wunder, dass die Küche so riesig war, wenn ein kleines Familientreffen knapp zwei Dutzend Menschen bedeutete. Dennoch freute ich mich wahnsinnig darauf, Elle, Tess und Piper wiederzusehen.

„Mach den Mund wieder zu, bevor ich auf unangebrachte Gedanken komme."

Clays Stimme jagte einen Hitzeschauer über meine Haut, die nach dem Duschen noch leicht feucht am Stoff des luftigen Sommerkleids klebte, das ich übergezogen hatte.

Auf dem Rasen hinter dem Haus stand bereits ein riesiger Tisch mit vier großen Schirmen gegen die Mittagshitze.

Durch die hohen Sprossenfenster sah ich dabei zu, wie Clay Gartenstühle mit bunten Auflagen belegte, und *Himmel*, an den Anblick seiner Tattoos in der Sonne und den Duft von gemähtem Gras und Grillkohle könnte ich mich gewöhnen.

Eine Kühltruhe krachte so plötzlich neben mir auf die Anrichte, dass ich einen Satz machte.

„Vorsicht mit dem Messer, du könntest jemanden verletzen."

Ashs breites Grinsen ließ den Schock verpuffen. Dieser Typ konnte Werbung für Zahnpasta machen. Verdammt, und für Adults-Only-Surfhotels, als er die Sonnenbrille in die langen Haare schob, die am Hinterkopf zu einem Bun zusammengefasst waren.

„Das ist ein Familientreffen, seit wann gehörst du zur Familie?", fragte ich, um zu überspielen, dass ich ihn angestarrt hatte.

„Wer sagt, dass ich das nicht tue?" Er hob eine Augenbraue, und seine vollkommene Selbstsicherheit ließ mich kurz zweifeln. Kein Muskel zuckte, kein Mundwinkel, nichts. Niemand hatte so ein Pokerface.

„Du verarschst mich." Es war mehr ein Flehen als eine Erkenntnis.

„Tue ich das?"

Er ließ mich noch eine Sekunde lang zappeln. Dann grub ein fettes Grinsen jungenhafte Lachfalten in seine Augenwinkel. Er griff über die Kücheninsel, um eine Orangenspalte von meinem Schneidbrett zu stehlen. „Man merkt, dass du Künstlerin bist. Dir kann man echt nichts vormachen. Gegenfrage: Wie lange wirst *du* dir noch vormachen, nicht zur Familie zu gehören?"

Ich heftete meinen Blick schnell auf das Obst vor mir, um zu verbergen, wie mein Magen flatterte. Doch vor Ash konnte man anscheinend ebenfalls nichts verbergen. Sein Grinsen wurde noch breiter, sofern das überhaupt möglich war.

„Wir kennen uns erst eine Woche."

Er stützte beide Unterarme auf die Kücheninsel und lehnte sich geradezu unanständig vertraut zu mir. „Zeit ist doch nur ein Konstrukt, das sich Kopfmenschen ausgedacht haben, um Logik in das Chaos namens Leben zu bringen. Du kannst eine Person vor fünf Jahren zuletzt gesehen haben und dich trotzdem an jedes Detail ihrer Mimik erinnern."

Meine Schneidgeräusche verstummten, weil mein Herz umso lauter pochte. Ich wusste noch genau, welchen Schwung die Augenbrauen meines Vaters hatten und dass seine Nase ganz platt wurde, wenn man draufdrückte.

„Siehst du", sagte Ash, dem wirklich nichts zu entgehen schien. „Und du kannst eine Person erst fünf Minuten lang kennen und trotzdem wissen, dass sie perfekt für dich ist. Scheiße, meine Eltern sind nach nur zwei Monaten zusammengezogen. Clays Großeltern waren sogar seit ihrem allerersten Date zusammen." Etwas in seinem Blick flackerte und hinderte ihn kurz am Weitersprechen. Schließlich lehnte er sich zurück und schüttelte den Kopf. Offenbar war ich nicht die Einzige mit alten Wunden. „Alles, was ich sagen will, ist: Zeit ist relativ. Was da drin ist, ist absolut."

Er deutete mit seinem tätowierten Zeigefinger auf meine Brust, dann auf meinen Kopf. Dann trommelte er mit den flachen Händen auf die Anrichte und stieß sich ab. „Ich brauch was zu trinken."

Er steuerte auf den Kühlschrank zu, während ich gedankenversunken den Rest vom Schneidbrett in die Bowle-Schüssel schob.

„Lynn!"

Ein kompakter Körper kollidierte mit meinem, als Tess mir um den Hals fiel. Hinter ihr kamen Elle, Matt und noch mehr Leute herein, und plötzlich schien die riesige Küche fast zu klein. Aber nur fast.

„Hey, Love." Auch Elle drückte mich fest an ihre Babykugel. „Was bereitest du vor? Kann ich helfen?"

„Oh mein Gott, ist das eine Bowle? Ich liebe dich, Lynn!", mischte sich Tess ein, während Elle das Gemüse aus ihrem Einkaufskorb auf die Anrichte stapelte.

„Du kannst dich nützlich machen und den Salat waschen, Schwesterherz." Elle schob sie mit der Hüfte beiseite, um die Messerschublade aufzuziehen. Lachend machte ich den beiden Platz.

Und einfach so, von einem Moment auf den anderen, war ich Teil einer echten Familie, als wäre es das Selbstverständlichste auf der Welt, dass wir gemeinsam kochten. Ich blinzelte die Erinnerung an das letzte Mal zurück, dass ich mit meiner Mutter in der Küche gestanden hatte. Zu Thanksgiving. Als ich dreizehn gewesen war.

Das war mehr als mein halbes Leben her. *Danke, Mom.*

„Ist da Alkohol drin?", holte mich Tess zurück in Clays Küche.

„Ja, und im Kühlschrank ist eine alkoholfreie für Elle."

„Awww, Lynnie!" Elle fasste sich an die Brust, aber ich winkte ab.

„Als Clay gesagt hat, es ist Tradition, dass jeder etwas mitbringt, musste ich mir schnell etwas einfallen lassen.

Leider bin ich eine Niete in der Küche, aber meine Bowle ist die beste!"

„Lieber eine Niete in der Küche als eine Niete im B–"

„Ash!", knurrte Clay, der plötzlich in der Tür stand. Augenblicklich schien der Raum um uns herum zu schmelzen. Wie heiß es wohl werden musste, bis er dieses sandfarbene T-Shirt auszog, unter dem sich seine Muskeln so hinreißend abzeichneten?

„Bonlotterie-Glücksspiel!", beendete Ash den Satz mit Unschuldsmiene. Tess brach in Lachen aus, und ich biss mir auf die Unterlippe, um nicht dasselbe zu tun.

„Der Grill ist heiß", sagte Clay.

Ash griff salutierend nach der Kühltruhe, zwinkerte uns dreien zu und verschwand durch die Terrassentür. Ich wusch den Salat.

Clay schlug mit zwei Männern ein, die ich nicht kannte, nahm einen etwa achtjährigen Jungen auf den Arm und drückte eine Teenagerin in grenzwertig knappen Hotpants und bauchfrei verknoteter Bluse an sich. „Lass dieses Outfit nicht deinen Grandpa sehen, Whitney."

Die Teenagerin verdrehte wohlwollend die Augen, dann sprang sie durch die Tür ins Freie. Piper erschien in der Küche, den kleinen Tommy auf dem Arm. Ich wischte mir die Hände am Kleid trocken und schob mich an Tess und Elle vorbei, um sie zu begrüßen. Ihre Umarmung war warm und fest, ihre blonde Mähne duftete nach Haarspray.

„Babe?" Sie reckte den Hals, bis ein Mittvierziger mit Schnurrbart und Militärhaarschnitt hereinkam, ihr einen Weidenkorb reichte und dafür Tommy abnahm.

„Hi. Ich bin Darren, freut mich." Der Mann rückte seinen Sohn zurecht und hielt mir die Hand hin. „Ich bin Pipers Mann. Also Clays Cousin-Schwager – oder wie auch immer man das nennt."

Sein bellendes Lachen war ansteckend. Ich ergriff seine Hand.

„Evelyn. Ich …" – *habe hemmungslosen Sex mit Clay?* Eher unangebracht. „Bin zu Besuch hier."

Das klang auch seltsam, erst recht nach Ashs unerwartet tiefgründigen Worten. Aber was sollte ich sonst sagen? Ich war nun mal kein Smalltown Girl der Siebziger, das nach nur einem Date mit ihrer großen Liebe zusammenzog. Zumal wir nicht einmal ein echtes Date gehabt hatten!

Ein starker Arm um meine Schulter nahm mir die Entscheidung ab. Und jedes rationale Denkvermögen.

„Sie gehört zu mir."

Okay, diesmal war ich mir sicher, dass es zehn Grad heißer im Raum wurde. Wie gut konnte ein Mann riechen? Ich spürte deutlich, wie der dünne Kleidstoff an meiner Haut klebte. Und wie eng Clays Körper gegen meine Seite gepresst war.

Ich bewegte mich erst wieder, als er mich in seinem Arm nach draußen bugsierte.

„Warte, ich muss deinen Schwestern noch helfen!"

Ich wollte unter seinem Arm hindurchtauchen, doch er hielt mich fest. Hitze schoss durch meinen Körper. „Die sind die letzten neunundzwanzig und zweiundzwanzig Jahre auch ohne dich ausgekommen. Außerdem hast du schon genug getan."

„Aber du hast gesagt, jeder Gast bringt etwas mit."

„Du bist kein Gast."

„Ach ja? Sondern?“

Der schwelende Blick, mit dem er mich jetzt ansah, konnte Höschen wegbrennen. Aber ich würde nicht wieder schwach werden.

Seine Mundwinkel zuckten, als er sich abwandte und mir einen Stuhl in der Mitte herauszog. Der Tisch bog sich beinahe vor Tellern, Schüsseln und Platten voller Maiskolben, Kartoffelspalten, Gemüse und Kuchen. Piper, die neben mir saß, schenkte mir augenblicklich von meiner Bowle ein.

„Die ist übrigens umwerfend, Honey! Gibst du mir das Rezept?“

Elle und Tess kamen dazu, und wir verbrachten die nächsten Stunden damit, zu essen, zu trinken und zu lachen.

Nach einer Stunde konnte ich mir alle Namen merken.

Nach zwei Stunden hatte ich schon wieder vergessen, wie man den Verwandtschaftsgrad zwischen Joana, der Frau von Clays Cousin Anthony, und ihm nannte. Mir schwirrte ein wenig der Kopf von den komplizierten Familienbezeichnungen. Vielleicht auch ein wenig von meiner Bowle und dem selbstgebrannten Moonshine, den Tess mitgebracht hatte.

Nach drei Stunden erschien noch ein Gast in der Balkontür.

Elle richtete sich hoffnungsvoll auf der Hollywoodschaukel auf, die wir beide mittlerweile beschlagnahmt hatten, sank jedoch sofort in sich zusammen. Ich wusste, auf wen sie gehofft hatte: ihren Vater. Und ehrlich gesagt hatte ich auch ein wenig darauf gehofft, ihn zu treffen. Wie er wohl war?

Elles Hand rutschte auf ihren Kugelbauch.

„Hey, Jax.“

„Elle.“

Zum wiederholten Male wusste ich nicht, ob ich bei Jax' Anblick Furcht oder Faszination verspürte. Er strahlte eine gefährliche Mischung aus Disziplin, Dominanz und Intellekt aus, die durch seine schlanken Muskeln und sein gepflegtes Äußeres nur noch unterstrichen wurde. In der anliegenden Jeans und dem hochwertigen Shirt mit hochgeschlagenen Ärmeln schien er kaum in diese Runde ausgelassener Leute vom Land zu passen. Aber als er sich einen Stuhl herauszog, begrüßten ihn alle fröhlich.

„Rayne! Reichlich spät!", rief Anthony, während seine vierzehnjährige Tochter Whitney auffallend den Rücken durchdrückte und eine blonde Haarlocke um den Finger wickelte.

„Nett siehst du aus!" Piper zupfte an seinem Shirt.

„Das täuscht."

Jax' tiefe, absolut kontrollierte Stimme war verstörend. Ein Teil von mir konnte Whitney verstehen. Clay hatte gesagt, er hielt ein Patent für die Umrüstung, und gleichzeitig fuhr er diese gefährlichen NASCAR-Rennen. Diese Kombination aus Analytiker und Adrenalinjunkie wollte nicht in meinen Kopf. Ich bemerkte erst, dass ich ihn anstarrte, als sein Falkenblick auf mich fiel.

„Schönes Kleid."

Piper und ein paar andere pflichteten ihm augenblicklich bei, aber ich verengte die Augen zu Schlitzen, um die Tatsache zu verdrängen, dass *er* dieses Kleid mitgebracht hatte. Aus *meinem* Kleiderschrank. Zusammen mit einem Koffer voll anderer Klamotten, als er meine Skulpturen abgeholt hatte.

Klar, ich war dankbar für seine Weitsichtigkeit. Vier Wochen mit derselben Wochenendausstattung wären schwierig geworden. Trotzdem, hier ging es ums Prinzip. Mein Kleiderschrank war kein All-you-can-take-Buffet. Erst recht nicht meine Unterwäsche-Schublade.

„Dünnes Eis, Rayne."

Er grinste träge. Dann huschte sein Blick zu meiner Schulter, wo der BH-Träger durch den luftigen Kleidstoff schimmerte, und sein Grinsen wurde eine Spur breiter. Er sprach es nicht aus, aber ich wusste, was er dachte: *netter BH.*

Ja, fand ich auch. Es war schließlich meiner.

Aber wenn ich ihn jetzt deswegen zur Rede stellte, standen die Chancen relativ hoch, dass Clay ihm den Kopf abreißen würde.

Zugegeben, spätestens, wenn er den BH sah und erkannte, dass er nicht weiß war wie meine neulich im Flur verstreuten Sachen, würde er wissen, dass Jax ihn mitgebracht hatte.

Moment mal, wenn *er ihn sieht? Du meinst* falls.

Ich warf einen verstohlenen Blick zu dem Mann in der Mitte der Tafel, der das bunte Treiben mit grimmiger Zufriedenheit betrachtete – und meine Welt kurz aus den Angeln hob, als sein Blick auf mich fiel.

Wem machte ich hier eigentlich etwas vor? Ich lebte seit drei Tagen in seinem Haus – seit mehr als einer Woche bei ihm, wenn man die unfreiwilligen ersten Tage dazuzählte. Ich hatte zweimal mit ihm geschlafen. Doch anstatt kleiner, schien die Anziehungskraft nur größer zu werden.

Dann beanspruchte Jax Clays Aufmerksamkeit. Es war nur eine einzelne Geste, ein vages Kopfnicken. Faszinierend, wie kontrolliert Jax' gesamter Körper war.

„Und, wie lange willst du bleiben, Lynn?" Elles nackte Zehen streiften den Rasen, während wir sachte vor- und zurückwippten. Doch ich hörte nicht mehr zu, als Clays Miene sich verfinsterte. Als er sich aufrichtete, spannte sich unwillkürlich auch mein Körper an.

„Matt." Clays Stimme glich einem Knurren. Nicht laut, aber scharf genug, um Matthew zusammenfahren zu lassen. Und jetzt versteifte sich auch Elle. Die Schaukel kam abrupt zum Stehen.

„Was ist los?", fragte ich überflüssigerweise.

„Ich habe keine Ahnung. Aber ich glaube, wir müssen deinen Mann davon abbringen, auf meinen Mann loszugehen."

Ich hatte keine Zeit, über das Kribbeln nachzudenken, weil sie Clay als *meinen Mann* bezeichnet hatte. Denn in dem Moment brach das Chaos los.

CLAY

„Mitkommen."

Mehr Worte brauchte es nicht. Matt wusste sofort, was ich meinte.

Als ich aufstand, taten es mir Ash und Jax gleich. Der Rest starrte uns aus großen Augen an.

„Gibt es ein Problem?", sprach Darren die Frage aus, die allen auf der Stirn geschrieben stand.

Ob es ein beschissenes Problem gibt?

„Lasst euch nicht stören. Gleich wieder da." Ich packte meinen Schwager in spe am Kragen und zog ihn ins Haus.

„Clay!" Elle kam dazu, Panik in den Augen.

„Keine Sorge", beruhigte ich sie, obwohl ich mir selbst nicht ganz glaubte. Ich sah sie nicht an – und auch nicht Evelyn in diesem verflucht heißen Sommerkleid. Es war rot-weiß gemustert, reichte ihr kaum bis zu den Knien und erinnerte mit den gepufften Ärmeln und dem gerafften Ausschnitt an spanische Nächte mit Salsa und Sangria. Todsicher war es nicht in ihrem Koffer gewesen, als sie ihn Anfang der Woche in meinem Hausflur verteilt hatte, und ich wusste sehr genau, was das bedeutete. Ich würde mir Jax vorknöpfen.

Gleich, nachdem ich mit Matt fertig war.

Bei dieser Familie brauchte man echt keine Feinde.

„Wozu brauchst du ne beschissene halbe Million?", fragte ich Elles Verlobten, kaum dass wir im Wohnzimmer angekommen waren und Jax vorsorglich die Balkontür geschlossen hatte.

Matt schnitt eine Grimasse. „Was um alles in der Welt –"

„Du hast den beschissenen Deal angenommen!", schnitt ich ihm das Wort ab und machte einen Schritt vorwärts. Ash berührte warnend meinen Arm, also zeigte ich bloß mit dem Finger auf Matt, bis er sich auf mein Sofa setzte. „Du hast den Steinbruch verkauft! Ich hoffe für dich, dass du vorher mit Elle darüber gesprochen hast, denn im Grundbuch steht *ihr* verdammter Nachname, nicht deiner!"

Zum ersten Mal erschien auf Matts Gesicht so etwas wie ein Lächeln. „Tja, auf unserer Heiratslizenz steht er bei uns beiden."

Ich knirschte mit den Zähnen. Der Gedanke, dass meine Schwester diesen Typen heiratete, wurde gerade um ein Vielfaches schlimmer. „Eine Lizenz ist keine Urkunde."

„Glücklicherweise ist das den meisten Behörden ziemlich egal – vor allem, wenn deine Freunde da arbeiten."

Um ein Haar wäre ich wirklich auf ihn losgegangen. Aber ich mochte mein Wohnzimmer, und ich würde es nicht in einen Boxring verwandeln. Außerdem war dieser Scheißkerl immer noch der Vater meiner ungeborenen Nichte. Also stützte ich mich bloß links und rechts von ihm auf das Sofa und brachte mein Gesicht dicht vor seins.

„Du wirst den Verkauf rückabwickeln. Und du wirst es Elle erzählen. Sonst erzähle ich es ihr, und das könnte schmerzhaft für dich ausgehen, weil sie dir dann nämlich eigenhändig die Eier abschneidet. Das Land gehörte unserem Grandpa."

Matt stieß mich weg und stand auf, damit wir auf Augenhöhe waren. Jetzt war er es, der nahe an mich herantrat.

„Vorsicht, Kumpel", warnte Ash ihn von der Seite, aber ich machte ihm mit einem Kopfnicken klar, dass er sich raushalten sollte.

Das hier war eine Familienangelegenheit.

„Was ich mit vierhunderttausend Dollar will?", wiederholte Matt meine Frage von vorhin. „Für meine Frau und mein Kind sorgen."

„Dafür braucht sie dich nicht, Arschloch. Elle ist eine verdammt starke Frau, es ist *ihr* Land und ihr Geld."

„Es ist kein Geld, es ist bloß ein beschissenes Stück Land, das keiner haben will, Clay. Und es wird auch noch in hundert Jahren ein wertloses Stück Land sein, wenn ich es nicht zu Geld gemacht hätte. Du solltest mir dankbar sein."

„Du solltest den Mund nicht ganz so voll nehmen", schoss Ash zurück.

„Ash!", blaffte ich, obwohl ich etwas Ähnliches im Kopf gehabt hatte. „Warte draußen."

Mein bester Freund gehorchte. Ich starrte Matt nieder, bis wir allein waren.

„Wenn diese Grundstücke verkauft werden, wird hier bald niemand mehr wohnen, das ist dir klar, oder?"

Matt hob die Arme. „Wer *will* denn schon hier wohnen? Das ist der beschissene Arsch der Welt, Mann! Hier gibt's nicht mal ne Highschool für Katie."

Ich fühlte mich, als hätte mich ein Güterzug erfasst, und zwar nicht wegen der nicht vorhandenen Highschool. „Katie."

Matt hob machtlos die Schultern. „Elles Idee."

Sie hatte vor, ihre Tochter nach unserer Mutter zu benennen.

Fuck. Das Problem mit Eltern war, dass man sie nicht hassen konnte, selbst wenn man wollte.

Warf ich meinem Vater vor, ein Scheißkerl zu sein, und meiner Mutter, ihn einfach verlassen zu haben? Ja!

Verachtete ich sie beide dafür? Absolut.

Liebte ich sie trotzdem? Scheiße, ja.

Natürlich würde Elle jedes ihrer Kinder nach ihnen benennen. Sie liebte mehr als ich. Bedingungsloser. Großherziger.

„Weiß sie vom Verkauf?"

Matt wich meinem Blick aus wie ein jämmerlicher Feigling. Ich wollte ein Loch in die Wand schlagen.

„Du hast verdammt Glück, dass deine Gene in meiner Nichte stecken. Du wirst es Elle sagen. Bis dahin will ich dich nicht mehr in diesem Haus sehen."

Mehr hatte ich ihm nicht zu sagen. Er mir offenbar schon.

„Clay, warte!" Er hielt mich am Arm fest, und ich fuhr so heftig herum, dass er taumelte. „Hör zu, ich habe vielleicht andere Prinzipien als du, aber ich sorge auch für meine Familie."

„Ganz ehrlich, wäre mir scheißegal, wenn deine Familie nicht zufällig *meine* Familie wäre, Hopper." Ich biss die Zähne zusammen, als mir einfiel, dass er Elles Namen annehmen würde. *Grandpas* Namen. Um den beschissenen Verkauf zu beschleunigen.

Matt sah aus, als wollte er noch etwas sagen, aber ich hatte genug gehört. Kopfschüttelnd setzte ich mich in Bewegung – und wurde von einer unsichtbaren Wand gestoppt, als ich Elle sah. Neben Evelyn.

Zwei unabhängige, lebenslustige Frauen. Blond und brünett, die eine schockiert, die andere besorgt. Beide Anblicke zogen unangenehm an einer Schnur in meinem Innersten.

„Clay, was ist los?", fragte Elle.

„Das muss dein Verlobter dir selbst erzählen."

Sie starrte Matt an. „Matt?"

Er schüttelte resigniert den Kopf, dann straffte er die Schultern und hob das Kinn. Und ich … bekam unwillkürlich Respekt vor ihm. Ich mochte nicht mit seiner Einstellung übereinstimmen, und ich verabscheute, was er getan hatte.

Aber ein Teil von mir verstand ihn. Er wollte für seine Familie sorgen. Er wollte seiner Frau und Tochter das Beste bieten, was er konnte.

Es gefiel mir nicht, wie sehr mich das ins Grübeln brachte.

Kapitel 26

Rodeo

CLAY

„Hey, Grumpy Schlumpf." Evelyn setzte sich schräg vor mir auf den Sessel. Die Art, wie sie beim Hinsetzen leicht das Gesicht verzog, jagte erst Sorge, dann Belustigung durch meine Glieder und schließlich Lust, als mir einfiel, warum ihre Muskeln so schmerzten.

„Immer noch Muskelkater?"

Sie lachte. „Wohl eher Muskeltiger. Aber es geht wieder. Hat ja auch nur drei Tage gedauert." Die Art, wie sie mit diesem nachsichtigen Lächeln die Augen über sich selbst verdrehte, konnte süchtig machen. Dieser offene Blick, mit dem sie mich danach ansah, auch. „Und was ist mit dir? Willst du die ganze Nacht hier brüten oder mir erzählen, was heute Nachmittag mit Matt passiert ist?"

Mir wurde bewusst, dass es draußen längst finster war und wir uns in den großen Fensterscheiben spiegelten. Die gedimmte Leselampe tauchte den Raum in warmes Licht.

Es hatte schon gedämmert, als alle übrig gebliebenen Rationen verteilt, die Küche aufgeräumt und die Letzten gegangen waren. Jetzt war es stockdunkel.

„Familienangelegenheiten."

Ich wollte sie nicht damit belasten, aber Evelyn ließ nicht locker. Sie stand auf und setzte sich neben mich auf die Couch. Nicht nah genug, dass sich unsere Knie berührten. Aber nah genug, dass ich den Duft ihrer Haut wahrnahm und die Hitze ihres Körpers. Dieses Kleid war verdammt schön.

Memo: Jax einen Kopf kürzer machen.

„Na los! Du hast mich gestern Abend gezwungen, dir zu erzählen, was mich bedrückt, und es hat mir geholfen. Jetzt bist du dran mit erzählen und ich damit, dir zu helfen."

Sugar, du könntest mir auf ein paar Arten helfen.

Aber nicht, wenn ich in dieser Sinnkrise steckte.

„Du könntest damit anfangen, was es mit diesem verschnörkelten Schriftzug auf sich hat." Sie richtete den Blick auf meine Brust, als könnte sie sich damit durch das T-Shirt brennen.

Fuck, es schien zu funktionieren.

Change is inevitable. Growth is optional.

Veränderung ist unausweichlich. Daran zu wachsen ist optional.

Die Tatsache, dass sie meine nackte Brust eingehend genug studiert haben musste, um ihn zu lesen und sich daran zu erinnern, war gleichermaßen entzückend und erregend. Aber diese Geschichte war eindeutig zu lang für einen Tag wie heute.

„Könnte ich das? Wie weit ist deine Skulptur? Wir haben immerhin einen Deal, schon vergessen?"

„Ich komme gut voran." Ihre Stimme floss wie Seide, ihr Blick glühte. „Aber ich könnte ein wenig Inspiration gebrauchen."

Schlagartig veränderte sich die Stimmung im Raum. Abermals glitt mein Blick über ihren Hals, ihr Dekolleté, ihre Beine. Erst, als ich verspätet wieder bei ihrem Gesicht ankam, sah ich, dass sie dasselbe bei mir tat.

„Soweit ich mich erinnere, ist Eva eine Frau." Meine Stimme klang heiserer als erwartet.

„Die Assemblage heißt ‚Sündenfall', schon vergessen?"

Verdammt, dieses Schnurren. Verdammt, diese Augen.

Sie betrachtete jeden unbedeckten Zentimeter meiner Haut und verursachte ein Prickeln, als würden nicht ihre Augen darübergleiten, sondern ihr nackter Körper.

„Du willst etwas Sündhaftes? Nur zu."

Ich hielt ihren Blick fest, während ich mir das T-Shirt über den Kopf zog. Sofort fiel ihr Blick tiefer, und die Art, wie sie meinen Oberkörper betrachtete, ließ meinen Schwanz zucken.

„Augen auf mich, *Sugar.*"

Ich mochte, wie ihre Lider flatterten. Ich mochte auch, wie ihr Atem flacher wurde in dem Versuch zu verbergen, dass ihr gefiel, was sie sah.

Ich mochte überhaupt nicht, dass mein Bett viel zu weit weg war.

Kurz dachte ich daran, wie hellhörig das Haus war, und dass das Wohnzimmer keine Tür hatte. Doch als Evelyn auf meinen Schoß kletterte, packte ich ihre Hüften und zog sie auf mich.

Augenblicklich waren meine Sinne von ihrem Duft benebelt. Von ihrem fantastischen Körper in diesem Sommerkleid. Von *ihr*.

Und das Beste war, dass ihre Arme wie von selbst um meinen Hals glitten, als gehörte sie genau hierher. Auf meinen Schoß.

Zu mir.

Fuck, das tat sie.

War es die beste Idee, hier auf dieser Couch Sex zu haben? Wahrscheinlich nicht. Aber würden wir es bis nach oben in mein Schlafzimmer schaffen? Vergiss es.

EVELYN

Mir entwich ein Stöhnen, als er mich mit einem Ruck enger an sich zog. Halb, weil die Sitzposition meinen Muskelkater befeuerte. Und halb, weil ich seine große Erektion deutlich an meiner Mitte spürte und es sich einfach zu gut anfühlte.

Genauso gut wie sein nackter Oberkörper unter meinen Händen und seine besitzergreifenden Hände auf meinem Hintern. Er hatte mein Kleid bis über meine Hüften hochgeschoben, was wohl nur fair war, nachdem ich ihn geradezu genötigt hatte, sein T-Shirt auszuziehen. Der Anblick war es wert.

Jetzt schwebten unsere Lippen voreinander.

Ich spürte seinen heißen Atem auf der Haut, schmeckte seinen holzigen Orangenduft, noch bevor ich die letzten Zentimeter überwand.

Er empfing meine Lippen mit einem hungrigen Kuss, während seine großen Hände meine Taille hinaufwanderten und eine Spur aus flüssigem Feuer hinterließen. Ich schnappte nach Luft, als seine Fingerkuppen meine Brustwarzen streiften, die sich längst hart durch den dünnen Kleidstoff drückten.

„*Fuck*, ich will wissen, wie du schmeckst."

Hitze staute sich in meinem Unterleib. „Dann finde es heraus."

Seine Hände hörten nicht auf, meine Brüste zu liebkosen. „Wir waren nicht beim Arzt."

Ich keuchte überwältigt, und nicht nur, weil seine Daumen begehrlich über meine Brustwarzen strichen. Bisher hatte sich kein Mann, mit dem ich zusammen gewesen war, Gedanken über Verhütung im Sinne von Krankheitsverhütung gemacht, weder während noch nach einer Beziehung und erst recht nicht davor. Aber bisher hatte auch kein Mann so viel Verantwortung übernommen. Für seine Heimatstadt, für seine Familie, für die Zukunft.

„Mein letzter Test ist schon eine Weile her, aber seitdem war ich mit niemandem mehr intim. Ich nehme die Pille, um meinen Zyklus zu regulieren … Wenn dir das reicht?"

Ich war mir ein wenig paranoid vorgekommen, als ich mich nach dem Ende meiner letzten Beziehung hatte testen lassen. Seit ich Clay kannte, wusste ich, dass ein bisschen Paranoia durchaus gerechtfertigt war. Vielleicht nicht so viel, jemanden kurzerhand in seinem Geräteschuppen einzusperren.

Wobei, wenn ich es mir recht überlege …

Der Lustknoten in meinem Bauch explodierte, als Clay in mein Haar griff und meinen Kopf nach hinten bog, um meinen Hals zu küssen.

„Das reicht mir völlig." Seine Stimme sandte heiße Lustschauer durch meinen Körper. „Ich spende alle drei Monate Blut. Wenn *dir* das reicht?"

Ha. Natürlich spendete er Blut. Weil dieser Mann einfach perfekt war. Auf seine ruppige, tätowierte *„Fuck you"* Art und Weise.

Zur Antwort hob ich sein Gesicht an und küsste ihn heftig, saugte an seiner Unterlippe, ließ meine Zunge in seinen Mund gleiten. Er stöhnte, bis meine Brust vibrierte und mein Innerstes vor Verlangen pulsierte.

„Da wir das geklärt hätten …" Meine Finger kämpften mit dem Knopf seiner Jeans.

„Nein." Sein Knurren war überraschend, genau wie der plötzliche Ruck, mit dem er mich herumwuchtete, bis ich rücklings auf der Couch lag.

Ich schnappte nach Luft, als meine nackten Schultern auf kaltes Leder trafen. Und dann ein zweites Mal, als seine heiße Zunge an der Innenseite meiner Schenkel hinaufglitt. Ich bebte vor Verlangen, als er mein Höschen zur Seite schob, und verglühte, als er meine Klitoris mit der Zungenspitze umkreiste. Und dann explodierte ich, als er den Mund saugend und leckend zwischen meinen Beinen vergrub, als wäre er ein Verdurstender und ich der letzte saftige Pfirsich im Hochsommer. Sein zufriedenes Knurren katapultierte mich fast augenblicklich über den Abgrund.

Stöhnend warf ich den Kopf in den Nacken, krallte die Finger in den Lederbezug der Couch und starrte aus großen Augen an die holzgetäfelte Zimmerdecke. Ich konnte nicht atmen. Nur fühlen, lechzen, bersten. Und als er zusätzlich zwei Finger in mich schob und genau im richtigen Winkel krümmte, kam ich mit einer so überwältigenden Heftigkeit, dass die Zimmerdecke in tausend Lichtpunkte explodierte.

Nur kurz, dann kehrten die Sicht und meine pochende Erregung zurück. Ich strampelte das durchfeuchtete Höschen von meinen Hüften und überfiel ihn beinahe, zog seinen Kopf zurück und küsste ihn heftig. Er schmeckte süß und salzig und absolut erregend.

„Fucking Candy." Ich stöhnte das Wort in seinen Mund.

Seine Antwort war eine Mischung aus einem tiefen Knurren und einem plötzlichen Ruck, der meinen Unterleib beben ließ.

Schon waren meine Hände wieder am Knopf seiner Jeans. „Ich will dich in mir."

Das war gelogen, ich *brauchte* ihn. Jetzt.

Er drückte den Rücken gegen die Sofalehne und hob das Becken an, um die Jeans im Sitzen abzustreifen. Eine Sekunde später war sein Penis frei und ragte fordernd zwischen uns in die Höhe.

„Dann reite mich, *Sugar.*"

Ich gehorchte augenblicklich, raffte den Kleidsaum und setzte mich rittlings auf ihn. Dann sahen wir beide dabei zu, wie ich auf ihn glitt.

Es war das Heißeste, das ich jemals gesehen hatte.

Es war auch das Heißeste, das ich jemals gefühlt hatte, als er mich weit dehnte, während er mich Zentimeter um Zentimeter ausfüllte.

„*Fuck*, Evelyn."

Clays Stimme bebte genauso sehr wie meine immer noch verkaterten Beinmuskeln, aber ich konnte nicht aufhören. Nicht den Blick abwenden. Und nicht die Hände von seinen muskulösen Schultern nehmen. Mir entkam ein lustvolles Wimmern – das zu einem scharfen Keuchen wurde, als er meinen Hintern umfasste und die letzten Zentimeter mit einem Ruck überwand. Jetzt stöhnten wir beide.

„Du fühlst dich so verdammt perfekt an."

Weil ich exakt dasselbe hatte sagen wollen, riss ich bloß seinen Kopf hoch und küsste ihn hart, während ich begann, mich auf ihm zu bewegen.

Gott, wann hat sich jemals etwas so gut angefühlt?

Seine Zunge, seine Hände, *er*. Ich wollte alles hiervon, mehr davon, für immer.

Ich hob das Becken an und veränderte den Winkel, bis ich ihn dort spürte, wo ich ihn brauchte. Er ließ mich den Rhythmus bestimmen, und die schwelende Art, wie er mich dabei aus halb geschlossenen Augen beobachtete, ließ mich alles andere vergessen.

Ich hielt mich nicht zurück, stöhnte die Verzückung hinaus, bis sich mein Hals genauso roh anfühlte wie mein Verlangen. Meine Oberschenkel schrien um Gnade, aber meine Lust flehte um Erlösung.

„Weiter", forderte Clay. „Lass dich fallen." Er drückte meinen Oberkörper zurück, bis ich den Rücken durchbog und mich auf seinen Knien abstützen musste.

Oh, mein Gott!

Ich stöhnte auf eine Weise, die mir selbst fremd war, ließ die Hüften kreisen und wippen, ritt ihn mit verzweifelter Entzückung, bis die schiere Explosion der Lust durch meinen Körper jagte und meine gequälten Muskeln tausendfach entschädigte.

Zuckend bäumte ich mich auf und schickte Clay damit ebenfalls über den Abgrund. Er presste mich keuchend an sich, während ich ihn in mir pulsieren spürte. Sein Herzschlag hämmerte gegen meine Brust, unser beider Stöhnen füllte meine Ohren.

Es war ein langer Orgasmus, tief und sättigend, und als er vorbei war, bewegte ich mich immer noch leicht auf ihm, weil ich das Gefühl noch nicht loslassen wollte. Clay lachte leise, und der Laut vibrierte so warm in meiner Brust, dass ich das Gesicht an seinem Hals vergrub, um mein mattes Lächeln zu verbergen. Sein Duft hüllte mich ein wie ein warmes Versprechen, während ich seinen Puls an meiner Wange spürte, schnell und kräftig, und seine Arme um meinen Körper. Warm und stark und … Clay.

„Sag mir, was ich tun soll, damit du hierbleibst. Ich tue alles."

Seine Stimme klang rau, träge und absolut berauschend. Doch ich wehrte mich gegen das Gefühl, das seine Worte auslösen wollten.

„Egal, was ich jetzt fordere oder du versprichst – ich glaube nicht, dass es sehr ernsthaft ist, während du gerade in mir bist."

Seine Lippen glitten an meinem Kinn entlang, wobei sein kurzer Bart über meine Haut strich. „Sag es mir."

Ich gab dem Verlangen nach, den Kopf zu drehen, bis sich unsere Lippen fanden. Ich mochte es, wie er mich küsste. Ich mochte den bittersüßen Kontrast seiner weichen Lippen und kratzigen Barthaare. Ich mochte seine Zunge.

Er zuckte in mir, als sich meine inneren Muskeln erneut zusammenzogen.

„Wir sollten dieses Gespräch auf später verschieben", hauchte ich.

Er knurrte, halb zustimmend, halb widerstrebend. Dann umfasste er meinen Hintern und stand mit mir gemeinsam auf, ohne unsere Verbindung zu lösen. Er ging mit mir in die angrenzende Küche, setzte mich auf die Arbeitsplatte und zog ein paar Küchenhandtücher aus einer Schublade, bevor er begann, zuerst mich und dann sich selbst zu säubern.

In diesem Moment war die Verlockung wirklich groß, für immer hierzubleiben.

Kapitel 27

Lebenswerk und leben lassen

EVELYN

Fun Fact: Der Körper hat sechshundertsechsundfünfzig Muskeln.

Not-so-Fun-Fact: Mindestens vierhundert davon rächten sich an mir, als ich am nächsten Morgen aus dem Bett stieg.

Mein eigenes Bett, nicht das von Clay.

Regel Nummer 1: Schlafe nicht in den Armen deines One-Night-Stands ein.*

**Fußnote: Erst recht nicht, wenn er dich entführt hat. Egal, wie fürsorglich er erscheint.*

Ich ignorierte, dass unser One-Night-Stand längst seine definierte Lebensdauer überrundet hatte. Mehrfach.

Ich ignorierte auch das absurde Bedürfnis, mich an seine warme Brust zu kuscheln, bis ich einschlief.

Und vor allem ignorierte ich meine pochenden Muskeln. Sie protestierten, als ich mich unter die Dusche schleppte, und wollten auch das heiße Wasser nicht als Friedensangebot akzeptieren.

Also stakste ich eher wie ein Storch als ein Mensch in die Küche und war froh, dass ich wie so oft vor Clay wach war.

Die Terrassentür stand offen. Mist, hatten wir sie gestern Abend vergessen? Ich konnte mich nicht erinnern.

Vielleicht, weil ich einen nicht unbedeutenden Teil meines Hirns auf der Couch zurückgelassen hatte. Die bloße Erinnerung zog meine inneren Muskeln zusammen. Ich warf einen kurzen Blick ins angrenzende Wohnzimmer, aber es lag aufgeräumt und idyllisch da, als hätte dort nicht der Sex des Jahrhunderts stattgefunden.

Also tat ich, was ich in den letzten Tagen auch getan hatte: Ich kochte Kaffee, räumte die Spülmaschine aus, während er durchlief, und setzte mich mit einer Tasse auf die Terrasse, um die Morgensonne zu genießen, bevor ich im Atelier weiter an meinen Skulpturen arbeiten würde. Ich kam gut voran, seit ich hier war. Vielleicht, weil ich nicht acht Stunden in einem Büro zubrachte und zwei Stunden im Verkehr.

Bestimmt nicht, weil ich einem tätowierten Mistkerl etwas beweisen wollte und einen Deal mit ihm abgeschlossen hatte, mehr über seine draufgängerische Vergangenheit zu erfahren.

Dennoch: Heute würde ich es wagen! Ich würde Octavia Brown, die Leiterin des Art Institute, anrufen und sie davon überzeugen, dass ich die besten Skulpturen der Welt erschaffen hatte. Ich würde –

An einem verfluchten Herzinfarkt sterben!

„Kein Grund, die Nachbarn aufzuwecken, Schätzchen."

Zugegeben, das hätte mein Schrei über die Prärie von Kentucky durchaus vermocht. Wenn es hier Nachbarn gäbe.

Direkt neben mir an der Hauswand, auf einem Gartenstuhl, den er sich wohl hierhergezogen hatte, saß ein Mann. Aber es war nicht Clay, nicht Ash oder irgendeiner seiner Cousins und Freunde.

Dieser hier war alt. Mindestens siebzig, obwohl die sonnengegerbte Haut und tiefen Fältchen auch einen sehr viel jüngeren Mann älter erscheinen lassen konnten – oder das selbstgefällige Grinsen und die sehnige Statur einen sehr viel älteren Mann jünger.

„Was ist, wollen Sie mit dem Kaffee da Wurzeln schlagen?" Er deutete auf die Tasse in meiner Hand. „Gibt's noch mehr, wo der herkommt?"

Zu perplex, um zu antworten, überließ ich ihm meine Tasse und ging rein, um mir eine neue einzuschenken.

„Sie sind Clays Vater", sagte ich, als ich wieder hinaustrat. Es war die einzige Erklärung. Er sah ihm nicht ähnlich, zumindest nicht auf den ersten Blick, aber das mochte daran liegen, dass seine Haare und Brauen komplett ergraut waren und sein Kinn glattrasiert.

Die lange Nase und hohen Wangenknochen hatte Clay nicht geerbt. Die ruppige Art schon.

„Und Sie sind?", fragte er, ohne den Blick vom Horizont zu nehmen. Oder meine Frage zu beantworten.

Ich hasste es, wie meine Muskeln protestierten, als ich mich auf den zweiten Stuhl setzen wollte, aber ich verkniff mir ein Ächzen.

Trotzdem zuckten seine Mundwinkel amüsiert. Er sah mich immer noch nicht an.

„Schwer verausgabt heute Nacht?“

Ich verbrühte mich fast an dem heißen Kaffee. Er war –? *Oh mein Gott!* – er war hier gewesen? Hatte er uns gehört?

Blöde Frage, wer im Umkreis von zwanzig Meilen hätte dich nicht gehört?

Oh mein Gott. Oh mein Gott. Oh. Mein. Gott!

Wo war das Loch im Boden, wenn man es brauchte?

„Das ist vom Reiten. – Pferde reiten!“, setzte ich schnell nach, weil dieser Witz schon einige Male nach hinten losgegangen war. Auch diesmal machte er es nur schlimmer.

Der alte Mann lachte meckernd. Und nahm den Blick immer noch nicht vom Horizont.

„Wo kommen Sie her, Schätzchen?“

Das könnte ich Sie fragen! Ich war zuerst hier.

„Chicago.“

Seine faltigen Augen wurden schmal, sein Kopf ruckte herum. Und jetzt sah er mich doch an, musterte mich von Kopf bis Fuß. Sein Blick hatte eine verstörende Intensität. Seine Lippen zuckten.

„Ganz schön weiter Weg für ne Großstadtbraut.“ Ein Husten brach aus seiner Brust, das er schnell in den Griff bekam. „Was wollen Sie in Sweet Springs, Schätzchen? Abgesehen vom Schwanz meines Sohnes? Geld?“

Ich verschluckte mich fast.

Entschuldigung?! Bloß weil Sie kein eigenes Haus haben, …

Nein, ich würde mich nicht auf diese Diskussion einlassen.

„Ich bin Bildhauerin.“

Er reagierte nicht, nahm den Blick nicht vom Horizont. Bloß seine Mundwinkel arbeiteten wieder. Es sah aus wie eine unkontrollierbare Reaktion, vielleicht eine Muskelschwäche?

„Verdient man damit Geld?"
Sie sind ein Arsch!
„Sehe ich aus, als hätte ich keines?"
Immerhin zuckte sein Blick kurz zu mir. „Wären Sie hier, wenn Sie welches hätten?"
Ich spürte, wie Frust, Scham und meine Unfähigkeit als Künstlerin die Kontrolle übernehmen wollten. Wieso musste er so ein Arsch sein? Wieso musste er recht haben?
„Ich bin Evelyn."
Er sah wieder zum Horizont. „Ist das ein Eingeständnis?"
Das ist mein Name, Sie unfreundlicher alter Griesgram!
„Das ist Anstand!", zischte ich. „Den Sie offenbar nicht haben. Hat Ihnen schon mal jemand gesagt, dass es unhöflich ist, Menschen nicht anzusehen, während man mit ihnen spricht?"
Wieder zuckten seine Mundwinkel. Er sah mich nicht an. „Nein, Sie sind die Erste." Noch ein unterdrücktes Husten. „Heute."
Ich stand auf. „Clay hatte recht. Sie *sind* ein Scheißkerl."
Jetzt kräuselte sich sein Gesicht zu so etwas wie einem Grinsen. „Sie nehmen den Mund ganz schön voll dafür, dass Sie mein Haus besetzen, meinen Sohn vögeln und mir das Geld aus der Tasche ziehen wollen."
Ich blinzelte ein paar Mal, um meine impulsive Widerrede zu zensieren. „Entschuldigung, aber so wie ich das sehe, sind *Sie* derjenige, der hier das Haus seiner Kinder besetzt. Haben Sie kein eigenes?"
Seine Augen wurden schmal, sein Husten grollte, aber seine Lippen zuckten noch. Fand er das etwa witzig? „Keins, in dem mir nicht ständig eine Krankenschwester auf die

Nerven geht, um nachzusehen, ob ich noch lebe. Außerdem ist das Essen miserabel. Ich mag Pancakes zum Frühstück und Fried Chicken zum Abendessen, keine verfickte zuckerfreie, glutenfreie, fettfreie, spaßfreie Schonkost."

Ich riss die Augen auf. „*Sie* haben meine Pancakes gegessen!"

Kein Zweifel: Jetzt blitzten seine Augen vor Schalk. Verhaltener Husten. „Ich hab nicht gesehen, dass dein Name draufstand, Schätzchen."

Jetzt waren wir also schon beim *Du*?

„Wo wir bei Namen sind: Walker ist der Name."

Ernsthaft? Und jetzt sollte ich ihm die Hand schütteln und die Friedenspfeife rausholen, oder was?

Walker jedenfalls schien zufrieden mit sich, er lehnte den Kopf gegen die Stuhllehne und beobachtete zwei Stare, die auf dem Zaun umherflatterten.

Dann schob er das Becken vor, um an seine vordere Jeanstasche zu kommen – genau wie Clay gestern Nacht, aber ich verdrängte den Gedanken schnell –, und holte eine Schachtel Zigaretten hervor. Sie war stark verbeult und fast leer, als er sich die vorletzte zwischen die zuckenden Lippen schob und anzündete.

Mehr Husten. Beißender Nikotingeruch stieg mir in die Nase.

„Ich glaube nicht, dass das gesund ist, wenn Sie so klingen."

Er zupfte einen Tabakkrümel von der Zunge. „Und ich glaube, dass dich das einen Scheiß angeht, Lady."

Ich warf das Handtuch – im übertragenen und pantomimischen Sinne, als ich die Arme hochriss. Ich hatte Wichtigeres zu tun, als mit diesem Clint-Eastwood-Verschnitt zu diskutieren. Zum Beispiel, daran zu arbeiten, dass er nicht recht behalten würde mit seiner Prognose über meine brotlose Kunst.

„Tja, ich muss weiterarbeiten. Ich würde gerne sagen, es hat mich gefreut, aber –"

„Hast du den *verfickten Verstand verloren*???"

Hitze schoss durch meinen Körper. Nicht, weil jemand herumbrüllte. Sondern weil es Clay war. Der genau vor meiner Nase in der Terrassentür aufragte und mich in holzigen Orangenduft hüllte.

Mit zwei Schritten war er bei seinem Vater und riss ihm die Zigarette aus dem Mund. Der Blick des Alten wurde hart, und jetzt erkannte ich deutlich mehr Ähnlichkeit. Die gleiche Gesichtsform, der gleiche Dickschädel – buchstäblich. Möglicherweise war Walker früher genauso attraktiv gewesen wie sein Sohn.

„Weißt du, was das Gute daran ist, zu sterben, Junge?" Walker tastete augenblicklich erneut nach der verbeulten Packung. „Es spielt keine Rolle mehr, was ich tue oder nicht tue. Ich ergebe mich meinem Schicksal – und das solltest du auch langsam tun."

Das Herz wurde mir schwer. Clays Vater würde also wirklich sterben. Wie schnell? Woran?

„Bullshit!", fauchte Clay. „Du ergibst dich deinem Schicksal nicht, du forderst es heraus. Du gibst dir nicht einmal Mühe, so viel Zeit wie möglich mit deiner Familie zu verbringen."

„Ich werde jetzt nicht mit dem Rauchen, Trinken und allem, was Spaß macht, aufhören, um aus einem Jahr fünf zu machen. *Fuck it*."

„Fuck *you*!", explodierte Clay. „Weil du immer nur an dich denkst! Kommt dir nicht in den Sinn, dass deine Tochter jeden Tag dafür betet, dass du deine Enkeltochter noch kennenlernst? Elle hat gestern nach dir gefragt, aber du bist zu verflucht stur, um auch nur zehn Minuten aus deinem Schneckenhaus zu kriechen und anderen eine Freude zu machen."

Clays Vater blähte die Nasenflügel, ohne den grimmigen Blick vom Horizont zu nehmen. Offenbar sah er nie die Person an, mit der er sprach. Nicht einmal seinen eigenen Sohn.

Clay schnaubte. „Sie wird sie übrigens Kate nennen."

Jetzt zuckten die alten Augen, die faltigen Mundwinkel begannen wieder zu arbeiten. Eine gewittergeladene Stille entstand, in der ich kaum zu atmen wagte. Dann:

„Es ist nicht mehr zu ändern, Junge. Der Schaden ist längst angerichtet."

„Das ist eine billige Ausrede, und das weißt du auch. Du kannst jeden beschissenen Tag etwas ändern", blaffte Clay. „Morgen wünschst du dir, du hättest heute angefangen. Oder gestern auf deine Söhne gehört, die dir schon vor zehn Jahren –"

„Ha!" Walkers höhnisches Lachen unterbrach ihn, bevor es in bellendes Husten überging. „Auf welchen denn? Den, der mich verkaufen will; den, der mich verraten hat; oder den, der mich leugnet?"

Er hustete nochmal und spuckte aus. Clay verstummte, sein Kiefermuskel zitterte. Ich wollte ihm eine Hand auf den Arm legen, um zu zeigen, dass ich für ihn da war.

Walker klopfte die letzte Zigarette aus der verbeulten Schachtel. „Kümmer dich um deinen eigenen Scheiß, und lass mich in Ruhe. *Sohn*!!" Er knurrte warnend, als Clay abermals Anstalten machte, ihm die Zigarette wegzunehmen.

Clay sah aus, als wollte er noch etwas sagen – oder etwas zerschlagen. Stattdessen presste er bloß die Kiefer aufeinander, schüttelte den Kopf und stapfte zurück ins Haus. Sein Vater blieb sitzen und sah rauchend zum Horizont.

Ich spürte, dass ich den Atem angehalten hatte. Und dass ein dicker Kloß in meinem Hals saß. Die Situation erinnerte mich zu sehr an meine eigene Mutter. So viel Frust. So viel Schmerz. Man war sich früher einmal so nahe gewesen, wollte sich heute noch so viel sagen. Aber die Mauer aus ausgesprochenen Anschuldigungen und unausgesprochenen Versöhnungen war über die Jahre so hoch geworden, dass man sich kaum noch erinnerte, wie das Gesicht auf der anderen Seite aussah.

Und einfach so brach mein Herz. Für meine kaputte Mutter-Tochter-Beziehung. Und Clays kaputte Vater-Sohn-Beziehung.

Ich sah Walker an, wollte etwas sagen. Irgendetwas, um ihn umzustimmen.

„Spar dir die Predigt für die Kirche auf, Lady", sagte Walker, noch bevor ich den Mund geöffnet hatte. Ohne mich anzusehen, natürlich.

Ich folgte Clay ins Haus.

Kapitel 28

Du änderst nicht die Zeit, die Zeit ändert dich

CLAY

„Kate."

Ich biss die Zähne stärker zusammen, obwohl meine Kiefermuskeln längst schmerzten, und wich Evelyns mitfühlendem Blick aus.

„Sie war deine Mutter, oder?"

Ich schüttelte den Kopf. „Ist." *Möglicherweise. Keine Ahnung.* „Sie hat ihn vor siebzehn Jahren verlassen."

Uns.

Evelyn kam näher. Ich hörte ihre nackten Füße auf dem Fußboden, inhalierte ihren blumig-frischen Lavendelduft und widerstand dem Drang, ihren warmen Körper an mich zu ziehen und die Nase in ihrem Haar zu vergraben.

„Wegen Jesses Mutter …?“

Mein Kopf ruckte hoch, mein Blick begegnete ihrem.

Cleveres Mädchen.

Sie war so verdammt klug, so aufmerksam, so voller unzähliger Facetten, von denen ich jeden Tag eine neue entdeckte. Ich wusste nicht viel, aber in diesem Moment wusste ich eine Sache so sicher wie das Amen in der Kirche: Es würde mich ruinieren, wenn sie ging.

„Es war eine Affäre, oder? Er hat Jesses Mutter nie geheiratet.“

Ich nickte, schüttelte dann den Kopf, um das Thema abzuschließen, und stellte eine Pfanne auf den Herd. „Hattest du Frühstück?“

Statt einer Antwort umrundete sie die Kücheninsel, bis sie unmittelbar vor mir stand, sah mich aus diesen mitfühlenden dunklen Augen an und hievte sich auf die Anrichte. Die Art, wie sie dabei das Gesicht verzog, verursachte mir fast ein schlechtes Gewissen. Aber nur fast.

Stille dehnte sich unangenehm aus.

„Ist das ein Nein?“ Ich hob eine Augenbraue in dem erbärmlichen Versuch, von dem riesigen Elefant im Raum abzulenken, der meine verkorksten Eltern waren.

„Das ist ein ‚Rede mit mir‘“, erwiderte sie sanft. Verdammt, ich wollte sie küssen. Nicht, um das Verlangen in meinen Lenden zu bezwingen, sondern die Dankbarkeit in meiner Brust. „Ist sie das Porträt auf deiner Schulter?“

Das entlockte mir ein Schmunzeln. Dieser Frau entging wirklich kein Detail. Kein Wunder, dass ihre Skulpturen so verdammt gut waren. „Nein, das ist meine Großmutter.

Väterlicherseits. Sie war der beste Mensch, den ich kannte, und ich … verdanke ihr viel."

Meine Wurzeln, meine Weltanschauung, meinen Glauben. Die Tatsache, dass ich überhaupt lebte, weil sie meinen Vater geboren hatte, und dass ich *noch* lebte, weil ich weder im Jugendgefängnis noch im Register unidentifizierbarer Toter gelandet war.

Sie hatte dafür gesorgt, dass ich mich nicht als Teenager mit selbstgebastelten Sprengsätzen in die Luft gejagt hatte und in Pops Werkstatt etwas Anständiges gelernt hatte. Dass ich meinen Bruder nicht umgebracht hatte und meinen Grandpa vor seinem Ableben noch einmal von einer ganz neuen Seite kennenlernen konnte. Und vor allem, dass ich zurückgekommen war, nachdem ich zweimal ausgerissen war, obwohl ich meinem Vater und mir selbst geschworen hatte, Sweet Springs und alles hier für immer hinter mir zu lassen. Dass ich meine Wut in Vernunft kanalisiert hatte und meine Frustration in Verantwortung.

Ohne Grandma wäre ich ein anderer Mann. Ein schlechterer Mann.

Ich sah Evelyn an. Sie lächelte, bereit zu hören, was auch immer ich gewillt war, mit ihr zu teilen; oder zufrieden zu schweigen, wenn ich nichts zu sagen hatte.

„Ich habe übrigens neue Fotos von der Assemblage gemacht, um sie ans Art Institute zu schicken."

Ich hob den Blick. Die stolze Art, wie sie das Kinn reckte, gefiel mir. „Und ich nehme an, dafür willst du jetzt eine Information?"

„Klingt fair, oder? Wie wäre es für den Anfang mit der, welcher der drei Söhne du bist?" Ich blinzelte. Möglicherweise, weil mich ihre Lippen zu sehr abgelenkt hatten. „Der, der ihn verkauft, verraten oder geleugnet hat."

„Der Zweite", sagte ich, ohne zu zögern. Wir waren alle drei verkorkste, undankbare Scheißkerle, aber ich stand wenigstens dazu. Ein kurzer Blick zur Terrassentür, dann zog ich sie von der Küchenplatte und in den Flur. Und dann erzählte ich es ihr tatsächlich: „Pop und ich kamen nie wirklich gut miteinander aus, selbst als meine Mutter noch da und unsere Familie noch intakt war. Mit dreizehn bin ich das erste Mal ausgerissen. Hab's gerade mal bis nach Lexington geschafft, bevor er und mein Grandpa mich zurückgeschleift haben, damit ich wenigstens die Schule beende. Ich hab den Pflichtteil durchgezogen, und sobald ich sechzehn war, habe ich …", ich hielt kurz inne, mir der Ironie der Situation deutlich bewusst, „seine Unterschrift gefälscht, um die Schule abbrechen zu können, ohne dafür meinen Führerschein abgeben zu müssen."

Evelyn klappte der Mund auf. Ich starrte eine Sekunde lang auf das perfekte O ihrer Lippen, dann sah ich ihr wieder in die Augen. Ich zögerte kurz, weil ich auf das, was jetzt kam, nicht stolz war. Holly hatte mich deswegen verlassen, und ich hatte es verdient.

„Damals wurde gerade das Abbaugebiet erweitert, also bin ich mit ein paar Jungs los und habe nachts ihre Maschinen angezündet."

Evelyns Augen wurden noch größer, doch ich las keine Furcht darin, keine Empörung. Bloß geduldiges Zuhören. Also lehnte ich mich gegen die Wand und starrte auf die ausgetretenen Holzdielen. „Wir dachten, wenn wir sie lange genug sabotieren, verlieren sie das Interesse an Sweet

Springs. Stattdessen haben sie angefangen, die Leute auszubezahlen. Das war das Jahr, in dem Jesse … in dem meine Mutter ausgezogen ist. Ich war fertig mit der Stadt. Zwei Tage später habe ich meine Sachen gepackt und bin wieder los.“ Ich rieb mir den Nacken. „Diesmal hat mein Vater mich nicht zurückgeholt. Diesmal war es meine Großmutter. Sie hat mir von Grandpas Krankheit erzählt und dafür gesorgt, dass ich etwas Anständiges lerne. Als auch mein Vater zu krank wurde, wollte ich die Werkstatt verkaufen, um mit dem Geld ein für alle Mal abzuhauen. Aber da war bereits …“

Ich brach ab. Jetzt weiterzusprechen würde bedeuten, ihr alles zu erzählen. Den beschissenen Rest unserer beschissenen Familie. Das konnte ich nicht. Nicht, wenn es so verflucht wahrscheinlich war, dass sie auf der Stelle das Haus verlassen würde.

Sweet Springs.

Und mich.

Andererseits … sie war klug. Sie würde es so oder so herausfinden. Und wenn ich eines gelernt hatte, dann, dass ich das Unvermeidliche nicht aufhalten konnte. Ich konnte es nur nach meinen Regeln ablaufen lassen. Also konnte ich ihr auch gleich reinen Wein einschenken.

„Evelyn, hör zu …“

Weiter kam ich nicht. Denn in diesem Augenblick krachte die Haustür auf und wehte meine völlig aufgelöste Schwester herein.

„Elle!“, keuchte Evelyn.

Ich würde meinen beschissenen Schwager verflucht nochmal umbringen.

EVELYN

„Wieso zum Teufel sind alle Männer in dieser Familie solche Arschlöcher, verfluchte Scheiße?"

Ich starrte Elle an und wusste nicht, ob ich in Lachen ausbrechen oder sie in den Arm nehmen sollte. Sie war die Einzige aus der Familie, die ich nie fluchen gehört hatte. Bis jetzt.

Wir saßen auf der Ledercouch im Wohnzimmer – ja, die, die heute Nacht vorübergehend zweckentfremdet worden war – und hörten uns an, wie sie erst über ihren Verlobten Matt fluchte und dann, als sie erfuhr, dass ich Walker getroffen hatte, auch über ihren Vater. Der hatte sich übrigens irgendwann klammheimlich von der Terrasse in sein Zimmer verzogen und weigerte sich seitdem, herauszukommen.

Ich griff nach Elles Hand. „Ich verstehe dich. Aber du musst erst einmal durchatmen. Denk an dein Baby."

Sie ließ den Kopf zurück auf die Lehne fallen. „Keine Sorge, das dauert noch mindestens zwei Monate." Sie schnaubte. „Fucking Matthew Hopper. Ich hätte ihn zwingen sollen, ein Kondom zu benutzen."

„Was passiert ist, ist passiert", sagte Clay. Ruhig, unumstößlich, ernst. Aus seinem Mund klang es nach Zuversicht. Als würde alles aus einem Grund passieren, den wir nur finden mussten.

Elle seufzte. „Du hast recht. Teufel, ich hasse es, dass du immer recht hast! Ich hätte von Anfang an auf dich hören sollen. Wie sagst du immer? *Be the fucking change.*"

Gegen meinen Willen musste ich glucksen. „Was?"

Ich erinnerte mich an den Schriftzug auf seiner Brust.

Change is inevitable – Growth is optional.

Es grenzte fast an ein Wunder, dass dieser verantwortungsvolle Mann früher einmal der wütende Teenager gewesen war, von dem er mir vorhin erzählt hatte. Jetzt verstand ich Ashs Worte, dass Clay und Jesse einander ähnlicher waren, als beide zugeben wollten.

Clay schüttelte den Kopf. „Was sie meint, ist: Verschwende deine Zeit nicht damit, Dinge zu akzeptieren, die du nicht ändern kannst. Nutze sie lieber dafür, Dinge zu ändern, die du nicht akzeptieren willst. Denn wenn du es nicht selbst tust, tut es niemand. Und dann darfst du dich verfickt nochmal nicht darüber beschweren, wenn alles den verdammten Bach runtergeht."

Ich blinzelte, als sähe ich ihn zum ersten Mal. Schluckte, als wäre meine Kehle nicht staubtrocken. Und begriff vielleicht zum ersten Mal, wer dieser Mann im Innersten war. Unter all den Tattoos. Hinter all den Flüchen. Neben all der Anziehungskraft.

Er war ein Kämpfer. Ein Beschützer. Ein Fels in der Brandung. Er war buchstäblich der Grund, aus dem Sweet Springs noch keine Geisterstadt war. Vielleicht brauchte die Welt mehr Menschen wie Clay. Alle Erfolgsaussichten standen gegen ihn, gegen seine Heimatstadt, aber er wankte nicht. Er blieb auf Kurs.

Da beschloss ich, doppelt so hart zu arbeiten.

Mich nicht mehr ablenken zu lassen – weder von ihm und seinem höllisch verführerischen Blick noch von einem sinnlosen Assistentinnen-Job.

Be the fucking change.

Kaum, dass ich zurück in meinem Atelier war, griff ich nach meinem Handy, um einen längst überfälligen Anruf zu tätigen.

Mein Herz schlug wild in meiner Brust, während es klingelte. Aufkommendes Lampenfieber drückte meine Kehle zusammen. Ich trank einen Schluck Wasser.

„Art Institute of Chicago, hier spricht Octavia Brown?"

„Hallo Mrs Brown", ich räusperte mich, weil meine Stimme so piepsig klang, „hier ist Evelyn Tate."

Stille. Sorge. Erinnerte sie sich nicht daran, wer ich war?

„Miss Tate, wie schön, von Ihnen zu hören. Ich habe gestern noch mit Ihrem Chef gesprochen."

Oh Gott ... war gestern nicht dieses Bankett gewesen, zu dem er mich hatte mitnehmen wollen?

Egal! Ich brauchte Gabes Fürsprache nicht. Stattdessen atmete ich tief durch und hob das Kinn.

„Ich arbeite nicht mehr für Mr McKenzie. Ich habe gekündigt, um mich voll und ganz auf mein Kunsthandwerk zu konzentrieren. Und ich habe eine der Skulpturen bereits fertiggestellt, die Sie in der Herbstausstellung ausstellen wollten." Wieder Stille. Wieder Sorge, die ich niederrang. „Sie erinnern sich? Der biblische Sündenfall? Ich habe neue Bilder für Sie, falls Sie sie sich ansehen möchten und Einfluss auf die zweite Figur nehmen wollen, um ..."

„Ach ja, ich erinnere mich. Sie waren das mit den realistischen Tonstatuetten." Hoffnung in meiner Brust. „Beeindruckende Details. Perfekte Patina. Solides Handwerk." Feuerwerk in meinem Bauch. „Wissen Sie, Miss ..."

„Tate."

„Miss Tate", wiederholte sie freundlich, „als eines der ältesten und größten Museen der Welt ist es uns wichtig, uns stets zu erneuern und zu modernisieren." Jubel in meiner

Kehle. „Die biblische Schöpfungsgeschichte ist da ein wenig zu, nun ja, abgegriffen."

Abgegriffen?

„Eingestaubt, wenn Sie verstehen, was ich meine."

Eingestaubt?

„Ordinär."

Ordi– was zum Teufel?

„Verzeihung, Ihre Expertise in allen Ehren, aber ich bin sicher, dass noch niemand die Geschichte auf diese Weise dargestellt hat. Wenn Sie wollen, schicke ich Ihnen die Bilder, um …"

„Bedaure, ich muss ablehnen, meine Liebe. Der Sündenfall ist out. Und wir haben ohnehin keinen Platz mehr. Oder Sekunde … Sie haben nicht zufällig etwas Moderneres? Woker Zeitgeist? Art Noveau? Vielleicht etwas Feministisches, Sie sind doch eine Frau?"

Ich hätte aufgelacht, wenn ich noch Luft in den Lungen hätte. Oder meiner Kehle genug trauen würde, nicht in Schluchzen auszubrechen, sobald ich den Mund öffnete. All die Arbeit umsonst. All der Stolz auf Adams perfekten Oberkörper und Evas makellose Züge. All der Aufwand, den Clay und Jax betrieben hatten, um die Skulpturen vor dem Schimmeltod zu bewahren, zu dem ich sie verdammt hatte, um meinem Chef einen Gefallen zu tun.

Ich hätte niemals hierherkommen sollen. Vermutlich wäre es besser gewesen, wenn ich Gabe einfach auf dieses blöde Bankett begleitet hätte und Octavia Brown persönlich das Foto unter die Nase gehalten hätte, das Josie, Ash und Clay so begeistert hatte. Vielleicht hätte sie dann nicht den Begriff „ordinär" benutzt.

„Sind Sie noch dran?" Octavia Browns Stimme zerschnitt meine Gedanken, so wie ihre vorherigen Worte meine Träume zerschnitten hatten.

„Ja, ich … Darüber … muss ich nachdenken."

„Ein Träumchen! Lassen Sie es mich wissen, wenn Sie etwas haben. Wir finden bestimmt einen Platz für Sie in der Nebengalerie. Gerne queer, das ist gerade *en vogue*. Sie haben nämlich wirklich Talent, Miss Tayton."

Tate, dachte ich.

Aber ich sagte es nicht. Ich sagte gar nichts mehr.

Ich ließ bloß das Handy sinken und presste mir eine Hand vor den Mund, um keinen biblischen Heulkrampf zu bekommen. Ich hielt genau zwei Sekunden durch, bevor ich auf dem Teppichboden zusammenbrach und Laute von mir gab, die ich zuletzt am Tag von Dads Beerdigung ausgestoßen hatte.

Kapitel 29

Tonscherben bringen kein Glück

CLAY

Ich starrte auf die schwarzen Buchstaben, bis sie auf dem Papier ineinander verschwammen. Untrügliches Zeichen dafür, dass ich den Rest der Flasche besser nicht anrühren sollte. Und, dass ich mal wieder blinzeln könnte.

„*Fuck*, Alter!“ Neben mir stand Ash so abrupt auf, dass der Whiskey in unseren Gläsern schwappte. „Wie kann das sein? Bist du sicher?“

Jax sah ihn bloß ausdruckslos an. Kein Wunder, Jax Rayne zu fragen, ob er sicher war, war, wie den Papst zu fragen, ob er getauft war. „Willst du die genauen juristischen Paragrafen oder nur das Ergebnis?“

Natürlich erwartete Jax keine Antwort auf diese Frage. Ash durchquerte meine Werkstatt in riesigen Schritten und vergrub die Finger in den Haaren, die in den letzten zwei Jahren fast schon zu lang geworden waren.

„Du solltest dir mal wieder die Haare schneiden", bemerkte Jax im selben Moment.

„Und du solltest vielleicht deinen beschissenen Doktortitel dazu nutzen, das hier aufzuhalten, Rayne", schoss Ash zurück. Ich wusste, dass sich seine Wut nicht gegen Jax richtete, denn die zwei waren fast so eng befreundet wie wir. Nein, es gab nur eine Sache, die Ash Crawford auf die Palme brachte, und das waren seine eigenen, viel zu hoch gesteckten Ziele und viel zu großen Träume.

Na gut, und der Song der falschen Frau im Radio.

Meine Gedanken glitten zurück zu Evelyn. Sie hatte ebenso große Träume, und sie lagen ebenso zerschmettert da wie die Tonscherben in Grandmas altem Wohnzimmer, als ich es heute Morgen betreten hatte.

Evelyn hatte nicht darüber reden wollen, aber ich hatte die Leere in ihrem Blick gesehen. Die Hoffnungslosigkeit in ihren Augen. Sie hatte geweint. Und es hatte eine Scheißwut in mir geweckt, neben der selbst die Nachrichten von heute Nachmittag verblassten.

Evelyn verdiente diesen Ausstellungsplatz. Und die Welt verdiente ihre Skulpturen. Steven hatte recht, Sweet Springs lag bereits im Sterben, auch ohne die Ölkonzerne. Und wenn es Evelyn half, einen Fuß in die Tür zu bekommen, hatte das Ganze wenigstens ein kleines Gutes.

Schnell griff ich nach dem Kugelschreiber, bevor ich es mir anders überlegen konnte. Ashs Schritte erstarrten mitten in der Bewegung.

„Was genau tust du da?"

„Wonach sieht es aus?", fragte ich, während ich zurückblätterte und zusätzlich jede einzelne Seite am unteren Rand mit meinem Kürzel versah.

Ash kam zurück und stemmte beide Hände auf den wackeligen Tisch. „Ich bin *so* kurz davor, das größte Baugebiet der Stadt aufzuziehen!"

Jax stand auf, um eine neue Flasche zu öffnen, und legte ihm im Vorbeigehen die Hand auf die Schulter. „Es gibt andere Städte."

„In denen besitze ich aber keine Grundstücke!"

„Dann kaufen wir sie eben. Ich steige mit ein, wenn du willst."

Ash ließ den Kopf tief zwischen die auf den Tisch gestemmten Arme hängen, spreizte und krümmte ungehalten die Finger. Es ging ihm nicht ums Geld, auch wenn er nicht annähernd so viel besaß wie Jax. Es ging darum, dass fremde Leute in einer anderen Stadt nicht so leicht über sein Vorstrafenregister hinwegsehen würden, bevor sie ihm mehrere Hunderttausend für ihr Haus anvertrauten.

Manchmal hatten Kleinstädte ihren Vorteil.

Fuck, ich würde das vermissen.

„Die Sache ist die", sagte Jax in seiner abgeklärten Tonlage, „wenn du merkst, dass das Pferd tot ist, solltest du aus dem Sattel steigen."

Ash schnalzte mit der Zunge. „Heute Morgen 'nen Poeten gefrühstückt, oder was?"

Jax' einzige Regung war ein zuckender Mundwinkel, wenngleich sein Blick kurz in die Ferne glitt. „Familienweisheit."

„Oh, ja? Ich hab auch eine für dich!", setzte Ash an, doch ich unterbrach ihn, indem ich den Vertrag in den großen Umschlag schob und aufstand.

„Ich bin raus für heute. Falls du später zur Ranch fährst, erzähl es Tess noch nicht. Ich werde das tun."

Ash hob die Arme zu einer undefinierbaren Geste aus Achselzucken und Abwinken, dann kippte er sein nächstes Glas.

Jax musterte mich stirnrunzelnd. „Du willst das ernsthaft durchziehen." Es war keine Frage, also antwortete ich nicht. „Und wenn sie trotzdem geht?"

Daran wollte ich nicht denken. Die Wahrheit war, dass ich nicht wusste, was ich tun würde, wenn sie ging.

Statt einer Erwiderung musterte ich die Wände der alten Werkstatt, von denen bereits der Putz bröckelte. Mein Urgroßvater hatte sie gebaut, und hätte mir vor fünfzehn Jahren jemand gesagt, dass ich diese Wände einmal wehmütig ansehen würde, hätte ich ihm ins Gesicht gelacht.

Ich würde einfach alles daransetzen, dass Evelyn nicht ging.

Bevor ich die Werkstatt verließ, drehte ich mich noch einmal zu den beiden Männern um, denen ich jederzeit mein Leben anvertrauen würde. „Ich glaube, ich habe auch eine Familienweisheit: Was du liebst, lass frei. Kommt es zurück, ist es dein."

Ashs finstere Miene schien abzuwägen, ob er sich in der Flasche ertränken oder sie gegen die nächste Wand schmettern wollte. „Ja, klar! Und kommt es nicht zurück, hat es dir nie gehört."

EVELYN

Die fünf Phasen der Trauer bei normalen Leuten: Verleugnung, Wut, Verhandeln, Depression, Akzeptanz.

Die fünf Phasen der Trauer bei Künstlern: Minderwertigkeitskomplexe, Zerstörungswahn, kreative Blockade, Verzweiflung, Wiederaufbau-Drang.

Ich befand mich am Tiefpunkt von Phase vier, als die Tür aufging.

„Ich habe keinen Hunger", sagte ich, ohne den Blick von den unförmigen Tonbrocken abzuwenden, in die ich Eva verwandelt hatte. Adam hatte während der zweiten Phase nur Kopf und Beine einbüßen müssen, denn den Torso komplett zu zerstören, hatte ich nicht über mich gebracht. Jetzt waren die perfekten Muskelstränge unwiderruflich von Rissen, Abschürfungen und abgeplatzter Patina gezeichnet wie ein Körper von Narben des Lebens.

Oder von tiefgründigen Tattoos.

Das Leben war nicht makellos. Perfektion hatte darin keinen Platz.

Deswegen lag die einst makellose Eva in bröselnden Tonstücken im Zimmer verteilt, der halbe Kopf der Schlange starrte mich aus ihrem perfekten Glasauge höhnisch an.

Und ja, verdammt, diese listige Tonkreatur hatte recht. Ich *war* selbst schuld. Ich war nicht fokussiert genug gewesen. Ich hatte mich auf der Annahme ausgeruht, dass andere – Gabe, Mrs Brown, meine Eltern, *irgendjemand* – mich fördern oder unterstützen würden. Dass andere sich auch nur ein wenig für meine Kunst, Ziele und Wünsche interessierten.

Fuck it. Niemand gibt einen Scheiß auf dich.

Ich lächelte traurig, als mir bewusst wurde, dass dieser Schimpfwort-lastige Satz von Clay stammen konnte. Und dann kamen mir erneut die Tränen, als ich mich an einen anderen Satz von ihm erinnerte:

Nicht heulen. Ändern.

Und in diesem Augenblick ging ich in Stufe fünf über: Wiederaufbau-Drang. Mühsam kam ich auf die Beine und griff nach dem Handfeger. Erst jetzt bemerkte ich eine Regung an der Tür.

„Alles okay bei dir?"

Diese Stimme gehörte nicht zu Clay. Denn sie war weiblich. Ich drehte mich zu Elle um, die in einem übergroßen Football-Trikot im Türrahmen stand. „Sorry, komm rein. Habe ich dich geweckt?"

Es war noch nicht spät, vielleicht fünf Uhr, aber Elle legte sich manchmal mittags hin, wenn sie von der Arbeit zurückkam. Sie arbeitete als Erzieherin in der örtlichen Vorschule.

„Nein, ich wollte nur sehen, wie es dir geht." Elle schlüpfte durch die Tür ins Zimmer. Ihre Beine waren nackt und so dünn, dass ihr kugeliger Bauch beinahe surreal wirkte. Sie war wunderschön. Wunderschön und unperfekt.

„Kann ich dir helfen?"

Ich verzog das Gesicht. „Dabei, meinen Clay zu ruinieren?"

„Oh, glaub mir. Das kriegst du ziemlich gut alleine hin." Das schelmische Grinsen, mit dem sie nach dem Kehrblech griff, ließ mich zweifeln, ob wir noch von meinen Skulpturen sprachen.

Seufzend legte ich den Handfeger beiseite und rieb mit dem Handrücken über meine Stirn, die Finger steif vom getrockneten Ton.

Ich wusste, dass Clay sich Sorgen um mich machte. Ich wusste nur nicht, wie ich damit umgehen sollte. Weil ich Angst davor hatte, was passieren würde, wenn ich meine

Gefühle für diesen Three-Night-Stand zuließ, dessen Familie mir längst mehr bedeutete als meine eigene.

„Ach, Schrödingers Lamm ist einfach ein Arschloch", zitierte ich Elles Schwester in der Hoffnung, dass sie den Ausdruck kannte.

Sie kannte ihn, denn jetzt grinste sie so breit, dass ihr Gesicht zu leuchten schien. „Ich wusste es!"

Sie verschränkte die Arme und lehnte sich gegen die Tischkante – genau wie Clay es immer tat. Ich wünschte, er wäre jetzt hier. In den letzten Tagen hatten wir uns kaum gesehen, weil er morgens früh losfuhr und abends zu Besprechungen in die Stadt musste. Mit dem Stadtrat, dem Bezirksstaatsanwalt, den Behörden. Unser Kontakt beschränkte sich hauptsächlich auf kurze SMS-Nachrichten. Wann er zu Hause wäre, ob er etwas einkaufen sollte, was ich essen wollte.

Gestern hatte ich mit einem Bild von den Käse-Maccaroni geantwortet, die ich gekocht hatte, um klarzustellen, dass er nicht für mich sorgen musste. Seine Antwort war simpel und sexy gewesen.

Clay: Und was gibt es zum Nachtisch?

Verdammt … Wieso musste ich beim Gedanken daran lächeln?

„Weißt du, was du jetzt brauchst, Lynn?"

Eine feste Umarmung von einem tätowierten One-Night-Stand, der mir viel zu viel bedeutet?

„Einen starken Drink", beantwortete Elle ihre eigene Frage. „Oder zwei. Vielleich auch drei, du musst ja für mich mittrinken."

Und bevor ich protestieren konnte, schleifte sie mich quer durchs Haus die Treppe hoch zu dem Zimmer, das sie gerade bewohnte.

Während sie das Trikot auszog und in ein Boho-Kleid schlüpfte, blieb ich in der Tür stehen und sah mich verstohlen im Flur um. Ich war nie hier oben gewesen. Es fühlte sich gleichermaßen verboten und vollkommen selbstverständlich an, und ich wusste nicht, was von beidem mir größere Sorge bereiten sollte.

Aus einem Impuls heraus zückte ich mein Handy.

Ich: Auf einer Skala von 1 bis 10, wie schlimm fändest du es, wenn ich mich in dein Bett lege?

Die Antwort kam, bevor Elle ihre Haare neu frisiert hatte.

Clay: Wirst du nackt sein?

Ich verkniff mir ein Grinsen.

Ich: Tja, das wirst du wohl nie erfahren. Ich gehe jetzt mit Elle aus.

Clay: Du bist besser zurück, wenn ich nach Hause komme.

*Ich: Kommt darauf an. Wirst *du* nackt sein?*

Clay: Böses Mädchen.

Mittlerweile hatte ich die Zähne so tief in der Unterlippe vergraben, dass sie bestimmt einen Abdruck hinterließen. Aber ich konnte nicht aufhören zu grinsen.

„Steht dir viel besser", sagte Elle.

Ich sah auf. Ein Kleidungsstück? Sie hielt keins in der Hand.

„Dieses Grinsen", erklärte sie. „Dieses Temperament in deinem Blick. Nicht die aufgelöste Leere von vorhin. Selbstmitleid ist für Loser."

Damit schob mich Elle zurück in den Flur und die Treppe hinab. „Scheiß auf das Art Institute. Die wissen gar nicht, was ihnen entgeht. Du machst einfach weiter dein Ding, und dann wirst du viel größer werden als mit denen! – Sag mal, willst du das anlassen?" Wir starrten beide an meinem fadenscheinigen Top hinab, das mehr offenbarte als verbarg. „Verdammt, Süße, du bist echt heiß! Ich kann meinen Bruder verstehen."

Konnte man in Gegenwart einer schwangeren Frau rot werden?

„Ich ziehe mich kurz um."

Dreißig Minuten später saßen wir auf Tess' Ranch an Stevens Bar und betranken uns. Das heißt, Tess, Rosie und ich betranken uns. Elle saß nur mit Pepsi daneben und futterte Doritos und saure Gurken.

„Sis, mir wird schlecht, wenn du die nicht bald wegpackst." Tess verzog das Gesicht und stürzte den nächsten Shot herunter.

„Und ich glaube, das liegt nicht an den Gurken, sondern an zu viel Alkohol", gab Elle zurück und schob sich die nächste Gurke besonders genüsslich in den Mund. „Und überhaupt, welchen Grund hast *du* eigentlich, dich zu betrinken? Ich bin eine betrogene Schwangere, Lynn ist eine verschmähte Künstlerin, Rosie ist Dauer-Single ..."

„Hey!", beschwerte sich Rosie, hob jedoch kichernd ihr Glas. Steven schenkte ihr sofort nach.

„Braucht man dafür einen Grund?" Tess blickte finster in ihren Drink, woraufhin Elle ihr eine Hand auf den Arm legte und ihre kleine Schwester ernst ansah.

„Was ist los?"

„Ach, Jax hat das Racing-Event nächste Woche abgesagt."

Ich horchte auf. „Jax fährt nicht?"

„Nein. Das ganze Event findet nicht statt."

Als ich immer noch nicht verstand, sprang Elle ein: „Es ist *sein* Event. Er hat es vor ein paar Jahren aufgezogen, als er hergekommen ist, also kann er es auch theoretisch jederzeit abblasen. Obwohl ich nicht verstehe, warum er das tun sollte. Klar, das Geld braucht er sicherlich nicht, aber …"

„Schön für ihn. *Ich* brauche das Geld aber sehr wohl!", fiel Tess ihr ins Wort. „Und ohne Race kein Pferderennen, also geht mir der Umsatz flöten, den ich *möglicherweise* brauche, um den Kredit hierfür zahlen zu können!"

Ich lachte hohl. „Ha, willkommen im Club. Weißt du, was ich neulich noch gedacht habe? Bänker sind Sadisten in Anzügen."

Vor Lachen kippte Tess fast vom Stuhl. „Teufel, ja! Scheiß auf alle Männer in Anzügen."

„Hört, hört!" Rosie hob ihr Glas.

Elle wurde seltsam still. „Tja, sei einfach froh, dass du in dem ganzen Scheiß nicht auch noch schwanger bist."

Ich wollte das Thema von Elles Schwangerschaft weglenken, bevor wir unweigerlich bei Matt ankommen würden, und deutete auf die Fotos an den Wänden. Unzählige gerahmte Porträts von kleinen oder größeren Gruppen, teils vergilbt und verblichen, teils neuer.

„Kennst du die alle?"

„Jepp", bestätigte Tess und rutschte vom Hocker. Sie wankte ein wenig, als sie an der Wand entlangging. „Das hier ist David Pearson mit dem Ex-Bürgermeister Penley. Er war eine NASCAR-Legende!"

„Der Bürgermeister oder Pearson?" Diese Frage kam von Ash, der in diesem Moment durch die Schwingtür trat. Ich liebte diese Schwingtür, sie verlieh dem rustikalen Gebäude den zusätzlichen Touch eines Western Saloons. Ash trug Arbeitsstiefel und zerrissene Jeans mit Mörtelklecksen, aber darüber ein blendend weißes T-Shirt, als hätte er es nur kurz übergestülpt. Irgendwie machte ihn dieser verlotterte Bauarbeiter-Look noch attraktiver.

Tess warf einen Blick auf die Uhr. „Reichlich spät, Crawford."

„Ein guter Mann kommt immer besser zu spät als zu früh." Er zwinkerte ihr zu, aber es schien, als würde sein breites Grinsen nicht wie üblich seine Augen erreichen.

„Bist du fertig geworden?"

Zur Antwort legte er einen alt aussehenden Messingschlüssel auf den Tresen, den Steven augenblicklich wegnahm und durch ein Whiskeyglas ersetzte. Mir entging nicht, dass Ash es augenblicklich herunterstürzte. Und, dass er sich dabei am Tresen festhielt. „Wie neu. Ich würde die nächsten zwei Tage noch nicht auf dem Boden tanzen, aber ihr könnt den Raum wieder benutzen."

„Du bist Fliesenleger?", schlussfolgerte ich.

Sein Blick konnte Ozeane verdampfen lassen. „Ich bin vieles. Was brauchst du denn gerade?"

Ich starrte in seine herausfordernden blauen Augen.

„Wieso klingt alles, was du sagst, schmutzig?"

„Schmutzig ist, wer Schmutziges denkt."

Er lachte, als Tess ihm einen Ellenbogen in die Seite rammte. „Ich mach nur Spaß. Wie geht's dir, Evelyn? Schon eingelebt?"

Ich hob mein Glas. „Hiermit ein bisschen besser."

„Besser wovon?"

Der plötzliche Ernst in seinem sonst so schelmischen Gesicht war ungewohnt. Ich entschied, von meinen Skulpturen und Mrs Browns Absage zu erzählen.

„Etwas *Feministisches, weil du eine Frau bist?*“ Tess zog eine Grimasse. „Queer ist *en vogue*? Was bitte ist falsch mit der Welt?“

Elle schnaubte. „Ha! Willst du wissen, was noch falsch ist? Ich muss für die Entbindung *Urlaub nehmen*! Überleg mal, ich presse ein Kind aus meiner Vagina und muss mir dafür frei nehmen? Als würde ich das zum Spaß machen! Wusstest du, dass man in Europa schon Monate vor der Geburt freigestellt werden kann – *bezahlt!* Und danach bezahlten Elternurlaub bekommt? Willkommen in Amerika.“

Sie kippte ihre Pepsi herunter, ich keuchte schockiert. Das hatte ich nicht gewusst. Den Gesichtsausdrücken der anderen nach zu urteilen, sie wohl auch nicht.

Steve stellte ihr kopfschüttelnd eine neue Pepsi hin.

„Tja, in Europa würde sowas wie hier auch gar nicht passieren“, ergänzte Ash. „Da ist Fracking nämlich fast überall verboten. Frage mich, wen man hier bestechen müsste, um die Natur über Profit zu stellen.“

Das erinnerte mich an eine Passage aus dem Umweltbericht, über die Josie und ich neulich in der Mittagspause diskutiert hatten. Demnach gab es nicht nur Weltkulturerbe wie das Taj Mahal oder die Pyramiden von Gizeh, sondern auch Welt*natur*erbe, zum Beispiel das Great Barrier Reef. Ob das wohl ein Ansatz wäre?

Niemand würde es wagen, im Grand Canyon oder den Everglades Öl abzubauen. Hatte Kentucky nicht auch einen Nationalpark? Ich zog mein Handy hervor, um Josie zu bitten, mir den Bericht nochmal per E-Mail zu schicken.

Rosie, die meinen Gesichtsausdruck offenbar falsch deutete, zupfte an meiner Bluse. „Na toll, jetzt ist Evelyn noch deprimierter. Erzähl weiter von deinen Figuren!" Sie kicherte. „Ich find's immer noch witzig, dass du einfach Ton-Skulpturen formst. Ich meine: *Ton*!"

„Mit deinen Händen", fügte Ash hinzu, als hätten wir nicht schon alle genug Kopfkino davon, wie cremige Hände über feucht glänzende Muskeln aus Tonerde glitten. Dann wurde sein Blick ernst. „Ach, scheiß auf alle Wichser dieser Welt. Du bist besser als die."

„Meine Rede!" Elle hob ihr Glas, während Ash fortfuhr.

„Das Leben ist keine Einbahnstraße. Es gibt kein ‚Game Over' – also, außer du bist tot, dann schon." Ash schnitt eine kurze Grimasse, und Rosie hielt sich den Mund zu. Zu spät: Whiskey quoll durch ihre Finger. Grinsend zog er ihr eine Serviette aus dem Spender, während er weitersprach: „Aber solange du noch atmest, ist die Welt nicht nur schwarz und weiß. Es gibt hundert Schattierungen von Grau und eine davon –"

„Du meinst *Fifty Shades of Grey*?", kicherte Rosie, die ihre klebrigen Finger bearbeitete. Ich kicherte mit. War wohl der Alkohol.

Ashs Blick konnte Gletscher verdampfen. „Babe, wenn ich eine Frau ans Bett fessle, wird's mehr als ein seichter Softporno." Er wandte sich mir zu, als hätte er gerade keine schmutzige Sexbombe gezündet. Wie behielt dieser Typ bloß immer sein Pokerface? „Was ich sagen wollte …"

Elle riss die Arme hoch. „Jesus, verschon mich! Der letzte Typ, der mich an ein Bett gefesselt hat –"

„Ungebetene Bilder in meinem Kopf!", beschwerte sich Tess.

„– hat mich verarscht und mir meine Zukunft ruiniert!", endete Elle.

Plötzlich war Ashs unbekümmerte Miene hinter einer undurchdringlichen Eiswand verschlossen. „Willkommen im Club."

Sofort meldete sich brennende – und völlig unangebrachte – Neugierde: Wer hatte ihn ruiniert? Eine Frau? Wann? Warum?

„Ernsthaft, Crawford?" Elle gestikulierte wütend auf ihren Babybauch. „Immerhin hat sie dich nicht mit ner verdammten Kugel zurückgelassen!"

Okay, Minenfeld! Mein Bedürfnis, die Geschichte von Ashs Ruin zu hören, musste leider warten.

„Tess, wolltest du mir nicht den Rest der Fotos zeigen?", fragte ich übertrieben laut, um das Thema von Matt wegzulenken. Sie tat es.

Ein Beben in der Erde ließ sie keuchen und sich am Tresen festkrallen. „Was war das?"

Alle sahen zu Ash, als hätte der eine Antwort.

Hatte er nicht. Aber wenigstens schien ein Teil seines Schalks zurück zu sein. „Tja, wenn nicht gerade irgendjemand ne fette Party feiert, nehme ich an, irgendwo wird was gesprengt."

„Wirklich, Sherlock." Elle hob eine Braue. „Unten in der Schlucht?"

Eine ungute Vorahnung drückte auf meinen Magen, während sich Ashs Blick noch mehr verfinsterte. Er antwortete nicht, aber ich sah, wie sich seine langen Finger zur Faust ballten und wieder spreizten.

„Viele wünschen sich mittlerweile, dass die Verhandlungen zum Ende kommen. Egal mit welchem Ergebnis", sagte Steven jetzt.

Ash warf ihm einen scharfen Blick zu. „Seit wann hast du denn die Seiten gewechselt?"

„Habe ich nicht. Ich stehe nur hinter der Bar, und ich höre, was andere Leute sagen."

„Leute wie Matt?", zischte Elle.

„*Auch* Leute wie Matt", räumte Steven seufzend ein. „Erinnert ihr euch an die Millers?"

„Von der Farm oben?", fragte Rosie.

Steven nickte. „Die sind letzte Woche ausgezogen."

Ash fluchte leise. „Aaron schuldete mir noch Geld."

„Du kannst ja sein Haus kaufen und renoviert weiterverkaufen", gluckste Tess, dann wurde sie ernst. „Aber ja, ich habe auch gesehen, dass auf der Chapel Lane ein paar Verkaufsschilder standen."

Steven füllte Doritos nach. „Wie gesagt, die Unsicherheit macht den Leuten Angst. Und seien wir ehrlich, selbst, wenn der Abbau völlig gestoppt würde, dann müssten trotzdem mehr Menschen hierherziehen wollen als jährlich sterben – und auch bleiben und nicht nach ein paar Jahren wieder abhauen, wie die Stewarts."

Plötzlich überkam mich ein schlechtes Gewissen. Ich war genau wie diese Leute.

Ich hatte mich Hals über Kopf in Sweet Springs und seine Einwohner verliebt und wäre trotzdem wieder gegangen.

„Oder Robert Brown, der war cool", sinnierte Rosie.

Stevens Blick fiel auf das Gruppenfoto, das Tess auf den Tresen gelegt hatte. Er kniff die Lippen zusammen. „Oder Kate."

Augenblicklich versteiften sich alle – einschließlich mir.

„Kate?", fragte ich im Affekt, obwohl ich wusste, dass es sich nur um Clays, Elles und Tess' Mutter handeln konnte.

Steven schob das Foto über den Tresen zu mir.

„Kate McKenzie-Davis."

Ich starrte ihn an, Blut schoss mir in den Kopf.

Sein. Verfluchter. Ernst?

Kapitel 30
Türen eintreten

CLAY

„Gabe ist dein *Bruder*?"

Ich hatte gewusst, dass dieser Tag kommen würde.

„Deswegen war es dir so wichtig, ob ich eine Affäre mit ihm habe?"

Nein. Doch. *Auch.*

Deeskalierend hob ich die Hände, aber Evelyn dachte nicht einmal daran, sich beruhigen zu lassen – oder ihre Schritte in meinem Hausflur zu verlangsamen, nachdem sie beinahe die Haustür eingetreten hatte.

Elle schob sich hinter ihr herein, ihr Blick zeugte von schlechtem Gewissen. Ich schüttelte den Kopf, um meiner Schwester zu bedeuten, dass es nicht ihre Schuld war.

Es war meine.

„Willst du mich eigentlich verarschen?", beanspruchte Evelyn wieder meine Aufmerksamkeit. Sie fluchte, ihre Augen brannten vor Feuer, und ihre Wangen glühten. Ich zwang mich dazu, all das nicht sexy zu finden. „Wann genau wolltest du mir das sagen?"

Wollen: gar nicht.

Müssen: irgendwann, wenn das alles hier vorüber war.

„Bald."

Sie schüttelte den Kopf und stieß mich zur Seite. Zumindest versuchte sie das, doch ich ließ sie nicht vorbei.

„Geh mir aus dem Weg."

„Nein."

„Clay, ich warne dich ...! Lass mich durch."

Sie warf sich wieder gegen mich. Ich hielt sie weiter an den Schultern fest. „Damit du deine Sachen packen kannst?"

„Ja, verdammt!"

„Auf keinen Fall."

Sie funkelte mich wütend an. Die Tatsache, dass ihr Gesicht nur eine Hand breit von meinem entfernt war, machte es nicht besser. Ihr Atem roch nach Zuckersirup und Single Malt. Sie war mehr als nur angetrunken. „Auf *jeden* Fall. Du hast mich angelogen!"

„Ich habe dich nicht angelogen, ich habe dir nur nicht die ganze Wahrheit gesagt."

„Das ist dasselbe. Lass mich vorbei!"

Ich hielt sie fest. „Du bist nicht rational, Evelyn."

„Als ob ich in deiner Nähe jemals rational gewesen wäre!"

Eine Sekunde, in der mein Herz einen Satz machte. Zwei Sekunden, in denen sich unsere Blicke trafen. Flehend, verwundet, verzweifelt. Ich wollte sie küssen, halten, schmecken, ihre Wut einatmen und ihre Gefühle absorbieren. Ich wollte alles. Ich brauchte sie bloß an meine Brust zu ziehen und nie wieder loszulassen.

Da trat sie einen Schritt zurück und warf die Arme in die Luft.

„Zum Teufel mit dir, Clay Davis! – Oder sollte ich besser Clay McKenzie sagen? McKenzie-Davis?"

„Nur Davis, Schätzchen."

Ich erstarrte bei dem ungewohnten Klang. Mein Kopf ruckte herum und ich sah: meinen Vater.

„Bei dem Lärm kann man ja nicht klar denken", rechtfertigte er sein ungefragtes Auftauchen im Hausflur.

Elle schnappte nach Luft. „Pop!"

Er ignorierte seine ältere Tochter, die graubraunen Augen auf Evelyn gerichtet, doch seine Worte galten mir: „Erspar dir selbst und allen Anwesenden nen Haufen Stress, Gefluche und Herzschmerz, und lass sie gehen, Junge. Das tun sie am Ende sowieso alle."

„Entschuldigung?", fuhr Evelyn meinen Vater an, bevor ich es tun konnte. „Mr Davis, Ihre ungefragte Meinung in allen Ehren, aber ich glaube nicht, dass Sie sich ein Urteil über mich bilden können, und ich wüsste nicht, was Sie das angeht, also – verzeihen Sie! – aber halten Sie bitte die Klappe, und reparieren Sie lieber Ihre eigenen kaputten Beziehungen."

Eine atemlose Sekunde lang herrschte Schweigen, während sie meinen Vater anfunkelte, seine Augen aufblitzten und ich zu verarbeiten versuchte, wie man jemanden so unerschrocken zusammenfalten und sich dabei so höflich ausdrücken konnte.

Es beeindruckte mich, wie sehr Evelyn ihre Frau stand. Genau, wie es meinen Vater beeindruckte. Er hatte schon immer eine Schwäche für starke, eigensinnige Frauen gehabt.

Klar, sonst hätte er meine störrische Mutter nicht geheiratet. Zweimal. Nützte leider auch nichts bei zwei Scheidungen.

Seine Lippen zuckten amüsiert. „Aye, die Botschaft ist angekommen, Lady. Zurück zu deiner Frage“, sagte er versöhnlich, als hätten die beiden gerade über das Wetter diskutiert und keinen Glaubensgrundsatz. „Kate hat nach der zweiten Scheidung ihren Mädchennamen angenommen, und mein Ältester hat seinen Namen behördlich geändert, als er mit ihr gegangen ist, um mir eins auszuwischen.“ Er hob die Schultern, als wäre das die gescheiterte Lebensgeschichte eines anderen. „Er ist erwachsen, er kann machen, was er will.“

„Auch Grandpas Land und unsere Stadt verkaufen?“, fluchte Elle, woraufhin ich die Zähne zusammenbiss.

Mein Vater verengte die Augen und schürzte die Lippen, was ihn älter aussehen ließ als seine vierundsechzig Jahre. „Das ist nicht mehr meine Sache. Ich halte mich da raus, ich bin zu alt dafür.“

Zu alt? John Glenn war mit siebenundsiebzig Jahren noch in den Weltraum geflogen, Rosemary Smith hatte mit neunundsiebzig einen Formel-1-Wagen gefahren, und Clint Eastwood drehte mit neunzig Jahren noch Filme.

Ich knurrte, doch Elle kam mir zuvor: „Einen Scheiß bist du, Pop!“

Drei Menschen im Flur blinzelten auf den blonden Engel, der mit Tränen in den Augen nach vorn stampfte.

„Grandpa dreht sich gerade im Grab um, und das weißt du auch! Er würde dir erst den Hintern versohlen und dann mit dir angeln gehen, um dir die Leviten zu lesen. Grandma würde ihre Sorge um euch beide in Marmeladengläser einkochen, und Mom würde dich anschreien, bis dein Sturkopf bricht – und alles davon wäre besser als das, was du tust, seit sie alle weg sind."

Ich warf einen raschen Blick zu Evelyn, weil diese Beschreibung unserer verkorksten Familie so verdammt akkurat war, dass es wehtat. Wenn sie noch nicht genug Grund gehabt hatte, uns zu verlassen, dann hatte sie ihn spätestens jetzt.

„Du machst es dir einfach, Pop: Du verkriechst dich vor der Welt und behauptest, dich interessiere das alles nicht mehr. Ich glaube, du bist einfach zu feige, dich deinen Gefühlen zu stellen, und ich verstehe das! Du tust das, weil du nicht mehr verletzt werden willst. Aber das Leben besteht nun einmal daraus, verletzt zu werden – und danach wieder aufzustehen und härter zu werden. Und weißt du, wer mir das beigebracht hat?" Elle ließ ihm keine Zeit, die Antwort zu geben, die bereits in seiner trotzigen Miene ablesbar war: „*Du*, du verdammter Scheißkerl! Und ich fänd's echt toll, wenn du das auch meiner Tochter beibringen würdest, also fang verdammt nochmal an, endlich wieder zu kämpfen und der Mann zu sein, auf den wir trotz all dem Scheiß stolz waren!"

Die darauffolgende Stille war mit Händen greifbar. Sie schmeckte nach bitterem Schießpulver. Und sie tat verdammt weh.

Mein hämmerndes Herz tat weh. Elles Schmerz tat weh. Der beschämte Trotz meines Vaters. Und der Stich in meinem Innersten, als Evelyn sich wortlos an mir vorbeischob.

„Lass sie", sagte mein Vater. Seine Stimme klang sanft, fast wie der erste väterliche Rat seit einundzwanzig Jahren. Ashs Worte drehten sich wie Messerklingen in meiner Seele.

Und wenn es nicht zurückkommt, hat es dir nie gehört.

Ich schüttelte den Kopf. Nein, ich würde nicht enden wie Ash und mein Vater.

„Weißt du, was der Unterschied zwischen dir und mir ist, Pops? Ich sehe nicht tatenlos dabei zu, wenn meine Welt auseinanderbricht."

EVELYN

„Evelyn, warte, lass mich – Was zur Hölle ist denn hier passiert?"

Kopfschüttelnd räumte ich weiter Meißel und Werkzeuge zusammen und ignorierte Clays Schock. Ich hätte mir denken können, dass er mir folgen würde. Privatsphäre war für die Männer dieser Familie wohl ein Fremdwort, genau wie das Wort „Nein".

„Evelyn."

Ich ignorierte auch den wohligen Schauer, den diese drei Silben auslösten. Ich würde es vermissen, wie er meinen Namen sagte.

Was hatte ich mir bloß dabei gedacht, auch nur in Erwägung zu ziehen, hierbleiben zu können. Ich kannte diesen Typen nicht. *Überhaupt* nicht, wenn man bedachte, dass ich fast ein Jahr lang für seinen Bruder gearbeitet und es nicht einmal bemerkt hatte.

Clay hielt mein Handgelenk fest, als ich nach der gepackten Kiste mit den Werkzeugen greifen wollte. Hitze schoss durch meinen Körper, die gleichermaßen in größere Wut und größeren Schmerz mündete.

Ich versuchte beides mit der gefasstesten Frage zu kanalisieren, die ich zustande brachte: „Wieso hast du mir das nicht gesagt?"

Und vor allem: Wieso war ich nicht selbst darauf gekommen? Was könnte ein beliebiger Anwalt aus Chicago mit einer beliebigen Stadt in der Einöde von Kentucky wollen? Wer schmierte ganzseitige Beleidigungen auf Papiere und hatte den Vertragspartner gleichzeitig auf Kurzwahl – inklusive vollem Geburtsdatum?

Vier Geschwister, vier Buchstaben, eine Silbe. Schottische Wurzeln. Wie blind konnte man sein? Buchstäblich – denn wenn ich sie im Geiste direkt verglich, hatten sie sogar dieselbe Gesichtsform. Gabes Züge wirkten feiner, beinahe aristokratisch, aber das konnte auch daran liegen, dass er Zweihundert-Dollar-Haarschnitte und Zweitausend-Dollar-Anzüge trug anstatt Tattoos und Unterhemden.

Clays braungrüne Augen hingegen hatten nichts von Gabes Härte, als er mich ernst ansah.

„Was hätte es geändert?"

Vier kleine Worte, die mir den Boden unter den Füßen wegzogen. Ich starrte ihn an. Wütend zuerst, doch dann, als ich bewusst über diese simple Frage nachdachte … hilflos. Mutlos. Perspektivlos.

Nichts.

Nichts hätte es geändert. Außer vielleicht, dass ich mich erst recht von Clay ferngehalten und auf keinen Fall der prickelnden Anziehungskraft nachgegeben hätte. Dass ich auf keinen Fall seinem kompromisslosen Starrsinn erlegen wäre. Dass ich mich auf keinen Fall in seinen störrischen Beschützerinstinkt verliebt hätte.

Verlieb–

Nein.

„Evelyn."

Könnte er vielleicht aufhören, meinen Namen zu sagen, wenn ich gerade diese Sinnkrise mit mir ausfocht?

In einer – zugegeben nicht sehr von geistiger Reife zeugenden – Geste warf ich die Arme in die Luft.

„Keine Ahnung. Nichts, aber …" Mein Blick glitt durch den Raum, zu Adams vom Leben gezeichneten Torso, den ich in die Ecke verbannt hatte, zurück zu dem von Tattoos gezeichneten Männerkörper direkt vor mir. „Jetzt ist es auch egal. Ich werde nicht am Art Institute ausstellen."

Clays Blick wurde hart, dann unendlich weich wie geschmolzene Erde. Und einfach so, mitten in diesem Chaos aus Töpferschlingen, Ton und Tränen, trat er einen Schritt vor und zog mich in seine Arme.

Er sagte nichts, hielt mich einfach nur fest, ließ mich an seiner Schulter lehnen und seinen holzigen Orangenduft inhalieren.

Und ich erlaubte mir für diesen winzigen Moment, gegen seinen großen Körper zu sinken und alles zu ordnen. Meine Gefühle. Seine Nähe. Uns. Doch kaum, dass meine Wange an seiner harten Brust lehnte, dachte ich nur noch eine Sache:

Clay.

Seine Brust vibrierte, als er leise sagte: „Erzähl es mir."

Ich sah in seine Augen. Unsere Gesichter waren sich so nah, dass ich die grünen Sprenkel darin zählen konnte. Elf im linken Auge, dreizehn im rechten. Perfektion war nie symmetrisch.

Und dann erzählte ich ihm alles. Von dem Telefonat und Mrs Browns Worten über meine ordinäre Kunst, von meinen Phasen der künstlerischen Trauerbewältigung und der großen Verwirrung in mir drin. Die Worte kamen schneller und immer schneller, bis ich kaum noch Luft holte.

„…, weil es einfach die perfektesten Figuren der Welt waren, was absurd ist, weil echte Perfektion niemals perfekt ist. Das weiß ich, seit ich dich kenne. Aber ich weiß nicht, wie ich es besser machen kann, und alles hängt davon ab, dass ich in der Herbstausstellung des Art Institute of Chicago stehe, aber diese Tür ist jetzt fest verschlossen. Und ich weiß einfach nich–"

Der Rest meines Satzes ging in einem erschrockenen Keuchen unter, als Clay mich hochhob, die Werkbank freiräumte und mich darauf setzte. War es kontraproduktiv, dass ich augenblicklich die Beine um seine Hüften schlang und mich gegen ihn schmiegte?

Nicht sexuell, nur … na ja. Zärtlich.

Er ließ meine Hüfte nicht los und ich seinen Hals nicht. Es fühlte sich so verdammt richtig an, aber …

„Ich verstehe zwar nicht viel vom Hausbau", unterbrach Clay meine ohnehin zu nichts führenden Gedanken, „doch soweit ich weiß, ist der Vorteil von Türen der, dass man sie mehr als einmal öffnen und schließen kann."

Ernsthaft? Empört schlug ich gegen seine Schulter – und verzog vor Schmerz das Gesicht. Wieso war er so hart?

Clay lachte leise, als ich mir verstohlen die Handkante rieb.

Dann nahm er meine Hand vorsichtig in seine und führte sie zurück um seinen Hals, bevor er seine Hände wieder an meine Hüften legte. „Das war kein Witz, *Sugar*. Nimm den

Rat von jemandem an, der in seinem Leben mehr Brücken abgerissen hat, als er jemals wieder aufbauen kann: Nur sehr wenige Türen im Leben schließen sich wirklich für immer, und wenn doch, gibt es genügend andere, die sich jederzeit öffnen, wenn du nur hartnäckig genug klopfst. Abgesehen davon", er hob die Mundwinkel zu einem hinreißenden Grinsen, „willst du ja nicht zwingend durch die Tür, sondern in den Raum dahinter. Und ich bezweifle, dass der Raum nur auf diese eine Weise betreten werden kann."

Ich starrte auf seine Lippen, schmeckte seinen Atem und … fand keine Worte. Wie konnte ein Kerl so grimmig und gleichzeitig selbstironisch sein? So prinzipientreu und gleichzeitig moralisch fragwürdig. So unverschämt sexy und doch so sanft. So alles.

Ohne, dass ich es wollte, verstärkte ich meinen Griff in seinem Nacken und vergrub die Finger in seinen Haaren.

Er legte die Stirn gegen meine. „Bleib, Evelyn, und ich schwöre dir, ich werde dir helfen, die Tür einzubrechen. Scheiße, ich würde die gesamte Wand für dich einreißen."

Verdammt … Wieso klang es wie das Schönste, das jemals jemand zu mir gesagt hatte? Ich schloss die Augen, strich mit der Nase gegen seine. Ich wollte das hier, wollte *ihn*.

Aber so toll seine Worte auch klangen, so sehr wusste ich, dass es in Wahrheit nur eine Möglichkeit gab, wie er mir helfen könnte, und ich würde nicht zulassen, dass er das tat.

„Also schön, du hartnäckiger Mistkerl", hauchte ich nur wenige Millimeter vor seinen Lippen. „Ich bleibe. Aber die Tür mache ich allein auf."

Mit einem Ruck, der Sterne in meinem Bauch explodieren ließ, zog er mich näher und strich unendlich sanft das Haar aus meinem Gesicht. Seine Haut war warm und seine Finger rau, und ich schmiegte mich in die vertraute Wölbung seiner Handfläche.

„Das ist mein Mädchen."

Ich lächelte, nickte glücklich und wollte ihn küssen.

Er zog den Kopf zurück. „Sag es."

Der Druck seiner Finger nahm zu. Bestimmend, besitzergreifend, beschützend. Und verdammt, ich liebte es, dass mein Puls dabei schneller schlug, mein Körper in Flammen aufging und meine Seele dennoch zur Ruhe kam. *An*kam. Bei ihm.

Lächelnd hob ich ihm das Gesicht entgegen. „Ich bin dein Mädchen."

Clays zufriedenes Knurren schoss bis in meine Zehenspitzen, und zum ersten Mal, seit mein Vater gestorben war, fühlte sich meine Welt wieder vollkommen an.

„Verdammt richtig, *Sugar*."

Damit umfasste er meinen Kopf und eroberte meinen Mund, so wie er längst mein Herz erobert hatte. Er küsste mich, hielt mich, liebkoste mich. Fordernd und kühn und gleichzeitig so behutsam, als wären meine Lippen aus Seide und mein Körper aus Glas. Ich erwiderte seinen Kuss, sein Feuer, seine Zärtlichkeit.

Ich wollte die Zeit anhalten und für immer hierbleiben. An diesem berauschenden, bezaubernden Ort der Geborgenheit.

Fünf Minuten später wünschte ich mir, ich hätte die Zeit wirklich anhalten können.

Kapitel 31

Das ist kein Feuerwerk

EVELYN

„Deine Hose vibriert."

Clay knurrte in meinen Mund. „Ein Anruf. Er kann verdammt nochmal warten. So wie ich viel zu lange auf das hier gewartet habe."

„Und ich dachte schon, du hättest einen Vibrator mitgebracht."

„Den werden wir nicht brauchen." Er hob eine Braue. „Außer, du stehst drauf."

Mein Lachen wurde zu einem Keuchen, als er meine Hüften mit einem Ruck enger gegen sich zog. Ich saß immer noch auf der Werkbank, die Beine um seine Hüften gewickelt, auf herrliche Weise mit ihm verknotet. Unsere Körper, unsere Finger, unsere Zungen. Zum ersten Mal schafften wir es, uns zu küssen und dabei unsere Klamotten anzubehalten. Weil es zum ersten Mal mehr bedeutete als Sex.

Bloß dieses verdammte Handyklingeln hatte das schlechteste Timing der Welt.

„Es scheint wirklich wichtig zu sein."

„Nicht so wichtig wie du."

Ein Teil von mir schmolz bei diesen Worten dahin. Aber der Teil der persönlichen Assistentin konnte ein klingelndes Telefon nicht ignorieren.

Endlich löste Clay die Hände von meinen Wangen, um das klingelnde Handy aus seiner Hosentasche zu fischen. Er wollte es schon achtlos zur Seite werfen, als –

„Fuck."

Mein Herz rutschte in meine Kniekehlen. Sein Vater? Elle?

Clay lehnte den Anruf ab, doch ich hatte den Namen bereits gelesen.

Gabe McKenzie.

Er rief direkt noch einmal an.

„Geh ran!", beschwor ich Clay, auch wenn ich selbst nicht sonderlich scharf auf diese Konfrontation war.

Clay blähte die Nasenflügel, während er abnahm.

„Habt ihr da unten den beschissenen Verstand verloren??!!"

Offenbar war wüstes Fluchen in dieser Familie angeboren, und Gabe hatte sich bloß einen höflichen Umgangston zugelegt, der verschwand, wenn er wütend war. Und das war er. Seine Stimme donnerte durch den Raum, noch bevor Clay die Lautsprecherfunktion aktivierte, und dann erst recht. Es klang, als würde er in einem Auto sitzen. Oder in einem Kampfjet.

Ich zuckte zusammen, doch Clay hielt mich fest an seinen Körper gepresst. Sein Blick hypnotisierte meine Lippen, während er Gabe völlig ruhig antwortete.

„Geht's vielleicht ein bisschen konkreter? Du hast Glück, dass ich gerade gute Laune habe, aber ich bin ziemlich beschäftigt, also –"

„Beschäftigt?! *Du* bist beschäftigt? Willst du mich– Glaubst du, *ich* habe Zeit für den Scheiß?", fiel Gabe ihm ungehalten ins Wort.

In zehn Monaten hatte ich meinen Ex-Chef nie so wütend erlebt. Ich riss die Augen auf und wusste nicht, ob ich grinsen oder keuchen sollte.

Clay verhinderte beides, indem er zwei Finger auf meinen Mund presste und ein stummes „Shhht" formte. Dann zog er den Daumen über meine Lippen, bis ich sie öffnete. Ich hielt seinen schwelenden Blick fest, während ich seinen Finger zwischen die Zähne nahm und daran saugte.

„*Du* hast *mich* angerufen, Sackgesicht", knurrte Clay in Richtung Handy – erstaunlich gefasst für jemanden, dessen gewaltige Erektion gerade hart gegen meine Mitte drängte. „Und wenn du nicht in zwei Sekunden zur Sache kommst –"

„Fucking Sprengsätze?", explodierte Gabe. „Ich dachte, aus dem Alter wärst du raus!"

Mit einem Schlag schien aller Sauerstoff aus dem Raum gesaugt. Kalte Angst vertrieb jegliche Hitze aus meinem Körper. Ich starrte Clay an, dessen Miene sich augenblicklich verfinsterte. Er nahm den Finger aus meinem Mund und hielt sich das Handy ans Ohr. Seine Hand blieb in meinem Haar, wickelte eine Strähne um seinen Finger.

„Wovon zum Teufel sprichst du?", fragte er leiser.

Ich hörte Gabe trotzdem bis hier: „Irgendjemand bei euch da unten sabotiert munter Gerätschaften, die Eigentum der IMO Industries sind, und wenn ich rausfinde, dass du dahintersteckst, kannst du dir deinen Vertrag in den Arsch schieben!“

Moment, was? Time-out!

Sprengsätze? Sabotage?

„Vertrag?“

Clays Hand in meinem Haar hielt inne. Das letzte Wort hatte ich laut ausgesprochen.

„Ach, sieh an. Du bist *beschäftigt*, ja? Sag deiner neuen Freundin ‚Hi‘ von mir. Ich treffe mich nächste Woche mit ihrer angebeteten Instituts-Leiterin. Sie hat besser verdammt gute Ausstellungsstücke auf Lager, damit sich das Ganze auch für sie lohnt.“

„Was?“

Ich starrte Clay an. Er legte auf, bevor Gabe seinen nächsten Satz ausgesprochen hatte: „Du beendest deine *Beschäftigung* besser schnell, kleiner Bruder, weil ich nämlich –“

„Was meint er damit?“

„Vermutlich, dass er auf dem Weg hierher ist. Ich muss nachsehen, was da los ist. Vorzugsweise, *bevor* er da ist.“

Er strich meine Haarsträhne hinter mein Ohr. Ich zog den Kopf weg. „Davon rede ich nicht.“

Clay blinzelte. „Ich habe keine Sprengsätze gelegt, Evelyn.“

„Aber einen Vertrag unterschrieben!“

Er brauchte nicht zu antworten. Ich sah es an der Art, wie sein Kiefermuskel zuckte, während er stur an die gegenüberliegende Wand starrte. Ich riss den Mund auf.

„Das hast du nicht wirklich getan!“

Sein Kiefermuskel zuckte noch ein paar Mal, dann griff er nach seinem Handy und wählte eine Nummer. „Ich muss los. Wir reden später darüber.“

CLAY

„Nein, wir reden jetzt darüber!"

Sie lief mir nach wie ein bissiger Pitbull, durch den Hausflur, hinaus auf den Hof und bis in meinen Wagen.

„Geh wieder rein, Evelyn." Ich legte den Gang ein, wartete jedoch, bis sie der Aufforderung folgen würde.

Natürlich tat sie das nicht. Starrsinnige, kleine Evelyn.

„Auf keinen Fall! Ich bin überhaupt erst schuld daran, dass hier alles den Bach runter geht, und wenn du wirklich –"

„Evelyn!" Ich sah sie eindringlich an. Nein, ich flehte. „Ich habe keine Ahnung, was da unten vorgeht, aber wenn sich sogar mein beschissener Bruder von Chicago hierherbequemt, dann kocht die Scheiße gewaltig. Und egal, was es ist, ich will dich auf keinen Fall in der Nähe haben. Okay?" Ich biss die Zähne zusammen. „Bitte."

Dieses letzte Wort schien ihr Temperament zu zügeln. „Okay", sagte sie, und ich atmete erleichtert auf. Bis sie sich anschnallte und die Arme verschränkte. „Dann bleibe ich eben im Wagen – und wag es ja nicht, mich zurück ins Haus zu verfrachten, Clay Davis!"

Meine Hand erstarrte am Türgriff. Diese kleine Teufelin kannte mich besser als gedacht. Ich war tatsächlich im Begriff gewesen, den Wagen zu umrunden, sie über die Schulter zu werfen und eigenhändig zurück ins Haus zu tragen.

War es seltsam, dass es mich stolz machte, wie gut sie mich kannte?

Teufel, nein. Das bewies nur umso mehr: Sie war mein Mädchen.

Evelyn schien nicht minder stolz auf sich selbst. „Tja, tut mir leid. Du wolltest das volle Programm, jetzt kriegst du es auch. Keine Alleingänge mehr, von jetzt an machen wir das zusammen, verstanden, *Sugar*?"

Verdammt richtig, Sugar.

Ich widerstand dem Drang, meine Lippen auf ihre zu pressen, um ihre Worte wie einen Schwur zu besiegeln, und löste die Handbremse.

Sie stemmte sich gegen den Rahmen, als der Wagen nach vorne schoss.

„Du müsstest mal Jax fahren sehen."

„Danke, ich verzichte. Zurück zum Wesentlichen!"

Ich sah aus dem Augenwinkel, wie sie mir den Oberkörper zuwandte. Und ich wusste, was jetzt kam.

„Du wirst diesen Vertrag auf keinen Fall unterschreiben."

Ich vermied es, zur Rückbank zu sehen, auf der das Kuvert lag. „Zu spät."

Evelyn keuchte. „Was? Wann? Und vor allem: Warum? Bist du bescheuert? Weiß Elle davon?"

Ich kniff die Augen zusammen. „Welche Frage soll ich zuerst beantworten?"

Ihr lodernder Blick nagelte mich schier gegen das Fahrerfenster. Ich seufzte, während ich scharf links abbog, um den gewundenen Serpentinen hinunter in die Schlucht zu folgen.

„Heute Vormittag, nachdem feststand, dass sowohl die Bezirksregierung als auch die Umweltbehörde keine Einwände mehr gegen die neueste Korrektur des Vorhabens erheben werden. Es gab nichts mehr, was wir tun konnten, also haben wir einen Deal ausgehandelt, dass die Bohrungen auf die nächsten dreißig Jahre schrittweise stattfinden. So können manche Familien hier wohnen bleiben, andere haben Zeit, sich mit dem Entschädigungsgeld anderswo ein neues Leben aufzubauen."

Ich fand, das klang akzeptabel. Evelyn offenbar nicht.

„Das kann nicht dein Ernst sein." Verdammt, sie war sexy, wenn sie so energisch war. „Wir reden hier von deiner Heimat! Was ist mit der Ranch? Deiner Familie? Was ist mit deinem Haus?"

Ich schlug mir gegen die Brust. „Heimat und Familie ist hier drin. Ein Haus ist nur ein Haus. Und Veränderung gehört zum Leben. Wir haben sie die letzten zehn Jahre hingehalten, aber für immer aufhalten können wir sie nicht. Was passiert, passiert. Die Welt verändert sich."

Evelyn schüttelte den Kopf. „Aber wir können selbst entscheiden, ob wir das akzeptieren wollen!"

Ich warf ihr einen Seitenblick zu. Halb berührt, weil sie sich so sehr um meine Familie sorgte; halb beeindruckt, weil sie so verbissen kämpfte. Und vollkommen ekstatisch, weil es mein verdammter Satz war, den sie gerade gesagt hatte.

„Kluger Satz", zog ich sie auf. „Muss von einem klugen Mann stammen."

Sie legte die Füße auf das Armaturenbrett, als gehörte ihr der Wagen. „Hm, eher ein ziemlich besitzergreifender Mistkerl mit übersteigertem Ego und ohne Manieren. Außerdem habe ich gehört, dass er nicht mal einen Schulabschluss hat."

Ich hob eine Augenbraue. „Ich wette, dafür ist er ziemlich gut im Bett."

Jetzt lachte sie. „Tja, dazu würde ich mich gern äußern, aber ich war noch nie mit ihm in einem Bett, also … Niete bis zum Beweis des Gegenteils. Sorry!"

Sie zog eine unfassbar niedliche Grimasse, und ich brauchte all meine Willenskraft, um nicht mitten auf der Straße einen U-Turn hinzulegen, sie in mein Bett zu bringen und drei Tage lang vom Gegenteil zu überzeugen.

„Bald", knurrte ich, während der Absperrzaun des Abbaugebiets in Sicht kam – und davor mitten auf der Straße eine wuselnde Masse, die sich rasch im Scheinwerferlicht zerstreute. Schwarz gekleidete Gestalten sprangen über Gitter oder verschwanden hinter Containern. Stahl klapperte. Rotierende Feuerwerkskörper wurden gezündet.

„Was zum …?" Das mussten Dutzende sein. Wer waren diese Leute? „Bleib hier. Ruf die Polizei."

Ich stieg aus. Hohe Stimmen überschlugen sich, Taschenlampen blendeten mich. Eine vermummte Gestalt löste sich aus dem Pulk.

„Yo, Leute! Das ist mein Bruder!"

Kapitel 32

Generation „Leck mich"

EVELYN

„Jesse?! Was zum Teufel wird das hier?"

Ich starrte wie gebannt auf die surreale Szene vor mir, eine Hand am Türgriff, die andere am Handy. Meine Finger zitterten, als ich die drei Tasten für den Notruf drückte.

Clays Halbbruder riss sich das schwarze Bandana-Tuch vom Gesicht und breitete die Arme aus. „Unser Erbe anzünden. Because *fuck it*! Wir werden davon eh nichts mehr sehen."

„Jesse, es gibt bessere Wege, als Bomben zu legen ..." Clays Stimme war gefasst, seine Hände beschwichtigend erhoben. Er war auf halbem Weg zwischen seinem Wagen und dem Mob stehengeblieben, und ich hoffte, dass er dort bleiben würde.

„Sagt der Typ, der vor fünfzehn Jahren dasselbe gemacht hat?", höhnte Jesse, worauf Clay teils Jubel, teils Schmährufe aus der Menge erntete.

„Das war nicht klug, und ich bin nicht stolz drauf", ließ Clays grollende Stimme den Mob verstummen. Alle außer Jesse.

„*Bullshit*! Weißt du, was ich glaube? Das System hat dich gekriegt und weichgespült. Du hast dir eingeredet, du wärst erwachsen geworden, und dann bist du genauso ein bequemer Pisser geworden wie alle anderen. Früher dachte ich echt, du wärst besser als die. Früher hast du immer behauptet, dass nicht Menschen mit Tattoos die Welt zerstören, sondern Männer mit Krawatten. Jetzt bist du beides."

„*911, was ist Ihr Notfall?*"

„Mein Name ist Evelyn Tate, ich bin außerhalb von Sweet Springs am Abbaugebiet. Hier ist eine Bande Kids, die ..."

„*Verstanden, sind Sie verletzt?*"

„Nein, hier ist ..."

„*Ist jemand anders verletzt?*"

„Nein! Aber Sie müssen trotzdem –" Ich zuckte heftig zusammen, als ganz in der Nähe ein halbes Dutzend Chinaböller explodierte. Das Handy rutschte mir aus der Hand. Ich fluchte, tastete blind unter mir im Fußraum.

„Wir haben keinen Bock mehr, rumzusitzen und zuzusehen, wie ihr egoistisch im Heute lebt und nen Scheiß auf Morgen gebt!", hörte ich Jesses Stimme von draußen – und erkannte ein erschreckendes Echo zu Clays Worten an seinen Vater:

Morgen wirst du dir wünschen, du hättest heute angefangen.

„Und deswegen wollt ihr euch jetzt auf Asphalt kleben und Anarchie ausrufen?"

Jesse lachte. „Anarchie?! Ist bequem zu denken, die Welt wäre schwarz und weiß, oder? Ich verrate dir was, nur weil wir nicht dein beschissenes System wollen, heißt das nicht, dass wir *kein* System wollen."

Ich ertastete das Handy. „Sind Sie noch dran?"

Die Leitung war tot. Verdammt! Ich wählte erneut, da vibrierte der Boden.

Nein, halt. Nicht der Boden. Ein anderes Handy im Auto. Clays! Ich sah das Display hell in der Mittelkonsole aufleuchten. Gabe?

Ash Crawford.

Atemlos presste ich es ans Ohr.

„Scheiße, Alter, wir haben ein Problem! Bei Devin häufen sich die Notrufe, die rücken hier grad zu nem Großeinsatz ab. Ich glaube, dein kleiner Bruder zündet –"

„Ash, ich bin's."

Er begriff innerhalb einer Millisekunde. „Evelyn. Wo ist Clay?"

„Diskutiert mit Jesse und gefühlt hundert Halbstarken mit Feuerwerksböllern?" Meine Stimme verschwand in atemlose Höhen.

Ich hörte Ash das Handy zuhalten und heftig fluchen. „Im Canyon?"

„Ja. Und ich glaube, Gabe ist auf dem Weg hierher."

„Gabe Davis?" Er fluchte nochmal. „Okay, ich muss telefonieren. Sechs Minuten!"

Ich hatte keine Ahnung, was in sechs Minuten war. Aber ich hoffte, dass er dann ankommen würde. Oder, besser noch, die Polizei.

Wieso hatte mir niemand gesagt, wie verdammt lang sechs Minuten sein konnten?

„Hör zu, Jesse, ich verstehe dich. Du bist wütend, das war ich auch. Aber du hast verdammt recht, die Welt ist nicht schwarz und weiß. Und du kannst mir glauben, dass wir die letzten zehn Jahre damit verbracht haben, die beste Version von Grau zu erreichen, die wir kriegen konnten."

Ich hatte immer noch die Hände erhoben, als könnte ich vier Dutzend Halbstarker dadurch irgendwie beruhigen. Jetzt wussten wir wenigstens, warum sich seit Wochen junge Backpacker in Pipers Pension tummelten.

„Ach komm, leck mich." Jesse machte eine wegwerfende Armbewegung in meine Richtung, bückte sich und zog ein Paket in der Größe eines Ziegelsteins aus einer Sporttasche. „Weißt du, Hellgrau und Dunkelgrau und Scheißgrau bleiben trotzdem dieselben Schattierungen von Scheiße. Wenn du wirklich was ändern willst, musst du einfach ein bisschen tiefer in die Farbkiste greifen."

Er zog ein Feuerzeug aus der Tasche. Mein Körper ruckte vor, aber ich blieb stehen, als ein paar Kids Silvesterraketen auf mich richteten. Ash hatte sich in unserer Kindheit mal eine Silvesterrakete eingefangen. Er war zwei Monate lang gehumpelt.

„Du kannst wütend auf den Konzern sein, auf unseren Vater, auf mich. Das ist dein gutes Recht. Aber lass es nicht an der Stadt raus. Steck das Feuerzeug weg!"

Er tat es nicht. „Du checkst es nicht. Hier geht's nicht um dich oder mich! Hier geht's auch nicht um die beschissene Stadt – scheiß auf Sweet Springs, wer will hier überhaupt leben? Hier geht's um *uns*!" Er deutete auf seine eigene Brust und nach links und rechts, um die anderen hinter sich mit einzuschließen. „Wir sind hier, damit die nach uns noch ohne Atemmaske leben können. Klar, ihr interessiert euch nen Scheiß für morgen. Ihr werdet dann ja nicht mehr da sein." Jesse hielt das Feuerzeug an die Zündschnur. „Tja, warum nicht schon heute?"

„Jesse!" Ich stürzte auf ihn zu. Zu spät.

Der Sprengsatz flog in hohem Bogen nach hinten – und prallte an dem drei Meter hohen Zaun um die Flüssigkeitstanks ab. Die Kids stoben auseinander, Geschrei wurde laut.

Ich hob reflexartig die Hand und wandte das Gesicht ab, als die Explosion ein Loch in den Zaun riss.

„Was zum Teufel, Jesse!"

Wenn diese Kids die Fördertürme oder Flüssigkeitstanks trafen, würden wir gleich knietief in Erdöl oder – genauso schlimm – chemikalienverseuchtem Wasser stehen. Dagegen wären selbst die Worst-Case-Szenarien des Umweltberichts ein Waldspaziergang.

„Dir ist klar, was passiert, wenn das hier in die Luft geht, oder? Denk an deine Schule. Deine Freunde. Deine Mom –!"

Fuck.

Ich wusste, dass ich einen Fehler gemacht hatte, noch während ich seine psychotische Mutter ansprach. Aber ich hatte keine Zeit, diesen Fehler zu korrigieren, denn jetzt flippte mein kleiner Halbbruder richtig aus. „Scheiß auf die Alte! Scheiß auf die beschissene Farm, und scheiß erst recht auf die Schule, Mann! Glaubst du, ich bin dumm?"

War die Frage rhetorisch? Du bist dabei, eine brennbare Ölquelle anzuzünden.

Wir teilten die Hälfte unserer Gene, aber …

„Das hier ist wichtiger als wir. Wichtiger als diese Scheiß-Stadt! Das wird wie Fukushima, die ganze Welt wird sich daran erinnern – je mehr von uns sterben, desto besser!"

Ich war sicher, dass ich mich verhört hatte. Das konnte er unmöglich gesagt haben. Ich starrte Jesse an, starrte in die Runde.

Eine Sekunde. Zwei Sekunden. Zehn.

Dann war ich es, der ausrastete.

„Ich weiß nicht, was in deinem Hirn vorgeht, aber für Umweltschutz ein Ölfeld in die Luft zu jagen ist ungefähr genauso hirnverbrannt und zehnmal dämlicher, als für Jungfräulichkeit zu vögeln. Mit dem Unterschied, dass du meistens nicht draufgehst, wenn du beim Sex was ins falsche Loch steckst."

Ich sah, wie die Hälfte der Kids die Münder aufriss und sich fassungslos anstarrte. Irgendjemand verschluckte eine Fliege – oder seine Zunge. Was? Hatte die heutige Generation etwa kein Abo mehr bei zwölf unterschiedlichen Pornoseiten? Tja, nicht mein Problem. Ich nutzte das Gewusel, um mir die am Boden liegende Sporttasche zu schnappen.

Jesse stürzte vor.

„Sorry, kleiner Bruder."

Ich schlug ihm in den Solarplexus. Er krümmte sich vornüber, japste nach Luft, starrte mich aus schockierten Augen an.

Die anderen schienen eine Sekunde in Schockstarre erfroren.

Dann blendeten neue Autoscheinwerfer ihre Gesichter. Ein V8-Sportmotor wurde ruckartig abgewürgt, Reifen schürften über Kies. Zum zweiten Mal verstreuten sich die Kids wie Kakerlaken im Licht.

Ich drehte mich zu dem ankommenden Wagen – und wurde mit der Wucht eines Torpedos zur Seite gerammt.

„Clay!", hörte ich Evelyns atemlose Stimme irgendwo hinter Jesses Geschrei direkt vor mir.

„Das ist alles eure Schuld! Hättet ihr euer Scheißgrundstück nicht halbiert und diesen Arschloch-Konzernen angeboten, wäre all das nie passiert!" Ein tollwütiger Vierzig-Kilo-Teenager saß auf meiner Brust und schlug auf mich ein. Und ja, er hatte recht. Als Gabe damals seine Hälfte des Grundstücks verkauft hatte, war all das erst ins Rollen gekommen. Schätze, mit dem Hass auf unseren Bruder teilten Jesse und ich wenigstens etwas miteinander.

Mehr Scheinwerfer, mehr knirschende Reifen. Autotüren schlugen zu, Stiefel liefen los. Und weil der Teufel einen beschissenen Sinn für Humor hatte, tauchte ein Paar handgefertigter Lederschuhe neben meinem Kopf auf.

„Na großartig. Zwanzig Milliarden Dollar auf der Kippe und meine zwei idiotischen Brüder suhlen sich im Schlamm. Wieso bin ich nicht überrascht."

Weil du ein beschissener Wichser bist!, dachte ich. Aber ich kam nicht dazu, Gabe diese oder eine andere Beleidigung an den Kopf zu werfen. Denn in diesem Moment brach die Hölle los.

Kapitel 33

Familien. Treffen.

EVELYN

Ich keuchte, als ich Gabes Stimme hörte. Er war tatsächlich hier! Und er sah … ungewohnt aus.

Ich konnte mich nicht erinnern, meinen Ex-Boss jemals anders als im perfekt sitzenden Maßanzug gesehen zu haben. Dieser Typ in Bluejeans und einem von der langen Autofahrt zerknittertem Hemd hingegen wirkte fast, als könnte er tatsächlich aus dieser staubigen Kleinstadt stammen. Selbst, als er ein viel zu teures Handy aus der Tasche zog, wobei seine noch teurere Armbanduhr aufblitzte.

„Habt ihr hier etwa immer noch keine verdammten Handymasten aufgestellt?“

Ich wollte gerade die Wagentür zuschlagen und auf ihn zustapfen, als –

„Keine Bewegung!“, donnerte plötzlich eine andere Stimme.

Bellend. Befehlsgewohnt.

Bewaffnet.

Heilige Scheiße!

Sofort duckte ich mich wieder hinter die Beifahrertür, während der grimmig aussehende Deputy an mir vorbeistapfte. Er hatte nicht bloß eine Pistole in der Hand, er hatte ein verdammtes Gewehr im Anschlag, dessen Lauf so lang war wie mein Arm!

Ich wusste nicht, was schrecklicher war: dass er damit auf einige Dutzend Minderjähriger zielte. Oder, dass Clay in der Schusslinie stand.

Ich wusste nur, dass ich jetzt gerne ein Gebet kennen würde.

„Hopkins", grüßte Gabe abschätzig, völlig unbeeindruckt von dem Mündungsrohr, das in seine Richtung zielte. „Du hast nicht zufällig Verstärkung in deiner Hosentasche versteckt?"

„Nimm die Waffe runter, Zane!", knurrte Clay, der mit einem strampelnden Jesse wieder auf die Beine kam.

„Die Davis-Sippe, hätte ich mir ja denken können." Der Deputy namens Zane Hopkins spuckte aus. „Maul halten und Hände hoch, alle beide."

„Ich telefonie–"

„Hände. Hoch. McKenzie! – Und ihr dahinten auch, klar?"

Niemand hörte auf Deputy Zane Hopkins.

Bis der markerschütternde Knall von Schüssen durch den Canyon fauchte.

Ich schrie auf und duckte mich hinter die Beifahrertür. Panik brach unter den Kids aus. Mein Herz pochte so heftig, dass ich kaum noch Luft bekam. Ein rascher Blick durchs Wagenfenster: Niemand war verletzt. Hopkins hatte in schneller Abfolge dreimal in die Luft geschossen.

Was zur Hölle war los mit ihm? Kein Wunder, dass man die Südstaaten für schießwütige Scheißkerle hielt und der Polizei kein Stück über den Weg traute.

Sirenen wurden laut, das Geschrei erstarb. Hopkins senkte den Lauf der Waffe und zielte auf die Reihen vor sich.

„Na endlich! Und jetzt legen wir uns alle flach auf den –"

Jemand sprintete an mir vorbei und riss den Gewehrlauf herunter. „Spinnst du, Hopkins? Das sind Kinder!"

Ash!

Deputy Hopkins erkannte ihn im selben Moment wie ich. „Klappe, Crawford. Das sind Terroristen, und wenn du nicht willst, dass ich dich die nächsten fünfzig Jahre in ein fensterloses Kanalrattenloch stecke, dann – *keine Bewegung, hab ich gesagt, ihr Scheißer*!"

Sofort zielte die Mündung wieder auf die Reihen der Kids. Schreie, Ducken, irgendwo weinte jemand.

Clays bester Freund reagierte instinktiv. In einer flinken Bewegung rammte er Hopkins den Ellenbogen ins Gesicht, nahm ihm die Waffe ab und sicherte sie, ließ die Kugel aus dem Lauf, prüfte das Magazin. Ich wollte lieber nicht wissen, woher er das konnte.

„Ash *Taugenichts* Crawford." Gabe ließ den Blick abschätzig über Ashs abgerissene Erscheinung wandern. „Immer noch der schmutzige Junge von nebenan, wie ich sehe. Manches ändert sich wohl nie. Obwohl: Jetzt neu mit Gewaltverbrechen anstatt nur harmlosem Taschendiebstahl in der Trickkiste. Dumm nur, dass nach deiner Aktion niemand mehr die echte Bedrohung in Schach hält, was?" Er deutete auf die Kids hinter sich, die immer noch zwischen Schockstarre und übereifrigem Tatendrang schwankten. Einige kauerten hinter Absperrungen und Gerätschaften, andere kramten energisch in ihren Rucksäcken.

Ashs Miene verfinsterte sich noch mehr als bei der Erwähnung seiner Ex-Freundin. „*Fuck you*, Davis! Du willst nen Zaubertrick sehen? Dann sieh zu, und lerne, wie ich fünfzig Menschen verpuffen lassen kann. Alle mal herhören!", rief er den Kids zu. „Ihr habt ungefähr sechzig Sekunden, um den Sprint eures Lebens hinzulegen, wenn ihr nicht Bekanntschaft mit dem Jugendknast machen wollt! Ich verspreche euch: Alle Geschichten, die ihr über die Waschräume gehört habt, sind wahr."

Eine Sekunde lang waren alle wie erstarrt. Dann stolperten sie fast über die eigenen Füße, als alle auf einmal losrannten und gegeneinanderprallten.

Ash breitete die Arme aus wie ein Magier und zeigte Gabe beide tätowierten Mittelfinger, während die Kids das Weite suchten.

„Du nicht." Gabe packte Jesse an der Schulter, der sich sofort wand.

„Lass mich los, Alter!"

„Ich bin nicht dein Alter, und dafür solltest du wirklich dankbar sein, Jesse."

„Aua! Das ist Freiheitsberaubung! Ich verklag dich, bis du tot bist."

Gabe lachte bloß. „Ja. Viel Erfolg, Kleiner."

Jesse hörte auf, sich gegen Gabe zu wehren, und machte große Augen, als Ash neben dem ausgeknockten Deputy Zane Hopkins in die Hocke ging und dessen Handschellen vom Gürtel löste.

„Scheiße, Mann! Ist er … tot?"

„Nein, nur k.o. gegangen", antwortete Ash, als würden Gesetzeshüter in der Gegend regelmäßig einfach umfallen.

Clay stieß seinen besten Freund wütend an, als der den Bewusstlosen unter den Achseln packte und zum nächstgelegenen Zaunstück hievte. „Hast du den beschissenen Verstand verloren? Du wirst nicht wegen meinem Bruder in den Knast gehen!"

„Hey!", protestierte Jesse, während Gabe widersprach: „Ich habe ihn nicht gezwungen, Hopkins k.o. zu schlagen."

„Klappe, alle beide!", blaffte Clay, während Ash den Deputy neben seinem Gewehr gegen den Zaun lehnte und die Hände flink in seine Taschen gleiten ließ. Ich sah nicht, was er entnahm, bevor er dem Bewusstlosen die Wange tätschelte. „Ach, Zaneyboy und ich … wir klären das unter uns. Außerdem", Ash hob grinsend die Polizeimarke, „vergiss nicht, ich habe die ‚Du-kommst-aus-dem-Gefängnis-frei'-Karte." Er wurde wieder ernst. „Mach dir keine Sorgen um mich. Kümmer dich um deine Familie."

Damit hob er beide Hände über den Kopf und trat dem halben Dutzend Fahrzeuge entgegen, das mit Blaulicht und knirschenden Reifen zum Stehen kam. Deputy Zane Hopkins' Marke funkelte in seiner Hand, und ich kam nicht umhin, seine Schläue zu bewundern. Wenn man sich einer halben Hundertschaft näherte, war das wohl der einzig hilfreiche Gegenstand, wenn man nicht riskieren wollte, binnen zwei Sekunden durchlöchert zu werden.

Und bei diesem Gedanken wurde mir schrecklich bewusst, wie real das hier alles war. Wie gefährlich es hätte ausgehen können, wenn nicht Clay – und Ash! – eingegriffen hätten. Zwei einfache Typen, die mehr hatten, als Geld jemals kaufen konnte: Verantwortungsbewusstsein, Integrität, Pflichtgefühl.

Anders als die Leute in Anzügen, die das hier verursacht hatten, aber zu feige waren, sich hautnah den Konsequenzen ihrer Gier zu stellen. Es war einfach, in einem Kongresssaal für etwas abzustimmen, das nicht vor der eigenen Haustür stattfand.

Ich wich Gabes Blick aus, der mich bemerkt hatte, während Ash mit den Polizisten redete. Zehn Sekunden später wendeten die Wagen unter lautem Knirschen auf dem Schotter – vermutlich, um die flüchtigen Halbstarken einzufangen. Ich weigerte mich, den Begriff Terroristen zu verwenden wie Deputy Zane Hopkins. Ja, sie hatten unverzeihlich Leben riskiert – ihre eigenen und die der ganzen Stadt. Aber sie waren minderjährig, hatten die schlechtesten Perspektiven und die besten Absichten. Sie waren frustriert, wütend und höllisch verängstigt, also wer konnte es ihnen verdenken?

Und während ich Ash hinter uns mit einigen Leuten diskutieren hörte, nahm ich endlich allen Mut zusammen und trat zu den drei ungleichen Davis-Brüdern. Auf die Gefahr hin, dass Gabe mich zusammenfalten würde wie einen seiner Gegner im Gericht, dass Jesse mich anspucken könnte und Clay wütend wäre, weil die Situation letztlich doch eskaliert war und ich nicht im Wagen – oder besser noch: zu Hause – geblieben war.

Wie sich herausstellte, passierte nichts davon.

„Evelyn!" Clay sah mich als Erster, eilte zu mir und hielt meinen Kopf fest, sah mir forschend in die Augen. „Geht es dir gut?"

Ich nickte heftig. Er drückte seine Lippen auf meine Stirn, presste die Wange dagegen und hielt mich fest.

Überwältigt von den Gefühlen, die mich bei dieser kleinen Geste und in seiner Nähe fluteten, erlaubte ich mir, durchzuatmen. Ich schloss die Augen, schmiegte mich gegen die Brust des neuen Mannes in meinem Leben. Und begegnete dem stechenden Blick meines früheren Chefs, als ich sie wieder öffnete.

„Evelyn."

Tapfer hob ich das Kinn. „Gabe."

Damit schien alles gesagt. Er nickte knapp und zog wieder sein Handy hervor, um eine Nachricht zu tippen, ohne Jesses Arm loszulassen.

Das war leichter gewesen als gedacht.

„Lass uns nach Hause gehen", sagte Clay leise.

Ich vergrub die Nase in seiner Halsbeuge, inhalierte seinen Duft und nickte. Nach den Explosionen, Schüssen und Schreien war die nächtliche Stille beinahe unwirklich – sah man einmal von dem ewigen Rumoren im Boden ab.

Bis es plötzlich nicht mehr still war. Ein weiterer Wagen näherte sich in einem Affenzahn, legte eine Vollbremsung hin, dann sprang eine schlanke Gestalt heraus und durchschnitt das blendende Scheinwerferlicht.

„Du wagst es tatsächlich, hier aufzutauchen, du Scheißkerl?"

Elle stürmte an uns vorbei auf Gabe zu.

Oje, Familientreffen.

Ich war nicht sicher, ob das hier die beste oder die allerschlechteste Gelegenheit dafür war. Elle beantwortete die Frage – indem sie Gabe eine schallende Ohrfeige versetzte.

„Oh, da freut sich jemand, mich zu sehen", kommentierte er amüsiert, nachdem er sich wieder gefangen hatte.

„Und du!" Elle stieß Clay gegen die Brust, sodass wir beide taumelten. „Wenn du nochmal auf eigene Faust abhaust und ich von Ash erfahren muss, dass du dich und Lynnie gerade in Lebensgefahr bringst …"

„Nicht gleich übertreiben", warf Gabe ein.

„Halt die Klappe, Gabe!" Elles Stimme überschlug sich fast, und ich begann mir Sorgen zu machen. Ich hatte sie noch nie so wütend gesehen. Aber ich sah auch, dass so viel mehr hinter ihrer Wut steckte: Angst. Schmerz. Und Liebe. Sie liebte ihre Familie, alle von ihnen, so starrsinnig und ungehobelt sie auch sein mochten. „Das ist sowieso alles deine Schuld! Wie konntest du es nur so weit kommen lassen? Hättest du damals nicht die beschissene Grundstückhälfte an diese Scheißkerle verkauft …!" Ich erinnerte mich an den Industriezaun, der quer über Clays Grundstück lief, und das schlechte Gewissen, dass ich die ganze Zeit ein Teil davon gewesen war, schnitt umso tiefer in meine Seele. Elle hämmerte wieder auf Gabes Brust ein. „Und jetzt auch noch der Steinbruch? Wie viel hast du Matt geboten, hm? Hast du jemals genug? Gott weiß, ich habe dich lange in Schutz genommen, aber ich hoffe, du wirst irgendwann an deinem beschissenen Geld – *haaargh*!"

Sie keuchte entsetzt auf und krümmte sich zusammen. Mein Herz sackte hinab, mein Körper ruckte nach vorn, genau wie der von Clay und Gabe.

„Da freut sich wohl noch jemand, mich zu sehen", wiederholte Gabe, doch jetzt war seine Heiterkeit nur noch Fassade für echte Angst, während er beide Hände ausstreckte, um seine Schwester zu stützen.

Sie schob ihn weg. Oder, besser gesagt, stützte sich an seiner Schulter ab, die andere Hand auf ihren Bauch gedrückt. „Mir geht's gut, es geht schon. Aber Gabe? Noch so 'n Spruch und ich breche dir die Nase."

Gabe belächelte die Drohung. In seinen Augen stand immer noch Sorge. „Soll ich einen Krankenwagen rufen?"

„Entspann dich, der Geburtstermin ist erst in zwei Monaten", knurrte Elle. „Was du wüsstest, wenn du ab und zu mal meine E-Mails beantwort- *aaargh*!"

„Okay, das reicht", bestimmte Clay.

Kapitel 34
Tattoos und Krawatten

CLAY

Ich beobachtete den Sekundenzeiger, wie er unaufhörlich vorantickte. Tick-tick-tick-tick.

Ich lauschte dem gleichmäßigen Piepen der Überwachungsmonitore, an die Elle angeschlossen worden war, und versuchte, nicht jedes Mal aufzuhorchen, wenn vor dem Krankenzimmer Schritte lauter wurden.

Und vor allem spürte ich das tiefe, gleichmäßige Heben und Senken von Evelyns Körper unter meinem Arm. Sie war eingeschlafen, wie immer, wenn es auf Mitternacht zuging – obwohl ich sicher war, dass sie nach der Aufregung des Abends auch eingeschlafen wäre, wenn sie nicht der früheste Frühaufsteher wäre, den ich kannte. Ihr Kopf lag auf meinem Schoß, ihre Hand beinahe besitzergreifend auf meinem Knie, und ich wusste nicht, was sich jemals so verflucht perfekt angefühlt hatte.

Behutsam, um sie nicht zu wecken, tastete ich mit den Fingern über ihren Kopf, als müsste ich überprüfen, dass sie echt war. Ich streichelte ihr Haar, ihre Wange. Sie lächelte im Schlaf, und ich wusste, dass ich für den Rest meines Lebens nichts anderes ansehen wollte.

Da spannte sich Gabe im Sessel auf der anderen Seite des Zimmers an.

Normalerweise gab ich einen Scheiß auf die körperlichen Reaktionen meines Bruders. Aber normalerweise war er auch die Person im Raum, die ich am meisten hasste. Dieser Umstand änderte sich, als Matt hereingeplatzt kam.

„Elle!"

„Ist das dein beschissener Ernst, Matthew?", knurrte ich, zusätzlich angestachelt davon, dass Evelyn aufgeschreckt den Kopf hob. Die Stelle, an der sie gerade noch gelegen hatte, wurde schnell kalt.

Gabe gluckste bloß. „Du hast echt Eier, hier aufzutauchen, das muss man dir lassen, Hopper. Aber ich bezweifle, dass sie dich sehen will."

„Und ich bezweifle, dass du da etwas mitzureden hast, Davis!"

„McKenzie", korrigierte Gabe wie schon tausend Mal zuvor. Ich schnalzte abfällig mit der Zunge.

„Matt …" Alle versteiften sich, als Elle sich mit schläfriger Stimme zu Wort meldete. Die Ärzte hatten ihr ein Beruhigungsmittel gegeben, um sie für die Nacht hierzubehalten, aber sie hatten uns versichert, dass es ihr und dem Baby gut ginge. Sie hatte sich bloß zu sehr aufgeregt. Kein Wunder …

Elle streckte die Hand aus, und er stürzte sofort zu ihr, trat dicht ans Bett, strich ihr übers Haar. „Ich bin hier, Babe."

Gabe und ich tauschten einen Blick. Und zum ersten Mal seit Langem waren wir einer Meinung: *Geben wir den beiden ein wenig Privatsphäre, um ihren Scheiß zu regeln.*

„Elle ist wie Grandma, hm?", bemerkte ich unwillkürlich, als wir draußen im Besucherraum warteten. „Der verfickte Kleber unserer Familie."

Gabe, der bei den ersten Worten lediglich den Kopf gehoben hatte, schnaubte jetzt belustigt. „Möglich." Und dann tat mein Anzugträger von einem Bruder etwas höchst Menschliches: Er lehnte sich nach vorn, stützte die Ellenbogen auf die Oberschenkel und fuhr sich mit den Händen durch die Haare.

„Sieh dich um, und sag mir, dass du das alles hier nicht vermissen würdest." Ich wusste selbst nicht, warum ich ihm dieses Rettungsseil hinwarf, um unsere kaputte Beziehung zu kitten.

Erst recht nicht, als Gabe gedehnt seufzte. „Weißt du, was dein Problem ist, Clay? Du verstehst immer nur die Hälfte und kriegst 'nen Wutanfall, anstatt mal über deinen beschränkten Tellerrand hinauszusehen. Als ich noch jünger war, kannte ich mal 'nen Typen. Richtiger Scheißkerl, unnachgiebig, stur, hab mir oft gewünscht, ich hätte nicht seine Gene geerbt. Aber weißt du, was der immer gesagt hat? *Du kannst die Dinge nicht ändern, Junge. Du kannst sie nur zu deinen Bedingungen laufen lassen.*"

Mein Kiefer verkrampfte sich so hart, dass es wehtat. „Lass Grandpa aus dem Spiel. Du kannst froh sein, dass er nicht mehr lebt, um dir den Arsch aufzureißen, weil du das beschissene Geld über deine Heimat stellst."

„Was meinst du, was die Bezirksregierung hier gemacht hätte, wenn ich damals nicht die Hälfte unseres Grundstücks verkauft hätte?"

„Erleuchte mich, Arschgesicht", knurrte ich.

„Sie hätten die ganze Stadt planiert, Clay."

Ich erstarrte. „Bullshit."

Mein beschissener Bruder seufzte beschissen theatralisch. „Dreihundert Millionen Kubikmeter Schiefergas. Falls du nicht weißt, wie viele Nullen das sind: Das deckt mehr als ein Drittel des gesamten Jahresverbrauchs der Vereinigten Staaten und würde Kentucky auf die nächsten fünfzig bis hundert Jahre unabhängig machen. Glaubst du, da schert sich irgendjemand um ein paar Tausend Einwohner in 'ner Kleinstadt am Arsch der Welt? Die Bezirksregierung hätte alle zwangsumgesiedelt, und das wär's – und zwar *ohne* Entschädigung in Höhe von mehreren Millionen Dollar für die Grundstücksbesitzer, aber bedank dich später bei mir! Also, hast du jetzt diese Unterschrift für mich, oder was ist los?"

Ich ignorierte die Frage. „Harvey Logan hat uns versichert –"

„Harvey ist ein Haufen Scheiße", fiel Gabe mir ins Wort. „Alle Staatsanwälte sind das."

„Streich das Staats- aus dem Wort, und wir sind uns einig."

„*Fuck you*, Clay! Weißt du, vielleicht hat unser kleiner Scheißbruder recht, dass nicht Menschen mit Tattoos die Welt kaputt machen, sondern Menschen mit Krawatten. Aber solange Menschen absurd viel Geld auf Kosten der Natur verdienen können, werden sie es tun. Das kannst du nicht aufhalten, selbst wenn du zehn Mal so viele Hybridfahrzeuge umrüsten würdest."

Ich zischte. Das hieß aber nicht, dass ich es nicht versuchen würde.

„Warum können wir Sweet Springs nicht zum Naturschutzgebiet erklären?"

Diese Frage kam von Evelyn, die gerade um die Ecke bog, drei Plastikbecher mit Kaffee in Händen, die sie an uns verteilte.

Ich starrte sie an wie ein Gottesgeschenk. Nicht nur ihre Erscheinung, mit den aufgelösten Haaren und in meiner viel zu großen Jacke gegen die Kälte. Sondern ihren Verstand.

Warum war ich nicht auf diese Idee gekommen?

Gabe schnaubte bloß. „Weil man mit Naturschutz kein Geld verdienen kann. Danke." Er nahm den Kaffee, trank einen Schluck – und verzog das Gesicht. Er hasste schlechten Kaffee.

Jetzt war ich es, der schnaubte. Manche Dinge änderten sich nie.

EVELYN

„Gib den Leuten, was sie wollen!"

Beide Brüder starrten mich an.

Ich starrte zurück. Möglicherweise war mein Hirn noch nicht ganz wach nach diesen phänomenalen dreieinhalb Stunden Schlaf. Aber war das nicht die Lösung?

Ich setzte mich, mangels anderer Sitzplätze quer auf Clays Schoß. Er protestierte nicht. Im Gegenteil, er zog mich mit einer Selbstverständlichkeit an sich, die kribbelnde Wärme in meine Glieder schickte. Doch ich fokussierte Gabe.

„Die Leute wollen kein Erdöl oder Schiefergas. Was die Leute wirklich wollen, ist Energie. Heizung, Strom, Kühlschränke …"

„Kraftfahrzeuge", fiel mir Gabe wenig begeistert ins Wort.

„Dann fahr halt elektrisch. Und lass sie verdammt nochmal ausreden." Clays Griff um meine Taille festigte sich, und selten hatte sich etwas so gut angefühlt. Er stärkte mir den Rücken. Buchstäblich.

„Stand nicht in diesem Umweltbericht, dass man Energie nicht nur über fossile Brennstoffe erzeugen kann?"

„Und jetzt willst du die Landschaft mit Solarkollektoren pflastern, oder was?"

Ich hob die Schultern. „Ich fand es heute ziemlich windig an der Schlucht, oder nicht?"

Da sah ich, wie es hinter Gabes Stirn zu arbeiten begann.

„Du hast nicht zufällig den Umweltbericht in Reichweite?" Die Frage war an Clay gerichtet.

„Sehe ich so aus, als hätte ich 'nen Tausend-Seiten-Wälzer in der Hosentasche?"

Gabe verdrehte die Augen. „Im Wagen vielleicht?"

„Mein Wagen ist keine Müllhalde."

„Ich habe ihn!", rief ich, um den aufkommenden Bruderstreit zu unterbinden. Gabe ließ fragend den Blick über meinen Körper gleiten, als hätte ich ihn im BH stecken. Ich zog mein Handy aus der Tasche. „Willkommen im einundzwanzigsten Jahrhundert."

Er nahm es grimmig entgegen. „Woher hast du die digitale Version?"

„Hab ich mir von … Kollegen aus dem Büro zuschicken lassen."

Puh, gerade noch mal Josies Namen rausgehalten.

„Wirklich. Ist dieser *Kollege* zufällig weiblich, eins siebzig groß und heißt … Nicht euer Ernst!", unterbrach er sich, während seine Augen über das Display huschten. Er scrollte, blinzelte, schloss dann die Augen und wechselte die App. „Ich werde einfach so tun, als hätte ich diese Nachrichten niemals gesehen."

Nachrichten?

War etwa meine Nachrichten-App geöffnet gewesen, als ich ihm das Handy überreicht hatte? *Mit meinem Chat-Verlauf mit Clay?*

Oh mein Gott.

Wie hoch standen die Chancen, dass sich der Boden unter mir auftat, damit ich darin versinken konnte?

Der Boden tat leider nichts. Außer weiterhin entfernt zu rumoren – von den hydraulischen Testbohrungen, wie ich mittlerweile wusste.

„Ich muss telefonieren." Gabe stand abrupt auf und entfernte sich. Mit meinem Handy.

Jetzt? Es war ein Uhr morgens.

Ich starrte ihm ungläubig nach. Da sah ich aus dem Augenwinkel das kantige Gesicht, das mit einem Mal all meine Aufmerksamkeit beanspruchte. Ich drehte den Kopf, bewegte meinen Oberkörper, bis unsere Gesichter nur Zentimeter voneinander entfernt waren. In Clays Blick lag das vertraute Verlangen, der für mich ungewohnte Ausdruck von unbändigem Stolz und noch etwas anderes: Bewunderung.

Seine Augen wanderten über mein Gesicht, saugten jedes Detail in sich auf, während er die Hand hob und mir das Haar aus der Stirn strich. Eine liebevolle Geste, die lustvoll wurde, als er die Faust um einige Haarsträhnen schloss.

„Für jemanden, der vor ein paar Stunden noch all das hier zurücklassen wollte, legst du dich mächtig für die Stadt ins Zeug." Hitze schoss in meine Glieder. „Sieht aus, als hätte ich recht gehabt."

Sein selbstsicheres Lächeln und der tiefe Bass seiner Stimme versetzten meinen Körper in Schwingung, aber ich blieb standhaft. Hielt die bittersüße Spannung zwischen unseren Lippen aufrecht, die nur Millimeter voreinander schwebten.

„Wirklich? Womit?"

Sein Griff in meinem Haar verstärkte sich leicht, als er meinen Kopf nach hinten bog. Ich spürte seinen heißen Atem auf meinem Hals, und ein Lustschauer durchfuhr mich.

„Du wirst nirgendwo hingehen." Seine Lippen an meinem Ohr lächelten. „Außer vielleicht in mein Bett."

Ich keuchte, als das Verlangen beinahe übermächtig wurde. Den Blick auf seine Lippen geheftet, drehte ich den Oberkörper vollständig ein, schlang die Arme um seinen Hals und schob das linke Bein zur Seite, bis ich rittlings auf ihm saß. Augenblicklich umfasste er meine Hüfte und zog mich mit einem Ruck an sich.

Ich hob kichernd eine Augenbraue. „Glaubst du wirklich, dass wir ein Bett brauchen würden?"

„Brauchen: nein." Die Art, wie er mich jetzt ansah, schickte etwas ganz anderes als Lust durch meinen Körper: wohlig wärmende, unbändige Geborgenheit. Liebe. „Aber du verdienst ein Bett. Du verdienst alles, Evelyn. Deine Skulpturen, den Ausstellungsplatz, jeden Morgen Pancakes und jeden Abend Omelett. Alles."

Ich kämpfte gegen das glücklichste Lächeln an, das sich je auf meinem Gesicht hatte breitmachen wollen. Was den Ausstellungsplatz und seine Unterschrift anging, war das letzte Wort noch nicht gesprochen. Über die Pancakes und Omeletts konnten wir verhandeln.

Clays Lippen streiften meine. „Wenn du noch was erledigen musst, dann schlage ich vor, du tust es jetzt. Denn wenn ich dich einmal in mein Bett gebracht habe, wirst du es so schnell nicht mehr verlassen."

Ich krallte die Finger in sein Shirt, als sich Lust in meiner Mitte zusammenballte. „Ist das eine Drohung?", fragte ich spielerisch.

„Nein. Das ist ein verdammtes Versprechen."

Kapitel 35

Wie Clay in meinen Händen

EVELYN

Zwei Monate später

Ich liebte den Anblick am frühen Morgen, wenn in Sweet Springs die Sonne über die Baumwipfel lugte und die Wiesen in goldenes Licht tauchte.

Aber jetzt gerade sah ich nicht aus dem Fenster.

Jetzt gerade betrachtete ich den Mann, der ausgestreckt auf dem Bett lag. Sein muskulöser Körper war halb von der Bettdecke verdeckt, sein tätowierter Arm lag quer über seinem Gesicht.

Seine Mundwinkel zuckten.

„Du bist wach?" Eilig stellte ich das Frühstückstablett auf den Nachttisch und schlüpfte zu ihm unter die Decke.

Er streckte den Arm aus, damit ich mich an seine breite Brust schmiegen konnte, seine Finger streichelten durch mein Haar. „Ich werde immer wach, wenn du aufstehst."

Das war eine Lüge, aber ich ließ sie ihm durchgehen. Er schlief tief und fest weiter, wenn mein stummer Wecker um kurz vor fünf neben meinem Kopfkissen vibrierte und ich mich aus dem Bett stahl.

„Guten Morgen." Meine Lippen suchten und fanden seine, und wie von selbst glitten meine Finger über die tätowierte Landschaft auf seiner Brust, fuhren die Linien und Flächen nach. Seine Haut war heiß.

„Du bist kalt."

Oder das.

Ich kicherte, während Clay mich augenblicklich in eine Bärenumarmung zog, die mich von innen genauso wärmte wie von außen. Er nahm meine Finger in seine und betrachtete sie, drehte sie nach allen Seiten. „Hast du nicht gearbeitet?"

Ich verdrehte wohlwollend die Augen. „Weißt du, in Sweet Springs gibt es fließend Wasser. Und faszinierenderweise ist Ton wasserlöslich, also …"

Ja, ich hatte gearbeitet, wie jeden Morgen in den letzten acht Wochen, und ich war sehr zufrieden mit meinem neuesten Werk. Es war nicht perfekt, im Gegenteil: Es war die unperfekteste Skulptur, die ich je modelliert hatte, voller Narben, Kanten und Falten, vom Leben gezeichnet und in Tongeschichte geschrieben. Es war meine bisher beste. Aber ich kam nicht dazu, Clay das zu sagen.

Denn jetzt veränderte sich sein Blick, und mein Körper stand in Flammen, noch bevor er den Mund öffnete. „Mhm. Erzähl mir mehr über Ton."

Ich lachte atemlos, als er meinen Hals küsste. Sein Bart kribbelte auf meiner Haut, seine Lippen hinterließen heißes Verlangen. „Mal sehen, er ist fest, glatt und anschmiegsam …"

Er schob eine Hand in meinen Rücken und presste meinen Körper auf ganzer Länge gegen sich. Ich spürte seine wachsende Erektion an meiner Leiste.

„Hart", entkam es mir, obwohl das nicht stimmte. Ton war nicht hart. *Clay* war hart. „Feucht."

Das wiederum war ich.

Das mit den Beschreibungen war eine ganz miese Idee.

„Weiter", forderte er, während seine Lippen mein Schlüsselbein erreichten. Er schob mein dünnes Unterhemd hoch, und ich wölbte mich seiner Hand entgegen.

„Hartnäckig. Wenn man nicht aufpasst, erreicht er die unmöglichsten Stellen und –" Ich sog scharf die Luft ein, als er eine Brustwarze in den Mund nahm.

„Weiter", knurrte er, während er die Decke zur Seite schlug und tiefer rutschte. Seine rauen Hände glitten über meine Taille, an meinen Hüften entlang, hakten sich in mein Höschen und zogen es herunter. Ich vergrub die Hände in seinem kurzen Haar und schloss die Augen.

„Augen auf mich, *Sugar*."

Ich öffnete sie wieder und stöhnte bei dem Anblick vor Lust, noch bevor seine Zungenspitze über meine Haut strich.

„Was noch."

„Schmelzend", keuchte ich, während er mich verwöhnte.

Nein, das war wieder ich. Ich drückte den Kopf in die Matratze, schob das Becken vor und ergab mich der Ekstase.

„Atemberaubend." Ich stöhnte. „Überwältigend." Er schob zusätzlich einen Finger in mich, und ich bäumte mich zuckend auf.

Er hielt meine Hüften fest, bis der Orgasmus vorbei war, dann legte er sich wieder neben mich. „Ich liebe es, wie du aussiehst, wenn du kommst."

Ich zog ihn gierig an mich. „Ich liebe es auch, wie *du* aussiehst, wenn du mich zum Kommen bringst."

„Ich liebe *dich*", erwiderte Clay, die Nase in meinem Haar.

Ich keuchte. Starrte ihn an. Mein Herz hämmerte, und ich war mir ziemlich sicher, dass das nicht allein von dem Orgasmus kam. Das hatten wir noch nie zueinander gesagt, obwohl ich es schon lange fühlte.

Clay erwiderte meinen Blick unbeirrt. Er war sich einhundertprozentig sicher, wie immer, wenn er sich einmal auf etwas eingeschossen hatte, und seine Entschlossenheit machte es nur umso echter. Schöner.

Und … oh Mann …

„Ich glaube, ich liebe dich auch."

Er grinste. „Du glaubst? Ich weiß es."

Ich war zu atemlos, um zu widersprechen. Also ließ ich Taten sprechen und küsste ihn hingebungsvoll. Er griff in mein Haar und erwiderte den Kuss mit einer hungrigen Intensität, die mir den Verstand raubte.

„Du hast da übrigens ein paar Eigenschaften vergessen. Zum Beispiel ‚deine Lieblingsbeschäftigung'."

Ich lach-stöhnte in unseren Kuss. „Weiter?"

„Verrückt nach dir."

„Mhm?" Ich ließ die Hand zwischen uns wandern und umfasste seinen pulsierenden Schaft.

„Wachs in deinen Händen." Er bewegte sich schamlos in meiner Hand vor und zurück.

„Schmutzig", tadelte ich gespielt und erhöhte den Druck.

Er schnappte nach meinen Lippen. „Heiß."

Ich zog ihn ungeduldig an mich, positionierte ihn zwischen meinen Schenkeln. „Nur, wenn er aus dem Brennofen kommt." Clay wuchtete mich herum, bis ich unter ihm lag. Seine Härte drängte gegen meine Öffnung und schickte heiße Vorfreude durch meine Glieder. Ich bog mich ihm entgegen, bis seine Spitze in meine Nässe tauchte, und sah ihm auffordernd in die Augen. „Aber dafür ist er dann hart wie Stein. Und *ziemlich* lange haltbar."

Statt einer Antwort glitt er mit einem einzigen Stoß in mich. Ich keuchte zwischen Entzücken und Erstaunen. Dann keuchte ich noch einmal vor Empörung, als er sich weit zurückzog. Er tat es langsam, quälte mich mit seiner ganzen, herrlichen Länge, bloß um erneut tief zuzustoßen, bis mir die Luft wegblieb.

Ich grub die Finger in seine Schultern, suchte atemlos seine Lippen. Er beschlagnahmte meinen Mund mit derselben ungezügelten Wildheit, mit der er mich vor zweieinhalb Monaten einfach über die Schulter geworfen hatte. Dann winkelte er mein Bein an und steigerte seinen Rhythmus und unsere Lust.

Und dann verbrachte er den größten Teil des Morgens damit, mir eindrucksvoll zu demonstrieren, wie lange *dieser* Clay nach dem Aushärten haltbar war.

Kapitel 36

Gestern war heute noch morgen

CLAY

„Wir werden zu spät kommen."

Ich sah Evelyn mit hochgezogener Braue an, während ich in meine Jeans stieg. „Es ist meine Werkstatt, ich kann nicht zu spät kommen."

Trotzdem verriet mir ein kurzer Blick zur Uhr, dass sie recht hatte und das Meeting wohl ohne uns beginnen würde.

Ich konnte einem Grinsen nicht widerstehen, genauso wenig wie dem Drang, ihren halbangezogenen Körper erneut an mich zu ziehen und ihre geschwollenen Lippen noch einmal zu küssen.

„Das war es wert."

Evelyn verdrehte die Augen, aber ich sah das Lächeln auf ihrem Gesicht, als sie ihren BH hinter dem Rücken schloss und ein frisches Top überstreifte.

Sie trug jetzt nicht mehr nur cremeweiße Businesskleidung, denn vor vier Wochen hatte sie offiziell ihre Wohnung in Chicago gekündigt – ein winziges, viel zu stickiges Ein-Zimmer-Apartment im fünften Stock – und war bei mir eingezogen. Jetzt stand ihr Name wirklich auf meinem Briefkasten.

Ein weiterer Vorteil daran war, dass ich nicht mehr bei jedem sexy Slip oder tief ausgeschnittenen Shirt das Bedürfnis bekämpfen musste, Jax eine reinzuhauen, weil er diese Sachen unweigerlich in der Hand gehabt haben musste, als er sie ausgesucht und hergebracht hatte.

Wo wir gerade von Jax sprachen: Seine Harley stand wie erwartet vor der Werkstatt, als wir fünfzehn Minuten später dort ankamen. Daneben stand Gabes schwarzes Coupé, das in der staubigen Sonne glänzte wie ein fremdartiges Insekt.

Ich drückte das Rolltor extra geräuschvoll nach oben, um mich bemerkbar zu machen. Keiner der beiden sah auf.

Natürlich nicht.

Beide standen über einen Werkstattwagen gebeugt, den sie zum Besprechungstisch umfunktioniert hatten. Darauf verstreut: Blaupausen, Pläne in Zeltgröße, Stapel von Aktenordnern – und Jax' Laptop, auf dem seine Finger wie Maschinengewehrsalven ratterten.

„Sieh an", honorierte Gabe mein Auftauchen mit einem Blick auf seine Zehntausend-Dollar-Armbanduhr. „Ich nehme an, ihr wart *beschäftigt*?"

Ich machte mir gar nicht erst die Mühe, darauf zu antworten, während Evelyn in Richtung Büro verschwand.

Jax schon. „Wohl kaum. *Beschäftigung* dauert zehn Sekunden bis zehn Stunden. Nicht zehn Wochen."

Ohne den Kopf zu heben – oder die rasenden Finger von der Tastatur –, ließ er seinen Röntgenblick zu mir wandern, dann zu der Tür, durch die Evelyn gerade verschwunden war. Seine Mundwinkel zuckten, damit wäre das Gefühlsregungsmaß von Jax Rayne dann auch voll.

Gabe lehnte sich auf dem provisorischen Tisch nach vorn. Offenbar hatte er Todessehnsucht – oder wusste nicht, was Jax mit Leuten machte, die ihm zu sehr auf die Pelle rückten. „Nicht, wenn du die richtige Frau triffst."

Jax' Selbstbeherrschung überwog die Abscheu. Seine Miene blieb ausdruckslos, sein Falkenblick heftete sich wieder auf seinen Bildschirm. „Nicht in diesem Leben."

„Abwarten, Rayne."

„Fokus aufs Wesentliche, McKenzie", schoss Jax zurück und beendete das Thema unmissverständlich.

Das *Wesentliche* war sein neuestes Patent in spe, für das die beiden gerade eine gemeinsame Firma gründeten: eine neuartige Windkraftkonzentrationsanlage, die die komplexen Windverwirbelungen im Canyon in Strom umwandelte.

Ohne Chemikalien, ohne Schiefergas, ohne Umweltrebellen.

Letztere waren es, die das Vorhaben wieder auf Eis gelegt hatten. Jesse hatte tatsächlich recht gehabt mit seiner größenwahnsinnigen Ansprache und geschafft, was ich damals nicht erreicht hatte.

Ein paar der Kids hatten Videos auf TikTok hochgeladen, woraufhin die Medien Wind davon bekommen hatten und landauf, landab über den Vorfall berichteten, die Explosionen und das Polizeiaufgebot überdramatisierten und sogar einen Krankenhausaufenthalt aufbauschten. Ich war ziemlich sicher, dass es sich dabei lediglich um Elles Zusammenbruch handelte, und bei der angeblich massiven Gewalt gegen die Behörden um ein gewisses persönliches K.o. gegen einen gewissen Arschloch-Deputy.

Trotzdem hatte die Politik letztlich – endlich! – kalte Füße bekommen. Virale Videos von Vierzehnjährigen, Wähler im Krankenhaus und Gewalt gegen Polizisten machte sich wohl nicht so gut auf Wahlkampfveranstaltungen. Ganz zu schweigen von potenziellen Explosionen hochbrennbarer Stoffe in der Nähe von Wohngebieten.

Wer hätte gedacht, dass Erdöl oder Chemikalien gefährlich sind.

Sei's drum. Das Schiefergasvorkommen unter der Schlucht würde erst mal bleiben, wo es war, und Jesse würde vor Gericht gestellt werden, zusammen mit ein paar Leuten aus seiner Truppe, die Ashs Empfehlung, den Sprint ihres Lebens hinzulegen, wohl nicht ernst genug genommen hatten.

Wir machten uns keine allzu großen Sorgen um Jesse, und das lag nicht an unserer Abneigung gegen unseren Halbbruder oder seine Mutter. Im Gegenteil. Er war ein kleiner Scheißkerl, aber er war immer noch unser Bruder. Gabe konnte ihn aus Befangenheitsgründen nicht vertreten – nicht, dass er oder Jesse das gewollt hätten –, aber er hatte ihm einen guten Anwalt besorgt. Er würde nach dem Jugendstrafrecht verurteilt werden und wahrscheinlich mit Sozialstunden davonkommen.

Anders als Ash, den Zane Hopkins noch in derselben Nacht in eine Arrestzelle gesteckt hatte und der immer noch mit den Rechtsverdrehern des Sheriff's Department darüber stritt, ob er gegen seine Bewährungsauflagen verstoßen hatte oder nicht.

Und der Vertrag … damit hatten wir letzte Woche das Sonntags-Barbecue angefeuert, um Matt wieder in die Familie aufzunehmen. Natürlich war auch der Steinbruch nicht verkauft worden, und jetzt, da der Deal vom Tisch war, war es wieder nur ein wertloses Stück Land voller nostalgischer Erinnerungen.

„Kaffee?“ Evelyn kam mit einer großen Kanne und vier Tassen zurück. Ich warf ihr einen finsteren Blick zu.

„Du musst das nicht machen.“

Streng genommen bezahlte ich sie seit ihrem Umzug vor vier Wochen genau dafür, aber das hieß nicht, dass sie den Job auch erledigen musste. Sie musste sich bloß um ihre Skulpturen kümmern. Trotzdem sortierte sie ein paar Mal in der Woche die Aufträge und beantwortete tagsüber alle Anrufe, selbst, wenn sie im Atelier war.

Störrische, kleine Evelyn. Woher sie das bloß hatte.

Sie hob kokett eine Schulter, als würde sie es darauf anlegen, dass ich sie augenblicklich über den Werkstattwagen beugte.

„Ich weiß. Aber ich will.“

Ja, ich will auch so einiges.

„Oh, du bist göttlich, Evelyn“, stöhnte Gabe.

Jetzt gerade will ich zum Beispiel meinen Bruder ermorden.

Er schenkte sich sofort eine Tasse ein, ohne uns etwas anzubieten. „Du hast den neuen Kaffee hier besorgt, oder? Das alte Zeug war nicht zum Aushalten.“

„Niemand zwingt dich, hier zu sein, Sackgesicht.“

Gabe ignorierte meinen Kommentar, sah auf seine Tasse und schüttelte den Kopf. „Verdammt, mir fehlt wirklich eine gute Assistentin. Du kennst nicht zufällig jemanden?“

„Nein“, bestimmte ich, obwohl er Evelyn ansah.

„Vielleicht sollte ich morgen in der Bar einfach die nächste heiße Frau anquatschen."

Was. Zum. Verfluchten. Teufel?

„Vielleicht solltest du deinen Arsch aus meiner Werkstatt schaffen, solange du noch …"

„Lass gut sein, *Sugar.*" Evelyn legte eine Hand auf meinen Arm, bevor sie zu Gabe sah. „Um genau zu sein, Mister Rechtsverdreher, habe *ich dich* angequatscht. *Ich* habe dir den Job aus den Rippen geleiert, weil ich pleite und opportunistisch war, da ist es nur fair, dass *ich* ihn auch gekündigt habe. *Du* hattest quasi gar nichts damit zu tun. So wie ihr Kerle selten etwas damit zu tun habt, was eine Frau mit euch macht."

Drei Männer starrten sie sprachlos an. Sie lächelte honigsüß, und ich wollte sie verdammt nochmal küssen.

Teufel, sie hatte mich vor anderen Leuten *Sugar* genannt – ich tat es einfach! Ohne auf die zwei anderen zu achten, griff ich in ihre Haare und zog sie an mich, bis ihr Körper gegen meinen schmolz. Sie legte die Arme auf meine Brust, und ich ließ meine Zunge in ihren Mund gleiten.

„Ernsthaft?" Gabe machte ein würgendes Geräusch.

„Vielleicht hättest du sie auch in deinem Schuppen einsperren sollen", bemerkte Jax.

Noch ein Würgen. „Keine Details."

Rache war noch nie so süß gewesen. Ich strich lächelnd über Evelyns Kinn, als ich von ihr abließ.

„Und was machst du jetzt stattdessen? Beruflich, meine ich?", fragte Gabe, der sich größte Mühe gab, desinteressiert zu klingen.

Evelyn schien vor Stolz schier fünf Zentimeter zu wachsen. Sie warf mir einen kurzen Blick zu, und ich nickte auffordernd, kaum weniger stolz als sie, obwohl ich rein gar nichts damit zu tun hatte.

„Ich modelliere lebensechte Tonskulpturen."

Gabe verdrehte die Augen. „Ja, das wussten wir schon."

„Für die Frühjahrsausstellung im Art Institute of Chicago."

Friss das, Sackgesicht.

Gabe schien ebenso erstaunt wie beeindruckt. „Wie das?"

Evelyn warf mir noch einen stolzen Seitenblick zu. „Indem ich einfach oft genug an die Tür geklopft habe, bis endlich jemand geöffnet hat."

Schon holte sie ihr Handy hervor und öffnete die Fotogalerie. Ich reckte das Kinn, um zu sehen, ob sie ein Foto von ihrer heutigen Sitzung gemacht hatte. Hatte sie.

„Ich nenne sie: ‚*Der Mensch und die Natur*'"

Es waren erneut zwei Figuren, nur, dass Mann und Frau diesmal nicht einzeln standen, sondern eine Einheit bildeten: Ein ätherisch anmutender Frauenkörper schwebte wie eine geisterhafte Nymphe um die gebeugte Gestalt eines gealterten Fischers, dessen lebenserfahrener Blick sie aus einem wettergegerbten Gesicht heraus verfolgte.

Jax hob interessiert eine Braue. „Wer ist die Lady, und wo kann man sie kennenlernen?"

„Und warum habe ich das Gefühl, dass der alte Fischer wie mein Vater aussieht?", fügte Gabe leicht verstört hinzu.

Evelyn grinste bloß. „Jede Ähnlichkeit mit lebenden oder toten Personen ist rein zufällig."

Gabes Blick wanderte zu mir. „Ich hoffe, er hat eine Rechteabtretung unterschrieben. Sonst wird er ihr den Schädel wegblasen."

Ich legte den Arm um Evelyns Taille. „Höchstens, wenn sie nächste Woche zum Rummy-Spiel wieder den Whiskey vergisst."

„Whiskey." Gabes Tonfall war gnadenlos. „Du weißt schon, dass er Atherosklerose, Diabetes und zwei Herzinfarkte hinter sich hat und damit fünf Sekunden vor einer koronaren Herzkrankheit steht."

Wirklich? Erzähl mir mehr, Arschloch.

„Weißt du, Gabe, heute wünschen wir uns, wir hätten gestern mit Medikamenten, Ernährungsumstellung und ausreichend Bewegung angefangen", sagte Evelyn leichthin. Jax' Kopf ruckte hoch, seine Augen blickten verstört wie nie. „Tja, dieses Heute war gestern noch morgen. Und wie mir mein Ex-Boss so eindrucksvoll beigebracht hat: Gib den Leuten, was sie wollen. Dann kannst du sie leichter von dem überzeugen, was *du* willst. Ich glaube jedenfalls, meine kleinen Alkohol-Zigaretten-Zucker-Bestechungen im Austausch für regelmäßig bessere Lebensgewohnheiten sind ein kleines Opfer für ein großes Gutes."

Gabe verengte die Augen. Und ich platzte fast vor Stolz.

Und Dankbarkeit.

Und verflucht vollkommener, überwältigender Liebe.

Das Werkstatttelefon klingelte, und Evelyn ließ uns stehen, um schwungvoll abzunehmen. „Davis Motors, mein Name ist Evelyn Tate, wie kann ich Ihnen helfen?"

Teufel nochmal, ich liebte es, wenn sie diesen Satz sagte.

Das Einzige, was ich daran nicht liebte, war ihr Nachname.

„Schön zu sehen, dass hier endlich mal jemand ans Telefon geht", kommentierte Gabe, der offenbar nicht mal zwei Sekunden lang die Klappe halten konnte.

Evelyns Augen begannen zu leuchten, und der Anblick ließ meine Brust vor Wärme prickeln. Es gab genau zwei Gründe, die sie so glücklich machen konnten. Ein Anruf vom Art Institute. Oder: „Wir sind sofort da, Matt!“ Sie sprang auf und griff nach ihrer Tasche. „Los, wir fahren!“

„Wohin?“, fragte Langsam-Checker Gabe.

Evelyn warf ihm sein Sakko zu. „Deine Nichte auf dieser Welt begrüßen!“

EVELYN

Elles Tochter war das mit Abstand bezauberndste Wesen auf dem ganzen Planeten. Ich konnte gar nicht genug von ihrem runzligen Gesicht bekommen, ihren rosa Wangen und winzigen Fäustchen.

„Ich hab's dir doch gesagt!“, jubelte Tess, die den Kopf gegen meine Wange gepresst hatte, um ihre Nichte zu bewundern, die ich gerade halten durfte. „Bei euch beiden kann nur was Hübsches rauskommen!“

Elle zeigte ihrer Schwester erschöpft, aber lächelnd einen Mittelfinger. Sie lag im selben Krankenhaus wie vor zwei Monaten, aber in einem anderen Zimmer. Dieses hier lag im ersten Stock und blickte nicht zum Parkplatz, sondern auf die umliegende Landschaft und den Canyon. Den mit der atemberaubenden Aussicht, nicht den am Abbaugebiet.

„Bin ich jetzt wieder dran? Bitte, bitte, bitte?“ Tess streckte die Arme aus, und ich legte das Bündel hinein, bevor Elle protestieren konnte – oder vielmehr Matt, der in den letzten Wochen zur Superglucke mutiert war und sich morgen früh wohl als Erstes eine Schrotflinte, zwei Kampfpanzer und dreißig Selbstschussanlagen zulegen würde, um seine kleine Familie zu beschützen.

Zum Glück für ihn kam in diesem Moment die Schwester mit dem Mittagessen herein, und Tess überließ ihm seine Tochter freiwillig.

Na ja. Fast freiwillig.

„Du hast zehn Minuten, Hopper“, warnte sie ihn, und wir mussten alle lachen, während uns die Krankenschwester hinausschob. Clay legte einen Arm um meine Taille – mein neues Lieblingsgefühl –, und ich lehnte mich an seine Schulter.

„Willst du noch bleiben?“

Ich überlegte kurz. Die Verlockung war groß, aber ich wollte Elle und Matt Raum geben, sich an ihre neue kleine Familie zu gewöhnen. Und ich hatte noch einen Haufen Arbeit mit meiner neuen Assemblage vor mir.

Also schüttelte ich den Kopf.

„Willst du auch eins?“

Hitze schoss mir in die Wangen. Wieder überlegte ich kurz, wieder war die Verlockung groß.

Und wieder schüttelte ich den Kopf. „Noch nicht.“

„Wirst du jemals wieder eine Frage mit Ja beantworten?“

Er hob eine Augenbraue, und ich grinste.

Wenn ich etwas von Clay gelernt hatte, dann, standfest zu bleiben und nicht bei der erstbesten Gelegenheit die Richtung zu wechseln.

Ja, Elles Tochter noch ein wenig länger im Arm zu halten wäre schön. Ja, nicht für das Gehalt arbeiten zu müssen, das er mir zahlte, wäre toll. Und ja, die Vorstellung einer eigenen kleinen Familie war verlockend.

Aber erst musste ich mir selbst beweisen, dass ich etwas durchziehen konnte. Dass ich es ernst meinte mit der Bildhauerei.

Denn was waren unsere Ziele wert, wenn wir beim kleinsten Hindernis sofort die Richtung änderten oder das Handtuch warfen?

Also hatte ich neue Skizzen angefertigt, Dutzende, und sie Octavia Brown selbst vorgestellt. Sie hatte sich für die Darstellung der personifizierten Natur entschieden, und ich hatte sie mit all den Erfahrungen der letzten Monate kombiniert.

Zu einem Mahnmal. Zu einem Statement. Zu einem Kunstwerk.

Denn Clay hatte mir gezeigt, dass unsere Zukunft nichts bedeutete, wenn wir dafür unsere Vergangenheit aufgaben. Oder unsere Wurzeln verrieten.

Dieser Gedanke verfolgte mich fast zwei Wochen lang.

Dann gab ich mir endlich einen Ruck und rief meine Mutter an.

Clay streichelte meinen Rücken, und ich drückte seine Hand, während es klingelte. Wir saßen auf seiner breiten Ledercouch, und diesmal waren wir wirklich allein. Walker war längst wieder in sein eigenes Haus gezogen. Er ließ sogar dreimal in der Woche die Krankenschwester herein, um nach ihm zu sehen.

„Hallo?" Die Stimme meiner Mutter klang älter als in meiner Erinnerung. Erschöpfter. Das Herz sprang mir in den Hals.

„Hi … Mom."

Atemlose Stille. „Evelyn?" Plötzlich klang ihre Stimme lebendiger. „Evelyn, bist du das?"

„Ja, ich bin's, Mom. Es tut mir leid, dass ich mich so lange nicht gemeldet habe, ich …"

„Oh Schätzchen, wie geht es dir? Wo bist du? Was machst du? Geht es dir gut?"

Ich hörte die ehrliche Neugierde in ihrer Stimme, die Sorge. Und mir kamen fast die Tränen.

Clay drückte einen Kuss auf meine Schulter und stand auf. Er entfernte sich nur bis zur angrenzenden Küche, um mir dezent zu signalisieren, dass er da war, wenn ich ihn brauchte.

Ich warf ihm ein dankbares Lächeln zu. Und dann telefonierte ich zwanzig Minuten lang mit meiner Mutter.

Es war nicht viel, denn es war nicht leicht, nach all der Zeit die richtigen Worte zu finden. Oder überhaupt Worte. Mehrmals geriet unsere Konversation ins Stocken, weil keiner von uns mehr wusste, was er noch sagen sollte, nachdem wir über ihren Garten und meine Kunst geredet hatten, über ihren neuen Lebensgefährten und meinen neuen Wohnort in Kentucky, ihren neuen Job und meinen gekündigten.

Als es zum vierten Mal passierte, gab ich mir einen Ruck.

„Was macht ihr an Thanksgiving?"

„Oh, Evelyn", begann sie gerührt. „Es wäre wunderbar, wenn du vorbeikommst. Charles hat bestimmt nichts dagegen. Ich backe Pumpkin Pie wie früher, ja?"

Ich lächelte. „Das wäre wirklich toll. Und ich würde dir wahnsinnig gerne meinen Freund vorstellen."

„Oh, einen Freund! Ich habe mich schon gefragt, ob ich nicht längst eine Hochzeit und zwei Enkelkinder verpasst habe."

Ich schluckte. Da war sie wieder, meine schwierige Mutter, die ihren Verlustschmerz hinter spitzen Bemerkungen verbarg.

„Nein, hast du nicht, Mom."

Aus dem Augenwinkel sah ich, wie Clay zurück ins Wohnzimmer kam. Hatte er meinen Stimmungsumschwung bemerkt? Sein dunkler Blick jedenfalls verhieß nichts Gutes.

„Dann bis Thanksgiving, Mom. Wir telefonieren vorher nochmal, ja? Ich freue mich."

„Ich freue mich auch, Evelyn."

Ich legte auf und sah zu Clay hoch. Er blieb vor mir stehen und sah auf mich herab wie eine grimmige Zeusstatue. Und da fiel mir siedend heiß auf: „Oh Gott, du willst Thanksgiving bestimmt hier verbringen, oder?"

Wie dumm von mir! Ich hatte überhaupt nicht daran gedacht, dass Clay im Gegensatz zu mir eine intakte Familie hatte, mit der er sicherlich jedes Jahr feierte.

Doch er setzte sich bloß neben mich und zog mich auf seinen Schoß. „Alles, was du willst, *Sugar*. Wenn du mich deiner Mutter vorstellen willst, bin ich dabei." Sein Griff wurde fester, als er mich so auf seinen Oberschenkeln positionierte, dass er mir ins Gesicht sehen konnte. „Aber über die Bezeichnung müssen wir sprechen."

Ich war verwirrt. „Thanksgiving?"

„Freund."

Oh.

„Bist du das nicht?" Meine Stimme klang ein wenig unsicher. Hatte ich ihn falsch verstanden? Nannte man das im Süden anders?

Sein Lächeln war sexy, besitzergreifend und absolut unbeirrbar.

Ich legte eine Hand auf sein Knie. „Dir ist klar, dass es nichts gibt, worauf du eifersüchtig sein müsstest, oder?"

Da schob er mich von seinem Schoß und glitt auf den Boden, ließ die Hände dabei an meiner Hüfte entlang abwärtsgleiten und hielt meinen Blick fest.

Oh, mein …!

Er kniet! Mein unbeugsamer, heißer Ton-Mann kniet vor mir auf dem Boden!

„Ich bin nicht eifersüchtig. Es ist nur so … du gehörst zu mir, und ich teile nicht."

Dann – meine Augen wurden groß! – griff er in seine Hosentasche und – meine Augen wurden noch größer! – zog einen Ring hervor.

Heilige Scheiße.

Kein Platinring mit Diamantkrone, sondern ein schlichter Goldring, in den drei kleine Edelsteine eingefasst waren.

Und ich wusste einfach, dass er seiner Granny gehört hatte.

Bei dem Gedanken kamen mir fast die Tränen.

„Evelyn, willst du …"

„Nein!", platzte ich heraus. „Du kannst mir nicht einfach den Ring deiner Großmutter schenken!"

Er knurrte. „Evelyn."

„Das kann ich nicht annehmen! Du kennst mich kaum! Ich kenne dich kaum. Du hast mich erst vor drei Monaten in einen verdammten Schuppen gesperr–"

„Evelyn."

Ich verstummte, sah ihn nur aus großen Augen an. Sein Blick war so unumstößlich wie seine Stimme. „Zwing mich nicht, dich nach oben zu bringen und nochmal einzusperren, bis du das Wort ‚Nein' wieder aus deinem Wortschatz streichst. Willst du meine Frau …"

„JA!", rief ich, noch bevor er die Frage beenden konnte. „Um Himmels willen, ja, natürlich will ich!"

Ich stürzte mich von der Couch in seine Arme, überfiel ihn buchstäblich und brachte uns beide zu Fall. Unsere Lippen kollidierten in einem Kuss voller Leidenschaft, aber seine Berührung war voller Liebe. Und meine Brust war voller Glück.

Er erdete mich. Befeuerte meine Leidenschaft und entfesselte meine Fantasie. Er war wie Wachs in meinen Händen, wie der steinerne Fels in meiner Brandung.

Er war Ton. Clay.

Mein Clay.

Und ich war sein Mädchen.

Seine Frau.

Und das lieber heute als morgen.

Danksagung

KENTUCKY HALL OF FAME – PART 1

1. DU. Danke, dass du diesen Roman gelesen hast. Ich hoffe, du hattest eine tolle Zeit in Sweet Springs.

2. Danke an meinen Ehemann und die besten Eltern & Schwiegereltern der Welt, weil ihr euch bei der Ankündigung „Ich schreibe einen erotischen Liebesroman“ kein Loch im Boden gegraben habt, sondern noch vor dem ersten geschriebenen Wort begeistert wart.

3. Die besten Mädels dies- und jenseits des Mississippi: Daniela. Anni. Anni. Lea. Naddi. Paula. Vanessa. Euer Feedback und Enthusiasmus haben mich durch die fünf Phasen des künstlerischen Schaffensprozesses getragen. Ich liebe euch. Grüße an die Sixpack-Bewertungs-Crews!

4. Die beste Wride Aileen, weil du Clay schon gefeiert hast, als es noch nichts zu feiern gab.

5. Danke an den tollsten Agenten Klaus und das fantastische Verlagsteam rund um Stefanie für die unvergleichliche Zusammenarbeit und den erfüllten Traum vom Hörbuch.

Special Thanks to the talented sculptor Sarah Hempel, who answered all my questions about sculpting and firing clay.